SPLITTERFASERNACKT

© Silke Weinsheimer

Lilly Lindner wurde 1985 in Berlin geboren. Bereits mit fünfzehn Jahren begann sie autobiographische Texte und Romane zu schreiben. Viel Zeit verbringt sie heute mit der Arbeit mit Kindern.

LILLY
LINDNER

SPLITTER FASER NACKT

Weltbild

Das Zitat auf Seite 127 wurde entnommen aus: Franz Kafka, Brief an Oskar Pollak, 9. November 1903, in: Max Brod (Hrsg.): Franz Kafka. Gesammelte Werke. Briefe 1902 – 1924. Bd. 9, S. Fischer Verlag, S. 19

Besuchen Sie uns im Internet:
www.weltbild.de

Genehmigte Lizenzausgabe für Verlagsgruppe Weltbild GmbH,
Steinerne Furt, 86167 Augsburg

Umschlaggestaltung: Zero Werbeagentur, München
Umschlagmotiv: © Silke Weinsheimer, Berlin
Gesamtherstellung: CPI – Clausen & Bosse, Leck
Printed in the EU
ISBN 978-3-86365-156-5

2015 2014 2013 2012
Die letzte Jahreszahl gibt die aktuelle Lizenzausgabe an.

Für jedes Wort
im letzten Winter

Davonkommen ist ein
hässlich verpacktes Geschenk.

PROLOG

Vielleicht arbeite ich ja nur deshalb in einem Bordell, weil Männer an einem Ort wie diesem für ihre Triebe bezahlen müssen und weil sie auf diesem Weg nicht einmal annähernd zu meinem Herzen durchdringen können. Sie sind nur ein flüchtiger Schwarm zirpender Wanderheuschrecken. Ein Rudel schwanzwedelnder Hunde.

Es gibt Männer, die stellen ihre Frau vor dem Baumarkt ab und sagen: »Schatzi-Mausi, ich gehe nur schnell ein paar Dübel kaufen … wartest du bitte kurz hier auf mich – im Baumarkt langweilst du dich ja sowieso bloß …« Und dann verlassen diese Männer den Baumarkt durch den Zugang um die Ecke und gehen auf einen Zehn-Minuten-Fick in ein Bordell. Für solche Notfälle haben Männer sogar immer eine ungeöffnete Packung Dübel oder Schrauben als Alibi in der Tasche.

Das ist die Welt, in der ich meine zu kurzen Röcke und mein gefälschtes Lächeln trage.

Warum sollte ich je wieder Sex haben, ohne dafür bezahlt zu werden? Aus Liebe? Nein danke. Nicht einmal mit Rückgaberecht. Das ist viel zu kompliziert. Und die Miete lässt sich davon auch nicht bezahlen.

Das habe ich nur so dahingeschrieben.

Eigentlich meine ich das Gegenteil.

Was kann schöner sein als der erste Kuss oder ein ehrlich gemeintes Lächeln. Was ist wertvoller als geschenkte Zeit und eine liebevolle Berührung.

Es gibt Augenblicke, in denen ich mich frage: »Wie konnte ich es nur wagen, meinen Körper gegen die Sucht, in fremde Arme zu fallen, einzutauschen? Und mit welchen Worten kann ich ihn wieder in Empfang nehmen, falls ich ihn eines Tages zurückbekommen sollte?«

Es ist ein Alptraum, dieses Spiel mit einem geschändeten Körper zu treiben.

Wenn ich Sex auf dem goldenen Himmelbett in Zimmer vier habe, starre ich verloren den orangegelben Leuchtschlauch an. Ich sehe Licht, denke ich mit meinen ausgebrannten Gehirnzellen und verharre regungslos im Nichts. Ich fühle einen Körper auf mir – gut, wenn er nicht verschwitzt und klebrig ist. Schlecht, wenn er es doch ist. Ich schlinge meine verzweifelten Arme um einen Kunden, wenn ich ihn mag. Ich lasse meine Arme schlaff auf dem Bettlaken verweilen, wenn ich ihn nicht mag. Ein unbedeutendes Stöhnen an meinem Ohr, eine Wange ganz dicht an meiner. Wenn ich meinen Gast nett finde, ist es okay, wenn nicht, bin ich woanders.

Den schlimmsten Sex im Leben kann man nur einmal haben.

Und ich habe ihn längst hinter mir. Damals …

Mit jedem Tag bin ich weiter weg davon.

Es sind meine Masken, die einen Teil von dem aufgewühlten Sturm in mir verraten: An leuchtenden Tagen bin ich die beste Liebhaberin, die man sich zu gönnen wagt; an dunklen Tagen bin ich die geilste Nutte, die man kaufen kann.

Meine Sätze sind unruhig. Zwischen den Zeilen wandern ungreifbare Gedanken hin und her. Ich versuche, ein paar Kommas zu verschieben, die hässlichen Wörter gegen schönere auszutauschen.

Aber ich bin zu müde. Ich kann nicht mehr.

Ich reiße Männer auf. Und Kondomverpackungen.

Ich reiße und reiße, und alles zerbricht.

Vielleicht sollte ich davonrennen und mich in einem nachtschwarzen Wald vor mir selbst verstecken. Dort könnte ich ta-

gelang keinen Sex haben – ich würde vergessen, wie ein Schwanz schmeckt, ich würde aufhören, den kleinsten gemeinsamen Nenner von mir und mir und mir zu suchen. Es würde anfangen zu regnen. Und ich würde dort an einem wunderschönen verlassenen See sitzen, und der Regen würde leise flüsternd die Schande von meinem Körper tragen.

VORSPIEL

1

Der erste Mann, mit dem ich Sex habe, riecht nach Alkohol und kaltem Zigarettenrauch. Seine Hände sind rauh und klebrig, seine Haare ungepflegt, und von seinem Atem wird mir zuerst schlecht, dann schwindlig.

Er wirft mich auf ein Sofa mit altmodischem Blumenmuster und hält mich mit seiner einen Hand fest, während die andere an seinem Gürtel herumfummelt. Ich weine. Ich sage irgendwelche bittenden Worte, ich stammle zusammenhanglose Sätze, ich flehe ihn an, ich flüstere nein, nein. Nein.

Meine Stimme fühlt sich fremd an, sie stolpert über meine viel zu trockenen Lippen. Ich versuche sie zu halten, denn wenn ich sie verliere, dann verliere ich auch mich.

Aber der Mann schlägt mir ins Gesicht, und ich sehe zu, wie mein rechter Schneidezahn durch die Luft fliegt und unter dem Couchtisch verschwindet.

Es ist ein Milchzahn. Alles ist okay. Ich werde einen neuen bekommen. Wie weich meine Gedanken sich anfühlen, wie sanft. Obwohl ich schreie.

»Hör auf zu heulen!«, schnauzt der Mann mich an und presst seine Hand auf meinen blutenden Mund. »Wenn du noch einmal schreist, dann schlitze ich dich auf!«

Also schreie ich nicht mehr. Ich bin ganz still.

Aber er schlitzt mich trotzdem auf.

Er bohrt sich in mich, er liegt schwer und keuchend auf mir. Seine linke Hand schließt sich wie ein Schraubstock um meinen Hals, die rechte reißt grob an meinen Haaren.

»Schlampe«, raunt er mir ins Ohr, »du kleine dreckige Schlampe!«

Ich starre die gelbweiße Zimmerdecke an. Sie kommt mir blendend grell vor. Meine Arme liegen schlaff neben mir, ich will sie bewegen, aber sie gehorchen mir nicht mehr. Mein Kopf ist leer und voll von Rauschen. Ich erzähle mir eine Geschichte, die ein schönes Ende hat, aber ich höre kaum zu.

»Komm«, wispert mir da eine leise Stimme ins Ohr; die Stimme gehört mir, aber ich erkenne sie nicht.

»Komm«, flüstert sie, »ich bringe dich weg von hier, vertrau mir.«

Vertrauen. Ein Fehler, den ich nicht wieder begehe.

Vertrauen ist russisches Roulette ohne Gewinner.

Vertrauen ist ein mit Leichen bedecktes Kinderkarussell.

Aber in einem Moment wie diesem, wenn die Entscheidungen, die man trifft, nichts mehr verändern, ist es okay, nach Strohhalmen zu greifen.

Also vertraue ich der Stimme doch.

Schweigend nehme ich ihre Hand an und lasse mich fortführen. Weg von dem Sofa, weg von dem Mann, weg von meinem Körper. In der hintersten Zimmerecke bleibt das kleine Mädchen schließlich stehen, seine kalte Berührung umschließt mein wimmerndes Herz.

»Weiter weg können wir nicht gehen«, flüstert es kaum hörbar.

Ich drehe mich um und blicke auf meine hilflose Hülle. Ich sehe in meine leeren Augen, betrachte die bleichen dünnen Beine, die merkwürdig verkrümmt zur Seite ragen. Ich nehme Abschied von dem geschädigten Körper. Er gehört nicht mehr mir. Die Trennung ist leicht, alles andere wäre schwerer.

»Mach die Augen zu«, flüstert da die Stimme. »Mach sie erst wieder auf, wenn ich es dir erlaube.«

Ich gehorche ihr. Keine Sekunde wage ich zu zögern. Ich blende ihn aus, meinen Körper, das tote Stück Fleisch; ich lasse ihn allein, ich lasse ihn zurück. Ich gebe ihn auf.

Der Mann lässt uns gehen. Mich und den Körper. Wir stehen vor seiner Wohnungstür, er drückt uns eine Tafel Schokolade in die Hand und sagt: »Das ist unser kleines Geheimnis. Du wirst es niemals jemandem erzählen. Hörst du? Niemals! Wenn dir dein Leben lieb ist ...«

Mein Leben ist mir nicht mehr lieb. Ich weiß gar nicht so genau, was Leben eigentlich noch bedeutet. Ich habe es vergessen. Aber der Mann schließt seine Tür und wartet keine Antwort ab.

Da stehen wir dann, der Körper und ich. Schweigend, stumm. Jetzt ist es zu spät, um wegzulaufen. Wir verharren. Wir warten ab. Wir lauschen angespannt in den dumpfen Nachhall. Aber nichts passiert. Nichts wird leichter. Der Schmerz fühlt sich taub an. Fremd. Unbekannt. Ist das überhaupt mein Schmerz? Vielleicht gehört er ja jemand anderem.

Wie überschaubar wäre das.

Ich beschließe, kein Wort zu verlieren über meine Schande, die ich hinter dieser Tür besiegelt habe. Dazu sind Türen da, um sie geschlossen zu halten, wenn man weiß, dass dahinter ein Mann mit einem gewetzten Messer lauert.

Also gehe ich einen Schritt zurück. Weg von der Tür. Geheimnisse müssen bewahrt werden, Dunkelheit sollte man nicht ans Tageslicht ziehen. Der Schmutz, der an mir klebt, darf niemals zu sehen sein. Es ist ein Spiel. Verstecken.

Wer hat Angst vorm Schwarzen Mann? Keiner.

Und wenn er kommt? Dann kommt er halt.

Und wenn er da war, was dann?

Wenn er drinnen war, was dann?

Dem Körper ist das alles egal, er steht nur nutzlos herum. Ich verachte ihn für seine Schwäche. Wie könnte er zu mir gehören? Das bin ich nicht. Lautlos trete ich einen weiteren Schritt von der Tür zurück. Der Körper bewegt seine müden Beine und folgt mir.

»Bleib stehen«, sage ich.

Aber er kommt näher.

Da drehe ich mich um und renne fort.

Ich bin sechs Jahre alt, bald komme ich in die Schule. Glücklich sein ist wichtiger als Schmerzen empfinden, das habe ich schon im Kindergarten gelernt. Denn Eltern mögen glückliche Kinder. Eltern mögen lachende Kinder. Wenn man lächelt, mit Grübchen in den Wangen und mit leuchtenden Augen, wenn man lange, vom Wind zerzauste Haare und ein süßes Puppengesicht hat, dann wird man leichter geliebt als andere. Perfektion ist Sicherheit, Perfektion ist Macht. Meine Eltern brauchen ein perfektes Kind; ich muss funktionieren, ich darf auf keinen Fall ein Fehler sein. Also schrubbe ich stundenlang in der Badewanne zwischen meinen Beinen hin und her, bis die Haut rot und geschwollen ist. Mit gleichgültigen Augen betrachte ich dabei das blutige Wasser, es wird verschwinden, sobald ich die Wanne leerlaufen lasse, so weit, so gut.

Nichts bleibt zurück.

Nach dem Baden wickele ich mich in das größte Handtuch, das ich finden kann, und bin verzweifelt, weil es nicht weiß ist, denn weiß ist beruhigend, weiß ist sauber, weiß ist rein.

Meine Beine sind wacklig, sie fühlen sich fiebrig an, heiß und kalt zugleich, bei jeder Bewegung schwankend. Aber ich darf nicht fallen, nicht heute, die neunzehn Schritte bis in mein Zimmer muss ich schaffen.

Ich zähle sie, jeden einzelnen.

Und ich schaffe sie, alle.

In meinem Zimmer vergrabe ich mein Gesicht in dem nach Waschmittel duftenden Handtuch. Ich verschwinde darin und frage mich, ob ich mich unsichtbar machen kann, wenn ich nur fest genug daran glaube. Ich glaube, so sehr ich kann.

Aber nichts passiert.

Also nehme ich die Schokolade, die ich achtlos zusammen mit meinem Kleid auf den Fußboden geworfen habe, und esse sie hastig auf. Dann gehe ich wie in Trance zurück ins Badezimmer, die schwachen Beine taumelnd wie die einer Marionette; dort beuge ich mich über die Toilette und würge so lange, bis auch der letzte Krümel wieder aus dem elenden Körper heraus ist. Anschließend wasche ich mir meine Hände und das Gesicht mit eiskaltem Wasser und sehe dabei zu, wie sie erst blau und dann violett-lila anlaufen. Der Schmerz beruhigt mich, ich fühle, wie meine Fingerspitzen langsam taub werden, wie sie zittern und beben. Es ist nichts passiert.

Es ist doch nichts passiert.

Mit verkrampften Händen drehe ich den Wasserhahn wieder zu und blicke auf. Mein Spiegelbild weicht einen Schritt zurück von mir. Und dann noch einen. Und noch einen.

Da weiß ich genau: Es gibt mich nicht mehr.

Die Tatsache, dass ein gewöhnlicher Tag in meinem Leben nicht damit beginnt, dass jemand die Bettdecke von meinem Körper reißt, zu mir aufs Bett gesprungen kommt und in mein Ohr brüllt: »Hey, aufwachen! Erzähl die Geschichte! Wie war das, als du vergewaltigt worden bist?!« – diese Tatsache kommt meinem Geisteszustand sehr gelegen.

Noch heute fällt es mir schwer, »Vergewaltigung« zu sagen, ohne dabei mit fahrigen Händen durch meine Haare zu streichen, auf meiner Lippe herumzukauen oder zu Boden zu blicken. Ich habe niemals einem Menschen in die Augen gesehen, während ich davon erzählt habe. Und man kann mir noch so oft sagen, dass ich mich für nichts schämen muss, dass ich unschuldig bin. Ich glaube kein Wort, bis ich unwiderlegbare Beweise dafür habe. Und wer soll mir die liefern?

»Vergewaltigung« in den Laptop zu tippen ist leichter, als es auszusprechen. Aber die nackten Buchstaben anschließend auf dem Bildschirm lesen zu müssen ist ein unerbittliches Aufbegehren gegen mich selbst.

Ich weiß nicht mehr, wann ich zum ersten Mal darüber

geschrieben habe, vielleicht, als ich vierzehn Jahre alt war, vielleicht auch erst mit fünfzehn. Solange ich es nicht aufgeschrieben hatte, war es weniger wirklich, weiter weg von mir. Aber man kann sich nicht ewig belügen; irgendwann fängt man doch an, sich hübsche Muster in die Arme zu schlitzen. Und wenn nichts mehr von dem ersten Arm übrig ist, geht man entweder erbarmungslos zu dem zweiten Arm über, oder man beginnt sich allmählich ein paar Gedanken zu machen.

Mein Gehirn macht sich sehr gerne Gedanken. Und es ist zu dem Schluss gekommen, dass ich all die Erinnerungen, die nach und nach in mir aufkommen, zu Papier bringen sollte, um sie zu ordnen und um später sagen zu können: »Okay, das kenne ich schon! Ich weiß, dass er das mit mir gemacht hat, ich habe es sogar aufgeschrieben. Es ist vorbei. Einmal durchdrehen reicht vollkommen aus.«

Aber es hat natürlich nicht gereicht.

Und es wird niemals reichen.

Ich hätte meine Geschichte auch anders beginnen können. Mit dem Gefühl zum Beispiel, das einen überkommt, wenn man es zum ersten Mal alleine schafft, seine Schuhe fest genug zu binden, so dass die Schleife den ganzen Weg bis zum Spielplatz und sogar noch die Leiter hinauf bis hoch zur Rutsche hält. Aber was würde das über mich aussagen? Dass ich eine Schleife knüpfen kann. Und dass ich schon einmal eine Rutsche hinuntergerutscht bin. Ich nehme an, das schaffen alle anderen Menschen auch.

Vielleicht wäre es trotzdem ein besserer Anfang gewesen. Ein schönerer. Ein leichterer.

Aber dennoch erzähle ich zuallererst von dem Tag, an dem so vieles für mich aufgehört hat. Von meinem größten Geheimnis, das ich niemals verraten wollte, von dem ich in all den Jahren nicht einmal meinen Eltern erzählt habe. Und wenn es einen Gott gibt, dann verbietet er ihnen hoffentlich, dass sie meine

Tür eintreten und sich gemeinsam mit mir hinsetzen und ein Gespräch führen wollen. So etwas haben wir früher schon versucht. Das hat dann entweder damit geendet, dass ich mir eine Rasierklinge in die Pulsader gerammt habe, dass meine Mutter kurzzeitig ausgezogen ist, dass ich in eine Psychoklinik gewandert bin, dass meine Mutter mit Stühlen geworfen hat, dass ich ins Kinderheim geflüchtet bin, dass meine Mutter ins Kloster wollte, dass ich eine Packung Antidepressiva mit einem Happs verspeist habe, dass meine Mutter kein Wort mehr gesprochen hat oder dass ich angefangen habe, mich mit Wänden anzufreunden. Mein Vater war währenddessen genauso, wie er immer ist: ruhig und ausgeglichen. Eine Bombe könnte direkt neben ihm in die Luft gehen, er würde einfach ganz gelassen bleiben und in aller Seelenruhe seinen schwarzen Tee mit Kardamom austrinken, um dann eine Runde mit seinem Fahrrad zu drehen. Mein Vater hat sich nie mitreißen lassen, er hat nie getobt. Wenn meine Mutter gesagt hat, sie würde mich hassen, wenn meine Mutter geschrien hat, sie wolle mich nie, nie wieder sehen, dann hat er, ohne von dem Buch aufzublicken, in dem er gerade las, zu mir gesagt: »Sie meint das nicht so.«

Als wäre es vollkommen egal. Als wäre *ich* vollkommen egal.

Wenn ich ihn gefragt habe, ob er mich eigentlich lieben würde, dann hat er »jaja« geantwortet, als wäre es genauso egal. Ich habe als Kind immer gedacht, mein Vater hätte keine Gefühle. Ich dachte, er könnte es, ohne mit der Wimper zu zucken, hinnehmen, wenn meine Mutter und ich auf einen Schlag einfach verschwunden wären. Mit siebzehn Jahren habe ich zum ersten Mal Emotionen in seinen Augen gesehen; ich war gerade knapp am Tod vorbeigerauscht und saß high und zugedoped von all den Überresten der Tabletten, die noch in meinem Blut umherirrten, am Küchentisch und löffelte einen Magermilchjoghurt. Etwas anderes konnte ich nicht essen, weil ich mir meinen Hals durch das Auskotzen der hundert Tabletten leicht zerfetzt hatte. Jedenfalls erzählte mein Vater mir, dass er soeben bei meinem Schulleiter gewesen sei, um ihm mitzuteilen, dass ich für das nächste halbe Jahr nicht zur Schule kommen würde.

»Danke«, habe ich gesagt, weil mir nichts Besseres eingefallen ist. Außerdem hatte ich Halsschmerzen und konnte sowieso nur heiser krächzen.

»Weißt du, wie schwer es für mich war, ihm zu erklären, dass meine Tochter versucht hat, sich umzubringen?«, hat mein Vater daraufhin gesagt.

Und in seinen graublauen Augen lag in diesem Moment etwas, das ich noch nie darin gesehen hatte: Zärtlichkeit. Verzweiflung. Und ich musste heulen, so sehr hat mich das bewegt. Natürlich bin ich vorher schnell ins Bad geflüchtet. Ich habe die Tür hinter mir abgeschlossen, zweimal geprüft, ob sie auch wirklich fest verschlossen ist, und dann habe ich das Wasser ganz stark aufgedreht, um möglichst viel Krach zu machen. Anschließend habe ich mein Gesicht mit literweise kaltem Wasser gewaschen, damit ja keine roten Flecken mehr zu sehen sind. Denn wie könnte ich je zugeben, wie sehr meine Eltern mich berühren, mit jedem noch so winzigen Atemzug.

Danach war mein Vater wieder so, wie ich ihn kannte. Er schrieb einen Bericht über das Geschehene, als wäre unsere Familie, allen voran natürlich ich, einfach nur irgendein Projekt, dessen Entwicklung so sachlich und knapp wie möglich dokumentiert werden müsste. Manchmal, wenn ich alleine war, habe ich mir seinen Lilly-Ordner geschnappt und gelesen, was da über mich drinstand. Ich habe herausgefunden, dass ich »unfähig«, »eigensinnig« und »nicht imstande für ein vernünftiges Zusammenleben mit meiner Mutter« bin. Ich habe gelesen, dass ich versucht habe, mich umzubringen, mit genauer Zeit- und Ortsangabe und so kalt dahingeschrieben, als wäre ich tatsächlich erfolgreich gewesen.

Eine meiner Therapeutinnen hat meinen Vater schließlich darauf hingewiesen, dass es nicht sehr taktvoll sei, ständig mit einer Akte über mich bei ihr aufzukreuzen und während der

Gespräche Notizen zu machen, um anschließend Kopien des Protokolls an irgendwelche Ärzte und Psychologen zu verteilen. Ich weiß nicht, ob er das je verstanden hat. Aber egal – ich würde ihm trotzdem jedes Jahr einen Geburtstagskuchen backen, wenn ich nur wüsste, dass er sich darüber freuen könnte.

Zurück zu meiner Geschichte, denn die geht da weiter, als das kleine Mädchen beschließt, den widerlichen Körper so bald wie möglich los zu sein und anschließend schnellstens erwachsen zu werden, damit es ausziehen kann, in ein sicheres Haus, in ein neues Leben, Hauptsache weg – weit, weit weg.

Das Mädchen spricht nicht mehr viel, und wenn es redet, dann zu laut, zu aufgedreht, zu übermütig. Es streitet mit den anderen Kindern, es will alleine sein, es sitzt in der hintersten Ecke vom Sandkasten und buddelt ein Loch, in dem man sich verstecken kann. Es kneift mit boshaften Fingern in seinen Körper, es streckt seinem Spiegelbild die Zunge raus, es weint nachts, es badet in eiskaltem Wasser, bis seine Lippen violett angelaufen sind und es sich kaum noch bewegen kann, es will immer in der Nähe seiner Mutter sein, aber die versteht das intensive kleine Mädchen nicht – es ist seiner Mutter lästig, weil es viel zu viel Raum für sich beansprucht.

Da verändert sich das kleine Mädchen, es beginnt die Gedanken in seinem Kopf zu verdrehen, es erfindet neue Freunde, unsichtbare flüsternde Gestalten, mit denen es reden kann und die immer da sind. Es gibt eine Geheimsprache, geheime Spiele, geheime Regeln. Dort, in dieser unwirklichen Welt, fühlt sich das Mädchen sicher, und es zieht sich dahin zurück, sooft es möglich ist.

Das Mädchen verdrängt, es vergisst – es lässt den schmutzigen Teil von sich ganz tief in seinem Innersten verschwinden.

Die Zeit vergeht.

Das Mädchen ist dankbar. Denn ein kleines Kind zu sein ist schlecht, da ist es sich sicher. Und es zerkratzt sich seine Arme, um einen anderen Schmerz zu spüren, einen greifbaren, der abklingt und verheilt; es boxt sich in den Bauch, liegt nackt und zitternd bei weit geöffnetem Fenster auf dem Fußboden und friert, weil es nichts Besseres verdient hat, weil sein Körper leiden muss.

Schließlich wird das Mädchen älter, es kommt mir näher und näher; und ich kann nicht mehr »es« und »das Mädchen« schreiben.

Denn das kleine Kind geht so nahtlos in mich über, dass keine Lüge der Welt das vertuschen kann.

2

An dem Tag, an dem ich zum ersten Mal gestorben bin, habe ich mit meinen drei Lieblingskuscheltieren »Sturmflut« gespielt. Der Ikea-Delphin, die ausgewaschene Flugente und der lilafarbene Littlefoot-Dinosaurier waren die Auserwählten, die auf dem Bettlakenschiff aus den aufbrausenden Wellen gerettet wurden. Im Nachhinein kommt mir das ziemlich dumm vor. Delphine und Enten können schwimmen. Ich hätte stattdessen meinen Affen und eins von den Kaninchen mit an Bord nehmen sollen. Was für eine Verschwendung von wertvollem Platz.

Aber es ist kein wichtiger Ausschnitt meines Lebens, denn ein paar Stunden später habe ich sowieso alle Tiere in meine Spielzeugkiste gestopft und den Deckel geschlossen, weil ich wusste, dass diese Zeit vorbei ist. Kinderspiele vertragen sich nicht mit den Regeln der Erwachsenenwelt. Und wer hätte das Bettlakenschiff auch steuern sollen, während ich gerade Sex hatte.

Sexgewalt. Verübt an meinem fremden Körper.

Ich erinnere mich so genau an all die hässlichen kleinen Details, an den Klang seiner Stimme, die Möbel in seiner Wohnung, den abgestandenen Geruch, als wäre ich eben noch dort gewesen. Die Angst in mir ist nicht blasser geworden, und jedes Mal, wenn ich an ihn denke, gerate ich ins Straucheln. Der Halt, an den ich mich klammere, er verhält sich berechenbar: Er hält inne und lässt mich angewidert los.

Es ist merkwürdig zu sterben, ohne danach tot zu sein. Man fühlt sich leer und verloren, man weiß nicht so richtig, wohin man gehört. Alles ist auf einmal weit entfernt, wie in einem schlechten Traum; nichts ist von Bedeutung, nichts ergibt einen vernünftigen Sinn.

Ich weiß nicht mehr, wie es in der Zeit davor war. Ich weiß

nicht mehr, wer ich einmal war. Ich habe keine Ahnung davon, wie das ist, nie vergewaltigt worden zu sein. Es ist, als hätte ich alle Erinnerungen an die Jahre davor verloren, als stünde eine Mauer zwischen den weißen und den schwarzen Tagen. Manchmal versuche ich krampfhaft mich zu erinnern, manchmal bin ich so besessen von einem ungefickten Rückblick, als hätte ich die Chance, noch alles zu verändern.

Aber die Zeit geht weiter. Vorwärts.

Das ist die einzige Richtung, die sie kennt.

Und wir alle müssen ihr folgen.

Mit elf Jahren fange ich an, die Tage zu zählen, bis ich endlich achtzehn werde, die Schule hinter mir habe und ausziehen kann. Ich habe Brüste, große weiche Brüste, die hin und her wackeln und beim Sport wild durch die Gegend hüpfen. Kein anderes Mädchen hat schon so früh solche Brüste. Die Jungen gucken mich an, und alles ist noch schrecklicher als vorher. Ich bin das erste Mädchen in meiner Klasse, das ihre Periode bekommt. Die Jungen streifen mich im Vorbeigehen mit ihren Armen und reißen Witze. Die Mädchen tuscheln und wollen wissen, wie es sich anfühlt, ein Tampon zu benutzen.

Wenn man bedenkt, dass ich etwa die Hälfte des Tages damit beschäftigt bin, den Stimmen in meinem Kopf zu sagen, dass sie ihre Klappe halten sollen, weil ich daran glauben muss, dass alles wieder gut werden wird – wenn man das berücksichtigt, dann halte ich mich eigentlich ganz gut. Niemand bemerkt den Kampf, der in mir tobt, und niemand weiß, was für eine schreckliche Angst ich davor habe, eines Tages einfach spurlos verschwunden zu sein, weil *er* immer noch bei mir im Haus wohnt. Und ganz egal, wie leise, ganz egal, wie schnell ich durch das Treppenhaus husche, manchmal erwischt *er* mich doch.

»Ich will nicht irgendwo im Wald verscharrt enden und erst Jahre später entdeckt werden, von spielenden Kindern, die nur noch ein paar Knochen und Zähne von mir vorfinden«, flüstere ich jeden Abend vor dem Einschlafen in die Dunkelheit, in der mich keiner hören kann.

Ich setze Tag für Tag eine neue Maske auf, bete, dass ich nicht schwanger werde, und ritze mir weiterhin Striche in die Haut, damit ich nie vergesse.

Dann ist *er* plötzlich weg.

Er verschwindet aus meinem Leben, als hätte es *ihn* nie gegeben. *Er* zieht weg, und ich stehe vor seiner leeren Wohnung und warte darauf, dass mein Körper herauskommt, damit wir wieder zusammen sein können. Ich warte und warte.

Zwei Stunden lang. Jeden Tag. Einen ganzen Monat lang. Und an den Wochenenden sogar vier Stunden täglich. Meine Eltern denken, ich sei draußen im Park, um zu spielen. Aber ich hasse Klettergerüste und Basketballplätze. Ich habe längst aufgehört, Fangen zu spielen, ich wurde schon viel zu oft geschnappt. Stattdessen stehe ich lieber da und warte. Und warte.

Und warte.

Wenn jemand kommt, verstecke ich mich schnell im Hof oder im Keller. Ich lausche auf die verklingenden Schritte, die zufallenden Türen, auf das Ticken meiner Armbanduhr. Ich presse mein Ohr ganz eng an die verbotene Wohnungstür, um etwas zu hören.

»Ich gehe nicht ohne dich«, flüstere ich so leise wie möglich durch das Schlüsselloch zu dem Körper. Ich versuche meiner Stimme Nachdruck zu verleihen, denn ich muss mir unbedingt glauben: »Ich warte auf dich! Ich warte, bis du wieder rauskommst. Versprochen!«

Aber natürlich warte ich vergebens.

Dann wird die Wohnung neu vermietet. Eine Frau mit einer Violine zieht dort ein. Sie sieht nett aus und trägt immer einen selbstgestrickten Pullover.

»Hat hier früher einmal ein Freund oder eine Freundin von dir gewohnt?«, fragt die Violinenfrau mich eines Tages. Sie hält in der einen Hand ein Buch mit einem grünen Einband und in der anderen eine Einkaufstasche, aus der ein paar Bananen herausgucken, und erwischt mich dabei, wie ich in Gedanken versunken auf den Treppenstufen sitze und ihre Wohnungstür anstarre.

Ich schüttele den Kopf.

»Geht es dir nicht gut?«, fragt die Violinenfrau freundlich und blickt mich etwas besorgt an.

Ich schüttele erneut den Kopf.

Die Violinenfrau stellt ihre Einkaufstasche ab, um die Wohnungstür aufzuschließen.

»Wie heißt du denn?«, fragt sie mich währenddessen.

Ich antworte ihr nicht, blicke nur stumm auf den Türspalt, der sich gerade geöffnet hat, hinein in *seine* Wohnung; die Wohnung, die jetzt der Violinenfrau gehört. Die Wände sind neu gestrichen, apricotfarben mit hellen Tupfern, der Fußboden im Flur ist mit weißen Fliesen ausgelegt, und ein leichter Vanillekerzenduft steigt mir in die Nase.

»Ich heiße Clara«, sagt da die Frau, nimmt eine Banane aus ihrer Tasche und hält sie mir hin. »Magst du auch so gerne Bananen? Ich kann einfach nicht genug davon bekommen, besonders im Spätsommer. Die sind ganz frisch aus dem Bioladen um die Ecke. Nimm nur.«

Ich nehme die Banane entgegen. »Danke«, sage ich.

»Ist wirklich alles okay mit dir?«, fragt Clara mit ihrer hellen Stimme, die ein bisschen wie Musik klingt.

Ich nicke schnell. Und dann laufe ich weg.

Während ich die Treppen hochflitze, höre ich, wie Clara ihre Tür ins Schloss zieht. Das Geräusch ist genauso, wie es bei *ihm* war, vielleicht etwas leiser. Aber *er* ist nicht mehr da. Und ich bin es auch nicht. Ich kann nicht mehr vor der Tür stehen und warten, dass mein Körper herauskommt. Kein Mensch kann für immer warten.

Clara mit ihrer Violine ist jetzt in dieser Wohnung. Sie wird in dem Wohnzimmer, in dem ich vergewaltigt worden bin, das grüne Buch lesen und dabei ihre Bananen essen. Ich sehe das Bild ganz deutlich vor mir: Clara lacht. Weil das Buch lustig ist. Der Teppichboden ist weich und sauber. Da ist kein Blut von mir. Die Violine liegt in einem Kasten auf dem Wohnzimmertisch. Die Vorhänge sind nicht zugezogen, Sonne scheint durch die offenen Fenster. Es gibt nichts zu verbergen.

Da beschließe ich zu vergessen. Mein Kopf wird von einem höllischen Schmerz durchbohrt, als ich ihn so fest, wie ich kann, gegen den Türrahmen von meinem Zimmer schlage und anschließend benebelt auf den Boden sinke. Die Gehirnerschütterung ist nicht schlimm. Der Arzt sagt: »Das wird schon wieder.« Und während mein dröhnender Kopf noch ganz schwindlig ist vor lauter Schmerzen, nehme ich schnell ein riesengroßes, schweres Vorhängeschloss und hänge es sorgfältig vor alle Erinnerungen an den bösen Mann.

»Jetzt darfst du wieder lächeln«, sage ich zu mir.

»Na, los. Das kann doch nicht so schwer sein!«, füge ich ungeduldig hinzu.

Also lächle ich, weil ich nicht mit mir streiten möchte.

Aber die Schande auf meinem Körper ist trotzdem noch da, und meine Brüste sind noch immer zu groß. Außerdem muss ich weiterhin in einen Schwimmverein gehen, weil mein Vater mich sonst vielleicht gegen ein anderes Kind eintauscht, und im Schwimmbad muss ich einen Badeanzug tragen, in dem viel zu viel von meinem missbrauchten Körper zu sehen ist.

Nein, halt.

Da ist doch jetzt das Vorhängeschloss, ich muss mich nicht mehr daran erinnern. Ich kann einen Badeanzug tragen, ohne daran zu scheitern.

Es ist ganz einfach.

Unsicher und schwankend stehe ich auf dem Sprungbrett, vielleicht verschließt sich die Wasseroberfläche über mir, sobald ich gesprungen und untergetaucht bin.

Vielleicht versinke ich, und alles ist vorbei.
Vielleicht. Vielleicht.

Ich male dreizehn Blutstropfen an die Wand hinter meinem Schrank, für jedes meiner zwölf Lebensjahre einen, und einen Tropfen mehr, falls ich das nächste Jahr erreichen sollte. In meinen Stundenplan trage ich ein paar zusätzliche Stunden ein, ich hänge hier und da noch eine Deutsch- und Mathematikstunde dran, damit sich meine Eltern nicht wundern, wenn ich etwas später von der Schule komme. Aber das tun sie ja sowieso nicht. Die freien Stunden verbringe ich dann im Park. Dort setze ich mich auf eine schiefe Holzbank und warte auf mein Ende.

Es lässt sich nicht blicken.

Also muss ich nach Hause gehen.

Meine Noten sind mittelmäßig bis gut, ich habe meistens Zweien und Dreien, aber meine Eltern schimpfen trotzdem. Meine Mutter findet es schrecklich, dass ich in Deutsch nur eine Drei habe, sie meint, ich müsste ja wohl wenigstens meine eigene Sprache vernünftig beherrschen. Doch obwohl ich viel lese und auch gerne schreibe, bekomme ich in Diktaten immer nur eine Drei. Mir ist das egal, ich glaube nicht, dass Zahlen von eins bis sechs den Wert eines Menschen darstellen können, aber meine Mutter ist nach jedem Diktat, das ich zum Unterschreiben nach Hause bringe, schrecklich sauer auf mich, und ich fühle mich wie ein Versager.

Doch irgendwann geht die Grundschulzeit vorbei.

Und irgendwann bekommen auch die anderen Mädchen Brüste.

Während der Sommerferien, vor dem ersten Jahr auf dem Gymnasium, schicke ich Tausende von Stoßgebeten in den Himmel, dass doch bitte, bitte, endlich alles ein bisschen einfacher werden wird. Aber Gott hat viel zu tun, und so stehe ich alleine da.

In der Klasse. Auf dem Schulhof.

Im ersten Jahr. Im zweiten Jahr. In jedem Jahr.

Ganz egal, wer sich zu mir gesellt, wie auch immer meine Freunde heißen: Auf Abstand bleiben – das ist der Grundstein meines Daseins.

Aber glücklicherweise haben sogar Mädchen wie ich eine beste Freundin. Es ändert zwar nichts an der Tatsache, dass ich abseits stehe, doch zu zweit auf dem Schulhof herumzulungern ist immer noch unauffälliger, als alleine neben einem Baum zu sitzen. Und wer unauffällig ist, wird weniger schnell entführt und vergewaltigt.

Das hoffe ich jedenfalls.

Seit ich die Grundschule hinter mir gelassen habe, bekomme ich nur noch Einsen und Zweien in allen Fächern. Ohne groß dafür lernen zu müssen, schreibe ich die klassenbesten Arbeiten und liefere fehlerfreie Aufsätze ab.

So, überlege ich mir, *jetzt können meine Eltern mich endlich lieben.*

Aber meinen Eltern ist das egal. Vielleicht meckern sie etwas weniger als zuvor, vielleicht sind die Blicke, die sie mir zuwerfen, um ein paar Zehntel freundlicher, aber das wahrscheinlich auch nur, weil sie zu wenig Zeit oder Lust haben, sich mit mir zu beschäftigen. Ich denke lange darüber nach, ob ich weinen soll. Oder ob es sinnvoll wäre, eine Anzeige in die Zeitung zu setzen, auf der Suche nach anderen Eltern. Aber dann schlitze ich mir einfach ein bisschen die Arme auf, und in der Stille, die mich umgibt, während mein Blut auf die Fliesen im Badezimmer tropft, lese ich immer wieder das erste Kapitel von irgendeinem Buch, bis ich jedes einzelne Wort auswendig kenne.

Anschließend wische ich den Boden, pflastere meinen Arm zusammen und starre in mein zurückglotzendes Spiegelbild.

So einfach überwindet man Schmerzen.

Ich gehe in die Schule, ich gehe nach Hause, ich gehe schwimmen, ich gehe nach Hause, ich gehe an meinen Eltern vorbei, ich gehe um meine Eltern herum, ich bleibe vor der *einen* Tür stehen, ich stürme an der gleichen Tür vorbei.

Ich funktioniere hervorragend.

Denn wir alle müssen den Tag bestehen.

Wenn wir einen nächsten haben wollen.

Aber ich hasse mein Leben so sehr, dass ich die Minuten zähle, bis endlich wieder der Abend kommt und ich schlafen gehen kann.

Wenn man ohne Unterlass mit seinen Wahnvorstellungen um jeden Teilabschnitt des unbekannten Ganzen pokert, dann braucht man viel Ruhe. Also ziehe ich mich immer weiter zurück. Ich habe keine Lust auf Partys, ich will nicht mit meinen Freundinnen shoppen oder ins Kino gehen. Ich will am liebsten gar keine Menschen mehr in meiner Nähe haben, und als festen Freund könnte ich mir höchstens jemanden vorstellen, der mich verschleppt, in seinem Keller einsperrt und nie wieder hinauslässt – anders kann ich mir eine Beziehung mit einem Mann nicht vorstellen.

An einem windigen Herbsttag stehe ich am Lietzensee und halte einen schwarzen Stein in der Hand. Mit meinen Fingerspitzen streiche ich sanft über die glatte Oberfläche. Der Stein ist kalt und beständig. Es würde ihn nicht im Geringsten stören, wenn ich auf ihm herumtrampelte oder wenn ich ihn benutzen würde, um jemandem den Kopf einzuschlagen.

So will ich sein, denke ich, kalt und hart.

Ich will nie wieder etwas empfinden müssen, ich will, dass mir alles uneingeschränkt egal ist. Und ich werde niemandem mehr das Recht geben, mich zu verletzen; ich werde nie wieder jemanden nah genug an mich heranlassen, um berührt zu werden.

Der Stein blickt mich so kalt an, als würde er daran zweifeln.

»Du kannst mich mal«, sage ich zu ihm und werfe ihn im hohen Bogen auf den See hinaus.

Er lacht. Denn er wird nicht ertrinken. Er kann so lange die Luft anhalten, wie er will.

Den größten Teil meiner Freizeit verbringe ich auf meinem Bett, umgeben von einem Stapel von Büchern. So flüchte ich in die Welt der Geschichten und lebe mehr dort als irgendwo sonst. Wenn ich ein Buch zu Ende gelesen habe, es schließlich zuklappe und zurückkehren muss in die schreckliche Wirklichkeit, in der ich viel zu viel vergewaltigt und viel zu unperfekt bin, dann möchte ich mich am liebsten selbst für den Rest meines Lebens in Ketten legen, damit ich nicht noch mehr Katastrophen anrichten kann.

Ich versuche alles leichter zu machen, indem ich alles unpersönlicher mache. Ich reiße die Bilder von meinen Wänden und werfe sie weg. Ich beziehe mein Bett mit weißer Bettwäsche, ich verhänge meine Regale mit weißen Laken und lasse nur meinen Nachttisch frei, auf dem ich die paar Sachen aufbewahre, die ich mir als spärlichen Besitz gönne: drei Bücher, ein Kartenspiel, eine Zahnbürste, Zahnpasta, Shampoo, einen Block und vier Stifte.

Aber irgendwie geht es mir trotzdem nicht besser, ich habe nach wie vor Gefühle – ich bin nicht annähernd wie ein Stein. Stattdessen liege ich jeden Abend im Bett und weine, da mein Vater wieder den ganzen Tag herumgemault hat, weil ich irgendetwas falsch gemacht habe. Weil ich meine Jacke nicht ordentlich aufgehängt habe, weil ich irgendeinen Schwamm nicht fest genug ausgewrungen habe, weil ich meine Zimmertür zugemacht habe und mich von der Familie (sein Lieblingswitz) entfernen würde, weil ich weniger ich sein soll und was weiß ich noch alles.

Meine Mutter schafft es währenddessen, mich mit ihren Stimmungsschwankungen in den Wahnsinn zu treiben. Sie hasst mich, weil ich keine Querflöte spielen kann, sie liebt mich – einfach so. Sie hasst mich, weil ich zu laut bin, sie liebt mich – aus Pflichtgefühl. Sie hasst mich, weil ich da bin. Sie liebt mich – weil ich mein Bett so ordentlich gemacht habe. Sie hasst mich, sie hasst mich, sie hasst mich.

Ich stehe vor dem Spiegel und hasse mich auch. Ich bin vierzehn Jahre alt, 1,64 groß, wiege 56 Kilo und fühle mich wie ein überdimensionaler Hefeklops.

Den restlichen Teil meiner Freizeit verbringe ich damit, über die schnellste und schmerzloseste Möglichkeit, Suizid zu begehen, nachzudenken. Leider bin ich ein Weichei und kriege es einfach nicht hin, mir die Pulsadern vernünftig aufzuschlitzen; das Ergebnis ist jedes Mal eine blutige Sauerei, Kopfschmerzen, Armschmerzen, ein verschmiertes Skalpell – und ich bin noch genauso am Leben wie vorher. Schließlich versuche ich es mit Luftanhalten, denn ich bin der Meinung, wenn man es nur fest genug will, dann kann man einfach sterben, weil die Seele aufgibt. Abend für Abend liege ich in meinem Bett und halte die Luft an, bis mir schwindlig wird und sich alles dreht. Am Ende habe ich dann jedes Mal Halluzinationen, Herzrumpeln und keine Lust mehr. Aber tot bin ich nie.

Ich frage meine Eltern, ob wir eventuell umziehen könnten. Vielleicht nach Irland, da würde ich ein Schaf haben und auf einer Wiese neben dem Schaf sitzen und das Gras anstarren. Von mir aus aber auch einfach nur in einen anderen Bezirk oder wenigstens eine Straße weiter. Meine Eltern schütteln den Kopf über mich. Das kann ich gut verstehen. Aber ich kann ihnen leider nicht erklären, dass ich ein Problem damit habe, Tag für Tag an der Tür vorbeizugehen, hinter der *er* einmal gewohnt hat und hinter der immer noch ein Teil von mir liegt und schreit und wimmert.

Trotz wirrer Stimmen im Kopf bin ich noch klar genug bei Verstand, um den Mund zu halten, denn wer würde mir schon glauben? Meine Mutter fand *ihn* nett, weil *er* ihr manchmal die

Einkaufstüten hochgetragen hat, und einmal hat sie zu mir gesagt, ich könnte mir ruhig mal ein Beispiel an *ihm* nehmen. Aber ich nehme mir lieber eine Rasierklinge von meinem Vater und zeichne Bilder auf meinen Unterarm.

Meinen Körper misshandeln. Darin werde ich mit der Zeit richtig gut. Ich kratze mir meine Arme blutig, ich renne mit Absicht gegen Schränke und Türen, ich halte mir glühende Metallstäbchen auf die Haut und beiße mich, bis ich Blut schmecke. Meine Eltern merken nie etwas, und die Kratzer auf meinen Armen halten sie für Ausschlag.

An einem Ostermontag verbietet mein Vater mir, meine Zimmertür zu schließen.

»Du sollst dich nicht von der Familie abkapseln!«, brüllt er, und die Schokohasen auf dem Tisch wackeln genervt. »Wie oft habe ich dir das schon gesagt? Du weißt doch, dass ich nicht ständig an deiner geschlossenen Tür vorbeilaufen will!«

»Was du sagst, und was ich weiß, sind zwei grundverschiedene Dinge«, antworte ich.

Lautlos versteht sich.

Dann nicke ich brav. Als wäre ich eine Jungfrau. Unangetastet und lieblich.

Von nun an gehe ich ins Bad, drehe den Wasserhahn auf und tue so, als würde ich baden – aber stattdessen sitze ich auf den kalten Fliesen, wo ich meine Ruhe habe und so lange vor mich hin träumen kann, wie ich will, ohne dass jemand kommt, der mir sagt, wie falsch doch alles an mir ist.

Während dieser Stunden neben der Badewanne habe ich auf einmal einen Geistesblitz: Je mehr von mir auf dieser Welt ist, desto schlimmer. Wenn ich verschwinden könnte, wäre alles besser. Gedacht, getan. Ich höre auf zu essen.

Ich will zwanzig Kilo wiegen, von mir aus auch nur zehn, denn dann bin ich so wenig da, dass es gar nicht mehr richtig zählt, und dann ist es vielleicht okay, dass ich da bin. Also ernähre ich mich nur noch von Gurken und Äpfeln. Eigentlich will ich überhaupt nichts mehr essen, aber dann fühle ich mich ständig so schlapp, dass ich den Weg zur Schule nicht schaffe oder anfange zu zittern, wenn ich meine Schuhe anziehen will.

Ich nehme ab. Über zehn Kilo, innerhalb von kürzester Zeit. Aber ich bin immer noch zu viel – genau wie vorher. Außerdem kann ich auf einmal an nichts anderes mehr denken als an Essen. In den Nächten schrecke ich schweißgebadet aus meinen Träumen, weil ich mich umgeben von knusprigen Käsetoasts, zuckersüßen Sahnetorten und Zimtschnecken fühle.

Meine Stimmung wird immer düsterer und schlechter. In meinem Kopf herrscht ein bedrohliches Dauerbrummen, und irgendwann verlerne ich die Kunst des Einschlafens. Meine Noten werden dagegen immer besser und besser, ich schreibe eine Eins nach der nächsten; eine Zwei zu bekommen fühlt sich schon schlecht an, aber trotzdem bin ich mir sicher, nicht gut genug zu sein. Von Tag zu Tag hasse ich die Schule mehr, sie langweilt mich, meine Klassenkameraden sind mir fremd, der Stoff zu unbedeutend. Ich lerne kaum, eigentlich nur während der Schulstunden – in den Pausen mache ich meine Hausaufgaben, damit ich sie nicht zu Hause machen muss, und frühestens zwei Tage vor einer Klausur fange ich an zu lernen, manchmal auch gar nicht. Aber der Druck in mir lässt nicht nach. Meine Eltern lieben mich immer noch nicht. Dabei bin ich so gut in der Schule, dass sie doch wenigstens ein bisschen stolz auf mich sein könnten. Ich habe panische Angst davor, was passiert, wenn ich plötzlich wieder nur Zweien oder Dreien bekomme, bestimmt verachten sie mich dann endgültig. Ich denke darüber nach, vielleicht doch etwas mehr für die Schule zu machen, den ganzen Tag zu lernen und meine Schulbücher alle auswendig zu lernen. Aber das schaffe ich einfach nicht. Allein der Gedanke an die Schule verursacht in mir schon Übelkeit, keine Sekunde länger als nötig will ich dort verbringen. Aus einem unerklärlichen Grund habe ich schreckliche Angst davor, nicht genug Zeit zu haben. Zeit für mich. Zeit, in der ich nichts tun muss. Ich fiebere den Wochenenden entgegen, warte auf die Schulferien und versuche jede Sekunde auszukosten, in denen meine Eltern nicht zu Hause sind und ich atmen kann.

Mit fünfzehn Jahren bin ich schließlich bereit, alles zu tun, um nicht mehr in die Schule gehen zu müssen und so weit wie möglich von meinen Eltern wegzukommen. Ich sehe vier Optionen: erstens Selbstmord, zweitens Straßenstrich, drittens Kinderheim, viertens Abdrehen und Klapse.

Vor Nummer eins habe ich zu viel Angst. Für Nummer zwei fehlt mir die Connection. Bei Nummer drei weiß ich nicht, wie ich einen Platz bekommen soll. Also bleibt nur die vierte Möglichkeit.

Ich gehe zu einem Psychologen und sage ihm, dass ich sterbe. Ich erzähle von meinen Essstörungen, gucke verdammt leidend, rede davon, aus dem nahegelegensten Fenster zu springen, und stelle einen Haufen Anträge bei meiner Krankenkasse. Meine Mutter rastet total aus und kreischt mich an, dass ich ein verlogenes Biest sei und mir meine Probleme nur einbilden würde.

Mein Vater hingegen bleibt ziemlich ruhig. Natürlich. Er bleibt ja immer ruhig. Er kann sich in aller Ruhe sein Honigbrötchen schmieren, während ich danebensitze und zwei Packungen Aspirin am Stück einwerfe.

»Wenn ich keinen Platz in der Klinik bekomme, breche ich in eine Apotheke ein, klaue zehn Tüten voll Schlaftabletten, schlucke sie alle auf einmal und sterbe«, das verspreche ich mir, um mein hechelnd klopfendes Herz zu beruhigen.

Dann kommt endlich der Brief. Ich reiße ihn auf.

»Klinikaufenthalt genehmigt«, steht da.

Und mein Leben geht weiter.

Im Sommer, nachdem ich wochenlang kaum zur Schule gegangen bin, weil ich ständig krank war oder lieber auf einer Parkbank herumgelungert bin, als mich fortzubilden, setze ich mich neben meinen Koffer ins Auto meiner Eltern und verabschiede mich von meinem beschissenen Leben. Hinter dicken Klinikmauern, mit weißen Wänden und weißen Bettbezügen, mit festen Regeln, festen Mahlzeiten, nur drei Stunden Schule und umgeben von lauter anderen Bekloppten müsste ich mich doch eigentlich geborgen fühlen.

Meine Mutter spricht während der ganzen Fahrt kein einziges Wort mit mir, dafür wirft sie mir in regelmäßigen Abständen vorwurfsvolle Blicke über den Rückspiegel zu. Ich gucke aus dem Fenster und tue so, als würde es mich nicht interessieren, als wüsste ich nicht einmal, wie man »verletzt sein« überhaupt buchstabiert.

Mein Vater fährt. Das kann er gut.

In der Klinik riecht es nach sterilem Kindergarten, aber es toben keine fröhlichen Kinder herum.

Nach dem Einführungsgespräch mit dem zuständigen Psychologen verabschieden sich meine Eltern von mir. Das heißt, meine Mutter rauscht wortlos an mir vorbei aus dem Zimmer, natürlich nicht, ohne mir einen letzten wütenden Blick zuzuwerfen, und mein Vater räuspert sich ein paarmal, bevor er mich eine halbe Sekunde lang umarmt.

Ich könnte jetzt ein ganzes Buch füllen mit den Geschichten von diesem Klinikaufenthalt. Ich könnte loslegen und den ganzen Block C von Zimmer 35 bis 50 einzig und allein durch meine Worte freilegen. Aber ich würde abschweifen und niemals vorwärtskommen mit dem, was ich eigentlich erzählen möchte. Denn in dieser Zeit war ich zum ersten Mal kein Außenseiter, kein seltsames Objekt, das man anstarrt und über das man hinter vorgehaltenen Händen flüstert. Es gab dort sogar Mädchen, die noch weniger aßen als ich. Das war gar nicht so einfach, wenn man bedenkt, dass ich mich damals auf einen halben Apfel, zwei Pflaumen und eine Tomate pro Tag spezialisiert habe, während ich alle anderen Lebensmittel irgendwie verschwinden ließ – bis ich dann schließlich zum Essen gezwungen wurde.

Was für ein Drama.

Ich würde niemals sagen, die Zeit in der Klinik war schlimm. Selbst wenn sie es doch war. Denn ich war eingeschlossen genug, um freier als je zuvor zu sein. Und außerdem war ich weg von meinen Eltern, weg von der Schule. Ich konnte atmen. Ich wusste, was der nächste Tag bringen würde. Ich hatte einen Plan mit geregelten Zeitabschnitten, und weiße Wände zum Anstarren hatte ich auch.

Ich hatte sogar Freunde. Ich wusste, dass diese Freundschaften in der wahren Welt nicht fortbestehen würden, aber ich habe sie genossen. Für den Augenblick mehr als alles andere.

Ich erinnere mich an Phillip. Er war der Grund, aus dem wir Volleyball immer ohne Netz spielen mussten. Denn Phillip hatte es geklaut, um sich damit aufzuhängen, und selbst nach einer stundenlangen Suche konnte es keiner vom Klinikpersonal finden. Das mit dem Aufhängen hat sich Phillip dann noch einmal überlegt. Zum Glück. Ich habe ihn gemocht, und ich habe nie wieder einen Jungen getroffen, der so von Emotionen hin und her gerissen durch sein Leben getaumelt ist wie er. So beängstigend, so gewaltig, so sanft, so brutal, so schön, so laut und trotzdem auf ganz leisen Füßen.

Am letzten Abend, nach zwei Monaten im Exil, habe ich mir eine Packung Taschentücher geholt und geweint und geweint, bis ich nicht mehr konnte. Weil ich schreckliche Angst vor meiner Zukunft hatte und weil ich nicht bereit war zurückzukehren; weil ich wusste, dass ich noch immer ein einziger Fehler war.

3

Zu Hause. Freiheit. Das normale Leben.

Die ersten Wochen stehe ich unter Schock. Es ist alles viel zu viel. Viel. Zu. Viel. Die Worte, die ich benutze, klingen fremd aus meinem Mund, als würde mich ein unpassender Sprecher synchronisieren. Die Welt ist so laut. Ich bin vollkommen fehl am Platz. In der Schule starren mich alle an. Ich bin ein Freak. Ich bin die Einzige in meiner Klasse, die dermaßen irre ist, dass sie sich selbst einweisen lässt.

Und was soll ich jetzt mit all der freien Zeit anfangen? Ich darf rausgehen. Einfach so. Ohne Ausgangspass. Ohne Formulare auszufüllen. Ich muss mich nicht pünktlich um 7 Uhr, um 10 Uhr, um 12 Uhr, um 16 Uhr und um 18 Uhr im Speisesaal einfinden. Ich muss nicht um 21 Uhr im Bett liegen und das Licht ausschalten. Was soll ich nur machen? Wo soll ich hingehen? Wie funktioniert das alles?

Einkaufen.

Freunde treffen.

Kino.

Schule.

Park.

Und dann?

Ich bemühe mich. Allen anderen Menschen gelingt es schließlich, morgens aufzustehen und zur Schule oder zur Arbeit zu gehen, ohne dabei den Verstand zu verlieren, also muss ich das doch auch schaffen! Wozu habe ich leben gelernt?

Dann fängt es an zu schneien. Im Herbst, als wäre es längst Winter. Und da gewöhne ich mich langsam wieder an all das; was bleibt mir auch anderes übrig – die Zeit wartet auf niemanden, besonders nicht auf Mädchen wie mich.

Ich bin sechzehn Jahre alt, mein Leben ist das Letzte, was ich gebrauchen kann, und ich würde mir lieber ein Küchenmesser in den Arm stechen, als in die Schule zu gehen. Aber ich muss dorthin, also sitze ich stumm auf meinem Platz und versuche so bescheiden wie möglich zu atmen. Denn ich habe panische Angst davor, dass mich alle neugierig anglotzen und mir unangenehme Fragen stellen. Überhaupt sage ich fast gar nichts mehr und verziehe mich in den Pausen lieber auf irgendeine ruhige Bank und tue so, als würde ich ein Buch lesen. In Wahrheit aber zähle ich die Sekunden, bis die Pause vorbei ist, oder ich überlege mir einen neuen Notfallplan.

Meine Zeugnisse hingegen bewerten meine Zukunft mit sehr gut. Ich stopfe sie in die Lilly-Akte meines Vaters. Da sind sie am besten aufgehoben, denn sie sagen absolut nichts über mich aus. Aber das mit dem Aussagen ist sowieso eine Sache für sich.

Meine Mutter perfektioniert währenddessen ihren Lieblingssatz: »Ich hasse dich.« Sie kennt ungefähr zweihundert Varianten der satzgewandten Betonung.

Mein Vater ist nie da. Und wenn er doch da ist, dann ist er immer noch zu weit entfernt, um mich wahrzunehmen.

Meine Klassenkameraden wissen mittlerweile rein gar nichts mehr mit mir anzufangen. Außerdem könnte Geisteskrankheit ja auch ansteckend sein; also lieber einen Schritt weiter weggehen, als zu nah herankommen – man weiß ja nie. Hinzu kommt selbstverständlich noch die allgemein bekannte Tatsache, dass es absolut uncool ist, mit einem gestörten, von blauen Flecken übersäten Alien befreundet zu sein. Ich stehe also im Glaskasten auf dem Schulhof und setze mein gefälschtes Lächeln auf. Es tut mir leid, so zu sein, wie ich bin. Aber ich fühle mich wie eine Giraffe am Südpol, die mit einem Haufen Pinguinen in einem edlen Clubhaus mit riesigem Kronleuchter sitzt und mit dem Kopf ständig gegen die Decke stößt. Eine Giraffe, die den Hals verrenken muss, um von Angesicht zu Angesicht mit den schwarz-weißen, fremdartigen Kreaturen zu sprechen, die nie ausrutschen auf dem eisigen Boden und die nie frieren und immer in anständigen Grüppchen zusammen durch die weiße Schneewelt wuseln, als gäbe es keine Killerwale, die ab und zu durch die Eisdecke brechen und einen von ihnen verspachteln.

Ich fange wieder an zu hungern. Denn der nagende Schmerz ist anmutiger als jeder andere. Und wozu bin ich schließlich ein Profi darin, mich in riesigen Pullovern und unter vier Schichten von T-Shirts zu verstecken.

In meinen Träumen werde ich vergewaltigt. Aber ich schlafe nicht, ich bin wach. Ich sehe die Bilder, ich sehe mich, ich schließe die Augen vor mir. Dann flüstere ich mir Geschichten zu. Geheimnisse. Geschehnisse. Ich entschuldige mich.

Aber ich verzeihe mir nicht. Dafür fehlt mir die Gabe.

Und das Rechtsempfinden.

Wenige Wochen später gebe ich schließlich auf. Während ich auf dem Fahrrad sitze und mit schlaffen Beinen in die Schule strampele, denke ich darüber nach, einfach in den nächsten Busch zu rasen und dort liegen zu bleiben, bis alles vorbei ist.

Aber meine Gedankenströme sind zu sachlich: Im Busch liegen und warten ist keine sinnvolle Option. Und weil ich nicht alleine weiterkomme, beschließe ich ein letztes Mal, jemand anderen um Hilfe zu bitten.

Also gehe ich zu einer Psychologin und sage: »Ich möchte sterben. Aber ich bin zu jung, um tot zu sein. Ich möchte leben. Aber ich bin zu alt für diesen Körper. Vielleicht gibt es eine Möglichkeit, die Flucht zu ergreifen und trotzdem hier zu bleiben. Wissen Sie, ich konnte noch nie sonderlich schnell rennen. Ich bin zwar in der Schulstaffel, aber das liegt nur daran, dass andere noch weniger schnell rennen können als ich. Für einen Pokal wird es ganz bestimmt nicht reichen.«

Die Psychologin starrt mich an, kaut auf ihrem Kugelschreiber herum, rückt ihre Brille auf der Nase hin und her, guckt in ihren Terminplaner, schiebt mir eine Schale mit Bonbons hin, räuspert sich und verschreibt mir dann eine große Packung Antidepressiva.

»Damit geht es dir besser«, sagt sie und glotzt mich an wie ein erschossenes Reh.

»Danke«, sage ich, schlurfe in die nächste Apotheke und gebe das Rezept ab.

Die Apothekerin mustert mich und das Rezept eine Weile lang sehr kritisch, als würde sie darüber nachdenken, ob ich es vielleicht gefälscht habe, weil ich ein Junkie bin, aber dann drückt sie mir doch mit gerunzelter Stirn eine riesige Packung in die Hand und schenkt mir dazu sogar noch eine Packung Taschentücher mit Eukalyptusgeruch, von dem mir schlecht wird.

Zu Hause angekommen, werfe ich die Taschentücher in den Mülleimer, stelle die Pillenpackung auf meine Kommode und finde es mit einem Mal ziemlich dämlich, das missbrauchte kleine Mädchen in meinem Hirn mit Tabletten vollzustopfen, damit es seine Klappe hält. Irgendwann wird es sowieso wieder anfangen zu schreien. Und wie kann ich mir selbst noch in die Augen sehen, wenn ich meine Seele betäube und meine Augen verschließe vor dem, was ich bin?

Am Abend kommen meine Eltern nach Hause, mein Vater schnauzt mich an, und ich tue so, als würde ich ihm voller Hingabe lauschen, aber in Wirklichkeit zähle ich Mädchen in roten Frühlingskleidern, die über Zäune hüpfen und auf der anderen Seite direkt vor dem Maul des bösen Wolfs landen. Jedes dritte wird zerfetzt und gefressen.

Meine Mutter hat auch schlechte Laune. Wie berechenbar sie aussieht, wenn sie von der Arbeit nach Hause kommt und sich ihren Lippenstift mitsamt dem Lächeln aus ihrem Gesicht wischt.

Es gibt Reis mit Gemüse und Soße. Ich mag eigentlich keinen Reis, aber mir ist so schwindlig vom ewigen Hungern, dass ich nicht einmal mehr richtig gucken kann, ohne dass alles um mich herum ständig verschwimmt oder die Plätze vertauscht. Also esse ich.

»Iss nicht so viel!«, sagt mein Vater.

Und da stehe ich auf, stelle den Teller in die Spüle, gehe ins Bad, tue so, als würde ich duschen, und erbreche stattdessen lautlos in die Toilette. Dann gehe ich in mein Zimmer, öffne das Fenster, so weit es geht, lege mich nackt auf mein Bett und decke mich nicht zu. Die Zimmerdecke verschiebt sich und dreht sich viermal um sich selbst, dann rast sie auf mich zu und explodiert. Ich kneife meine Augen zusammen und versuche die Störung wegzublinzeln, aber Gott hat die Welt auch nicht an einem Tag erschaffen.

Meine Hände werden eiskalt, meine Haut ist längst rauh und taub. Ich warte auf eine Lungenentzündung oder auf den Tod durch Erfrieren. Es ist sinnlos, denn der Tod kommt selten wie gerufen, er ist lieber zu früh oder zu spät, zu überraschend oder zu grausam.

Also bleibe ich wach.

Der nächste Tag ist wärmer, aber davon merke ich nichts. In der Schule stehen meine Klassenkameraden in Gruppen zusammen und unterhalten sich über die coolsten Partys, die angesagtesten Läden, den geilsten Alkohol und die Charts. Ich bin neidisch. Ich würde das auch so gerne können. Aber ich stehe stumm daneben und versuche, nicht ohnmächtig zu werden, weil mir plötzlich, wie aus dem Nichts, der Geruch des einen Mannes in die Nase fährt: Alkohol und ein Gestank, der mich benebelt. Schwer und erdrückend liegt *er* auf mir. Die widerlichen Tage sind nicht gezählt. Wenn es hart auf hart kommt, muss man ziemlich lange ficken.

»Was ist los mit dir?«, fragt meine Klassenkameradin Miriam und rammt mir einen Ellbogen in die Seite.

»Nichts«, antworte ich.

»Du siehst aber ganz schön blass aus«, erwidert sie.

»Es geht mir gut!«, beteuere ich.

Dann flüchte ich auf die Toilette, huste Blut und probe vor dem Spiegel ein unbeschwertes Grinsen, bevor ich wieder zurück zu meinen Mitschülern gehe.

»Ist wirklich alles okay?«, fragt Miriam. »Jetzt siehst du nämlich noch blasser aus. Und das passt nicht so gut zu deinem ohnehin schon hellen Outfit.«

Alle starren mich an. Wahrscheinlich denken sie, dass gleich die Männer in Weiß aus dem Gebüsch hervorspringen und mich zurück in die Klinik schleifen. Von mir aus könnten die sogar kommen, aber das Einzige, was im Gebüsch raschelt, ist ein Spatz auf der Suche nach weggeworfenen Pausenbroten.

Ich halte den Blicken stand. Fünf Minuten lang. Dann gehe ich ins Sekretariat, melde mich krank und fahre nach Hause.

Nach Hause.

Das ist ein guter Running Gag.

Die Wohnung ist leer. Ich bin dankbar dafür und gehe in mein Zimmer. Dort lege ich mich auf mein Bett und starre die Kommode an. Darauf steht immer noch die Packung mit meinen Psychotabletten.

Eine Stimme in meinem Kopf sagt: »Schluck sie alle auf einmal runter!«

Eine andere Stimme sagt: »Au ja, und dann noch eine Schachtel Aspirin als Nachspeise!«

Eine dritte Stimme sagt leise und verführerisch: »Eine Tablette für den Anfang kann auf gar keinen Fall schaden …«

Also stehe ich auf, falle in Ohnmacht, stehe wieder auf und gehe in die Küche, um mir ein Glas Wasser zu holen. Kurz darauf sitze ich erneut auf meinem Bett, öffne die Tablettenschachtel und überfliege schnell noch den Beipackzettel – zwei Seiten voll mit möglichen Nebenwirkungen. Ich zerreiße ihn achtlos, denke: »Jaja, ist mir doch egal …«, dann drücke ich eine Tablette aus der Folie, lege sie mir auf die Zunge, kippe Wasser hinterher und schlucke.

Zwanzig Minuten später treten sämtliche der möglichen Nebenwirkungen gleichzeitig auf. Mein Herz beginnt zu rasen und so heftig zu pochen, dass ich vor Angst kaum noch atmen kann. Mir wird übel, alles dreht sich, ich schwitze und friere, ich kann nicht mehr geradeaus laufen, meine Pupillen werden größer und größer, ich habe das Gefühl, dass meine Augen platzen, dann fangen meine Hände an zu zittern, mein Atem wird so hastig, dass ich kurz davor bin, an Luft zu ersticken. Ich taumele in Richtung Telefon, kippe auf dem Weg dahin mindestens zweimal um und laufe schließlich aus Versehen daran vorbei. Irgendwann habe ich dann doch noch den Hörer in der Hand, sitze auf dem Fußboden, stiere eine Steckdose an, weil ich es nicht schaffe, den Blick davon zu wenden, und überlege, wie man telefoniert. Aber da ich auch nicht mehr weiß, wen ich eigentlich anrufen wollte, lege ich wieder auf.

»So«, sagt ein klar denkender Teil in mir zynisch und von oben herab, »jetzt weißt du also, wie es ist, normal und antidepressiv zu sein. Zufrieden?«

Ich rolle mich mit dem Telefon in meinem Arm auf dem Boden zusammen und schlafe ein.

»Hör auf, in deinem Essen herumzustochern«, sagt mein Vater am nächsten Tag.

»Iss deine Nudeln«, schimpft meine Mutter.

Ich glotze mit riesigen Pupillen auf meinen Teller, verharre mitten in meiner Spaghetti-Revolution und versuche normal zu wirken. Langsam schiebe ich mir einen Bissen in den Mund, kaue sehr überzeugend darauf herum und spucke anschließend alles unauffällig in eine Serviette. Daraus mache ich dann eine Endlosschlaufe, bis mein Teller leer und die Serviette voll ist.

Gute Mädchen schlucken. Ich weiß.

Aber ich bin böse.

Zwei Monate nach meinem Klinikaufenthalt sind mir drei Begebenheiten absolut bewusst. Erstens: Meine Mutter hat mich vorher gehasst, aber jetzt hasst sie mich richtig. Denn was ist schlimmer als eine Tochter, die sich einbildet, krank zu sein, und in eine Psychoklinik flüchtet, nur weil sie keinen Bock mehr hat, zur Schule zu gehen. Das jedenfalls sagt sie zu mir, und anschließend sagt sie so gut wie gar nichts mehr. Zweitens: Ich bin meinem Vater so fremd, wie man jemandem nur sein kann. Er versteht nicht das Geringste von mir, und selbst wenn ich blutend und mit aufgeschnittener Seele vor ihm herumzappeln würde – er würde nichts anderes tun, als mir zu sagen, ich solle mich beruhigen. Und drittens: Ich will nicht leben, ich will nicht sterben. Aber eins von beidem muss ich tun, also muss ich herausfinden, was von beidem besser ist. Und das kann ich nur, wenn ich gehe.

Also gehe ich.

Ins Jugendamt. Dritter Stock, rechter Flur, sechste Tür links. Herr Steinbeck.

»Ich bin so gut wie Geschichte«, sage ich, »wenn Sie mich zurück zu meinen Eltern schicken.«

Und der Mann mit den grauen Haaren und dem müden Blick sieht mich eine Weile lang sehr erschöpft an und erwidert schließlich: »Wenn du mir sagst, dass du aus irgendeinem Grund nicht mehr nach Hause gehen möchtest, dann bin ich verpflichtet, dich anderweitig unterzubringen. Bist du dir sicher mit dieser Entscheidung?«

Ich starre ihn an.

Wie ein Betrunkener eine leere Flasche Bier.

Glaubt er wirklich, ich renne zum Spaß ins Jugendamt?

Oder zum abenteuerlichen Zeitvertreib?

»Ja«, sage ich, nachdem ich meine Stimme wiedergefunden habe. »Ich war mir nie zuvor so sicher.«

Herr Steinbeck seufzt und greift nach dem Telefon, das auf seinem Schreibtisch steht. Er wählt eine Nummer, wechselt ein paar Worte, legt auf und nennt mich Glück.

Glückskind.

Weil in einem Jugendheim gerade eben ein Platz frei geworden ist, den ich haben darf.

»Du musst nicht erst in eine Notübernachtung, du kannst deine wichtigsten Sachen zusammenpacken und einziehen«, sagt Herr Steinbeck und kritzelt dabei etwas in meine Jugendamtakte.

»Einfach so?«, frage ich ungläubig. Denn wenn ich eines gelernt habe, dann das, dass man niemals einfach so davonkommt.

»Ja«, antwortet Herr Steinbeck und gibt mir einen Zettel mit der Adresse des Heims, »einfach so.«

»Danke«, sage ich und stehe schnell auf, bevor er es sich doch noch anders überlegt.

Herr Steinbeck gibt mir die Hand zum Abschied und murmelt etwas, das ich nicht verstehen kann. Aber ich habe keine Zeit, ihn danach zu fragen, und rausche zur Tür hinaus, das Treppenhaus hinunter und dann schleunigst aus dem Jugendamt heraus.

»Ich ziehe in ein Jugendheim«, sage ich zu Hause angekommen zu meinem Vater. Er hat gerade Urlaub und sitzt, ganz vertieft in ein Buch über Afrika und dessen Einwohner, auf seinem Lieblingssessel.

»Was?«, fragt mein Vater und sieht stirnrunzelnd auf.

»Ich ziehe in ein Jugendheim«, wiederhole ich.

»Aha«, sagt mein Vater.

»Jetzt gleich«, sage ich.

»Wie funktioniert das?«, will mein Vater wissen.

»Ich war beim Jugendamt, die schicken euch einen Brief«, erkläre ich.

»Einen Brief«, wiederholt mein Vater.

»Ja, oder du kannst da auch anrufen, wenn du magst«, erwidere ich.

»Weiß deine Mutter Bescheid?«, fragt mein Vater.

»Du weißt Bescheid«, sage ich.

»Was du nicht sagst«, erwidert er.

Eine Weile schweigen wir uns an.

»Soll ich dir beim Packen helfen?«, fragt mein Vater schließlich.

Und ich nicke.

Die Luft riecht nach Winter, der Herbst verzieht sich allmählich mit seinen bunten Farben, und es ist früh am Nachmittag, als mein Vater und ich die Wohnung verlassen. Er trägt meinen Koffer, und ich trage eine Tüte voll mit Büchern sowie einen Rucksack. Wir reden nicht viel, und ich frage mich, ob mein Vater wohl froh ist, dass er mich gleich los ist, oder ob er weint, wenn ich weg bin; oder ob es vielleicht gar keinen Unterschied für ihn macht, solange er nur eine Packung Ingwerkekse auf seinem Schreibtisch liegen hat.

»Bist du traurig?«, frage ich ihn, nachdem wir zehn Minuten lang wortlos durch die Straßen gefahren sind.

»Warum?«, fragt mein Vater.

»Weil ich ausziehe«, erkläre ich.

»Nein«, sagt er, »wenn du das so möchtest, dann ist doch alles okay.«

Ich weine nicht, als er das sagt.

Aber später im Jugendheim, als er weg ist und ich in dem kahlen Zimmer auf meinem neuen Bett sitze, dem Bett, in dem schon so viele verlorene Kinder vor mir geschlafen haben, da weine ich. Lautlos und still, wie ich es immer tue, wenn ich mir zugestehe, ein Häufchen Elend zu sein.

Die Einrichtung heißt »Frohsinn«. Aber froh ist da keiner. Und Sinn macht es auch nicht. Dafür sind die Jugendlichen nett – den Umständen entsprechend. Denn man ist andersartig nett, wenn man gerade von seinem Stiefvater ins Koma geprügelt und anschließend ohne einen Abschiedsgruß abgeschoben wurde.

David, der Jüngste, ist dreizehn und versucht manchmal das

Heim anzuzünden. Deshalb gibt es auch keine Vorhänge mehr, die hat er alle längst abgefackelt. Erik ist mit siebzehn Jahren der Älteste von uns, und manchmal kommt er nachts in mein Zimmer und überschüttet mich mit eiskaltem Wasser oder kippt mir heißes Wachs ins Gesicht.

»Sei froh, dass ich es nicht woanders hinkippe!«, sagt Erik und hält dabei meinen Arm mit seinem Schraubstockgriff umklammert.

Ich bin nicht froh. Ich bin eine gleichgültige Zusammensetzung defekter Atome. Aber wenn ich Schmerzen empfinde, dann weiß ich wenigstens, dass ich noch da bin. Und *da sein* ist besser als *weg sein* – vor allem, wenn man nicht weiß, ob es nach dem Wegsein ein neues Dasein geben wird.

Im Haus »Frohsinn« ist Platz für dreizehn Kinder. Irgendwer geht immer oder kommt neu dazu, irgendwer ist immer verschwunden oder taucht nach einigen Tagen wieder auf. Im Großen und Ganzen kommen wir gut miteinander klar, denn wir sind alle Außenseiter, und was verbindet mehr als die Tatsache, nicht dazuzugehören? Wir haben Eltern, die uns nicht mehr haben wollen, oder Eltern, die wir nicht mehr haben wollen. Wir haben Eltern, die uns nicht ertragen, wegen unseres Betragens oder weil wir nicht tragen wollen, was sie uns auftragen, oder weil sie es nicht vertragen, uns mit sich zu tragen auf dem Weg dieser Tragödie ins ertragreiche Land.

Aber das macht nichts, denn im »Frohsinn« sind wir eine große, überglückliche und konstant vorbildliche Familie. Manchmal schlägt Dennis Erik, oder Erik schlägt Sofie. Oder Dennis schlägt Erik und Sofie, und dann schlagen Sofie und Erik erst Dennis und dann Marcel und dann wieder Erik. Hin und wieder schmeißt Jacqueline beim Essen ihren Teller an die Wand. Oder ihr Glas oder ihre Tasse oder die Salatschüssel. Manchmal brennt das Wohnzimmer, und David steht lachend mittendrin. Einmal im Monat ist der Krankenwagen da, weil Anja eine Flasche Abflussreiniger auf ex getrunken oder Marcel sich mit Drogen vollgepumpt hat. Hin und wieder steht Gevin auf dem Dach, und ein genervter Betreuer steht unten im Garten und guckt ungeduldig zu ihm hoch. Jeden Mittwoch, Freitag und Sonntag brechen David oder Lara die Speisekammer auf. Jeden Dienstag und Freitag kommt Erik nicht in der Schule an, weil er Besseres zu tun hat, und von Montag bis Sonntag werden uns irgendwelche Verbote aufgebrummt, ganz egal, ob wir schuld an etwas waren oder nicht.

An Weihnachten warte ich mit Anja darauf, dass ihre Eltern vorbeikommen. Sie wurde als kleines Kind adoptiert, und dann mit zwölf Jahren von einem Tag auf den anderen in ein Heim gegeben. Seitdem wartet sie jeden Tag darauf, dass ihre Adoptiveltern vielleicht einmal zu Besuch kommen, aber sie kommen nie. Anja weint, und ich versuche sie zu trösten. Wir sitzen in ihrem Zimmer auf dem Bett und lauschen der Weihnachtsmusik aus dem Wohnzimmer. Sie klingt schadenfroh, nicht himmlisch. Irgendwann steht Anja schließlich auf und verbarrikadiert sich im Badezimmer, wo sie für den Rest des Abends »Jingle Bells« vor sich hin singt. Dann klingelt es an der Tür, und meine Eltern stehen vor mir.

Kurz darauf sitze ich stumm zwischen den beiden am Weihnachtstisch des Kinderheims und tue so, als würde ich Kartoffelklöße mit Bratensoße essen. Nebenbei betrachte ich das festliche Spektakel: Eriks Mutter schimpft die ganze Zeit über vor sich hin, obwohl Erik ausnahmsweise einmal ganz still und wie angekettet auf seinem Stuhl sitzt. Sofie hält ganz stolz ihren kleinen Bruder auf dem Arm, während ihr betrunkener Vater auf dem Balkon steht und seine neunzehnte Zigarette raucht. David sitzt zwischen seinen übertrieben fröhlich strahlenden Eltern und wird im Drei-Minuten-Takt geknuddelt, obwohl er eine Grimasse schneidet, die ziemlich deutlich zeigt, dass er am liebsten den Christbaum samt seinen Eltern anzünden würde.

Jacqueline hat irgendeinen Onkel mit Hornbrille neben sich sitzen, mit dem sie kein einziges Wort wechselt, Gevin hockt alleine hinter der Schüssel mit dem Rosenkohl versteckt und verdrückt seinen vierten Kartoffelkloß, Lara sitzt zwischen ihrer jüngsten Schwester und der Mutter und freut sich schrecklich, dass die beiden heimlich für eine halbe Stunde vorbeigekommen sind, obwohl der neue Mann ihrer Mutter es unter Androhung von Gewalt verboten hat. Marcel hat Besuch von seiner Oma, die ihm jede Woche ein Päckchen schickt, mit Süßigkeiten für uns alle darin, und Dennis' Platz ist leer, weil er seit zwei Tagen verschwunden ist.

Meine Mutter spricht kein Wort mit mir und schnauft nur manchmal wie eine kaputte Dampflok. Aber mein Vater fragt mich: »Wie geht es dir denn so?«

Ich lüge: »Gut.«

Dann will mein Vater wissen: »Wie läuft es in der Schule?«

Ich sage: »Sehr gut.«

Mein Vater fragt weiter: »Wirst du gut behandelt?«

Ich antworte: »Ganz besonders gut.«

»Das ist gut«, sagt mein Vater.

»Ja«, bestätige ich.

Und dann packen wir unsere Geschenke aus.

An manchen Donnerstagen besuchen Lara und ich ihre Mutter und ihre drei Geschwister. Wir bekommen dann immer Mikrowellenessen und können kurz mit Laras kleinen Geschwistern spielen, bevor wir wieder gehen müssen. Um 18 Uhr schiebt uns Laras Mutter immer ganz nervös vor die Tür und sagt zum Abschied: »Schnell, beeilt euch!«

Denn um 18.30 Uhr kommt Laras Stiefvater nach Hause, und seine Lieblingsbeschäftigung ist, Lara zu verprügeln.

»Wenn er mich in diesen Klamotten sieht«, sagt Lara eines Tages zu mir und deutet auf ihr Oberteil (ein ganz normales T-Shirt, wie es jedes Mädchen trägt) und auf ihren Rock (der bis weit über ihre Knie fällt), »wenn er mich so sieht, dann schlägt er mich bestimmt tot! Er hat mich sowieso schon ständig geschlagen. Stell dir nur mal vor, was er mit mir macht, wenn er sieht, was ich anhabe.«

Dann weint Lara plötzlich los, und wir setzen uns auf eine Bordsteinkante und warten darauf, dass die Traurigkeit vergeht und der Bus kommt.

Eines Tages zündet David mein Kleid an, und es brennt, als wäre ich die Hölle. Anschließend darf ich meine Sachen packen und umziehen, in eine andere Einrichtung, in der ich laut Jugendamt besser aufgehoben bin. Mitten in Dahlem, zwischen den schönsten Villen, direkt am Botanischen Garten gelegen, steht das renovierungsbedürftige Jugendheim »Ende« und heißt mich willkommen.

Im »Ende« sind ein paar Betreuer nicht ganz so bescheuert wie im ersten Heim, aber dafür sind die bescheuerten Betreuer gleich doppelt bescheuert, also läuft es irgendwie aufs Gleiche hinaus. Dafür sind die Jugendlichen weniger gewalttätig, und ich kann schlafen, ohne Angst davor zu haben, in einer Rauchwolke aufzuwachen. Nachts schleiche ich mich manchmal in die Jungenetage, um mit Steve herumzuknutschen. Es bedeutet nichts. Aber es ist verboten. Und was gibt es Schöneres, als Regeln zu brechen.

Die Tage im »Ende« sind hart, und ich bin todmüde, weil ich jeden Morgen unheimlich früh aufstehen muss, da ich mit dem Fahrrad bis zur Schule fast eine Stunde brauche. Ich kann nicht mit dem Bus oder mit der U-Bahn dorthin fahren, denn neuerdings äußert sich meine Geistesgestörtheit durch panische Angst vor fremden Menschen. Und davon gibt es bekanntlich viele in öffentlichen Verkehrsmitteln. Außerdem bin ich gerne alleine, denn wenn man alleine ist, muss man niemandem erklären, warum man Blut hustet oder zerkratzte Arme hat.

So bin ich also jeden Morgen die Erste, die aufsteht, und immer die Letzte, die aus der Schule zurückkehrt. Tag für Tag strampele ich mich ab, und wenn ich dann schließlich am späten Nachmittag wieder im Jugendheim ankomme, ist der Tag schon so gut wie vorbei, und ich erledige noch schnell meine Aufgaben: Putzen, Einkaufen, Kochen oder was gerade ansteht.

Im Februar haben wir zum ersten Mal seit Jahren Schneeberge in Berlin. Dort, wo früher einmal der Grunewald war, befindet sich plötzlich eine überwältigende Schneewildnis, und irgendwo mittendrin, unter all dem Weiß, befindet sich meine Schule. Also schlittere ich mit meinem Fahrrad über den Schnee und durch den Matsch auf den Straßen. Und wenn ich in der Schule angekommen bin, sind meine blauen Hände eiskalt, und ich verbringe die erste Stunde damit, sie warm zu reiben.

Aber nach jedem noch so kalten Winter kommt irgendwann wieder ein Frühling – und so schmilzt der verdammte Schnee eines Tages endlich von den Straßen.

Das Heimleben hat mich erschöpft, die Gartenarbeit, für die ich zuständig bin, ist ein Kampf, wenn man nur noch aus Haut und Knochen besteht und sich trotzdem nicht dazu durchringen kann, Freundschaft zu schließen mit der Kohlroulade und dem Hefekuchen oder wenigstens mit dem Salat.

Wie schön ein Mädchen baumeln kann, an diesem selbst geformten Hungerhaken. Eine Windspielfigur, verheddert im zeitlosen Sturm.

Ich taumele, durch die jenseitige Abrisswand.

Meine Seele. Mein Körper.

Was für eine gespaltene Beziehung.

Was für eine befremdliche Relation.

Es ist noch immer Frühling, als mich meine Eltern schließlich fragen, ob ich nicht wieder zurück nach Hause kommen möchte.

Nach Hause, denke ich, was ist das?

Aber ich sage: »Ja.«

Weil meine Beine weh tun vom vielen Fahrradfahren und weil ich mich so sehr sehne nach meinem blauen Sofa, auf dessen Unterseite ich mit Wachsmalstiften Bilder gemalt habe, die das von mir erzählen, was keiner versteht.

Also gehe ich ins Jugendamt – dritter Stock, rechter Flur, sechste Tür links, Herr Steinbeck. Da hat sich nichts geändert. Ich rattere ein paar Lügen, die ich vorher mit meiner Mitbewohnerin Keila geprobt habe, herunter, lächele siebenmal schief, lache dreimal zu laut, nicke außerordentlich brav, darf meine Koffer packen und ziehe wieder zurück zu meinen Eltern.

Home sweet home. Hat irgendwer ernsthaft geglaubt, das könnte gutgehen? Hat irgendwer gedacht, das Leben sei ein Wohnzimmer mit tragenden Säulen?

Nein, wohl eher nicht. Glaube funktioniert anders.

Und ich. Ich bin eine Unbekannte.

Ohne Gleichung.

Einige Monate später ist es so weit. Es kommt der Tag, an dem eine Synapse in meinem Kopf durchbrennt und der Teil, der Zuversicht, Zukunft und Überlebenswillen beinhaltet, von dem Rest meines Daseins abgeschottet wird.

»Cool«, denke ich. »Ich bin frei.«

Also futtere ich vergnüglich eine Packung Aspirin, die restlichen neunundvierzig Antidepressionspillen (die immer noch in meinem Zimmer herumliegen), eine halbe Packung irgendwas, das ich bei meiner Mutter in der Kommode gefunden habe, und dazu vier Scheiben Toast, damit ich mich nicht übergeben muss. Dann gehe ich schlafen. Nicht ohne mich vorher gelassen von meinem Bücherregal, meinem Stoffdelphin und meiner Avocado-Pflanze zu verabschieden. Als letzte Worte sage ich zu mir selbst: »Träum schön … Für immer. Jetzt haben wir es endlich geschafft.«

Meine Hände sind kühl, ich schlinge die Arme fest um meinen

Körper, kuschele mich ganz tief in die Decke und werde ohnmächtig.

Schlafen.

Schlafen.

Meine Träume sind leer und staubig.

Es ist ein seltsamer Schmerz, ein blasser und trüber.

Dann wache ich schweißgebadet auf, mir ist speiübel, ich habe grässliche Bauchkrämpfe, mein Zimmer ist merkwürdig grün gefleckt, und mein Herz rattert wie verrückt. Ich zittere. Meine Arme sind taub, ich spüre mein rechtes Bein kaum. Ist das das Ende?

Ich flüchte ins Bad, stolpernd, gegen Wände stoßend.

Dann übergebe ich mich.

»Scheiß Toastbrot. Hat überhaupt nichts genützt«, denke ich wütend. Dabei hatte ich den Tipp aus einem wirklich guten Selbstmordbuch.

Dann lande ich im Suizid-Hilfe-Therapiezentrum. Natürlich. Sogar meine Eltern kriegen es mit, wenn ich vollgepumpt mit Tabletten um zwei Uhr nachts durch die Wohnung sause und wirres Zeug flüstere, weil ich zu geschockt bin, dass ich immer noch am Leben bin – dabei hatte ich mich doch so schön verabschiedet.

»Ich bin nicht krank!«, sage ich, damit meine Mutter sich freut. »Ich hatte nur Appetit auf Tabletten.«

Sie guckt mich wütend an.

»Was ist?«, frage ich.

»Du bist genau wie ich!«, sagt sie schließlich.

»Niemals!«, sage ich. »So schrecklich kann ich gar nicht sein.«

Von diesem Zeitpunkt an muss ich dreimal die Woche zur Therapie in der Anti-Selbstmord-Vereinigung. Es fühlt sich an wie bei den Teletubbies. Bunt und grell. Die Sätze wiederholen sich, und alle tanzen im Kreis um eine künstliche Lichtung herum. Jede Sekunde wird mit so vielen positiven Gedanken ausgefüllt, dass ich vor Kopfschmerzen vergesse, wie leicht es ist, das Fenster aufzureißen und einfach davonzufliegen.

Bis auf den Asphalt.

Den Untergrund.

Ich bin siebzehn Jahre alt, von der Schule befreit und als noble Nachwirkung meiner Tablettenorgie habe ich auch noch riesige Pupillen und einen verätzten Hals. Also ernähre ich mich nur von Joghurts und Tütensuppen, krächze wie der Rabe von Siebenstein und komme zu dem Schluss, dass eine Packung Antidepressiva genau die richtige Tagesdosis für mich ist.

Meine neue Therapeutin ist ganz okay. Ich weiß, ohne das »ganz« würde der vorangehende Satz netter klingen. Aber so okay ist sie dann doch wieder nicht. Außerdem hat mein bester Freund Chase einmal zu mir gesagt: »Wie krank muss man eigentlich sein, um Psychologe zu werden? Überleg doch mal, auf so was kommt man nur, wenn man selbst total den Schaden hat! Oder wenn man sich auf den Schaden von anderen einen runterholen kann. Alles andere wäre verschwendete Zeit. Ich meine, was soll das, niemand wacht eines Morgens auf und denkt sich: ›Ich will den armen kranken Menschen helfen, die nicht mehr ganz dicht im Kopf sind, ich will in ihren Seelen herumwurschteln und dafür sorgen, dass alles besser wird.‹ So sind Menschen nicht.«

Aber immerhin versteht meine Therapeutin eines sofort: Mit meinen Eltern kann man keine Familientherapie starten, und um meines Seelenfriedens willen sollte ich so schnell wie möglich ausziehen. In dem Moment, in dem sie mir das sagt, verzeihe ich ihr voll und ganz, dass sie Psychologie studiert hat. Und während sie schließlich mit meinen Eltern redet und sich um die Kostenübernahmeverträge mit dem Jugendamt kümmert, surfe ich im Internet herum, finde eine gemütliche Einzimmerwohnung in einem schönen Altbau, und einige Wochen später bin ich auch schon dort eingezogen.

Stell dir vor, wie das ist, wenn du in einem Keller gelebt hast, der kein Keller war, aber du hast trotzdem diesen Geruch in der Nase gehabt, staubig, modrig und voll von vergangenen Zeiten. Um dich herum standen uralte Kisten, mit schweren Deckeln und Vorhängeschlössern, und du brauchtest sie nicht zu öffnen, du wusstest auch so, dass sie mit mottenzerfressenen Samtvorhängen und verblichenen Gewändern gefüllt waren. Das Licht um dich herum war immer düster und alt, du konntest eine Hand ausstrecken und den Staub auf deiner Handfläche tanzen sehen, und die winzige Dachluke über dir war so verschmutzt, dass du den Himmel nicht erkennen konntest und auch keine Sterne.

Stell dir vor, du hättest vergessen, wie es war, Sonnenlicht auf deiner Haut oder einen frischen Windhauch in deinem Nacken kitzeln zu spüren; etwas anderes zu berühren, außer dem grauen Steinboden, den Backsteinwänden, den Spinnenweben und den Staubflocken.

Aber plötzlich, eines Tages, wird die Wand neben dir zerrissen, von einer unglaublichen Kraft, und Sonnenlicht bricht wie eine Flut über dich herein. Du blinzelst, du zuckst zusammen, das Licht brennt im ersten Moment wie tausend Brennnesselstiche auf deiner Haut. Du setzt dich langsam auf, legst wie zum Schutz eine Hand auf dein pochendes Herz und siehst fassungslos in die Freiheit, die auf einmal vor dir liegt.

Genauso fühle ich mich.

Nicht.

Aber Übertreibungen sind immer nützlich, wenn man jemandem klarmachen will, wie Licht schmeckt und wie hässlich graue Tapeten mit Blümchenmuster sind.

Ich stehe inmitten meiner neuen Wohnung. Meiner eigenen Wohnung. Sie riecht nach frisch gestrichenen Wänden und Reinigungsmitteln. Um mich herum stapeln sich Umzugskartons, mein blaues Sofa ist in Schutzfolie gewickelt, die Glühbirne über mir hängt einsam ohne Lampenschirm, und in der Küche summt der neue Kühlschrank, den ich gerade angeschlossen habe.

Ich bin regungslos. Für eine lange Zeit.

Ich bin am Anfang. Und am Ende.

Die Minuten vergehen so eigenwillig, dass ich schon fast glaube, sie gehören gar nicht zu mir. Ich stehe zwischen meinem nackten Gehirn und den sorglosen Kisten. Die Stunden kippen um. Sie krachen auf meinen Fußboden und hinterlassen schwarze Löcher.

Irgendwann setze ich mich auf mein Fensterbrett und überlege, ob ich mir für jeden Tag, den ich lebend hinter mich gebracht habe, einen Strich in den Unterarm ritzen sollte, nur so, aus Prinzip.

Aber dann lasse ich es.

Denn ich weiß nicht, in welchem der Umzugskartons die Rasierklingen sind.

Mit siebzehn Jahren habe ich zum ersten Mal freiwillig Sex. Mit einem Jungen, nicht mit einem Mann. Ich bin schließlich weder bescheuert noch verzweifelt genug, um erwachsene Spiele auf meiner zersplitterten Seele zu treiben.

Mein Freund heißt Tim. Ich mag ihn, er ist süß, seine kurzen blonden Haare stehen frech in alle Himmelsrichtungen ab. Aber Sex mit ihm ist schrecklich; denn ich bin sechs Jahre alt, und mein Körper ist winzig. Das weiß ich. Auch wenn es nicht mehr so ist.

Nachdem er eingeschlafen ist, schließe ich mich im Badezimmer ein und ziehe meine Lebensbilanz. Sie ist voll von mir. Wer hätte das gedacht. Und unterm Strich bin ich sogar immer noch da. Was für eine Leistung. Dabei dachte ich doch, ich würde mit sechs Jahren sterben und mit neun Jahren auch. Und dann mit elf. Und mit zwölf. Und ganz besonders mit fünfzehn und noch mehr mit sechzehn. Und mit siebzehn sowieso. In den Jahren dazwischen natürlich auch.

Aber kurz darauf werde ich achtzehn. Trotz und wegen allem.

Kein Mensch wird mir je die Gezeiten der Menschheit erklären können – selbst wenn er alle Uhren der Welt besitzt.

Meine Kindheit, meine Jugend, sie haben mich mit unschönen Stiften und verrosteten Klingen gebrandmarkt.

Ich bin ein hässliches Stillleben.

Ganz egal, wie laut ich werde.

Also trenne ich mich von Tim – denn mein Schweigen ist kein Ort zum Teilen, und ich bin kein Mädchen zum Verlieben.

Ich lache, ich weine, ich stehe an jedem Morgen auf und mache mein Bett. Ich putze mir die Zähne, ich sehe in den Spiegel, ich atme, ich hoffe, ich glaube, ich verzweifle, und dann zerre ich mich unnachgiebig durch den Tag.

Die Zeit in der Klinik ist vergangen, genauso wie die Monate im Heim und die Jahre bei meinen Eltern. Also wird alles andere ebenfalls vergehen. Egal, was passiert, es findet sein Ende – zumindest das habe ich verstanden.

Die Welt ist gar nicht so kompliziert: Man geht in die Schule. Man lernt etwas. Man macht sein Abitur. Und dann wird man erwachsen.

Oder man macht es wie ich und kapituliert.

Das geht am besten in Form eines Attests, das ohne großes Drumherum für sechs Monate die Schulunfähigkeit bescheinigt. Luxus pur. Ich bin frei. Das Abitur wird mich nicht in seine gebildeten Fänge kriegen und in eine studentenverseuchte Universität schleifen. Diesmal entkomme ich. Die nächsten Zeugnisse werden ohne mich mit Noten protzen. Und auch nach dem halben Jahr werde ich keinen Fuß mehr in eine Schule setzen. Komme, was wolle. Ich weiß nur noch nicht, wie ich das meinen Eltern beibringen soll.

Ende Oktober brate ich mir eine Packung Fischstäbchen, weil ich mich in der Woche davor nur von fünf Äpfeln, drei Tomaten und zwei Teelöffeln Kirschmarmelade ernährt habe. Ich esse gerne Primzahlen, die kleiner sind als sieben, vor allem, wenn es um Erbsen und Weintrauben geht. Magersüchtige Mädchen können gut mit Zahlen umgehen, denn Zahlen bestimmen unser Leben, und Zahlen sind die einzige Sprache, die eine Waage spricht.

Nachdem ich die Fischstäbchen vernichtet habe, gehe ich ins Bad und erbreche. Dann wasche ich mir mein Gesicht, ziehe mir einen weißen Minirock und ein hellblaues Top an, treffe mich mit einer Freundin, lächele sie mit meinem Standardlächeln an, tue so, als wäre ich wieder ganz normal, gehe mit ihr und ein paar anderen Freunden auf eine Party, tanze wie in Trance und verliebe mich.

Liebe. Was weiß ich schon von Liebe. Nur so viel, dass ich mich davon fernhalten sollte, so gut es geht. Aber etwas wissen und etwas anwenden können sind manchmal zwei vollkommen verschiedene Gegebenheiten. Und ich bin schwach und verwirrt vor lauter Gefühlen.

Ich weiß noch nicht, dass der Junge mit den braunen Augen und dem lieben Lächeln für die nächsten drei Jahre der wichtigste Teil meines Lebens sein wird; abgesehen von all dem anderen Zeug in meinem Kopf, das immer wichtiger sein wird als jede Wirklichkeit. Und ich weiß auch noch nicht, dass ich wunderschöne Tage haben werde und furchtbar einsame Tage. Denn welche Einsamkeit ist schlimmer als die neben einem Partner? Ich weiß noch nicht, dass meine Wohnung leer und verlassen sein wird, und wir zusammen bei ihm wohnen werden. Dafür weiß ich, dass Sex mit ihm schrecklich sein wird. Weil Sex immer schrecklich sein wird. Da hilft auch keine Liebe. Und noch eines weiß ich: Dass ich sogar mit einem Freund an meiner Seite alleine sein muss, denn wer kann schon tief genug in meine seelischen Abgründe blicken, um mir wirklich nah sein zu können.

In den ersten vier Monaten habe ich Angst davor, dass Fabian mich verlässt, weil es zu schön, um wahr zu sein, ist und weil ich gelernt habe, dass man alles verlieren muss, was man liebt.

Die Welt ist voll von schönen Dramen.

Aber Fabian verlässt mich nicht. Und dann verlasse ich ihn. Nach drei Jahren geteilter Schweigsamkeit setze ich mich neben ihn auf den Balkon und sage: »Fabian, ich …«

Dann schließe ich meinen Mund wieder und behalte den Rest für mich. Denn er weiß schon längst, was ich ihm sagen will. Er weiß es seit über einem Jahr.

»Ich liebe dich«, sagt Fabian schließlich. »Ich liebe dich so sehr.«

Aber draußen wartet ein Taxi auf mich.

4

Da bin ich wieder, zurück in meiner Wohnung, in der sich die unausgepackten Umzugskisten aneinanderreihen, obwohl ich mich schon vor über einem Monat von Fabian getrennt habe. Ich stehe im Badezimmer und probiere ein paar neue Masken aus. Das ist nicht schwer – ich konnte schon immer die gewagtesten Grimassen aufsetzen, das überzeugendste Lächeln im Gesicht tragen, Aufmerksamkeit fälschen und im richtigen Augenblick losweinen, aber mit der Zeit bin ich zum absoluten Vollprofi darin geworden. Es gibt tatsächlich Menschen, die mich für jemanden halten, der ich überhaupt nicht bin, so dass ich mich allmählich schon frage, ob ich, wenn ich lange genug die gleichen Lügen erzähle, irgendwann damit die Wahrheit verändere.

Manchmal bin ich zu müde, dann schaffe ich es kaum, mich an meinen Text zu halten, ohne mich ständig zu versprechen, oder ich erwische mich dabei, wie ich die Wörter überzogen betone. Aber immerhin wirke ich normal genug, um einen Beruf zu finden – ich fange mehr oder weniger zufällig an, in einem Kinderladen zu arbeiten, und mein halbverhungertes Gehirn stellt überrascht fest, dass ich etwas gefunden habe, das ich wirklich gut kann, auch ohne Abitur und ohne Studium. Glücklicherweise sehen ein Haufen Eltern und Kinder das genauso, und deshalb kann ich mir nach zwei Jahren mein eigenes kleines Kindergeschäft aufbauen. Ich gebe Bastel-, Koch- und Backkurse und arbeite nebenbei mit Kindern aus Pflegefamilien, die mindestens genauso viele Krisen haben wie ich. Außerdem schmeiße ich die angesagtesten Kindergeburtstage, übernehme auf Hochzeiten die Kinderbetreuung, schaffe es, einen Raum voll mit Kindern unterschiedlichster Altersgruppen in Windeseile zum Schlafen zu bringen, helfe bei Vorschulaufgaben, probe

Kindertheaterstücke ein und singe Dornröschenlieder bis zum Stimmversagen.

Aber obwohl das bunte Leben um mich herumtobt, obwohl die Schönheit eines Augenblicks mir jeden Tag aufs Neue eine Geschichte erzählt – ich fühle, wie meine Seele splitterfasernackt vor mir liegt. Und ich weiß nicht, wie ich sie bedecken kann.

Mein Geheimrezept, um trotzdem nicht durchzudrehen, ist simpel: Ich schaffe mir ein neues Problem, das groß und schrecklich genug ist, um an erste Stelle zu stehen, und beschäftige mich in jeder freien Minute, in der andere schlimme Dinge meine Seele plagen könnten, nur damit: Nichtessen. Essen. Erbrechen. Verhungern.

Das macht unglaublich viel Spaß.

Es ist die reine Absolution, wenn man erst einmal erkannt hat, wie viel Zeit man auf einer Waage verbringen kann, ohne dabei an Vergewaltigung auch nur zu denken. Außerdem habe ich noch nie von jemandem gehört, der auf einer Waage zum Sex gezwungen wurde. Eine Waage – mein sicherer Hafen.

Was für ein Geständnis.

Nach drei Jahren mit Fabian, in denen ich mich erfolgreich durch sämtliche Formen der Essstörung getestet habe, sitze ich nun also zwischen all den Umzugskartons und knallbunten Kinderbildern, die ich tonnenweise geschenkt bekomme, und finde, dass ich mich endlich entscheiden sollte: Anorexia nervosa oder Bulimia nervosa. Dieses ständige Hin und Her macht mich ganz nervös.

Ana und Mia – so nennen wir hungrigen Mädchen unsere Krankheit. Ana und Mia – das sind die beiden Stimmen in meinem Kopf, die sich um jeden noch so kleinen Kekskrümel streiten können, als ginge es um den Lauf der Welt. Und mittlerweile sind die zwei alles, worüber ich mich definieren kann.

Da mein Kühlschrank leer ist und meine Küchenschränke

auch, verkaufe ich meine Seele an Ana. Ana bis zum Ende. Das ist ein Versprechen, das stumm besiegelt wird. Und so verzieht sich Mia in den hinteren Teil meines Gehirns, während Ana mit ihren streichholzdürren Armen um mich herumtanzt und tatsächlich glaubt, sie könne fliegen, wenn ihr BMI nur unter 16 bleibt.

Vier Wochen nach diesem Entschluss bin ich zu schwach, um überhaupt noch auf einer Waage stehen zu können. Die Arbeit mit den Kindern kostet mich die letzte Kraft, und ich habe ständig Angst, in Ohnmacht zu fallen.

Ich wiege 37 Kilo. So wenig ist das gar nicht, finde ich. Krank sein ist etwas anderes. Meine Mutter hingegen sieht mich an, als wäre ich schon zur Hälfte unter der Erde, und rast jedes Mal, wenn ich sie besuche, sofort in die Küche, um mir etwas zu essen zu kochen.

»Mama, ich bin pappsatt!«, sage ich. »Ich habe gerade ein Stück Erdbeertorte gegessen.«

Abgesehen von der Torte war das mit der Erdbeere nicht einmal gelogen.

»Du bist ein Knochengerüst ohne Körperbewusstsein!«, schreit meine Mutter und baut einen Turm aus Pfannkuchen vor mir auf.

»Ich mag keine Pfannkuchen«, sage ich.

»Doch, du magst Pfannkuchen!«, faucht meine Mutter.

Und sie muss es ja wissen.

Denn sie weiß alles.

Nur nicht die Wahrheit. Denn ich erinnere mich noch genau, wie grausam der Schmerz auf meiner Empfindung gewütet hat, damals, als ich sechs Jahre alt war und meine Mutter über den Mann, der mich immer und immer wieder vergewaltigt hat, gesagt hat: »Er ist so höflich und aufmerksam! Jedes Mal, wenn er mich mit Einkäufen im Treppenhaus trifft, trägt er mir die Tüten hoch. Ich hoffe wirklich, du wirst irgendwann auch einmal so ein Mensch, Lilly.«

Ich erinnere mich an diese Worte, und sie schneiden so tief in mein Innerstes, so gnadenlos bohrend, dass es noch heute wie ein Jahrhundertfeuer brennt. Die Flammen umzüngeln mich, sie schließen mich ein, sie schließen mich weg, sie lodern bedrohlich, sie lodern hoch hinaus. Ich sehe mich dastehen, so sprachlos, so zur Seite geschoben und so verloren wie nie zuvor. Ich versuche immer noch, dieses Gefühl zu begreifen, dieses absolute Nichts, dieses stumme Resignieren.

Aber alles, was ich daraus gelernt habe, ist zu schweigen.

Wenn ich eigentlich um Hilfe rufen müsste.

Ich wiege mich. Hundertmal am Tag. Ich nehme 200 Gramm zu und möchte sterben. Ich nehme 300 Gramm ab, und es ist nie genug. Ich trinke literweise Wasser. Mein Körper zittert. Meine Brüste sind längst verschwunden. Ich verhungere. Ich hungere. Ich habe keinen Hunger. Ich heiße Ana! Ich falle in Ohnmacht. Immer wieder. Alles ist schwarz. Ich taste meine Rippen ab, meine Hüftknochen. Meine Haut ist weiß, meine Fingerspitzen sind blau, meine Lippen sind blass, und meine Augen sind ausdruckslos und leer. Ich blicke in den Spiegel, einen winzigen Moment nur, dann wende ich mich ab.

Ich will hungern, bis in den Tod – obwohl ich nichts mehr möchte als endlich leben. Ich weiß: Das ist eine kaputte Satzinteraktion. Aber Anas Sprache ist schwer zu übersetzen, sie wird unverständlich, sobald man versucht, sie zu erklären.

Und deshalb verstehe ich mich selbst nicht. Ich hasse Essen, ich hasse meinen Körper. Ich will zart und zerbrechlich durch die Welt schweben, auf langen graziösen Beinen, ein Hauch von Nichts sein, wie ein Engel, mit weicher Porzellanhaut und keinem einzigen Makel. Ich will unantastbar, unverletzbar, unberührt und ungebrochen sein.

Sollen doch meine Eltern sagen: »O mein Gott, du bist viel zu dünn geworden. Du siehst schrecklich aus, du musst mehr essen. Deine Arme sind dürr wie Seidenfäden. Was ist nur passiert?!«

Sollen sie doch reden und reden und mir wütende Blicke zuwerfen. Es ist zu spät. Sie hatten ihre Chance.

Mit zwanzig Jahren muss ich beim Sex immer noch weinen. Totenstill und unbemerkt zwar, aber es kratzt an meiner beschädigten Fassade, und außerdem starre ich dabei jedes Mal die Zimmerdecke an, als könnte sie mich erlösen; aber das tut sie nicht.

Dafür wird mir schwindlig. Und ich verschwinde in einem Bild, hinter einem Bild, neben einem Bild, das ich von mir gemalt habe.

Ich bin ausradiert.

Mit Löschpapier bekleidet.

Wie ich mich dafür verachte, einen Mann in mein Bett zu lassen. Wie ich daliege und vor mich hin glotze, so lange, bis ich Augenschmerzen bekomme und meine Lider anfangen, unruhig zu verkrampfen.

Vielleicht habe ich das Abitur schlicht und einfach verweigert, weil ich es nicht ertragen konnte, mit so vielen männlichen Lebewesen, die jede Sekunde über mich hätten herfallen können, gemeinsam in einem Klassenzimmer zu sitzen. Denn die Weisheit, die ich als Kind aus einem Schwanz gesogen habe, sie hat mich gelehrt, dass jeder Mann, der mir begegnet, nur zwei Dinge von mir will: meinen Körper und meinen Tod. Hätte ich ein Auto und viel Geld – vielleicht auch noch das. Aber bestimmt nicht mehr.

Bin ich nach all den Jahren eigentlich überhaupt noch ich? Oder bin ich inzwischen jemand anders, jemand, der nicht zählt? Weil ich die normale Zeit verpasst habe und seitdem in einer anderen lebe, einer eisigen Zeit, die unaufhörlich um sich selbst kreist und vergisst fortzuschreiten.

Gewalt kann ich fühlen, wenigstens das. Extreme sind das Einzige, was ich kenne. Niemals lauwarm, niemals ausgeglichen, niemals halbherzig. Zärtlichkeit ertrage ich nicht, sie macht mir Angst. Warum sollte jemand zärtlich zu mir sein wollen? Das verstehe ich nicht. So etwas Kompliziertes geht einfach nicht in meinen Kopf hinein. Das ist schlimmer als jede Art von Abitur.

Einmal hat ein Freund mich geschlagen, einmal nur, weil ich ihn gereizt habe, weil ich es darauf angelegt habe. Und der Schmerz war ganz deutlich und klar. So nah war ein Mann mir nur selten.

Ich bin umgefallen, auf die kalten Fliesen, und er hat mich dort liegen lassen, weil er es nicht mehr ausgehalten hat, bei mir zu sein. Ich war ihm zu intensiv, zu berauschend. Er ist weggegangen. Und für einen Moment habe ich mich lebendig gefühlt. Alles war so eindringlich. Mit Nachdruck bestätigt. Mein Gesicht hat geglüht, ich habe kristallreines Blut geschmeckt, es hat gekitzelt in meinem Hals, und mein Atem hat warm über meinen Handrücken gestreichelt.

Manchmal liege ich auf meinem Bett und träume mir ein ganzes Leben zusammen. Es ist nicht meins, es hat nicht sonderlich viel mit meiner Zukunft zu tun. Es ist eine völlig fremde Geschichte, die Hauptperson ist ein mir unbekanntes Geschöpf ohne Mut zum Bekenntnis. Aber die Dialogführung bestimme ich.

Bis ich aufwache.

Und wenn es eine lange Nacht ist, wenn mein Bett zerwühlt und teilnahmslos dasteht, dann schleiche ich mich in meine Küche, als wäre es etwas Verbotenes, und dort mache ich mir Toast mit Spiegeleiern. Das ist das Letzte, was ich gegessen habe, damals, als ich ein sechsjähriges Mädchen war. Ich weiß es noch so genau, als hätte es eine Bedeutung.

Die Eier zischen in der Pfanne, der Toaster surrt leise vor sich hin. Ich decke schläfrig den Küchentisch, gieße mir ein Glas Orangensaft ein, warte auf das Klicken des Toasters. Dann esse ich zwei Scheiben Toast mit zwei Spiegeleiern. Den Orangensaft trinke ich in winzigen Schlucken dazu. Jeden noch so winzigen

Bissen kaue ich fünfzigmal, ich muss langsam essen, damit die Zeit schneller vergeht und der neue Morgen kommt. Die Eier werden kalt, der Toast wird pappig, mein Magen knurrt vor Hunger, aber das ist egal. Ich spüle das Geschirr ab, wische den Tisch, schrubbe den Herd, obwohl er sauber ist, und schiebe eine CD in meine Anlage. Dann gehe ich ins Bad, erbreche Toast, Eier und Saft. Erst wenn mein Bauch leer ist, darf ich wieder atmen.

Mein Körper ist dünn, an einigen Tagen verstehe ich das. Aber er ist niemals dünn genug. Man kann mich noch sehen, und das ist zu viel. Ich muss verschwinden. Keiner wird es merken. Nur Ana und Mia werden mir zum Abschied winken.

Zu Ostern schenkt meine Mutter mir einen Korb, über und über gefüllt mit Schokolade. Ich halte ihn krampfhaft fest und versuche zu lächeln.

»Lecker!«, sage ich. »Vielen Dank! Schokolade! Wow, so viel!«

Niemals unangenehm auffallen.

Immer die Fassade aufrechterhalten.

Schokolade. *Er* hat mir danach jedes Mal Schokolade gegeben. Mein Leben gegen einen Schokoriegel, ein fairer Tausch. Ich habe nicht versucht zu handeln. Die Schokolade habe ich immer ausgekotzt oder weggeworfen. Wie dumm von mir. Ich hätte sie aufbewahren können, als Andenken. Ich hätte heute einen kleinen Berg voller Schokoriegel.

Doch wozu.

Wozu?

Zu Hause angekommen, stelle ich das Osterkörbchen bei meinen Nachbarn vor die Tür und beschäftige mich ein bisschen mit meinen Rasierklingen. Wenn ich mir die Arme aufschlitze, verzeihe ich mir manchmal, dass ich gestorben bin; dass ich zu klein war und *er* zu groß.

Ich sage »Entschuldigung« zu mir, ganz leise und sanft. Ich spreche immer behutsam mit mir, als hätte ich Angst davor, mich zu verletzen. Danach streiche ich zaghaft über meinen blutenden Arm und flüstere mir ins Ohr: »Ich habe dich trotzdem lieb, ganz ehrlich.«

Aber diese Lüge durchschaue ich.

Merkwürdig, wie besessen man von seinen verstaubten Lasten sein kann. Wie sehr man sich festkrallen kann an etwas, das man längst hätte loslassen sollen. Es ist erstaunlich, wie oft man bei dem Versuch, eine Gurke in Scheiben zu schneiden, abrutschen und Wunden auf seiner Haut zurücklassen kann.

Immer und immer wieder.

Aber dafür lasse ich wenigstens meine blutrünstigen Finger von meinen Pulsadern. Denn ich will nur den Schmerz in mir erträglicher machen, ich will ihn laut und pochend fühlen, nicht leise und zitternd im Hinterkopf. Mein Körper liegt vor mir, zerbrochen, verwundet. Ich hebe ihn nicht auf oder halte ihn fest, ich zucke nicht ein einziges Mal mit der Wimper, wenn ich ihn zur Seite stoße. Ich zeige keine Schwäche. Ich lasse ihn einfach liegen und gehe lässig weiter. Mein Herz schlägt bittend. Aber ich ignoriere es.

Zuneigung ist nichts, was ich mir schenke.

Und Achtsamkeit ist kein Reflexivpronomen.

Das Schweigen, das mich umgibt, ist nicht lautlos. Es brüllt und dröhnt und ist voll von fremdem Geflüster. Ich höre das Rauschen ganz deutlich, es ist lauter als jede Musik. Ich lasse die Abgrenzungen vor mir Stellung beziehen, bin gefangen in ihrem Bann und beobachte, wie alles andere, fernab, an mir vorbeizieht. Was auch passiert, wohin ich auch gehe, diese unausgesprochenen Worte werden für immer da sein und mich beharrlich anschweigen. Sie legen sich um mich wie ein Schleier, und ich trage ihn mit Bedacht, weil er mich verhüllt vor der Wahrheit.

Aber irgendwann wird er fallen.

Und ich mit ihm.

5

In Ohnmacht fallen wird zu meinem neuen Lieblingshobby. Schade nur, dass ohnmächtig werden kein Leistungssport ist. Ich wäre mittlerweile reich und berühmt und würde bis zum Hals in Medaillen und Pokalen feststecken. Denn niemand sonst fällt so schön wie ich, niemand sonst fällt so überzeugend, und niemand sonst fällt so wunderbar lautlos. Eine winzige Erinnerung oder ein einziges falsches Wort reichen vollkommen aus, um mich zum Fallen zu bringen. Wie in einem zerstückelten oder ungeschnittenen Film rasen in meinem Kopf die dunklen Bilder hin und her. Ich höre seine Stimme, ich höre ihn sagen: »Runter auf den Boden!«, »Halt die Klappe!«, »Halt endlich deine verdammte Klappe!«, »Sieh mich nicht so an!«, »Verdammte Scheiße, hör auf zu jammern!«, »Ich bring dich um, wenn du noch einmal schreist!«

Ich höre seine Worte ganz nah an meinem Ohr, ich bin mir sicher, wenn ich mich umdrehe, dann steht er da, direkt hinter mir, und sieht mich an aus rabenschwarzen Augen. Ich höre auf zu denken, ich schalte alle Erinnerungen ab. Ich vergesse, was war, ich vergesse alles, was ist, ich weiß nicht mehr, ob je wieder irgendetwas sein wird, außer der Stille.

Und meine Stille ist seerosenblütenweiß. Sie schwankt auf winzigen Wellen, auf einem dunklen kühlen Teich. Ich schweige ihr entgegen. Dann wache ich auf. Manchmal schon in dem Moment, in dem der letzte Teil meines Körpers den Boden berührt, dann spüre ich den Aufprall, einen tauben Schmerz, der nicht mir gehört, er ist nur geliehen. Aber manchmal dauert es und dauert, während ich mein Gesicht ganz sanft an eine Seerosenblüte lege und lausche, ob es doch noch etwas anderes gibt als lautloses Rauschen.

Vielleicht ist das mein Sterben, vielleicht wache ich eines Tages gar nicht mehr auf – und das Letzte, was ich vollbracht habe, ist ein weiterer großartiger Fall. Bisher habe ich meine Augen immer wieder geöffnet, meinen brummenden Kopf vom Boden gehoben, eine blutige Lippe achtlos mit dem verstauchten Handrücken abgewischt und den wohlbekannten Blutgeschmack im Mund wie von weit her wahrgenommen. Im ersten Moment noch auf weichen, fremden Beinen gestanden, voller Schwindel und Rauschen. Aber dann plötzlich eine Schärfe und Klarheit in jedem meiner Blicke, als ob ich erst begreifen müsste, dass ich noch da bin, und schwups geht einfach alles weiter.

Ich falle am liebsten, wenn ich alleine bin, ohne Publikum. Denn ich werde nicht gerne aufgehoben und erst recht nicht aufgefangen.

Oder doch.

Um ehrlich zu sein.

Es gibt nichts Schöneres, als aufgefangen zu werden.

Und in tragenden Händen zu liegen.

Aber das zu sagen, würde ich mir nie erlauben. Denn Nähe ist Schwäche. Und es ist eine aussichtslose Sucht, sich nach etwas zu verzehren, das man nicht ertragen kann. Also muss ich alleine aufstehen, denn niemals, so heißt es, niemals darf man am Boden bleiben, wenn man gefallen ist.

Dann kommt die Nacht, in der ich aufwache, weil etwas Warmes über meine Wangen streift. Ich hätte die Augen zulassen und mir vorstellen können, es sei ein leuchtender Engel mit goldenen Flügeln, der mich auserkoren hat, mit ihm einen neuen Stern zu erobern. Aber ganz so verrückt bin ich dann doch wieder nicht, also öffne ich meine Augen, taste im kühlen Mondlicht nach meinem Gesicht und fühle etwas Feuchtes und Klebriges.

Blut sieht im Dunkeln ziemlich schwarz aus. Aber im Dunkeln sieht irgendwie alles ziemlich schwarz aus – und Blutgruppen sind nichts weiter als unsichtbare Nachtgestalten.

Ich schmecke den metallischen, salzigen Geschmack zuerst auf meinen Lippen, dann überall in meinem Mund und in meiner Kehle, und schließlich spüre ich einen stechenden Schmerz, von dem ich nicht sagen kann, ob es mein Herz ist, meine Nieren, mein Magen oder mein Kopf.

»Wahrscheinlich alles«, denke ich.

Dann erbreche ich einen Schwall Blut über mein Bett.

»Diesen Bezug mit den komischen, blaugrünen Streifen drauf fand ich sowieso hässlich, erst neulich wollte ich ihn wegwerfen«, sagt eine Stimme in meinem Kopf.

»Wo soll ich jetzt schlafen?«, überlege ich derweilen. »Kann man blutgetränkt schlafen? Oder kommen dann sofort die ersten Fliegen und Aasgeier?«

Vorsichtshalber mache ich das Fenster zu. Alles dreht sich. Ich spucke noch einen Schwall Blut auf das Fensterbrett und sehe zu, wie es leise blubbernd herabtropft.

»Oh, oh«, denke ich, »mein Ende. Jetzt ist auch der Fußboden rot. Wenn ich die Nacht überlebe, muss ich das morgen alles wegwischen – aber wenn ich sterbe, muss es jemand anders machen.«

Dann lege ich meinen Kopf auf einen sauberen Zipfel der Decke, wische mir mit der rechten Hand, so gut es geht, das Blut aus dem Gesicht und höre meinem ratternden Herzen zu. Es pocht und pocht.

Genau wie der Schmerz in mir.

Irgendwann schlafe ich ein.

Merkwürdigerweise wache ich am nächsten Morgen wieder auf. Und merkwürdigerweise bin ich vollkommen ruhig. Ich bekomme nicht einmal einen Schock wegen der blutigen Sauerei, in der ich mich befinde. Dabei sollte ich eigentlich müde sein oder zumindest fertig von dieser erbärmlichen Nacht. Verunsichert suche ich nach etwas, das nicht mehr funktioniert. Aber ich kann meine Arme bewegen und meine Beine. Ich kann atmen, schlucken, husten, mich aufsetzen, mich wieder hinlegen und den Bauch einziehen.

Alles ist okay.

Ich bin ein bisschen überrascht, aber nicht so sehr, dass es mich aus der herrlichen Ruhe reißen könnte. Vielleicht stehe ich einen Schritt zu weit neben mir. Noch weiter als sonst. Und vielleicht rutsche ich deshalb plötzlich ab und falle in die Hände einer fremden, gefühlskalten Stimme, die Macht über mich besitzt und so ehrlich ist, wie man sein kann – weil sie nichts zu verlieren hat.

»Du wirst sterben«, sagt sie.

Ich ordne der Stimme eine ausdruckslose Miene zu.

»Bald schon«, ergänzt sie gelassen.

Ich nicke. So weit kann ich selbst denken, inmitten der blutgetränkten Bettwäsche liegend.

»Ich könnte dich anschreien«, fährt sie fort. »Aber ich nehme an, dass du mir auch so zuhören wirst, denn es redet ja sonst keiner mit dir.«

Sie hat recht. Natürlich. Ich höre ihr zu. Jedes einzelne Wort von ihr klingt in mir weiter. Ich bin es gewohnt, umgeben von Stimmen und Stimmen nach meiner eigenen zu suchen. Und da sie meine Gedanken lesen kann, lächelt die Stimme berechnend und sagt:

Stay strong, starve on
is that what you call beauty?
Ana till the end – sounds tender on your lips.
Ana till the end – means nothing on your hips.
But in the end, I know, you will see:
Ana is not the girl you wanna be.

Die Stimme in meinem Kopf verneigt sich hochnäsig, erwartet keinen Beifall und verschwindet. Denn sie weiß, wie dumm ich bin, weil ich verhungere. Und sie weiß, dass ich es auch weiß.

Ana bis zum Ende. Stay strong, think thin. Fuck food. Nothing to lose but pounds. Be Ana, be perfect. Hunger is beautiful. Crying is against the rules. All the lovely bones. A perfect body/ A perfect soul ...

Kein Mädchen will so leben, noch weniger will ein Mädchen so enden, aber wie viele von uns tun es doch. Manchmal sehe ich auf der Straße ein einsames Mädchen stehen, das ein rotes Armband um sein winziges Handgelenk geschlungen trägt, eines dieser Armbänder, die fast alle Ana-Mädchen tragen. Im ersten Moment möchte ich zu dem Mädchen hinübergehen und es wachrütteln, weil es so schön und so verloren aussieht und weil es noch viel zu jung zum Sterben ist – weil ich ihm sagen möchte, dass es gesund werden muss, bevor es zu spät ist. Aber dann fällt mir wieder ein, dass ich genauso bin.

Dass ich auch Ana heiße.

Also halte ich meinen Mund und hungere brav weiter.

Meine schwindende Seele – wie leicht sie meinem Körper entwischt. Wie leicht ich meine Augen verschließe, vor dem Sex, der mir angetan wurde.

Ich vergrabe meinen dröhnenden Kopf in der roten Decke, huste noch etwas Blut und werfe anschließend einen Blick auf meinen Wecker. Es ist sieben Uhr morgens. Aber ich fühle mich, als wäre es spät am Mittag. Überwältigend, der Zeit um Stunden voraus zu sein.

Ich stehe auf und gehe ins Bad, mein rechter Fuß hinterlässt lustige rote Abdrücke auf dem Parkettboden und den Fliesen. Einen kurzen Augenblick lang denke ich darüber nach, mich mit einem Föhn in die Badewanne zu legen, aber ich habe keine Steckdose in der Nähe von meiner Badewanne und auch kein Verlängerungskabel. Und nass will ich im Grunde genommen sowieso nicht sterben. Es würde eine Ewigkeit dauern, bis mich jemand findet, bis dahin wäre ich zu einem fetten Wasserballon aufgequollen und müsste mit einem Kran aus der Wohnung gehoben werden. Wer will schon so einen Abgang machen?

Ich werfe einen Blick in den Spiegel. Nach einer Nacht Blutkotzen sehe ich aus wie vor einer Nacht Blutkotzen. Kein großer Unterschied; die Blutspritzer kann man einfach wegwischen.

Dann steige ich auf die Waage – mein Lieblingszeitvertreib. 41 Kilo. Eine winzige Stimme in meinem Kopf flüstert kaum hörbar: »Du bist dünn genug.« Eine verdammt laute Stimme schreit mich an: »Du bist immer noch viel zu fett! Du hast mal unter 40 Kilo gewogen! Wie kannst du es wagen!« Natürlich höre ich auf die laute Stimme und kneife in meinen schwabbeligen Bauch. Auf die Idee, dass ich Untergewicht habe, dass meine Hüftknochen und Rippen gruselig hervorragen, komme ich nicht. Wieso auch. Ich heiße Ana.

Mein Spiegelbild ist fast frei von Blutspritzern. Ich nehme ein Handtuch, befeuchte es und beseitige die letzten Spuren. Ein neuer Tag, eine weitere Zugabe. Genau wie morgen auch wieder.

Vielleicht.

Mit etwas Glück.

Ich putze mir die Zähne. In einigen Stunden werden meine Augen anfangen zu schmerzen, das ist so, wenn man nicht genügend isst, dann zucken die überreizten Augenlider ständig hin und her, und man fängt an, so lange darin herumzureiben, bis sie anschwellen, jucken und noch mehr weh tun.

Das ist dann die Zeit, zu der ich mich wieder in mein Bett verziehen werde, auch wenn es längst nicht Abend ist. Ich werde mich herumwälzen, unruhig, mir selbst gut zureden, über meinen Kopf streichen, mich in den Arm nehmen. Ich werde mir ins Ohr säuseln: »Alles wird gut, ich bin ja da, hab keine Angst, bald kannst du schlafen ...« Ich werde mir kein Wort glauben, aber ich werde zumindest so tun.

Das ist Sozialverhalten.

Gegenüber seinen gespaltenen Mitpersönlichkeiten.

Und schließlich werde ich in einen wirren Schlaf fallen, aus dem ich immer wieder aufwache, weil ich den Geruch von Bier einatme und schmutzige Hände über meinen Körper wandern spüre.

Vielleicht sollte ich meine Erinnerungen in goldenes Geschenkpapier wickeln und einem weisen Buddha schenken. Vielleicht könnte er das Päckchen mit seinem heiligen Schein berühren, es mit einem Wimpernschlag öffnen und alles darin zu Blütenstaub zerfallen lassen, während ich in einem weißen Kleid unter einem Maulbeerbaum tanze und wieder weiß, wie schön das Leben ist.

Aber bis dahin werde ich mich weiterhin in meiner Bettdecke verknoten, versuchen, auf dem Fußboden zu schlafen, in der Badewanne, auf dem Sofa, neben dem Tisch, unter dem Schrank, im Flur, in einer selbstgebauten Höhle, im Sitzen, im Stehen und unter dem Einfluss von literweise Schlaftee. Nichts davon wird helfen, und dann wird der nächste Morgen kommen, wie an jedem neuen Tag.

Außer einmal, wenn er dann nicht mehr kommt.

Das ist das Gesetz des Daseins.

Es verbindet uns alle.

Ich schlurfe zurück in mein Schlafzimmer, ziehe das blutverschmierte Bett ab und beziehe es neu, mit einem nach Sommerfrische duftenden rosa-weiß gestreiften Bezug. Es ist, als würde ich die Spuren nach einem Massenmord vernichten, und während ich die Bettwäsche in einen schwarzen Müllsack stopfe, den ich anschließend durch das Treppenhaus und über den Hof zu den Mülltonnen schleife, komme ich mir vor wie ein bundesweit gesuchter Straftäter auf der Flucht; zum Glück begegnet mir kein einziger Nachbar.

Da ich nun schon einmal unten bin, gehe ich noch kurz zum Bäcker und kaufe mir zwei belegte Brötchen. Eins mit Käse und eins mit Salami. Wieder in meiner Wohnung angekommen, koche ich mir einen Tee, setze mich mit dem dampfenden Becher an den Küchentisch und fange an, die Brötchen zu essen.

Mein Körper steht währenddessen am anderen Ende des Raumes und fragt schüchtern, ob ich nicht zu ihm kommen möchte und ob wir nicht vielleicht Freunde werden könnten. Ich lache ihn aus und sage: »Halt deine dumme Klappe.«

Mein Körper senkt den Kopf, zieht betrübt von dannen und beschäftigt sich mit irgendetwas, das ich nicht verstehe. Ist mir nur recht so. Ich gehe währenddessen ins Bad und erbreche. Dann fange ich an, meinen blutroten Fußboden zu wischen, und denke nebenbei darüber nach, ob es wohl eine Möglichkeit gibt, den Stimmen in meinem Kopf beschwichtigende Namen zu geben, um wenigstens einen kleinen Teil der Kontrolle über mich zu behalten. Alle Menschen, die »Identitätskrise« nur mit einer einzigen Stimme aussprechen können, nicht mit drei oder vier verschiedenen, von denen jede einen anderen Klang beherrscht und glaubt, sie sei die einzig wahre, werden leider nicht verstehen, was ich damit meine.

Sogar ich habe den Überblick über mich verloren. Denn ich bin immer die Person, die mein unsagbarer Kopf gerade beschließt zu sein. Manchmal bin ich nur zweigeteilt, dabei aber so gespalten in mir selbst, dass ich glatt doppelt Eintritt bezahlen müsste, wofür auch immer. Dann wieder bin ich so voll und ganz eine lebendige Lüge, dass ich schon gar nicht mehr weiß, wohin der ehrliche Teil von mir verschwunden ist, und im nächsten Moment schon bin ich ein dritter oder vierter Teil von mir, einer von diesen Teilen, der ich für jemand anders bin, den ich beeindrucken möchte, oder täuschen, oder abwimmeln – oder manchmal auch für mich selbst, weil es einfacher ist.

Heute bin ich ein gebrochener Teil. Heute ist meine Welt schwarz, und die Regenwolken am Himmel werfen ihre nassen Schatten auf mich und schwören mir, bis ans Ende meiner Tage direkt über meinem Dasein zu schweben. Ich glaube ihnen jedes Wort. Ich glaube generell alles, was Gegenstände oder Dinge, die am Himmel schweben, zu mir sagen. Aber trotzdem kaufe ich keinen Regenschirm.

Dafür esse ich zwei Tage lang nichts mehr.
Das ist ein guter Ersatz für alles. Und das größte Ziel.
Hunger hurts, but starving works.
Ana on my bones, Ana on my soul.
Es ist so leicht zu verlieren.

6

Im darauffolgenden Frühling fühle ich mich wie ein Eisbär. Ich ernähre mich von einer winzigen Portion Sushi pro Tag und habe zartes Fell auf den Armen, weil mein Körper sich anders nicht mehr warm halten kann. Irgendwo sitzen bestimmt Vögel in den Bäumen und zwitschern. Aber das verstehe ich in Momenten wie diesen nicht. Vielleicht im nächsten Jahr. Oder im Jahr darauf.

Wie ich es noch schaffe, mit den Kindern durch die Gegend zu toben, Schatzsuchen und Kindergeburtstage zu organisieren, ist mir ein unergründliches Rätsel.

Aber was wäre die Welt ohne Fragen.

Ein unbeantworteter Lebensraum.

An einem Freitagabend bin ich ein bisschen einsam und rufe meine beste Freundin Caitlin an. Wir haben über zwei Wochen nicht mehr miteinander telefoniert, und gesehen habe ich sie seit ungefähr einem Monat nicht mehr. Ich kenne Caitlin schon ewig, wir haben uns mit fünf Jahren im Lietzenseepark zum ersten Mal getroffen. Sie stand am Wasser, und ihre Mutter saß auf einer Picknickdecke, nicht weit entfernt von meiner Mutter, die auf einer Parkbank saß und mich, so gut es ging, ignorierte. Caitlins Mutter war dabei, ihre Nägel zu feilen, während meine Mutter ganz vertieft in ihr Zen-Buch war.

»Was machst du da?«, habe ich Caitlin gefragt, weil ich sie so schön und aufregend fand, wie sie einfach regungslos dastand, am grasbewachsenen Ufer, wie eine Fee, mit ihren langen gewellten goldblonden Haaren in dem sonnengelben Kleidchen.

»Mein Ball ist ins Wasser gefallen«, hat die kleine Fee zu mir gesagt und wurde mit einem Mal sehr menschlich.

»Das tut mir leid«, habe ich geantwortet und mit den Augen

den See abgesucht, bis ich ganz in der Mitte einen kleinen Gummiball treiben sah.

»Ja«, hat die Fee mit ihrer hellen Stimme gesagt, »mir auch. Es war ein Geburtstagsgeschenk von meiner großen Schwester. Ich bin jetzt nämlich schon fünf.«

»Ich auch«, habe ich glücklich erwidert und mir überlegt, dass die schöne Fee und ich vielleicht Freundinnen werden könnten.

»Wie heißt du?«, wollte ich deshalb wissen.

»Caitlin«, hat sie geantwortet und ihre goldenen Haare in den Nacken geworfen. »Und du?«

»Lilly«, habe ich gesagt.

»So würde ich auch gerne heißen«, hat Caitlin erwidert.

»Ich würde lieber Caitlin heißen«, habe ich gesagt.

Und dann haben wir uns zusammen ans Ufer gesetzt und auf ihren Ball gewartet. Als er endlich zurückgetrieben kam, war meine Mutter mit ihrem Buch schon fast fertig, und Caitlins Mutter war immer noch mit ihren Nägeln beschäftigt.

»Bist du morgen wieder hier?«, hat Caitlin zum Abschied gefragt.

»Klar«, habe gesagt.

»Dann also bis morgen?«

»Ja, bis morgen!«

Caitlin hat mir zum Abschied einen feuchten Kuss auf die Wange gedrückt, weil sie gesehen hatte, dass ihre Mama das immer mit ihren besten Freundinnen macht und weil gemeinsam am Wasser sitzen und hoffen, dass der Wind in die richtige Richtung weht, nun einmal verbindet.

Am nächsten Tag haben wir uns wieder getroffen und unsere Kleider getauscht. Dann sind wir zusammen auf einen Baum geklettert, Caitlin in meinem blauen Kleid mit dem Frosch auf der Brust und ich in ihrem rosa-weißen Kleid mit der Prinzessin über dem Saum. Wir haben gespielt, dass unter uns sieben hungrige Alligatoren lauern, von denen einer besonders böse ist, und wir deshalb nicht mehr von dem Baum herunterkönnen. Seitdem sind wir die besten Freunde auf der Welt, auch wenn wir uns manchmal eine Ewigkeit nicht sehen, weil eine von uns beiden irgendeine Störung hat, die man nicht teilen kann.

Caitlin war trotzdem immer der Mensch, von dem ich ganz genau wusste, dass ihre und meine Kinder – falls wir irgendwann einmal welche haben würden – eines Tages zusammen Bälle in den Lietzensee werfen würden, während wir auf einer bunten Picknickdecke danebensitzen und lachen würden.

Ich schnappe mir also mein Handy, setze mich auf mein Fensterbrett und wähle Caitlins Nummer. Ihre Schwester Hannah nimmt ab, und ich bin etwas verwirrt.

»Oh, Lilly«, sagt Hannah.

»Hey, Hannah«, sage ich, »hast du Caitlins Handy geklaut?«

»Nein«, sagt Hannah, und ihre Stimme klingt komisch. »Nein, habe ich nicht.«

Dann sagt sie nichts mehr.

Dann schluckt sie und räuspert sich.

Dann höre ich sie schniefen.

Schließlich weint sie. Und dann sagt sie mir, dass ich Caitlin nicht sprechen kann.

Weil Caitlin tot ist.

Und mit Toten kann man bekanntlich nicht telefonieren.

Ich lege schnell auf. Denn wenn ich schnell genug auflege, dann wird das Gespräch wieder aus meinem Kopf gelöscht, und ich kann weiterleben wie zuvor. Das glaube ich. Ganz fest. Ich sitze fünf Minuten bewegungslos da und warte ab, ob es funktioniert.

Aber es funktioniert nicht.

Also öffne ich das Telefonbuch in meinem Handy, tippe mich bis zu Caitlins Namen durch, drücke auf »Details« und starre ihre Nummer an. Die Zahlen verschwimmen vor meinen Augen, sie verlieren ihren Sinn. Ich muss sie löschen.

»Kontakt wirklich entfernen?«, fragt mich mein Handydisplay.

Rechts bestätigen, links abbrechen.

Mein Daumen ruht bewegungslos auf der rechten Taste.

Ich werde Caitlins Nummer nie wieder brauchen.

Nie wieder.

Also bestätige ich.

Auf der Beerdigung sind unglaublich viele Menschen. Nur ich nicht. Ich sitze im Grunewald auf dem Baum, auf dem Caitlin und ich als Kinder ein Baumhaus bauen wollten, wozu es aber nie gekommen ist, weil wir jedes Mal mittendrin die Lust verloren haben oder die Nägel und den Hammer zu Hause vergessen hatten. Dort sitze ich nun, neben einer morschen Sperrholzplatte, klammere mich an einen Ast, betrachte den Wald von oben und warte darauf, dass der Tag vergeht und ein neuer kommt.

»Ich buddele ein Loch auf deinem Grab«, sage ich währenddessen zu dem Baum, als wäre er Caitlin. »Dann lege ich es mit einer Plane aus und fülle Wasser aus dem Lietzensee hinein; weil wir uns so kennengelernt haben – weil das einer der schönsten Tage in meinem Leben war. Als Kind wolltest du den See immer leerpumpen, weißt du das noch? Und anschließend wolltest du ihn mit sauberem Wasser auffüllen, damit wir dort baden könnten. Aber wir wussten nicht, wie wir das ganze Wasser aus dem See kriegen sollten. Das war ziemlich lustig.«

Die Baumkrone um mich herum nickt im Wind.

Als hätte sie verstanden.

Fünf Wochen später sitze ich nicht mehr auf dem Baum. Stattdessen schleppe ich einen randvollen Eimer mit Wasser zum Friedhof.

Direkt vor einer heiligen Jesus-Statue mit abgebrochenem Dornenkranz bleibe ich schließlich stehen und beobachte ein herumflatterndes Taschentuch. Der Wind ist unbekümmert. Er kennt keine Grenzen. Ich lausche seinem einsamen Flüstern, und dann fällt mir ein, dass ich gar keine Ahnung habe, wo Caitlins Grab sich befindet.

Ich will weinen.

In meiner Abgeschiedenheit.

In meiner zweifelhaften Zeit.

Aber ich beiße mir auf die Unterlippe und laufe einfach weiter. Zwischen den Grabsteinen umher, am Tod vorbei. Der Friedhofsgärtner guckt mich komisch an, wahrscheinlich spazieren nicht oft junge Frauen in grünen Frühlingskleidern über den Friedhof, schleppen einen Eimer Lietzenseewasser und eine rote Kinderplastikschippe mit sich herum und schleifen dabei auch noch ein Stück durchsichtige Duschplane mit Delphinen darauf hinter sich her.

Er schüttelt den Kopf.

Über mich. Oder das Leben.

Ich wende mich ab und blicke hinauf zum Himmel. Es sieht nach Regen aus. Wenn es zu viel regnet, wird das Lietzenseewasser in Caitlins Teich sich irgendwann in Regenwasser verwandeln. Ich nehme an, das spielt keine Rolle. Nicht in diesem Theaterstück. Kein Grund, die Nerven zu verlieren und loszuheulen.

Also weiterlaufen. Niemals stehen bleiben.

Ich bin nicht zum Versagen auf der Welt.

Nachdenklich irre ich auf dem Friedhof hin und her und halte Ausschau nach Caitlins Grab. Hannah hat mir irgendetwas gesagt, von wegen links oder rechts und dann noch einmal links oder rechts, aber erst ziemlich lange geradeaus, oder auch nicht und dann wieder nach rechts und zum Schluss noch einmal links. Wer soll sich so etwas merken?

Irgendwann fängt es an zu regnen. Das Grab habe ich immer noch nicht gefunden, aber dafür bin ich bestimmt schon siebenmal an dem Gärtner und seiner Schubkarre vorbeigelaufen. Er guckt mich jedes Mal komischer an, aber er sagt trotzdem nie ein Wort. Vielleicht ist er stumm, oder schüchtern.

Das Lietzenseewasser mischt sich allmählich mit Regenwasser. Ich ziehe die Delphinplane, so gut es geht, über den Eimer. Denn Caitlin soll einen Original-Lietzensee bekommen, wenigstens für den Anfang, ansonsten wäre die Schlepperei ziemlich unsinnig gewesen. Außerdem waren ihr solche Kleinigkeiten wichtig. Sie hat sogar die Teller in ihren Küchenschränken nach Farben sortiert, unten die dunklen, oben die hellen. Ich habe einmal versucht, ihr zu erklären, dass es den Tellern vollkommen egal ist, welcher oben lagern darf und welcher der unterste sein muss. Vor allem, wenn sie hinter geschlossenen Küchenschranktüren stehen. Da hat Caitlin mich furchtbar verzweifelt angestarrt und dann angefangen, lautstark zu schluchzen. Ich habe nie wieder ein Wort über ihre Teller oder Ähnliches verloren.

Und Caitlin hat nie wieder geweint.

Sie hat Jura studiert, um ihren Vater glücklich zu machen.

»Das finde ich nicht so gut«, habe ich einmal zu ihr gesagt. Ich fand, sie sollte lieber etwas studieren, das sie selbst glücklich machen würde.

»Ach, Lilly«, hat Caitlin da gesagt »es ist schon okay.«

Seitdem weiß ich, dass alle Menschen lügen, die sagen »es ist schon okay«, denn das *schon* nimmt dem *okay* seine Bedeutung.

Und Caitlin.

Sie hat ihrem Leben die Bedeutung genommen.

Sie ist einfach abgesprungen.

Frei. Willig.

Der Regen hört nicht mehr auf, meine Haare hängen mir nass in mein Gesicht, und ich kann sie nicht zur Seite wischen, weil ich keine Hand frei habe. Mein Kleid ist völlig durchnässt, es klebt an meinem Körper, und ich bin froh, dass ich zurzeit unter

42 Kilo wiege, denn wäre es nicht so, dann würde ich mich jetzt furchtbar fett fühlen. Also noch fetter, als ich mich sowieso immer fühlen werde, solange meine Waage Zahlen im positiven Bereich anzeigt.

In dem Moment, in dem ich vor Caitlins Grabstein zum Stillstand komme, fühlt sich der Wind, der mich streift, wie aus einem gruseligen Märchen an. Ich bin überrumpelt. Vielleicht habe ich gedacht, ich würde den ganzen Tag auf dem Friedhof umherirren, bis ich schließlich vergessen hätte, warum ich eigentlich dort bin. Mein rechter Arm schmerzt von der Schleppe-rei, ich nehme wahr, wie sich der Henkel in meine Finger gebohrt hat, sie lassen sich kaum noch bewegen.

Aber das ist ein Satz, den man streichen kann.

In diesem Zusammenhang.

Hängt er unbedeutend im Geschehen.

Ich möchte den Eimer erleichtert absetzen, aber stattdessen kralle ich mich so angespannt an ihm fest, als würde es irgendetwas ändern. Der Regen wird weniger, er wandelt sich zu einem sanften Tröpfeln. Ich könnte weinen – im Regen würde es keiner sehen.

Aber ich tue es nicht.

Dann knie ich mich auf den durchweichten Boden vor dem Grabstein, setze den Eimer vorsichtig ab, schiebe ein paar Blumen zur Seite, und beginne wie von fremder Hand geführt, mit der roten Plastikschippe ein Loch zu graben. Der Regen läuft mir über den Nacken und weiter meinen Rücken hinab, meine Hände und Oberarme sind von schwarzen Erdmatschspritzern bedeckt, und meine Knie werden eiskalt von dem durchweichten Boden unter mir.

Nach fünfzehn Minuten, die mir vorkommen wie mindestens eine Stunde, bin ich der Meinung, dass mein Lietzenseeloch tief genug ist. Aber ich buddele trotzdem noch ein bisschen weiter. Denn auf dem Friedhof sollte man todsicher sein.

Anschließend falte ich den Delphinduschvorhang ein paarmal

zusammen, drücke ihn in das Loch und forme ihn an den Wänden hoch, so dass ringsherum etwas davon übersteht. Aus meiner zentnerschweren Handtasche krame ich Caitlins Urlaubs-Steinsammlung hervor, die mir Hannah neulich vorbeigebracht hat, und lege die weißen Kleinformatfelsen anschließend auf die Ränder des Duschvorhangs, rund um das Loch herum. Dann streue ich ein bisschen Erde dazwischen, damit es auch echt aussieht. Schließlich kippe ich vorsichtig das Lietzenseewasser hinein und frage mich, ob Caitlin wohl gerade vom Himmel aus zuguckt.

Zuunterst in meiner Tasche ist noch eine kleine Holzente und ein winziger, buntgestreifter Gummiball. Ich werfe den Ball mitten in den See, blicke einen Moment auf die leichten Wellen und entschuldige mich bei Caitlin, weil ich keinen roten Ball mit weißen Punkten gefunden habe, so wie ihren damals. Dann nehme ich die Holzente in beide Hände, setze sie sanft auf den kleinen Lietzensee und stupse sie an, damit sie eine Runde schwimmen kann.

Ich stehe auf und betrachte mein Werk.

Caitlin steht nicht neben mir.

Das weiß ich. Zu genau.

Es gibt Dinge, die will man nicht wissen. Es gibt Menschen, die wird man für immer vermissen. Und die Zeit, sie tanzt auf einem gebrochenen Bein – wenn ich nach ihr greife, hinkt sie davon.

Das war es also. Was bleibt zu tun?

Abschied nehmen.

Denn ich kann nicht für immer hierbleiben. Der Regen wird aufhören, irgendwann, und dann muss ich mir eine neue Freundin suchen. Eine andere. Eine lebendigere.

Ich gehe einen Schritt zurück. Weiter komme ich nicht.

Ich starre auf den Grabstein. Dort steht nur Caitlins Name. Und die Zeit, in der sie hier gewesen ist. Irgendetwas fehlt. Jeder

Mensch braucht ein paar Abschiedsworte auf seinem Stein, auch wenn sie schief geschrieben sind. Also krame ich in meiner Handtasche herum, finde den wasserfesten, kussechten, dunkelroten Lippenstift, den ich nie benutze, gehe wieder einen Schritt vor und lehne mich über den See, um mit wackeliger Schrift und in kleinen Buchstaben auf den grauen Grabstein zu schreiben: »Im Leben wie im Tod finden wir unser Ende. Wir steigen, wir fallen, wir schlafen, wir wachen. Und irgendwann sind wir da.«

Mehr fällt mir nicht ein.

Mein Kopf fühlt sich seltsam taub an. Der Regen ist mittlerweile noch stärker geworden, er umhüllt mich, entfremdet mich – er deckt mich zu. Und die Holzente auf dem Lietzensee schwappt hin und her.

Ich frage mich, ob mir kalt ist und ich es einfach nicht merke. Ich frage mich, ob ich dumm bin, weil ich mich umbringe, jeden Tag ein Stückchen mehr, obwohl ich die Chance habe zu leben. Und ich frage mich, ob die Toten um mich herum alle sauer auf mich sind, weil ich etwas habe, das sie nicht mehr haben, und weil ich so achtlos damit umgehe.

Aus der Ferne höre ich das erste Donnergrollen, und ich weiß, es wird kommen, um mich einzuholen, auch wenn ich wie vom Sensenmann verfolgt über den verlassenen Friedhof flitze.

Ich schließe die Augen, lege meinen Kopf in den Nacken und blicke zum Himmel. Das leise Plätschern um mich herum verspricht mir unverfroren eine Zukunft, als wäre Wasser ein Wort. Und da wird mir schlagartig eines klar: Ich werde erst wieder ich selbst sein können, mit allem, was dazugehört, wenn mein Körper wieder ein Teil von mir ist. Also muss ich ihn zurückbekommen, um jeden Preis.

Aber wie soll ich das schaffen? Von wem hole ich meinen Körper zurück? Und wie kann ich ihn anschließend an mir befestigen? Sekundenkleber, Isolierband, Nägel, Schrauben, Heftklammern, Tesafilm oder gleich ein Schweißbrenner? Wie füge ich mich zusammen, und womit bedecke ich die verräterischen Nähte?

Ich denke sehr lange darüber nach, während ich neben dem kleinen Lietzensee auf Caitlins Grab stehe und mich nach ihren funkelnden, lagunenblauen Augen sehne und ihrem ewig wehenden Sonnenhaar. Irgendwann gelange ich schließlich zu einer annehmbaren Erkenntnis: Männer haben mir meinen Körper weggenommen. Also müssen sie ihn mir auch wieder zurückgeben.

Männer. Sie schulden mir einen Körper. *Meinen* Körper, um genau zu sein. Und tausend Entschuldigungen. Und Zärtlichkeit. Und Normalität.

Wie bekommt man von einem Mann das, was man will? Indem man für ihn das ist, was er unbedingt haben möchte, aber nicht haben kann, weil man es nur bis zu einem bestimmten Punkt ist, und dann dreht man sich um, wackelt lasziv mit dem Hintern und verschwindet. Sex. Da hören Männer auf zu denken und fangen an, krankes Zeug zu reden. Dafür bezahlen sie ein Vermögen, dafür verlassen sie ihre Frauen, begehen Morde, jetten um die halbe Welt und verkaufen ihre Seele.

Ich werde also Sex haben und dabei das perfekte Schauspiel abliefern und so viele Männer verrückt nach mir machen, dass mein schlaues Gehirn eines Tages sagt: »Okay. Jetzt ist alles wieder gut.«

Ein Körper ist nur ein Körper, und mein Körper soll der Körper sein, den alle Männer besitzen wollen, den sie aber nur dann haben können, wenn sie dafür bezahlen. Das finde ich gut. Das ist ziemlich simpel. Damit ist die Schuld beglichen. Was kann da noch schiefgehen? Und am Ende darf mein Körper wieder ein Teil von mir sein. Ich werde ihn an mich binden und festschnüren und nicht mehr hergeben.

Das müsste doch funktionieren.

Das ist die splitternackte Schande eines Mädchens.

Das meinen lautlosen Namen trägt.

Der Regen läuft mir über das Gesicht, und langsam wird mir bewusst, wie sehr ich zittere. Ich mag Friedhöfe nicht besonders gerne, ich würde Caitlin gerne mitnehmen, weg von hier. Aber ich fürchte, das geht nicht. Ich fürchte, es gibt Plätze, die wir, einmal zugewiesen, nicht wieder verlassen können. Und deshalb ist es jetzt an der Zeit, mich loszureißen, von etwas, das längst weg ist. Von meiner Freundin, in ihrem versiegelten Sarg.

Ich packe die rote Schippe in meine Handtasche und die Überreste von meinem Lippenstift auch. Die Tasche fühlt sich zu leicht an ohne die Steine, den buntgestreiften Gummiball und die Holzente.

Aber Leichtigkeit.

Ist so ein flatterhaftes Wort.

Ich wringe mein Kleid aus, so gut es geht; es ist vollkommen sinnlos bei dem Regen, aber es ist eine beruhigende Geste an mich selbst, eine Geste, die mir Zeit verschafft. Schließlich werfe ich noch einen letzten Blick zurück auf den Lietzensee und die kleine hölzerne Ente, die mit dem Schnabel voran in Richtung Grabstein schwimmt. Der Ball ist mittlerweile an die Böschung, in die Nähe von einer verwelkten Blume, getrieben und schwappt leicht gegen die Steine.

»Ich werde alle zwei Wochen vorbeikommen und frisches Wasser aus dem Lietzensee mitbringen«, verspreche ich Caitlin.

Sie kann mich hören, ganz sicher – nur noch dieses eine Mal.

Dann ziehe ich los. Um eine Nutte zu werden.

7

Das Internet ist ein Paradies für nackte Frauen, abrufbereite Escortladys und fickfreudige Sexschlampen. Nur dafür hat die Menschheit das WWW erfunden. Immerhin werden Männer schon geil, wenn sie ein Damenfahrrad sehen. Und Männer fangen auch an zu sabbern, nur weil sich eine Frau im Schulmädchenoutfit einen Lolli in ihren Mund schiebt. Männer horten *Playboys* unter ihren Betten und denken beim Onanieren an Candysuck-girl17 aus dem Sexychat-69-extreme-hot.de, oder sie schließen sich im Badezimmer ein, während die Ehefrau nebenan das Abendessen kocht, und dann rufen sie mit vor Geilheit schwitzenden Fingern bei Bunnybabe*garantiert live und super feucht* an.

Es ist also kein großes Kunststück, eine Liste aller Bordelle in Berlin zu finden. Ich ordne sie nach Preiskategorien und drucke mir anschließend die Seite mit den Luxusbordellen aus. Um wertvolle Zeit und Fahrtkosten zu sparen, durchforste ich das Blatt Papier in meiner Hand gründlich, bis ich ein Bordell ganz in der Nähe gefunden habe. Um genau zu sein: in meinem Nachbarhaus, dreizehn Schritte weiter links, zweiter Stock – das Passion.

»Wenn du attraktiv und niveauvoll bist, wenn du mindestens eine Fremdsprache beherrschst, über achtzehn Jahre alt bist und dich nach ergreifender Leidenschaft sehnst – dann bewirb dich jetzt bei uns.«

Ich bin so attraktiv, wie ein Alien nur sein kann.

Ich bin voll von Niveau.

Ich spreche Deutsch, Englisch, ein bisschen Koreanisch, vierundfünfzig Wörter Italienisch und eine wortlose Sprache.

Ich bin einundzwanzig Jahre alt und voller Sehnsucht. Ich kenne das Leid, verursacht durch einen Schaft.

Also rufe ich an.

Ich verachte mich, aber ich tue es trotzdem. Ich werfe einen verlorenen Blick in den Spiegel, flehe mich an, mich nicht auf ewig dafür zu hassen, bete, dass ich auf dem besten Weg zur Körperwiederfindung bin, und bewerbe mich als Edelnutte.

Meine letzte Chance, denkt mein dummes Gehirn so verzweifelt, als ginge es um die Vergabe des Friedensnobelpreises. Ich muss diesen Job kriegen! Hoffentlich bin ich anspruchsvoll und hübsch genug. Hoffentlich kann ich gut genug ficken.

Auf die Idee, lieber gesund zu werden, mein Leben in den Griff zu bekommen und vielleicht eine neue Therapie anzufangen, komme ich nicht.

Ich bewerbe mich also, bestehe das kurze Telefongespräch und habe den Job nach den ersten drei Sätzen (Ja, ich bin über achtzehn/Ja, ich bin unter vierzig/Ja, ich bin hübsch und liebenswert) schon so gut wie in der Tasche.

Zu meinem Körper sage ich: »So, jetzt lebst du ein neues Leben, und ich auch. In einem Jahr treffen wir uns wieder. Und dann erzähl ich dir meine Geschichte, und du erzählst mir deine. Ich werde mich fernhalten von Männern, ich werde niemals auch nur einen einzigen in meine Nähe lassen. Und du, du nimm dir alles, was du kriegen kannst und mehr. Am Ende sind wir dann ein neuer Mensch. Oder verhungert. Mal sehen.«

Mein Körper nickt. Er tut alles, was ich befehle.

Anschließend suche ich im Internet nach einer Seite, die mich in das neue Berufsleben einführt und mir die wichtigsten Dinge erklärt, damit ich voll und ganz in meiner Arbeit aufgehen kann. Aber ich finde nichts. Nur eine Seite, auf der beschrieben steht, wie man gut bläst. Das weiß ich auch so.

Da ich am Verzweifeln bin und so etwas wie Motivation brauche, schreibe ich mir kurzerhand selbst eine Anleitung zum Berufsbild »Professionelle Ganzkörpernutzung«:

Gehe so selbstbewusst, so ehrgeizig und so voller Tatendrang zu deinem Vorstellungsgespräch, als würdest du dich als UN-Botschafterin oder Rechtsanwältin bewerben. Trage eine perfekt vor dem Spiegel eingeübte Maske auf deinem Gesicht. Sei niemals du selbst, sei immer die Person, die du verkaufen möchtest. Mache das Beste aus deinem Job, zieh dich aus; behalte deine Seele für dich, aber gebe jeden Teil deines Körpers preis. Lüge mit einem Lächeln auf den Lippen und knallharten Brustwarzen. Schließe deine Augen, wenn dir jemand zu hässlich ist, und sei dir bewusst, dass du alles das bist, was ein Mann begehrt. Sex ist die halbe Miete, ein liebevolles Schauspiel der Rest vom ganzen Haus. Schäme dich nie dafür, professionell zu sein. Sex aus Liebe ist mit Sicherheit wertvoll. Aber Sex für Geld ist mit Sicherheit sinnvoll. Lege deine benutzten Kleider ab und schlüpfe in Prinzessinnengewänder, sobald du mit der Arbeit fertig bist. Lasse niemals zu, dass der Schmutz eines Mannes an dir haften bleibt. Verliere dich nie in dem Traummädchen, das du vorgibst zu sein. Rechtfertigung hast du allein vor dir selbst zu entrichten. Du schuldest niemandem einen Kuss, einen Fick oder ein Jawort. Du kannst schlafen, mit wem und wie vielen du willst: ohne Erklärung, ohne Entschuldigung, ohne Liebe. Aber mit Kondom. Männer, die dich für Sex bezahlen, geben deinem Körper einen greifbaren Wert. Aber um deiner selbst willen musst du eines Tages begreifen, dass du weitaus mehr wert bist, als ein Mann je zu ermessen vermag. Also verpasse niemals den Zeitpunkt, an dem du aufhören solltest. Lege deine Maske ab, suche dir einen letzten Freier, sag ihm, dass er der Abschied ist, dass er etwas Besonderes ist und dass du nie wieder so verloren lächeln wirst wie in diesem Moment. Gib ihm alles. Lass ihn stehen. Und dann zieh dich an. Und geh nach Hause.

An meinem ersten Arbeitstag stehe ich verzweifelt vor meinem Kleiderschrank und weiß nicht, wie sich eine Prostituierte kleidet. Meine Haut ist eingecremt und fühlt sich an wie eine reife Aprikose mit exotischen Knochen. Außerdem habe ich das Parfum aufgelegt, das meine Mutter mir vor einer Ewigkeit geschenkt hat. Ich habe es nie zuvor benutzt, weil ich fand, es würde zu sehr nach verlorenen Träumen riechen.

Aber scheiß auf die Träume.

Das ist das Leben.

Ich weiß nicht, ob ich Strapse anziehen soll oder einfach nur meinen hübschesten BH mit dem passenden String? Oder das weiße Korsett? Aber was soll ich darüberziehen? Und muss ich mich schminken? Soll ich mich älter machen und reifer oder auf mädchenhafte Unschuld und strahlende Jugend setzen? Kann ich das Strapsband tragen, das mir mein Ex-Freund gekauft hat, oder ist das unmoralisch und taktlos?

Ich bin mit meinen Nerven am Ende. Ich finde, es ist verdammt schwierig, eine gute Nutte zu sein, dabei habe ich noch nicht einmal angefangen. Schließlich entscheide ich mich für das Korsett, einen String und weiße halterlose Strümpfe; darüber ziehe ich mir anständige und schlichte Kleidung. Dann stopfe ich noch schnell den Bademantel, den ich meiner Mutter bei meinem letzten Besuch aus dem Schrank geklaut habe, und ein Handtuch in meine Tasche und laufe, bevor mich der Mut verlässt, die dreizehn Schritte bis zum Nachbarhaus.

»Du hast mit sechs Jahren unter einem widerlichen, stinkenden Kerl gelegen und dafür nichts als einen Schokoriegel, ein zerfetztes Jungfernhäutchen und grauenvolle Bauchkrämpfe bekommen. Du hast es damals geschafft, also schaffst du es auch heute«, sage ich zu mir und drücke auf den Klingelknopf, auf dem mit zierlicher schwarzer Schrift »Passion« geschrieben steht.

Ein Mädchen mit unbeschreiblich großen Brüsten öffnet die Tür.

»Challo«, sagt sie mit einem süßen bulgarischen Akzent und lächelt mich an.

Ich versuche angestrengt, in ihr hübsches Gesicht zu blicken, aber in Anbetracht der riesigen Brüste ist das gar nicht so einfach.

»Ich bin Lilly«, sage ich etwas unsicher.

»Ja, ich wissen«, antwortet sie und lässt mich eintreten. »Ich bin Marla. Ich zeigen dir hier alles«, fährt sie fort und läuft voran durch den gemütlichen Empfangsraum.

Marla hat einen unglaublichen Hintern, er ist noch faszinierender als die gewaltigen Brüste, und sie bewegt ihren Körper so selbstsicher auf den schwarzglänzenden High Heels, dass ich mir neben ihr auf einmal schrecklich klein und unerfahren vorkomme.

»Hier hinten du finden zwei Badezimmer. Eine für das Kunden, und diese Bad ganz vorne ist für uns Mädchens. Die zwei Toiletten sind gleich dort drüben, auch eins für Kunde, eins für Mädchens.«

Marla öffnet die Badezimmertüren, damit ich einen Blick hineinwerfen kann, und aus dem Mädchenbad strömt mir ein zarter Duft von Himbeershampoo entgegen.

»Wir sogar haben eine SM-Studio«, erklärt Marla, während sie mich weiter zu einem Raum führt, an dessen Tür *Trainingsraum* steht. »Du mögen so was?«

»Ähm«, sage ich, »eher nicht.«

»Ich auch nicht mögen«, sagt Marla und lacht.

Es dauert einen Moment, bis sie das dämmrige Licht im SM-Raum ein bisschen heller gedreht hat. Ich erkenne zuerst den Käfig, dann irgendwelche merkwürdigen Seile, ein Fesselgerüst, zwei Folterstühle, ein Regal voll mit Peitschen und Klammern, rote Kerzen und ein paar Dildos.

»Du musst nicht machen, was du nicht mögst«, sagt Marla, die meinem Gesichtsausdruck zu entnehmen scheint, dass SM absolut nicht meine Welt ist. »Kannst du aber auch machen

Domina, wenn du Spaß hast. Mann in den Käfig sperren und dann erst mal Kaffee trinken gehen und später ein bisschen hauen, und dann er spritzen und wieder geht. Manche Frauen das finden sehr lustig. Komm, ich zeigen dir die normales Räume.«

Und sie führt mich weiter, zu Zimmer eins, einem in Naturfarben gehaltenem Zimmer, mit Bambusmatten und weißen Lilien. Eine große Matratze befindet sich genau in der Mitte des Raumes, und überall liegen ordentlich plazierte marineblaue Kuschelkissen herum.

»Hier gerade ich bin«, sagt Marla und deutet auf einen Block, der auf der Matratze liegt, und auf ein Buch. »Ich lernen Deutsch. Dieses Zimmer wir nur selten nehmen für Kunden. Meistens Mädchenzimmer. Hier du kannst fernsehen oder schlafen. Was du wollen. Oder du kannst helfen mir lernen Sprache, ist bestimmt lustig für dir – mein Grammatik sein Katastrophe.«

Als Nächstes zeigt Marla mir Zimmer zwei und drei. Beide sind ungefähr gleich groß, aber während Zimmer zwei in Rot- und Orangetönen gehalten ist, besticht Zimmer drei mit dunkleren Farben und schwarzen Seidenkissen.

»Das sein Hauptzimmer«, sagt Marla schließlich und öffnet die Tür zu dem größten Zimmer.

Ein riesiges Himmelbett steht dort, und wie in all den anderen Zimmern auch befinden sich deckenhohe Spiegel an den Wänden, die das zarte Licht, das von zwei matten Lampenschirmen und einem Lichtschlauch in den Raum fällt, funkelnd reflektieren lassen.

Die Kissen stecken in glitzernden beige-goldenen Bezügen, und in die weißen Säulen, die das Bett umgeben und den weichen champagnerfarbenen Kuschelhimmel darüber halten, sind feine Ornamente eingeschnitzt.

Mich überkommt der merkwürdige Drang, mich auf dieses Bett zu legen und nie wieder aufzustehen. Aber ich kann mich beherrschen und frage mich stattdessen lieber, wohin meine

Angst verflogen ist und warum ich keine panischen Sexgedanken habe.

»Komm, ich dir jetzt zeigen privates Räume«, sagt Marla und zieht hinter uns die Tür von Zimmer vier wieder zu.

Ich folge ihr also den Flur entlang, in Richtung einer Tür, auf der *privat* steht. Auf dem Weg dorthin kommt uns ein Mädchen mit langen blonden Haaren entgegen. Sie hat rosafarbene Strapse an und eine Figur wie ein Supermodel.

»Hey«, sagt sie und lächelt mir zu, »ich bin Dasha.«

»Ich bin Lilly«, erwidere ich.

»Lilly – das ist aber eine süße Name«, sagt Dasha und gibt mir zur Begrüßung einen Kuss auf jede Wange. »Schön, dass du da sein. Marla hat uns erzählen, dass heute wird ein neues Mädchen zu uns kommen.«

Dasha zwinkert mir einmal zu und verschwindet dann mit schwingenden Hüften in Richtung Badezimmer, während Marla mir noch den fünften Raum zeigt. Auf dem großen Bett, das locker Platz für eine ganze Handvoll Menschen bietet, liegen verstreut einige Dessous und Röcke, buntgemischt mit unzähligen Handtaschen und Haarbändern. Über einer Lampe hängt ein Handtuch, haufenweise Schuhe stehen vor der Spiegelwand, und eine Ansammlung von Taschen und Schminkkoffern befindet sich auf der Kommode und den Abstelltischen.

»Dies wir nennen Mädchenzimmer. Hier du kannst lassen deine Sachen, und auch schlafen, oder in Ruhe deines Arbeit machen. Dieses Raum ist nur für Mädchens. Einzige Mann, der darf kommen hier, ist Chef. Aber er sein höchstens viermal die Woche bei uns – meistens abends für ein paar Stunden. Und er sein sehr nett, du brauchen keine Angst vor ihm haben.«

Dann führt Marla mich das letzte Stück des Flurs entlang, vorbei an einem Vorratsraum und einer Küchennische bis hin zu einem letzten Zimmer.

»Hier sein unser Wohnzimmer. Wir haben eine Computer und ein großes Esstisch und Sofa. Meistens wir in diesem Raum aufhalten. Du kannst rauchen hier und Internet gehen. Wir haben Ordner mit Bestelllisten. Falls du hast Hunger, musst du nicht rausgehen, wir kriegen viel Rabatt überall – Liefermänner mögen kommen hier, sie gerne kurz angucken uns Mädchen, sie sein immer neugierig und aufgeregt. Vor allem das Männer von China-Imbiss, diese jedes Mal ganz rot in ihrem Gesicht, wenn hier«, erzählt Marla und lacht. Dann deutet sie auf ein junges Mädchen: »Und das da sein Brittany. Brittany, das ist Lilly.«

Ein Mädchen mit schulterlangen, goldbraunen Haaren, das gerade am Computer sitzt und eine E-Mail schreibt, blickt zu mir auf und strahlt mich an.

»Hallo«, sage ich und gebe ihr zur Begrüßung die Hand.

»Hallo!«, sagt Brittany und schüttelt meine Hand so überschwenglich, als wären wir im Frauenfreizeitpark – nicht im Puff. »Hat dir Marla schon alles gezeigt? Und gefällt es dir hier? Willst du bei uns anfangen?«

»Ja«, sage ich etwas nervös, »eigentlich schon. Aber um ehrlich zu sein, habe ich so etwas noch nie gemacht.«

»Ach, mach dir keine Sorgen!«, meint Brittany. »Die Männer hier sind meistens echt nett, und du kriegst ganz schnell raus, wie alles läuft!«

Dann springt sie auf, um mir einen Kaffee zu machen, und in den drei Minuten, die die Kaffeemaschine braucht, um die Bohnen zu mahlen und das Wasser zu erhitzen, erzählt Brittany mir in einem einzigen Wortschwall von den unzähligen Männern, die sie im Passion bereits kennengelernt hat, und während sie Milch und Zucker in die Tassen schüttet, zählt sie für mich auch noch im Schnelldurchlauf alle anderen Mädchen auf, die zurzeit im Passion arbeiten.

»Ich bin wirklich froh«, sagt sie schließlich, drückt mir eine Tasse dampfend heißen Kaffee in die Hand und muss erst einmal Luft holen, »ich bin wirklich froh, dass du jetzt auch hier bist! Also, wenn du bleiben magst, meine ich. Die anderen Mädchen sind zwar alle nett, aber sie unterhalten sich ständig auf

Bulgarisch, ich sitze dann immer daneben und sage hm und aha und hmhm und bin die ganze Zeit über am Rauchen, weil ich mit niemandem quatschen kann. Mein Gott, ich habe heute bestimmt schon fast zwei Schachteln geraucht!«

Ich lächele unsicher.

Nein, mein Lächeln ist eher glücklich und durcheinander. Diese Atmosphäre hier, sie ist anders als alles, was ich bisher kannte. Sie hält mich fest und umfängt mich, ohne dass ich danach gesucht hätte. Und dann, wie selbstverständlich, ohne mich noch ein letztes Mal umzublicken, trete ich ein in diesen Abschnitt meines Lebens, der mir Geheimnisse über mich verrät, die ich mir mit fremder Stimme erzähle und die ich mir freiwillig ganz bestimmt niemals verraten hätte.

8

Ich habe noch nie gern über meine Vergangenheit geschrieben. Ich will das Geschehene immer, so schnell es geht, hinter mich bringen, damit ich endlich anfangen kann, Geschichten zu erzählen, die mich selbst überraschen. Bei diesem Buch war es besonders schlimm – denn wie könnte ich auf eine vernünftige Art und Weise zu Papier bringen, warum ich so geworden bin, wie ich bin, und nicht besser.

In den ersten Kapiteln wollte ich ein Bild von meinem gestörten Dasein aufzeichnen, damit es einigermaßen verständlich ist, was ich im Verlauf meiner Lebensgeschichte noch so alles falsch machen werde; und damit ich mich nicht ständig entschuldigen muss, für wen oder was auch immer. Aber um ehrlich zu sein, erzähle ich nicht gerne von früher, ich finde es erschreckend, dass ich vor zehn und vor zwanzig Jahren auch schon hier war.

Aus Angst davor, depressiv zu werden, habe ich also in den ersten Kapiteln alles aneinandergereiht und mich schnell mal eben erwachsen werden lassen. Heutzutage liest man ein Buch doch sowieso erst ab Seite fünfzig. Es sei denn, es geht um Vampire.

Als die ersten Seiten von diesem Buch schließlich fertig sind, gehe ich meine neue beste Freundin Lady in ihrer Luxuswohnung besuchen und gebe ihr einen Auszug zum Lesen.

»Hm«, sagt Lady, schiebt sich eine knallrote Cocktailkirsche in ihren hübschen Mund und kaut andächtig darauf herum, »da fehlt aber eine ganze Menge.«

»Ich weiß«, antworte ich ungeduldig, »das ist ja auch nur der Anfang, das Wichtigste.«

Lady blickt sehr lange auf die beschriebenen Blätter in ihrer

Hand und anschließend genauso lange auf meine nicht vorhandenen Brüste.

»Also, Schätzchen«, sagt Lady dann, während sie anfängt, Limetten für einen Drink zu zerschnippeln, »das Wichtigste über dich ist nicht, zu wissen, was dir geschehen ist, sondern zu sehen, wer du bist. Diese Kapitel sind vielleicht ein kreischender Einblick in dein Leben, aber bestimmt nicht das Wichtigste. Irgendwann einmal, in ein paar Jahren, wenn du mehr als 40 Kilo wiegst und wieder etwas verträgst, gehen wir ordentlich einen saufen, und danach schreibst du ein neues Buch, mit einem neuen Anfang, und dann darfst du mir die ersten Seiten in die Hand drücken und sagen: ›Das ist das Wichtigste!‹ Und ich werde es dir glauben, ohne ein einziges Wort davon zu lesen, weil du mich anlächeln wirst und nicht mehr guckst wie ein benutztes Kondom.«

»Danke«, sage ich und verdrehe meine Augen, »deine Wortwahl ist wie immer sehr erfrischend.«

»Wieso?«, fragt Lady. »Hast du etwas gegen Kondome?«

»Nein«, sage ich.

»Gut«, sagt Lady, »die sind nämlich sehr nützlich. Nur blasen mit Kondom ist ziemlich scheiße, ich hasse diesen Gummigeschmack im Mund, da helfen auch Kondome mit Erdbeergeschmack nicht, die sind sogar noch schlimmer, ganz zu schweigen von diesem Tuttifrutti-Scheiß – oh, und da wir gerade beim Blasen sind, Süße, was du unbedingt mal ausprobieren musst, ist ...«

Ladys Telefon klingelt, schrill und laut wie Lady selbst, und unterbricht unser Gespräch, bevor sie anfangen kann, mir irgendwelche von ihren außergewöhnlichen Oralverkehrtipps zu geben, die sie so schnell herunterrattern kann, als ginge es darum, Miss-ich-blas-dir-dein-Hirn-weg zu werden. Lady wirft schnell noch ein paar Limettenstückchen in ein Glas, schnappt sich dann ihr Handy und wedelt theatralisch mit meinen beschriebenen Seiten in der Hand umher, während sie, wem auch immer, zu erklären versucht, dass sie absolut keinen Bock hat, mit ihm eine Reise auf die Kanaren zu machen, und zwar fucking gleichgültig wie viele Sterne und Whirlpools das Hotel zu bieten hat. Dann legt Lady auf und strahlt mich augenzwinkernd an.

»Das war Jonathan«, sagt sie.

Ich habe nicht die geringste Ahnung, wer Jonathan ist. Lady wird am Tag von mindestens dreißig verschiedenen Männern angerufen. Sie hat mehr Freunde als Strings, und Lady hat immerhin zwei ganze Schränke voll mit Dessous.

»Irgendwann werde ich ihn heiraten«, fügt sie hinzu, klimpert mit ihren übertuschten, nachtschwarzen, künstlichen Wimpern und schnappt sich eine weitere Limette.

»Aber bestimmt nicht heute«, ergänzt sie dann mit diesem unverkennbaren sexy Klang in ihrer Stimme, mit dem sie auch noch den treusten Ehemann dazu bringt, sie mit exklusiven Geschenken zu überhäufen, sie auf Knien anzubeten und ihr verbotene Sachen ins Ohr zu hauchen. Anschließend geht Lady so nahtlos von Jonathan zu meinem Manuskript über, als könnte man beides am Abend gleichermaßen gut im Bett gebrauchen: »Weißt du, Lilly – dein Text gefällt mir trotzdem. Vor allem die Stelle, an der du die ganzen Antidepressiva-Pillen einwirfst und mit riesigen Glupschpupillen durch die Gegend stakst. Das war echt lustig. So sehe ich dich gerne. Aus sicherer Entfernung jedenfalls und weil ich weiß, dass du darüber hinweggekommen bist. Aber wenn du schon meinst, dass das der passende Anfang für deine Geschichte ist, dann solltest du einen gewissen Tag nicht auslassen.«

»Ich weiß nicht, wovon du redest«, sage ich kurz angebunden.

»Doch«, sagt Lady.

»Nein«, sage ich stur.

»Von mir aus«, sagt Lady und zündet sich eine Zigarette an »dann lass uns shoppen gehen, ich brauche einen neuen Rock, der hier ist zu lang, wozu habe ich denn diese atemberaubenden Beine! Aber die Farbe ist echt geil, deshalb habe ich das Ding überhaupt gekauft. Verruchtes Bumsmichlila. Findest du nicht auch?«

Ich schüttele den Kopf.

Lady lacht.

»Du musst noch viel lernen, Süße«, flötet sie in mein Ohr.

Dann schiebt sie mir eine Cocktailkirsche zwischen die Lippen und tanzt mit ihrem Glas in der Hand durch die Wohnung, als wäre jedes Schicksal ein schicker Saal. Mit offenen Türen.

Später an diesem Tag sitze ich in meinem Schlafzimmer, dicht an die Heizung gedrängt, weil mein Körper schon längst vergessen hat, wie die Thermoregulation eines Menschen funktioniert, und denke über Ladys Worte nach. Sie hat recht. Natürlich. Wie meistens.

Ein Tag in meinem Leben ist weiter weg von mir als jeder andere. Ich lasse ihn gerne aus, wenn ich von mir erzähle, aber ich denke an ihn, viel zu oft und viel zu deutlich. Ich habe die schönsten Lügen erfunden, um alles zu verdrehen und diesen Tag in ein weißes, sauberes Licht zu tauchen.

Und, klug wie ich bin, habe ich den Anfang so schnell wie möglich aufgeschrieben, damit ich ihn hinter mir habe und mich den lustigeren Sachen zuwenden kann. Das ist schließlich mein Buch, ich habe das Recht, jeden beliebigen Tag meines Lebens einfach wegzulassen oder durch einen schöneren zu ersetzen. Aber wie das nun einmal so ist, tigere ich unruhig um meinen Laptop herum, fange Sätze an, lösche sie wieder, schreibe Kapitel, lösche sie wieder und weiß, bevor ich diesem einen Tag keine Worte gegeben habe, werde ich nicht fertig. Außerdem sehe ich Ladys allwissendes Gesicht vor mir, ihre auffordernd klimpernden Wimpern, ihre funkelnden Augen, und ich will nicht, dass sie mich für feige hält.

Also grübele ich ein bisschen. Manchmal kann ich das gut;

aber heute nicht. Stattdessen wird mir schwindlig, und ich kippe von meinem Stuhl. Wenn Lady jetzt hier wäre und meinen Abgang mit angesehen hätte, dann würde sie mich anfauchen: »Süße! Es soll Menschen geben, die achtsam mit sich umgehen! Kannst du dir das vorstellen?! Das soll angeblich dabei helfen, den Tag zu bestehen und nicht aus Versehen von einem Laster plattgewalzt zu werden. Wie wäre es, wenn du das auch mal versuchst?!«

Ich würde ihr die Antwort schuldig bleiben. Und es wäre für einen Moment ziemlich still zwischen uns. Aber Lady ist nicht hier. Sie trifft sich gerade mit Andreas oder Mike oder Janis oder Jimmy oder Georg oder Kevin. Vielleicht auch mit allen auf einmal. Bei Lady weiß man das nie so genau.

Ich stehe also auf, setze mich wieder auf meinen Stuhl, an den Schreibtisch und schreibe einfach drauflos. Denn was macht es schon aus, was verändert es.

Der fehlende Tag. Es ist Frühling, aber die Luft riecht noch immer nach dem letzten Winter, und die Sonne glitzert unsicher und halb versteckt von einem wolkenlosen Himmel auf meine viel zu blasse Haut herab. Ich bin siebzehn Jahre alt. Die Straßen um mich herum sind leer, denn es ist unter der Woche, und die Mittagszeit ist gerade vorbei. Die anderen Menschen sind wahrscheinlich alle bei der Arbeit oder in der Schule und machen das, was zurechnungsfähige Menschen so tun.

Ich selbst stehe neben einer Straßenlaterne vor dem Haus, in dem meine Therapeutin ihre Praxis hat.

»Du wirst schon sehen, es wird immer leichter«, hat meine Therapeutin heute zum Abschied gesagt und mich dabei angelächelt, als wäre ich nicht gestört.

Ich habe zurückgelächelt.

Denn es ist einer dieser Tage, an denen ich alles glaube, was ich mir gerade wünsche. Und das ist eine ganze Menge. *Zuversicht* wäre eine gute Überschrift, wenn meine Tage Namen hätten. Aber das haben sie nicht, denn wer kennt schon so viele Worte.

Ein leichter Wind weht, er kitzelt mich im Nacken, als würde er mich kennen. Ich fahre mit dem Fahrrad nach Hause, und meine offenen Haare flattern mir ums Gesicht. Ich erinnere mich daran wie an einen Traum, den man immer und immer wieder träumt, jedes Mal mit anderen Bildern, aber in genau den gleichen Farben. Ich bin glücklich, denn für diesen Augenblick weiß ich mit Sicherheit, dass ich ganz normal zur Schule gehen und mein Abitur machen werde, dass ich aufhören kann zu verhungern und dass ich nicht für immer vor mir selbst weglaufen muss. So etwas zu wissen gehört nicht gerade zu meinem Fachgebiet, aber in den Momenten, in denen ich es weiß, weiß ich es besser als jeder andere.

Ich fahre an einem Spielplatz vorbei, auf dem ich als Kind gerne gespielt habe, und dann biege ich auch schon in die Straße ein, in der ich wieder wohne, seit ich aus dem Heim ausgezogen bin. Es ist schön, ein richtiges Zimmer zu haben – ein Zimmer, in dem man von der Mitte aus mehr als zwei Schritte in jede Richtung laufen kann, ohne gegen eine Wand zu stoßen. Und ich bemühe mich hingebungsvoll, mir einzubilden, dass meine Eltern mich schrecklich lieben. Es funktioniert zwar nicht, aber ich schaffe es, in die Badewanne zu steigen und wieder herauszuklettern, ohne mich zwischendurch zu ertränken. Was will man mehr.

Während ich mein Fahrrad anschließe, hält ein junger Mann einen Baumstamm weiter, stellt seinerseits sein Fahrrad dort ab und geht zur Haustür, um zu klingeln. Er lächelt mir zu, als ich kurz nach ihm zur Tür komme, aufschließe und ihn mit hereinlasse. Ich bin es gewohnt, fremden Menschen unsere Haustür aufzuhalten, im ersten Stock unterrichtet ein Musiklehrer, und im zweiten Stock hat ein Anwalt seine Kanzlei, deshalb gehen ständig unbekannte Leute bei uns ein und aus. Ich denke mir nichts dabei, es ist reine Routine, es ist ein Stückchen Höflichkeit, es ist vollkommen okay.

Ich fühle noch die funkelnde Sonne.

Auf meiner weißen Haut.

Aber in dem Augenblick, in dem ich die Tür loslasse und anfange, die Treppen hochzusteigen und die Gegenwart des Mannes hinter mir spüre, habe ich ein Gefühl in meinem Bauch, das zappelt und winkt und ruft. Es rüttelt mich unsanft, umgreift mit eisigen Händen meine Brust, zerrt an mir und fleht drängend: »Lauf!«

Ich will rennen oder schreien. Aber meine Beine machen auf einmal nicht mehr das, was ich von ihnen möchte. Ich öffne den Mund, aber bringe keinen Ton hervor. Ich will atmen, aber die Luft hat sich verändert, sie funktioniert nicht mehr. Bin ich das? Ein Goldfisch in einem ausgetrockneten Aquarium, das mitten im Meer treibt, wäre nichts gegen mich. Es wäre lustig, wenn es lustig sein könnte.

Und dann steht es vor mir. Das kleine Mädchen, zerbrechlich, mit langen braunen Haaren, zu Zöpfen geflochten, in einem weißen Kleid mit Erdbeeren darauf. Ich wünsche mir, dass es lacht. Aber das kleine Mädchen lacht nicht. Es sieht mich nur an mit seinen riesigen traurigen Augen.

»Was hast du getan, wie konnte das passieren?«, fragt das kleine Mädchen.

Es sagt kein Wort dabei.

Seine Lippen bleiben stumm und unbeweglich.

Ich starre lautlos zurück und habe keine Antwort. Denn die Welt dreht sich auf einmal anders als sonst. Die Zeit in meinem Kopf läuft für den Bruchteil einiger Sekunden rückwärts: Ich stehe wieder draußen auf der Straße, ich blicke mich um, und dann wird mir klar, noch bevor er seine Hand ausstreckt, um meinen Hals zu umgreifen, dass er sein Fahrrad nicht angeschlossen hat, dass er es einfach nur so an den Baum gestellt hat. Denn er musste sich ja beeilen – er wollte vor mir an der Tür sein, um mich sehen zu lassen, dass er irgendwo klingelt, oder zumindest so tut, damit ich ihn sorglos mit hineinlasse.

»Was hast du nur getan?«, fragt das kleine Mädchen erneut.

Wir schweigen uns an.

»Können wir weg von hier?«, fragt das Mädchen schließlich und fügt wispernd hinzu: »Bitte.«

Es verschwindet in dem Moment, in dem ich die Hand des Mannes in meinem Nacken spüre, sie ist rauh, sie ist grob, sie reißt mich herum. Und dann steht er direkt vor mir, er zerrt an meinen Haaren, zerquetscht meinen Hals und hält mir grinsend den Mund zu. Sein Lächeln ist nicht mehr nett und warm. Es ist kalt und böse, und er flüstert mir etwas ins Ohr. Ich weiß noch genau, was er gesagt hat. Jedes einzelne Wort. Aber ich rede mir ein, ich hätte es längst vergessen. Meine Knie geben nach wie Wackelpudding, meine Arme zittern schwach und nutzlos vor sich hin, ich versuche ihn wegzuschieben, ich versuche ihn zu treten, ich beiße ihn, so fest ich kann, in die Hand – aber da lacht er nur leise und schlägt mir ins Gesicht.

»Das würde ich an deiner Stelle nicht tun!«, raunt er mir zu. »Du willst mich doch nicht böse machen, mein Schätzchen, nicht wahr?«

Ich antworte nicht darauf. Denn wie gibt man die richtige Antwort auf eine falsche Frage? Das wäre wie Stunden zählen, wenn man weiß, dass man nur noch sieben Sekunden hat.

»Ich habe dich etwas gefragt, du kleines Miststück!«, höre ich seine gefährliche Stimme ganz dicht an meinem Ohr. »Also beweg deinen süßen Kopf, damit ich sehen kann, dass du mich verstanden hast!«

Ich nicke. Mein Kopf fühlt sich schwer wie Blei an. Der Mann packt mich fester, presst mir einen Kuss auf den Mund, grinst mich an und flüstert: »So gefällt es mir, mein Schätzchen!«

Seitdem weiß ich, dass alle Männer, die mich »mein Schätzchen« nennen, keinen einzigen Gedanken an ihr unangeschlossenes Fahrrad verschwenden würden, wenn sie mich dafür nur einmal alleine im Treppenhaus erwischen könnten. Und seitdem weiß ich auch, dass alle Männer, die eine Hand nach mir ausstrecken, um mich zu berühren, die gleiche gebrandmarkte Haut verletzen.

Der Mann streicht grob über mein Gesicht, er berührt mit seinen Fingerspitzen meine Lippen und zerrt mich dann die Treppen wieder hinunter bis in den Keller. Ich öffne meinen Mund, um zu schreien, ich weiß, irgendwer ist bestimmt im Haus, ich weiß, jemand wird mich hören – der Mann wird Angst bekommen und von mir ablassen, und ich werde gerettet.

So einfach wäre mein Glück.

Aber alles, was ich hervorbringe, ist ein Wimmern, ein Röcheln, und dann höre ich mich wispern: »Bitte nicht. Nein. Bitte. Bitte nicht.«

Meine Stimme ist mir fremd. Ich starre mich an. Wie kann ich mich nur so erniedrigen? Wie kann ich so hilflos sein? Ich hasse mich dafür, dass ich ihn anflehe. Ich hasse mich, weil ich nicht mehr zustande bringe, als ein paar nutzlose Wörter zu flüstern, für die ich mich selbst nicht hätte gehen lassen, wenn ich an seiner Stelle gewesen wäre.

Vor diesen Minuten hatte ich immer gedacht, ich hätte einen relativ großen Wortschatz, einen, mit dem man etwas anfangen kann, wenn es darum geht, sich richtig auszudrücken. Aber was ist schon relativ, wenn man vergewaltigt wird. Und wer interessiert sich dann noch dafür, dass »Bitte nicht« kein sonderlich ausdrucksstarker Satz ist.

Wortgewalt ist nichts.

Gegen nackte Sexgewalt.

»Bitte nicht«, das ist das Letzte, was ich von mir höre, und irgendwie bin ich erleichtert, als ich den Mund schließe und endlich still bin. Danach höre ich nur noch seine Stimme. Er beschimpft mich, er zieht mich ganz nah an sich und raunt mir ins Ohr: »Schätzchen, mein kleines Schätzchen.«

Ich versuche die Arme schützend um meinen Körper zu schlingen, aber er lacht mich nur aus, wirft mich umher, als wäre ich eine Stoffpuppe, dann schlägt er mich und drückt mich zu Boden. Während er eine Hand um meinen Hals schließt, blicke ich an ihm vorbei in Richtung Tür.

Flucht.

Freiheit.

Davonkommen.

»Denk nicht einmal daran!«, raunt er, und seine Faust trifft mein Gesicht, bis ich Blut schmecke. Ich blinzele. Das schwache Licht verändert sich. Etwas streift sanft über meine rechte Hand. Ich blicke auf. Es ist das kleine Mädchen, das sich Schritt für Schritt, ganz fest an die Wand gepresst, um mich herum tastet, während der Saum seines Erdbeerkleides für einige Sekunden meine Fingerspitzen berührt. Es läuft weiter, ich lausche dem leisen Geräusch, das seine Schritte auf dem steinernen Kellerboden verursachen, und sehe zu, wie es sich schließlich lautlos zwischen zwei Mülltonnen zwängt und dort versteckt.

Bestimmt hält es sich die Ohren zu und summt ein Lied vor sich hin, überlege ich mir. Wenn er weg ist, wird es zu der Tür gehen und sie öffnen. Es wird rennen, so weit, bis niemand es mehr halten kann. Und es wird lachen. Für mich.

Das flüstern meine Gedanken.

Obwohl ich es besser weiß.

Obwohl ich weiß, dass das kleine Mädchen längst nicht mehr existiert, dass ich der Teil von ihm bin, der noch da ist und sonst nichts. Also muss ich selbst am Ende diese Tür öffnen. Oder ich muss für immer im Dunkeln bleiben.

Mein Blut schmeckt metallisch. Salzig. Warm und kühl zugleich. Ich versuche mich darauf zu konzentrieren. Ich spüre seine Hand zwischen meinen Beinen, ich blicke hinauf zu der dunklen Kellerdecke.

Vielleicht schlägt er mich tot, überlege ich.

Vielleicht schlägt er mich tot, hoffe ich.

Vielleicht schlägt er mich tot, weine ich.

Und dann wird alles schwarz.

Als ich wieder aufwache, lebe ich noch. Aber woher weiß man das, wenn man es nicht weiß. Also bin ich tot. Oder auch nicht. Das denke ich, während ich nichts mehr denken kann und mein leerer Kopf mich durch wundersame Art zum Aufstehen bewegt, meine Beine kontrolliert und mich wie einen ferngesteuerten Roboter stolpernd die Treppen hinaufwanken, die Tür aufschließen und mich mit zerfetzter Kleidung in die Badewanne fallen lässt.

Weiß jemand, wie es sich anfühlt, in der Badewanne ein Floß zu bauen, so groß, dass ein kleines Haus darauf Platz hätte? Also kein richtiges Haus, nur ein winziges, in dem man schlafen oder sich verkriechen kann, wenn man es möchte? Weiß jemand, wie das ist, die Wellen in der Badewanne gegen das Floß schaukeln zu spüren, während man sich darauf zusammenrollt, die Holzplanken unter sich spürt, das leichte Hin-und-her-Schwanken wahrnimmt, ohne es bemerkenswert zu finden, weil man eigentlich gar nichts mehr merkt und nur mit leeren Augen den Horizont anstarrt, auf den man zufährt, ganz egal, was dort auch ist. Nur weg, weit weg. Das zählt, nichts anderes. Weiß jemand, wie sinnlos es ist, in der Badewanne seinen Verstand zu verlieren, sich selbst auf einem Floß dümpeln zu sehen, während das Wasser um einen herum sich blutrot verfärbt, und der Horizont nichts weiter ist als der verdammte Badewannenabfluss?

»Du hast ihn mit hereingelassen«, sagt das Floß zu mir, bevor es gurgelnd im Abfluss verschwindet.

»Ja«, flüstere ich.

»Alles ist so rot«, sagt das Floß aus dem Abfluss heraus.

»Das bin ich«, erwidere ich.

»Du«, sagt das Floß, »du – bist überhaupt nichts.«

»Was für eine Schande«, murmele ich.

»Du sagst es«, erwidert das Floß.

Dann kommt der Punkt, an dem ich begreife, dass man sich nicht mit Flößen unterhält.

Schade, denke ich, denn es war schön.

Stille.

Dröhnend.

Sie tut weh.

Das Wasser ist zu heiß.

Also drehe ich es eiskalt auf. Meine Haut wird blau, aber sie ist sowieso schon blau. Und gelbgrün. Ich bin ein Alien. Wenn ich in den Spiegel gucke, bin ich bestimmt jemand anders. Ob mir meine Stimme fremd sein wird? Ich öffne den Mund, um es auszuprobieren.

»Wozu?«, frage ich mich und schließe ihn lautlos wieder.

Schweigen.

Wasserrauschen.

Plätschern.

Kälte.

Dann huste ich Blut. Es fließt zum Horizont. Dem Floß hinterher.

Ich taste an meinem Körper herum. Warum fühle ich nichts? An meinem linken Oberschenkel ist irgendetwas, ich streiche mit eisigen Fingerspitzen darüber, aber sie sind zu taub, um etwas zu spüren. Also muss ich hingucken. Es dauert merkwürdig lange, bis das, was ich sehe, in meinem Kopf ankommt.

Ich habe Zeit, überlege ich mit einer schwindligen Gelassenheit, während ich warte.

Dann sehe ich eingeritzte Striemen und Kreuze auf der Innenseite meines Oberschenkels, die Wunden sind rot und blutig. Ich bin gezeichnet, denke ich. Ich bin gezeichnet, denke ich ein zweites Mal. Und dann ein drittes Mal. Wie ein Echo in meinem Kopf, das mit jedem Nachhall verschwommener wird.

»Als Erinnerung für die verlorene Zeit?«, frage ich das Floß.

Aber es ist wohl schon zu weit weg und antwortet mir nicht mehr.

Ich schließe die Augen. Das Licht im Badezimmer ist so grell, und ich bin zu müde, um weiter zu blinzeln. Aber dann berührt etwas meine Hand, und ich muss die Augen erneut öffnen. Es ist das kleine Mädchen, es steht vor mir und rührt sich nicht.

»Du schon wieder«, sage ich.

Das kleine Mädchen erwidert nichts, es sieht mich nur stumm und nachdenklich an.

»Was ist?«, frage ich. »Willst du, dass ich die Zeit zurückdrehe, die Tür auftrete, ins Zimmer gestürmt komme, ihn von dir runterreiße, dich hochhebe und davontrage, bis du in Sicherheit bist? Soll ich dich in meine Arme schließen und streicheln, dir sanfte Worte ins Ohr flüstern und dir versprechen, dass so etwas nie wieder passieren wird, dass alles gut werden kann und du zu einer wundervollen jungen Frau heranwachsen wirst, die sich nicht mit einem beschissenen Floß unterhält?«

Das Mädchen legt den Kopf zur Seite und scheint meine Worte sorgfältig abzuwägen. Vielleicht ist es zu jung, um Sarkasmus zu verstehen, oder vielleicht bin ich gerade zu tot, um mich deutlich auszudrücken. Doch dann nickt das Mädchen kaum wahrnehmbar, weicht einen Schritt von mir weg und verschwindet.

»Hey«, will ich sagen, »wo gehst du hin?«

Aber ich sage es nicht. Ich sage gar nichts. Nur in meinem Kopf kann ich reden. Meine Lippen sind zu trocken, zu erfroren, zu aufgesprungen, zu blutig. Außerdem weiß ich, wohin das Mädchen geht. Zurück nach unten. In den ersten Stock. Wo es vergraben liegt, bis mir der Zauberspruch einfällt, der es erlöst.

ZWISCHENSPIEL

1

Mein Zuhälter heißt Eriko und hat ein breites Froschgrinsen in seinem Gesicht, wenn er lacht. Und er lacht ziemlich viel – dabei hatte ich immer gedacht, Zuhälter würden die meiste Zeit eher grimmig, gefährlich oder gangstercool dreinblicken. Aber denken ist nicht wirklich meine Stärke.

Nicht mehr.

Erikos Augen sind dunkelbraun oder hellschwarz, je nachdem, aus welchem Betrachtungswinkel man ihn ansieht, sein Körper ist kräftig, aber eher rundlich als muskulös, und seine Stimme klingt freundlich, mit einem etwas abgebrühten Unterton.

Ich kann vor ihm stehen, ohne in Ohnmacht zu fallen, obwohl er ein Mann ist.

Das nenne ich Fortschritt.

Als Eriko mich zum ersten Mal sieht, fragt er: »Sag mal, bist du ganz sicher, dass du schon achtzehn bist? Und siebzehneinhalb zählt übrigens nicht.«

»Ich bin einundzwanzig«, sage ich.

Eriko zieht überrascht eine Augenbraue hoch, aber ich zeige ihm meinen Ausweis, und da glaubt er mir.

»Ich hätte dich eher auf fünfzehn geschätzt«, meint er kopfschüttelnd.

Aber das bin ich gewohnt. Denn merkwürdigerweise sehe ich nach all den Jahren, in denen ich so viel erlebt habe, dass ich mir schon vorkomme wie mindestens hundertundvier, immer noch aus wie ein Teenager. Vielleicht weil ich mich nie schminke oder weil mein Herz als Kind zerbrochen ist und ich seitdem in einer Zeitschlaufe feststecke. Was macht es da für einen Unterschied, wenn man einen Personalausweis besitzt, um das Gegenteil zu beweisen.

Aber Zahlen sind sowieso nur verformte Buchstaben – letztendlich erzählen sie immer eine Geschichte. Sonst hätten sie keinen Wert.

Weder auf dem Strich.

Noch darunter.

Eriko und ich sitzen im Begrüßungszimmer, das Licht ist wie in allen Räumen spielerisch warm, und es legt sich so sanft auf meine Haut wie eine Seidenstrumpfhose. Eriko trägt ganz normale Straßenklamotten und sieht aus wie der nette Nachbar von nebenan – mit Familienkombi in der Garage und Holzschaukel im Vorgarten. Ich hingegen trage ganz normale Bordellkleidung: schwarze Strapse und darüber ein weißes Shirt. Die anderen Mädchen wuseln die meiste Zeit über einfach in Reizwäsche oder in durchsichtigen Kleidern herum, und eine Gelassenheit und Ruhe liegt in den Räumen, die schwer zu beschreiben ist. Mit keinem Wort auf der Welt könnte ich einen Satz anfangen, der nackt und gleichzeitig angezogen genug ist, um darzulegen, wie es sich anfühlt, ein Teil davon zu sein.

Vielleicht ist es die Ironie einer perversen Macht, dass ich mich in einem Bordell befinde, umgeben von Frauen, die für Geld eine Menge verrückter Dinge mit sich geschehen lassen, und dass ich mich ausgerechnet an einem Ort wie diesem geborgen fühle. Ich wusste zwar schon immer, dass irgendetwas in meinem Gehirn absolut nicht richtig funktioniert, aber ich hätte nie gedacht, dass ich eines Tages in ein Bordell spazieren würde.

Eriko starrt mir weder in den Ausschnitt noch zwischen die Beine; er behandelt mich mit einem selbstverständlichen Respekt, der mich durcheinanderbringt. Er fragt mich ein paar

Sachen, typische Fragen, die man bei einem Bewerbungsgespräch gestellt bekommt, und ich erzähle ihm einen Teil meiner Geschichte.

Er hört mir zu. Als hätte ich Sprachverstand.

Dabei bin ich nur eine Ansammlung von kaputten Schweigeminuten.

Und während ich rede und rede, frage ich mich, ob ich vielleicht schon früher zu einem Zuhälter hätte gehen sollen. Nur so. Um mir den Gang zum Therapeuten zu sparen.

»Es klingt schön, was du da erzählst«, sagt Eriko, als mir nichts mehr einfällt, was er noch über mich wissen sollte. »Mit Kindern arbeiten ist bestimmt etwas Tolles. Und Schreiben – wow, das bewundere ich, dafür hätte ich gar nicht die Geduld.«

Eine Weile sieht er mich nachdenklich an.

»Vielleicht ist das hier gar nichts für dich«, sagt er schließlich. »Weißt du, wenn du doch nicht möchtest, wenn du dir nicht sicher bist, dann gibt es bestimmt auch noch andere Wege, mit denen du Geld verdienen kannst.«

»Ja, ich weiß«, antworte ich, »aber ich möchte es probieren.«

Ich falte meine Hände zwischen den nackten Oberschenkeln.

»Ich kann sehr gut auf mich aufpassen«, lüge ich.

»Okay«, sagt Eriko, »es ist deine Entscheidung. Du weißt aber, dass du jederzeit wieder aufhören kannst.«

Ich nicke.

Ich schüttele mir die Seele aus dem Kopf.

Denn mein Gewissen ist rein. Zufällig nicht vorhanden.

Eriko erzählt mir alles, was ich noch so über meinen neuen Job wissen muss: Wenn ein Kunde mich ausgewählt hat, schnappe ich mir ein Handtuch, ein Bettlaken und eine Handvoll Kondome, dann gehe ich zu dem Kunden ins Zimmer, spreche den Preis und die Extrawünsche ab, lasse mich bezahlen, gebe das

Geld bei der Hausdame ab und gehe anschließend zurück zu meinem Kunden.

»Du musst niemals etwas machen, das du nicht magst«, sagt Eriko mit ernster Miene. »Egal, ob in deinem Internetprofil steht, dass du französisch total anbietest oder sonst was – wenn du nicht magst, dann magst du nicht. Ende. Keine Diskussionen. Du gehst mit jedem Kunden nur so weit, wie du gehen möchtest. Und wenn du dich mit etwas nicht wohl fühlst, dann lass es einfach sein. Du bist hier zu Hause, die Kunden sind deine Gäste, und du machst die Regeln. Wenn du irgendetwas brauchst, dann bin ich immer für dich da, vierundzwanzig Stunden. Du kannst mich jederzeit anrufen, egal, was für ein Problem es gibt, ob du Aspirin brauchst oder ob dir jemand Angst macht, ob du Fragen hast und auch wenn du Geld brauchst. Wenn ich sehe, dass du zuverlässig bist und pünktlich kommst, ist das alles kein Problem.«

Eriko lächelt mich an. Seine Augen sind freundlich. Ich habe nicht das Gefühl, nur in Unterwäsche vor ihm zu sitzen, ich habe eher das Gefühl, trotz allem etwas wert zu sein. Das verwirrt mich. Mich und meine Welt voller selbstgeschriebener Horrorszenarien. Vielleicht sollte ich aufspringen, meine Kleidungsstücke an mich reißen und hinausstürzen an die warme Sonne, wo ich hingehöre. Denn *Nutte* im Lebenslauf sieht auch durchgestrichen noch ziemlich scheiße aus. Aber wer weiß – wenn man es direkt hinter *Vergewaltigung* auflistet, fällt es eventuell gar nicht so sehr auf.

Ich hoffe, die Männer hier werden gut zu mir sein. Vielleicht kann ich das dann auch.

Irgendwann.

Gut zu mir sein.

Nachdenklich blicke ich mich in dem großen Begrüßungszimmer um, sehe hinauf zu dem riesigen Kronleuchter und bin dabei so unwissend, wie man nur sein kann in diesem Milieu. Aber ich werde sie noch kennenlernen, die verschleppten und misshandelten Frauen, die naiven, ausgebeuteten Mädchen, die Zuhälter, die so lange nett sind, bis man mit dem Job aufhören möchte, die guten Freier, die schlechten Freier, die schrecklichen Freier. Für den Augenblick aber habe ich noch keine Ahnung, wofür NS p/a steht und was ein Kunde von mir will, der fragt, ob ich Lust auf »ein bisschen feiern« hätte.

»Okay«, sagt Eriko abschließend, »ich denke, das war es erst mal. Wie gesagt, wenn du Fragen hast, komm einfach zu mir, oder du kannst natürlich auch die anderen Mädchen um Hilfe bitten, sie sind alle sehr freundlich.«

»Danke«, sage ich.

»Kein Problem«, sagt er.

Ich stehe auf. Meine nackte Haut ruht unsicher in meinen Armen; mein Gehirn liegt lautlos vor meinem Verstand.

Für einen letzten Moment zögere ich.

Aber dann stolpere ich vorwärts, in das rote Licht, in dem mein neues Leben beginnt.

2

Mein bester Freund Chase steht auf Zwischenräume. Das muss man sich mal bildlich vorstellen. Aber Chase bleibt standhaft, ganz egal, wie viele Menschen den Kopf darüber schütteln. »Zwischenräume sind das Erotischste, was es gibt«, sagt er zu jedem, der es hören will. Und auch zu jedem, der es nicht hören will.

Mir erklärt er es natürlich besonders oft.

»Frauen«, erzählt Chase gerne, »sind nicht schlecht. Also eigentlich sind sie ziemlich berauschend, aber das ist Koks auch. Mal ehrlich, wie oft hast du schon eine tolle Frau gesehen und gedacht, boah, die muss ich haben! Und am Ende hattet ihr dann Sex; irgendwie war es auch voll geil, dein Schwanz ist überglücklich, und du hast noch ihren süßen Geschmack in deinem Mund, aber dir wird trotzdem klar: Es gibt so viele tolle Frauen auf der Welt, das eben war nur eine davon, ich sollte auch von den anderen kosten. Dann ziehst du dich an und gehst, und es ist vorbei. Okay: Vielleicht trefft ihr euch noch ein zweites oder drittes Mal, aber früher oder später ist es vorbei. Es sei denn, ihr bekommt Kinder und baut ein spießiges Haus mit Garten drum herum. Und mit Apfelbaum und Ligusterhecke. Aber dann ist ja sowieso alles vorbei. Also vergiss diesen Teil und konzentrier dich auf die Zwischenräume – die Zeiten vor dem Sex. Wenn man noch nicht weiß, ob man eine Frau ins Bett kriegt und was für Schamlippen sie hat.«

An dieser Stelle sollte ich vielleicht erwähnen, dass Chase nicht von irgendwelchen Zwischenräumen redet, sondern natürlich von denen zwischen Frauen und Männern. Wie könnte es auch anders sein, Chase redet meistens von Frauen in Bezug auf Männer, oder von Männern in Bezug auf Frauen. Oder nur von Frauen. Vor allem von nackten Frauen. Manchmal erzählt er mir, wie schön es aussieht, wenn eine Frau mit Doppel-D-Brüsten vor einer Frau mit kleinen Brüsten kniet und deren Kitzler leckt. Er zeigt mir sogar die passenden Fotos dazu und sagt Sätze wie: »Siehst du das?! Genau so. Unglaublich. Ihre rechte Hand, wie sie daliegt, mit den edlen zarten Knöcheln, und siehst du dieses Licht?! Schatten, ich stehe voll auf gute Schatten! Oh, jetzt guck dir bloß einmal diese hellrosa Muschi an, mit der dunklen Umrandung ... und die Zunge von der Schwarzen, siehst du diesen geilen Kontrast: knallrote Zunge, riesige Lippen und diese unverschämt geile Schokohaut? Das ist Kunst, Lilly. Genau das!«

Manchmal fotografiert Chase, der übrigens ein erfolgreicher Schauspieler ist, auch die Piss-Spur von irgendeinem Penner, der bei ihm auf die Hauseingangstreppen gepinkelt hat. Mit den Fotos wedelt er dann vor meiner Nase herum und ist so begeistert, dass ich mich frage, warum er so viel Koks braucht, da er ja ganz offensichtlich auch ohne schon auf einem Dauertrip ist. Chase findet sogar, dass wir Frauen in Pornos oft sehr intelligent aussehen. Hin und wieder möchte er gerne Pornoproduzent werden, um gemeinsam mit all diesen hochbegabten Frauen und ihren großen wackelnden Titten an einem Tisch sitzen zu können und irgendwelche Szenennachbesprechungen zu machen.

Aber egal, zurück zu den Zwischenräumen, denn wenn ich nicht mindestens ein Kapitel darüber schreibe, bringt Chase mich um. So wie damals, als er mich zu einer seiner Filmpremieren mitgeschleppt hat und meinte: »Wenn du nicht die ganze Zeit über lächelst, schneide ich dich anschließend in Streifen. Und sag bloß nichts Intelligentes. Ich will, dass alle Welt glaubt, ich würde mich nur mit dämlich grinsenden Models abgeben, die nichts im Kasten haben. Es ist immer gut, unterschätzt zu werden und als oberflächlich zu gelten. Also wehe, du hörst auch nur für eine einzige Sekunde lang auf zu lächeln! Und pinsel dich mit Lipgloss und diesem Zeug voll! Ach ja, und falls die Presse fragt, sag einfach, wir hätten uns auf einem Wohltätigkeitsball für künstlich befruchtete Pudel kennengelernt. Oder bei den Anonymen-Chronischen-Fremdgängern. Hauptsache, du vergisst dabei nicht zu lächeln!«

Natürlich habe ich gelächelt. Den ganzen Abend lang. Und dann habe ich zu Chase gesagt, er solle sich beim nächsten Mal gefälligst eine andere Freundin mitnehmen, eine, mit der er Zwischenräume füllen könne oder Kondome.

»Mein Zuckerhase«, hat Chase da grinsend gesagt, »wir spielen alle nur eine Rolle. Gerade du müsstest das doch wissen. Und an diesem Abend, wie an jedem anderen Abend auch, bist du die einzige Frau, die mir sogar nach der Aufführung noch am Herzen liegt.«

Da habe ich mir wortlos den Lippenstift von meinem Mund gewischt und mich in dem fliederfarbenen Cocktailkleid neben Chase aufs Bett gelegt. Die Haarnadeln meiner entzückenden Hochsteckfrisur haben angefangen mir in die Kopfhaut zu piken, aber ich war zu müde, um sie herauszulösen.

»Chase«, habe ich irgendwann geflüstert, »schläfst du schon?«

Er hat nicht geantwortet. Also habe ich ihm ein paar meiner Geheimnisse erzählt.

Irgendwann hat er angefangen, leise zu schnarchen, da habe ich mich zu ihm hingedreht, ganz sanft mit meinen Fingerspitzen über sein Gesicht gestrichen und geflüstert: »Zwischen den Zeilen liest man nur, wenn man weiß, wie es ist, umgeben von Worten und Worten die eigenen zu finden.«

Anschließend bin ich in einen luftleeren Traum gefallen.

Das sind die Träume, aus denen man nicht aufschrecken kann, weil man ansonsten vor Entsetzen über die Abgründe seiner Gedanken den Faden zu sich selbst verlieren würde. Und dann müsste man ziellos durch die Gegend wandern und dabei belangloses Zeug vor sich her brabbeln, bis man schließlich umkippt, einschläft, und eine neue Chance bekommt.

Bis zum Dämmern der Morgenröte.

Bis zum Erwachen.

»Zwischenräume öffnen ist wie Geschenke auspacken. Sobald du das Papier abgefetzt hast, ist der größte Nervenkitzel vorbei, und sobald du dich ein paarmal damit beschäftigt hast, geht dein Interesse verloren. Deshalb musst du die Kunst beherrschen, Platz für unangetastete Zwischenräume zu lassen. Es ist nicht sinnvoll, sofort mit allen Frauen zu schlafen!«, erklärt Chase und ist dabei mindestens genauso euphorisch wie ich, wenn ich mir ein hübsches Diagramm zeichne, auf dem ich veranschauliche, in was für einem kurzen Zeitraum ich mich zu Tode hungern kann, wenn ich es nur dringend genug will.

Ich nicke, als wären wir satzkompatibel.

»Zwischenräume sind feuchte Gedankenpornos«, fährt Chase daraufhin fort. »Und während du ab und zu die Augen nicht von dem knackigen Hintern deiner Traumfrau wenden kannst, ihrem Arsch, der in den knallengen Jeans so sexy aussieht wie nur irgendetwas, währenddessen wandern ihre Blicke bewundernd über deine männlichen Arme, und hin und wieder kann sie es einfach nicht lassen, ihre weichen Hände mit deiner Haut in Berührung zu bringen. Oder sieh dir an, wie sie sich ihre bezaubernden Haare aus dem Gesicht streicht und mit einer so selbstverständlichen Bewegung zu einem Zopf aufsteckt! Und das alles nur, um dir ihren reizenden Nacken darzubieten, bis du hineinbeißen willst. Ich sag dir, Lilly, dieses geile Knistern und der Druck in deiner Hose, das ist das pure Leben! Klar, Sex muss auch sein. Aber nicht mit einer Frau, die Zwischenraumpotenzial hat, das wäre doch Verschwendung! Vielleicht kurz bevor du stirbst, oder bevor sie stirbt – aber so weit wollen wir ja nicht denken.«

Während Chase von seinen Zwischenräumen erzählt, betrachte ich einige blaue Flecke auf meinem Bein. Ich bin sehr gut darin, gegen Bäume zu laufen und gegen Tischkanten. Ich bin noch besser darin, Männer mit Bäumen und Tischkanten zu verwechseln. Vielleicht liegt es daran, dass mein Körper nicht mehr mir gehört. Aber Chase würde so eine Aussage nicht dulden. Chase findet, das jeder Körper dem gehört, der ihn trägt. Und im Zweifel muss man dafür kämpfen.

»Weißt du, Lilly, es ist absolut wahr, dass wir Menschen immer nur das wollen, was wir gerade nicht haben können«, quatscht er munter weiter. »In diesem Punkt sind Frauen genau das Gleiche wie ein 60-Zoll-Flachbildfernseher, nur hoffentlich nicht ganz so flach. Entschuldigung«, Chase macht eine Geste in Richtung meiner verschwundenen Brüste, »ist nicht böse gemeint, aber meine Mutter hat mich nur in eine Richtung erzogen: Größenwahn. Ich brauche also ordentliche Dinger. Wo war ich? Titten bringen mich immer aus dem Konzept. Ach ja, Flachbildfernseher und Frauen. Also: Wenn man dann sein Heimkino, mit Dolby Surround System und all dem Kram, zu Hause hat, stellt man ziemlich schnell fest, dass man es gar nicht mehr so dringend braucht. Hm. Warte. Wenn ich das so sage, klingt es, als bräuchte man keine Frauen mehr, wenn man schon ein Zuhause hat. Nein. Fuck. Das kommt falsch rüber. Ich wollte sagen, dass einem der Fernseher viel cooler und wichtiger und unabkömmlicher vorkam, als man gerade keine Kohle hatte oder keine Zeit, um ihn zu kaufen. Doch wenn man ihn dann hat, merkt man bald, dass man sich damit zwar ein paar gute Filme angucken kann, Pornos zum Beispiel, aber dass man genauso gut etwas anderes mit seiner Zeit anfangen könnte, vögeln zum Beispiel. Deshalb liebe ich Zwischenräume. Da wird man selten enttäuscht und kann noch nach zwanzig Jahren Vermutungen darüber anstellen, ob die Brustwarzen einer Frau nun rosafarben oder eher caramelcremebraun waren«, schließt Chase seinen Vortrag.

»Für mich klingt das ziemlich traurig«, sage ich und überlege, ob ich etwas Orangensaft trinken kann, ohne zu erbrechen.

»Klar«, sagt Chase und kippt sich gelassen noch etwas Rotwein in sein Glas, »du bist ja auch eine Frau. Du würdest einen Mercedes gegen vier Tage Liebe eintauschen. Oder gegen einmal Heiraten.«

»Von mir aus«, räume ich ein, weil Chase ein Mann ist und

Männer sich freuen wie kleine Jungs über Plastikritter, wenn man ihnen recht gibt, »aber wenn das alles so ist, wie du es mir gerade erklärt hast, dann sag mir doch bitte, was das mit uns beiden ist, warum ich immer noch interessant für dich bin.«

Denn wir hatten Sex. Chase und ich.

Nein. Chase und mein Körper.

Ich habe ja keinen Sex.

Einmal nur, vor einer Ewigkeit. Und anschließend hat Chase, nett, wie er nun mal ist, gesagt: »So, jetzt haben wir das auch hinter uns gebracht.« Dann ist er eingeschlafen und hat dabei irgendwas vor sich hin gesummt, es klang nach Seifenoper. Er war ziemlich zugekokst und hat mir während der Nacht dreimal die Decke geklaut. Aber als magersüchtige Irre friere ich ja gerne; immer schön fies zum eigenen Körper sein – darin bin ich eine Expertin.

»Hm«, sagt Chase und denkt sehr lange nach. »Du bist halt nicht so eine von diesen Frauen, mit denen man Sex hat.«

Dann denkt er weiter nach und meint: »Warte, nein. Also eigentlich bist du das zurzeit ja doch. Ich meine, du bist ja jetzt eine Prostituierte. Ach fuck, Prostituierte klingt irgendwie fett, findest du nicht auch? Klingt wie gestrandeter Wal, so kann ich dich nicht nennen. Aber Nutte passt auch nicht zu dir. Egal, du weißt, was ich meine. Aber abgesehen davon, dass du mit Hunderten von Männern fickst, bist du keine Frau zum Ins-Bett-Gehen. Nicht weil du nicht schön wärst oder so. Mit großen Titten und etwas Fleisch um deine Knochen wärst du der Traum meines Lebens, Süße, zwischenräumlich unbegrenzt. Aber nach dir bin ich vor allem verrückt, weil du manchmal deinen bezaubernden, süßen Mund öffnest und anfängst diese herrlichen Wortkombinationen von dir zu geben. Weißt du, viele Frauen können tolle Sachen mit ihrem Mund machen, ganz besonders wenn sie solche riesengroßen, aufgespritzten Lippen haben und mit ihren Zungen diese krassen Bewegungen hinkriegen: Aber meine Fresse, was labert ihr Frauen hin und wieder für einen

Scheiß zusammen! Ich will ja nicht sagen, dass Männer besser sind, wahrscheinlich sind wir noch viel schlimmer, aber das ist nicht mein Problem, denn mit Männern will ich ja weder Zwischenräume ausschöpfen noch Sex haben. Also, meine Hübsche, der Sex mit dir war einmalig, auch wenn dein vorgetäuschter Orgasmus die absolute Katastrophe war und ich nicht wusste, ob du stöhnst oder weinst oder beides; aber deine Muschi ist echt die Blüte schlechthin, und diese süßen kleinen Puppentitten waren irgendwie auch mal etwas Schönes. Ich würde dich jederzeit wieder bumsen, wenn ich wüsste, dass es deine Welt schöner machen würde. Aber das tut es nicht. Vögeln hin oder her, du wirst immer mein Zwischenraumparadies sein. Du wirfst mir Sätze an den Kopf, die noch nie zuvor jemand zu mir gesagt hat und die auch garantiert nie wieder irgendwer nach dir sagen wird. Weißt du eigentlich, wie sexy das ist? Manchmal möchte ich einfach nur dasitzen und den ganzen Tag über zugucken, was du so Herrliches treibst. Lillyfee, du hast meine Zwischenräume neu definiert. Mit dir begrenze ich mich selbst, und es ist köstlich!«

Ich bin sprachlos. Und ich stehe auf Männer, die mich sprachlos machen können. Chase weiß das ganz genau, denn er weiß fast alles über mich. Deshalb lächelt er mich an; nein, er grinst mich an, und dann rückt er etwas näher an meine Seite.

»Ich glaube, du nimmst zu viele Drogen«, sage ich zu ihm.

»Meine Süße«, sagt Chase und trinkt einen Schluck von seinem Rotwein, »das erkläre ich dir ein anderes Mal.«

Dann lehnt er sich über den Tisch, zieht ein bisschen weißes Pulver in seine Nase und schnieft dabei. Es sieht nicht sehr männlich aus und cool ganz bestimmt auch nicht. Aber ich halte den Mund.

Denn was weiß ich schon von Vernunft und von Räumen.

Chase hat mich von Anfang an fasziniert, bereits damals, im Kindergarten. In der ersten Erinnerung, die ich überhaupt habe, sitzen Chase und ich zusammen im Sandkasten und gucken den anderen Kindern beim Buddeln zu. Ich wollte auch buddeln, ich hätte so gerne eine Schippe oder ein Förmchen gehabt, aber Chase hat gesagt: »Heute beobachten wir nur. So wie Gott. Auch wenn es den nicht gibt.«

Das habe ich damals nicht verstanden, aber es war schon zu diesem Zeitpunkt schön, einfach bei Chase zu sein und seinen Worten zu lauschen.

Die anderen Kinder konnten nie viel mit Chase anfangen. Er hat ständig Sachen gesagt, die keiner kapiert hat, und komischerweise hat er fast jeden zurückgewiesen, der mit ihm spielen wollte – nur mich hat er immer in seine Nähe gelassen, obwohl ein Altersunterschied von drei Jahren zwischen uns liegt und ich dementsprechend gerade erst mit dem Laufen angefangen habe, während Chase zum Schrecken unserer Erzieherin Melanie schon anfing, Franz Kafka zu zitieren.

»Wenn Du vor mir stehst und mich ansiehst, was weißt Du von den Schmerzen, die in mir sind, und was weiß ich von Deinen? Und wenn ich mich vor Dir niederwerfen würde und weinen und erzählen, was wüsstest Du von mir mehr als von der Hölle, wenn Dir jemand erzählt, sie ist heiß und fürchterlich. Schon darum sollten wir Menschen voreinander so ehrfürchtig, so nachdenklich … stehen, wie vor dem Eingang zur Hölle«, hat er beim Morgenkreis verkündet und noch hinzugefügt: »Deshalb mag ich einige von euch, die ich normalerweise nicht mögen würde. Denn ich kenne eure Eltern, und heute sind wir noch Kinder, also können wir nicht sonderlich viel dafür. Was wir später daraus machen, wird entscheiden.«

Melanie hat den Mund aufgeklappt und wieder zu und wieder auf und wieder zu und meinte schließlich, wir sollten jetzt erst einmal frühstücken. Während wir dann am Tisch saßen, und Chase mir geholfen hat, ein Brot zu schmieren, hat Melanie seine Mutter angerufen und irgendetwas mit ihr beredet. Aber was es auch war, die Mutter von Chase ist keine Frau, der man etwas über ihren Sohn erzählen müsste, sie hat sowieso immer alles gewusst und als einzige Mama hochhackige Schuhe und kurze Röcke beim Abholen getragen.

Chase war es auch, der mir die bunte Kinderbibel aus der Hand genommen hat und meinte: »Das haben Erwachsene für andere Erwachsene geschrieben; weil Erwachsene einen Grund für alles brauchen und immer auf der Suche nach den besten Ausreden sind. Aber wir sind frei, Lilly, wir kommen auch so hervorragend durch die Zeit – komm mit, ich zeig dir lieber, wie man eine Höhle baut!«

Und natürlich bin ich Chase gefolgt.

Die anderen Kinder haben oft über ihn getuschelt. Einige hatten sogar Angst vor ihm. Denn da gibt es diese Horrorgeschichte, die jedes Kind im Laufe seiner Entwicklung mindestens einmal von seinen Erziehern hört, von wegen Kind zieht sich zum Spaß eine Plastiktüte über den Kopf und erstickt aufgrund dessen jämmerlich. Daraufhin will sich natürlich jedes normale Kind so eine Tüte über den Kopf ziehen, weil es so schrecklich verboten ist und weil wir schon als halbwüchsige Zwerge herausfinden wollen, ob wir Überlebenskämpfer sind und es schaffen, die Tüte einfach mit den Fingern zu zerreißen. Aber letztendlich ist es meistens nur das Kind mit dem Aufmerksamkeitsdefizitsyndrom, das es wirklich ausprobiert. Bei uns war das Stephan, und Chase war der Einzige, der schulterzuckend einfach weiter mit der Ritterburg gespielt hat und nur ziemlich gelangweilt meinte: »Wenn du erstickst, gibt es mehr Schokoladenpudding für den Rest von uns.«

Die herbeieilende Melanie hat das gehört, Stephan wütend die Tüte vom Kopf gerissen und mit vorwurfsvoller Stimme zu Chase gesagt: »Mit so etwas macht man keine Witze, junger Mann!«

Chase hat seelenruhig seinen Ritter sehr ordentlich auf ein Pferd gesetzt, das Pferd neben einen Playmobil-Baum gestellt, den Baum so gedreht, dass die dichten Äste direkt über dem

Pferd lagen, zum Schutz, falls es regnen würde, und dann unsere Erzieherin sehr mitleidig angeguckt, um ihr mit einer Gelassenheit, die ich bis heute nicht begriffen habe, zu erklären: »Das war kein Witz. Wer wäre ich, wenn ich Witze reißen würde über den Tod, obwohl ich ihn nicht kenne.«

Melanie hat Chase einen Augenblick lang überrumpelt angestarrt, dann hat sie zuerst ein sehr ernstes Gespräch mit Stephan geführt, Stephan zur Strafe ins Bett geschickt, und anschließend ist sie sofort zum Telefon gestürzt, um wieder einmal die Mutter von Chase anzurufen. Die anderen Kinder haben geflüstert: »Jetzt kriegst du bestimmt Ärger, Chase!«

Aber Chase hat leichthin gesagt: »Wenigstens muss ich mir keine Plastiktüte über den Kopf ziehen, um Aufmerksamkeit zu bekommen.«

Chase hat schon als Kind niemals gezögert. Ich weiß noch, am Tag vor dem Ausflug in die Wuhlheide hat er sich vom Dach des Spielhauses gestürzt, um sich ein Bein zu brechen. Es war nur leicht verstaucht, aber er durfte trotzdem zum Arzt und musste nicht mit zum Wandern. Und als seine Mutter kam, um ihn abzuholen, hat sie ihn fest an sich gedrückt und gesagt: »Mein tapferer kleiner Chase. Was wolltest du denn auf dem Dach? Du weißt doch, dass du auch so schon immer ganz oben bist.«

Sie hat ihm sanft über das Gesicht gestrichen, in ihren Augen lag der Zauber, der nur entfacht werden kann, wenn man seinen größten Schatz vor sich stehen hat, und dann hat sie gesagt: »Wir fahren jetzt zusammen zum Arzt, und anschließend gehen wir noch ein riesengroßes Eis essen. Meine Kanzlei kann heute warten!«

Da hat Chase seine kleinen Arme um ihren Hals geschlungen, mich hinter ihrem Rücken angegrinst und mir zum Abschied zugezwinkert. Wahrscheinlich wusste er schon damals, dass eines Tages unzählige Frauen vor seiner Tür Schlange stehen würden und er sich mit Zwischenräumen beschäftigen müsste, um auf dem Boden bleiben zu können.

Zwischenräume. Chase denkt dabei an die Grenzen zwischen ihm und hübschen Frauen, die aus Rücksichtnahme auf sein bestes Stück ab und zu übertreten werden müssen, die aber nur so lange aufregend sind, wie sie eingehalten werden. Ich fühle mich sehr geehrt, dass ich ein Zwischenraum-Übertretungs-Fehltritt war, der trotzdem noch aufregend ist. Und ich frage mich bis heute, warum Chase mich vom ersten Tag an angesehen hat, als wäre ich der goldene Schlüssel, den man braucht, um eines der größten Geheimnisse zu lüften; ein Geheimnis, das tief verborgen in einer schweren, uralten und längst verstaubten Schatztruhe liegt und wartet.

Zwischenräume. Wenn ich über dieses Wort nachdenke, dann sehe ich den Raum vor mir, der mich von allen anderen Menschen auf dieser Welt trennt, weil ich niemals irgendwen in meine Nähe lassen werde.

Ich erzähle Chase davon. Ich beschreibe ihm den Raum, in dem ich stehe, in dem die Wände weiß sind, blendend weiß, ohne einen einzigen Fleck, genau wie meine Kleidung. Das kalte Licht legt sich wie ein Schleier auf meine eiskalte, bleiche Schneewittchenhaut. Würde man die blauen Adern nicht sehen, könnte ich aus Porzellan sein. Und ich erzähle Chase, dass ich vor der verschlossenen Tür in diesem Raum sitze, einen fremden Lichtstrahl von draußen hereinfallen sehe und den Kopf ganz fest gegen den Spalt presse. Aber hinausgehen kann ich nicht. Nur wenn ich die Rolle spiele, an der ich Tag für Tag schreibe; wenn ich Worte sage, die nicht zu mir gehören, und lache über Dinge, die mich nicht zum Lachen bringen, dann darf ein Stück von mir durch diesen Spalt schlüpfen, um teilzuhaben. Am Bruchteil meines Lebens.

Ich sage zu Chase: »Ich bin glücklich. So oft und so sehr. Ich bin erwachsener geworden. Aber ich kann es nicht lassen, mir die Finger so fest in die Arme zu krallen, bis ich blute, und ich kann nicht aufhören, mir von den Augenblicken zu erzählen, in denen ich sechs war und grässlichen Sex hatte, den ich weder wegwaschen kann noch auskotzen oder weghungern. Und ausbluten kann ich ihn auch nicht.«

Chase sagt nichts zu alldem.

Denn er schläft tief und fest. Das ist die Zeit, in der ich ihm am meisten von mir erzähle. Manchmal weine ich dabei. Und wenn mein Kopf auf Chase' Arm liegt, sehe ich zu, wie die Tränen lautlos von meinem Gesicht auf seine Haut tropfen, und frage mich, ob er wohl gerade vom Regen träumt. Ich zerre ein bisschen an der Bettdecke, davon wird Chase halbwegs wach, und er zieht mich näher an sich heran, schlingt die Decke um mich und gibt mir einen von diesen grobsanften Küssen auf die Stirn. Anschließend murmelt er etwas, das ich nicht verstehen kann, etwas, das ich nicht verstehen muss; denn ich weiß auch so, dass es Zärtlichkeit bedeutet.

Zärtlichkeit.

Kein Wort, keine Geste ist anmutiger.

Keine Aufmerksamkeit so schön.

Und fremd zugleich.

Und während Chase wieder einschläft, während die letzten Tränen trocknen, schließe ich heimlich meine müden Augen.

Es ist ein Kampf, neben einem Mann im Bett zu liegen.

Es ist ein Kampf, freiwillig neben einem Mann im Bett zu liegen.

Und es ist ein noch viel härterer Kampf, zwei Abende hintereinander, freiwillig, neben dem gleichen Mann in seinem Bett zu liegen.

3

Zwei Wochen arbeite ich jetzt schon im Bordell. Ein neues Gefühl ist in mir, ich kenne es nicht, aber es kommt mir trotzdem irgendwie bekannt vor. Ich versuche mich daran zu erinnern, wie es heißen könnte.

Dann fällt es mir ein: Glück. Es brennt. Wie tausend Ameisenbisse oder mehr.

»Ich bin glücklich«, flüstere ich mir zu.

»Ich bin glücklich«, flüstere ich etwas lauter, damit ich es auch wirklich glaube.

Es ist eine Illusion. Natürlich. Kein Mensch, der einen wandelnden Haufen suizidaler Verhaltensstörungen verkörpert, geht auf den Strich und fühlt sich anschließend wie ein Hai, der nach einem halben Surfbrett, zwei Tauchern und zwei verrosteten Angelhaken endlich einmal wieder eine dicke fette Robbe zwischen die Zähne bekommt. Wenn es so einfach wäre, dann würden wir alle um unser Leben vögeln.

Aber Illusion hin oder her, ich bin glücklicher als in den Wochen zuvor. Die Unruhe in mir ist nicht mehr so tobend, meine Zukunft läuft nicht ganz so schnell in die falsche Richtung, wie sie es sonst gerne tut; sie steht sogar still und wartet ab, was passiert. Meine Lungen pumpen Sauerstoff in meine Blutbahn, wer hätte gedacht, dass man so etwas spüren kann.

Ich tippe Nutte in meinen Laptop. Dann Hure. Prostituierte. Lustmädchen. Konkubine. Professionelle. Companion. Sexarbeiterin. Anschließend betrachte ich nachdenklich die Buchstaben, sie glänzen mich an. Ausdruckslos.

Als wären es nicht meine Worte.

Mein Leben verliert seinen mir bekannten Rhythmus; alles verändert sich, die Zeit vergeht schneller und schneller. Sie hört auf, sich lahm wie eine Schnecke über endlos große Felsbrocken zu schleimen, und fängt an zu laufen. Sie rennt, sie hüpft, vielleicht tanzt sie auch ein bisschen.

Ehe ich michs versehe, ist die erste Woche um, dann auch schon die zweite. Ich atme Luft, die nicht ausgeatmet schmeckt, obwohl ich doch dachte, es gäbe sie nur so.

Ich weiß: Am Ende zählt die unbezahlte Zeit.

Sie allein ist von Wert.

Aber trotzdem verkaufe ich mich.

Die Augen von meinem ersten Kunden werde ich nie vergessen. Und sein Lachen auch nicht. Er konnte keinen Ton Deutsch und ungefähr sieben Worte Englisch. Wir haben uns mit einem Kauderwelsch aus allen möglichen Sprachen verständigt, und alles, was er von mir wollte, war berührt zu werden.

Es war seltsam, neben ihm zu liegen, das weiche Licht auf der Haut zu fühlen. Er lag einfach nur da, ganz still auf dem Rücken, er hatte seinen rechten Arm um mich gelegt, und ich konnte sein Herz so deutlich schlagen spüren, als würde es mir gehören.

»Das kommt oft vor«, erklärt Brittany mir später, »Männer sind ein herumstreunendes unsicheres Pack! Sie sind zwar ständig geil wie Nachbars Lumpi, aber abgesehen davon sind sie eigentlich nur süchtig nach liebevoll verabreichter Aufmerksamkeit.«

»Ja«, stimmt Marla ein, »nicht alle wollen Sex. Viele Männer brauchen Nähe von Mädchen. Geborgenheit – so heißt das in Deutsch? Ja? Ein bisschen reden und streicheln und zusammen sein. Vor allem Escort ist gut. Du kannst gehen essen oder was trinken, vielleicht auch zu eine Party. Und manchmal Sex oder auch nicht, wenn du Glück haben, dann nur Massage und ein bisschen Französisch.«

»Du bist so süß, wie ein kleines Engel«, wirft Dasha ein. »Bestimmt du wirst haben viele Stammgäste, was nur kommen, um dich lächeln zu sehen, und wenn du ihnen gibst einen Kuss, sie werden hin und weg fallen.«

Merkwürdig, wie schnell man sich daran gewöhnt, in Dessous durch ein Bordell zu laufen, unbekannte Männer zu küssen, Kondome überzustreifen, benutzte Kondome wieder abzustreifen.

Im Passion heiße ich Felia. Ich muss nicht mehr Lilly sein; ich darf einen Körper haben, ohne durchzudrehen, und ich darf mich sogar hübsch finden, wenn ich nichts anhabe.

Ana hat immer gesagt: »Du bist fett, du bist potthässlich. Dein Körper ist unerträglich.«

Und ich habe ihr aufs Wort geglaubt. Niemals hätte ich daran gezweifelt. Aber hier im Passion lässt Ana mich manchmal in Ruhe. Sie lauscht mit skeptischem Blick den Männern, die mir Komplimente machen, die meinen Körper berühren, als wäre er ein Kunstwerk. Sie lauert, sie ist nicht bereit zu verschwinden, aber für den Moment hört sie auf, mich zu verblenden.

Meine helle Haut sieht neben all den anderen solariumgebräunten Mädchen noch viel weißer aus als sonst.

»Wie eine Puppe«, findet Marla und streicht mir über die Taille, »oder wie Milch.«

Dann lacht sie und hält mir eine Packung Mandelkekse vor die Nase.

»Du musst etwas essen, Felia!«, sagt sie. »Sonst du irgendwann umkippen und wir alle traurig.«

Ich mag Marla, ich will sie nicht verletzen, also nehme ich einen Keks, beiße in winzigen Bissen davon ab, kaue und kaue. Und schlucke das Leben.

Manchmal erwische ich mich dabei, wie ich vor einer der großen Spiegelwände stehe und meine Hüftknochen und Rippen abtaste, aus Angst, sie könnten zu weit hervorragen. Ich berühre meine winzigen Brüste, sie sind kaum noch da. Wie es wohl wäre, wieder einen BH tragen zu können?

Irgendwann.

Die anderen Frauen haben keine Freundinnen, die Ana oder Mia heißen. Stattdessen sind sie jeden Tag perfekt zurechtgemacht, mit viel Make-up, Lipgloss, Bodypowder und mit edlen, strassverzierten Markendessous. Am Anfang bin ich verunsichert, ob ich jetzt auch auf riesigen Absatzschuhen durch die Flure klackern muss und ob Männer wirklich so dringend unechte Brüste und ewig lange Wimpern brauchen.

Aber es ist okay, anders zu sein. Es ist okay, barfuß zu laufen. Ich habe trotzdem genug Gäste, die mich zwischen all den schönen Frauen heraussuchen und mir ins Ohr flüstern: »Ich hätte nie gedacht, dass ich jemanden wie dich hier kennenlerne.«

Das hätte ich auch nicht gedacht.

Denn ich habe längst vergessen, mich zu kennen.

Felia. Lilly. Felia. Ich betrachte die Fotos von mir im Internet: Mein Gesicht ist verdeckt, mein Inneres auch. Ein Traummädchen, auf glänzenden Fotos, bildhübsch, unerkannt, sexy, sanft, sinnlich, fremd. Meine Augen wandern über den Körper, der zu mir gehört. Ich lege meinen Kopf schräg und wäge ab.

Es ist schwer, leicht zu tragen zu sein.

Hochsommer. Die Luft ist heiß, an den Abenden riecht der Wind nach aufziehenden Gewittern, und ich schlafe in einem kurzen weißen Nachtkleid, ohne Decke, und fühle mich dünner als sonst. Seit fast drei Monaten bin ich nun ein Passion-Mädchen, ein geheimes Mädchen der Lust. Es hat nicht einmal fünf Tage gedauert, bis ich aufgehört habe, die Männer zu zählen, und schon nach etwas mehr als einer Woche ist der Geschmack von Kondomen zu etwas Alltäglichem geworden.

Ich weiß jetzt, wie ich einen Mann mit meiner Zunge so verwöhnen kann, dass er einen Orgasmus hat, der gewaltiger ist als ein Erdbeben. Ich habe gelernt, meinen Körper so verführerisch wie nur möglich auf einem Bett zu rekeln und zu strecken, ohne dabei mein süßes Seufzen zu vergessen.

Was ist nur geschehen?

Sex hat mir immer schreckliche Angst gemacht.

Sex stand immer als durchgestrichene Zahl auf meinem Strichcode.

Und das kleine Mädchen hat mich jedes Mal gefragt: »Wie kannst du so etwas nur freiwillig machen?« Es hat mich angestarrt, mit seinen riesigen, anklagenden Augen. Und ich wollte ihm erklären, wie das ist, älter zu werden, einen festen Freund zu haben, oder vielleicht einfach einen guten Freund; dass Sex auch etwas anderes sein kann als nackte Gewalt. Aber irgendwie habe ich nie den Mund aufbekommen. Der vorwurfsvolle Blick des kleinen Mädchens hat mich stets verstummen lassen, bevor ich auch nur ein Wort gesagt habe, und ich wusste, es würde mir nie erlauben, Sex zu haben, einfach so, weil es schön ist. Ich wusste, es würde für immer neben mir stehen und mich daran erinnern, wie es war, als ich ein Kind war – wie es war, als ich mir meine Fingernägel in die Seele gebohrt hätte, um mich zu betäuben, wenn es nur irgendwie möglich gewesen wäre.

Aber nun hüpfe ich halbnackt im Passion umher, schäle mich mit wiegenden Hüften aus einem knappen Minirock und dem dazu passenden knallengen Top, lasse meine Hände spielerisch über meine Brüste gleiten und schlafe ganz nebenbei mit wildfremden Männern.

Natürlich zweifele ich an meinem Verstand. Es ist ein vorübergehender, trügerischer Waffenstillstand, dass Sex auf einmal etwas anderes geworden ist als pure Gewalt. Im Hinterhalt lauern versteckt die Männer mit den zu großen Schwänzen. Aber was soll man machen, wenn nicht immer weiter.

Vielleicht aufhören.

Doch womit?

Mit allem.

Und dann?

Die Mädchen im Passion sind alle sehr lieb und aufmerksam. Zur Begrüßung werfen sie mir Handküsse oder ein strahlendes Lächeln zu, und zum Abschied drücken sie mir einen Kuss auf den Mund, so dass ich einen Augenblick lang den Geschmack von unzähligen Lippenstiften auf meinen Lippen habe. In einem Kauderwelsch aus Deutsch, Russisch, Englisch und Bulgarisch schnattern sie munter vor sich hin, lachen über die merkwürdigen Anrufer und Kunden, kämmen sich gegenseitig die Haare, suchen nach ihren Strings, tauschen ihre Röcke und Kleider, winken aus dem Fenster neugierigen Männern zu, telefonieren mit eifersüchtigen Ex-Freunden, surfen im Internet, zeigen mir Familienfotos oder schlafen, dicht aneinandergekuschelt, in dem Mädchenzimmer.

Minny ist die mit der Lolita-Stimme. Und wenn sie anfängt zu lachen, klingt ein Nachhall durch die Räume des Passion; ein Widerhall, der so dicht ist wie schneeweißer Nebel, den man beinahe greifen kann. Sie hat lange, blond gefärbte Haare, bei denen man nur schwer erkennt, dass es sich um Extensions handelt. Minny geht fast jede Nacht auf irgendeine Party, ihr Tag beginnt erst in den späten Mittagsstunden. Sie ist genauso alt wie ich, und wir verstehen uns gut, aber wenn wir uns nicht im Passion kennengelernt hätten, dann wären wir wahrscheinlich niemals miteinander ins Gespräch gekommen. Minny hat viele Stammkunden, ihr Körper ist unheimlich sexy und zierlich, aber trotzdem kurvig, mit kleinen festen Brüsten, einem knackigen Po, und dazu hat sie auch noch ein süßes Gesicht.

Valesca ist etwas älter, sie ist schon Mitte dreißig, und sieht ebenfalls sehr hübsch aus. Ihre Figur ist schlank, mit keinem überflüssigen Gramm Fett, und ihre langen schwarzen Haare reichen ihr fast bis zu den Hüften. Valesca trägt nur Designerlabels, achtet immer darauf, perfekt geschminkt zu sein, und wenn sie eine Sonnenbrille aufhat, sieht sie aus wie ein Upper-Eastside-It-Girl. In der nächsten Woche will sie sich noch längere Extensions machen lassen, diesmal in Blond. Fast alle Frauen im Passion haben künstliche Haare oder unechte Brüste.

»Männer lieben langes Haare«, meint Marla dazu. »Und großes Lips. Valesca hat gut, sie nur einmal braucht zu streichen mit ihre Zunge über ihr Lips, und schon die Männer ganz verrückt nach sie.«

Valesca lacht, spitzt ihre Lippen zu einem dicken Schmollmund und lässt geschickt ihre Zunge darüber gleiten.

»Delicious cherry lips«, sagt sie und zwinkert mir zu. »Men are so easy to get.«

Über Dasha weiß ich kaum etwas, abgesehen davon, dass sie ebenfalls Bulgarin ist und schon seit zehn Jahren in Berlin lebt. Mit Ende dreißig ist sie außerdem bei weitem die Älteste von uns, auch wenn sie noch sehr jung aussieht. Meistens kommt sie nur für ein paar abgesprochene Termine vorbei und geht danach gleich wieder.

»Mein Sohn ist dreizehn Jahre alt«, erklärt sie mir eines Tages, »ich habe manchmal Angst, dass er rauskriegt, was ich nebenbei mache. Aber mit meinem normalen Putzjob verdiene ich so wenig Geld, und ich möchte mindestens einmal im Jahr nach Bulgarien fliegen und meine Eltern besuchen und Geschenke mitnehmen für die ganze Familie.«

Manchmal bringt Dasha mir selbstgebackene bulgarische Teigtaschen mit und streicht mir übers Haar.

»Achte gut auf dich, du kleiner Engel, hörst du!«, sagt sie dann.

Und ich verspreche es ihr, obwohl ich nicht weiß, wie das geht.

Monique ist Russin, sie kommt auch nicht regelmäßig, denn sie arbeitet nebenbei noch in anderen Läden, und nur wenn sie ein bisschen mehr Ruhe braucht, ist sie öfter bei uns. In den Nachtclubs, in denen sie strippt und mit Männern aufs Zimmer geht, verdient sie zwar besser, weil sie dort mindestens sechs Kunden pro Schicht hat, aber auf die Dauer ist es ihr zu anstrengend.

»Zu viel Alkohol«, erzählt sie mir, »weißt du, Felia, ständig du musst etwas trinken – so viel trinken mit Kunden, ist unglaublich! Mir sein jeden Abend schlecht. Und immer viel rauchen und Drogen. Ist nicht gut. Probier lieber nicht aus. Du gewöhnst schnell dran, und dann du merkst eines Tages, wie kaputt du fühlen. Hier ist besser. Aber manchmal zu wenig Gast, im Nachtclub immer genug Männer, ich dort machen viele Zimmer und gutes Geld, aber wenn ich dann zu Hause, nur schlafen und schlafen, weil ich so fertig und schmutzig fühle.«

Monique ist wegen eines Mannes nach Deutschland gekommen, wie viele der anderen Mädchen auch. Aber ihr Mann hat sie den ganzen Tag über zu Hause eingesperrt und dann irgendwann auch noch angefangen, sie zu schlagen. Nachdem er ihr schließlich beide Arme gebrochen hatte und sie zwei Wochen lang im Krankenhaus liegen musste, hat Monique endlich den Mut gefunden, um ihn zu verlassen.

»Ich so dumm sein, dass ich ihn geliebt habe«, sagt Monique, während wir zusammen auf dem Bett in Zimmer fünf liegen und uns eine Schale Erdbeeren teilen. »Ich war fremd hier in Deutschland und hatten Angst, wie ich schaffen soll alleine. Aber er war so eifersüchtig. Du nicht kannst glauben. Nie durfte ich gehen raus. Nicht einmal einkaufen oder Kaffee trinken. Ich so viel haben geweint. Und dann zum Glück ich klüger und ihn verlassen, auch wenn schwer war am Anfang. Aber jetzt ist besser. Mit eigene Wohnung. Und ich habe Hund. So ein süßes Kleines. Demnächst ich bringen mit hierher, dann du kannst sehen.«

Marla, unsere Hausdame, ist im sechsten Monat schwanger. Ihre langen Haare sind rabenschwarz gefärbt, und sie hat immer ein herzliches Strahlen für mich auf den Lippen. Marla ist nur ein Jahr älter als ich, und der langsam runder werdende Bauch und die riesigen Brüste machen sie besonders sexy. Einige der Kunden wollen Marla unbedingt buchen, aber sie möchte vorerst nicht mehr arbeiten, denn sie hat Angst, dass dem

Baby etwas passieren könnte. Einer der Kunden hat ihr daraufhin angeboten, dass er sie nur massieren will und dafür gut bezahlt. Er hat Marla eine halbe Ewigkeit lang angebettelt, bis sie schließlich nachgegeben hat, und danach saß sie lachend mit uns im Mädchenzimmer, hat Tee getrunken und erzählt: »Er waren so süß. Hat ganz sanft gestreichelt meine Bauch und gesagt, er haben noch nie etwas so Schönes gefühlt. Er sich auch wünschen Baby, aber seine Frau sagen ihm, er nicht soll nerven und lieber seine Mund halten, weil sie nicht wollen haben dickes Bauch und brüllendes Baby. Sie sagen, sie schon hat genug Kopfschmerzen wegen ihm. Armes Mann, vielleicht er besser sich suchen ein netteres Frau.«

Marla wohnt mit ihrem Freund zusammen, sie ist zwar noch mit einem viel älteren deutschen Mann verheiratet, aber von dem hat sie sich vor fast zwei Jahren getrennt.

»Er war immer besoffen, er schon hat zum Frühstück getrunken Alkohol. Er gar nicht kannte etwas anderes als Bier und Wein. Ich haben einmal zu ihm gesagt, willst du nicht vielleicht trinken Wasser oder Saft? Und er waren so betrunken, er zu mir sagen: ›Wasser, was ist das? Ich nicht kennen das‹«, erzählt Marla mir eines Tages kopfschüttelnd. »Da habe ich dann gesagt: ›Ich gehen.‹ Und so ich bin ausgezogen. Manchmal er mich rufen an, und dann er sagen verrücktes Zeug am Telefon: ›Marla, komm zurück, ich nicht leben kann ohne dich. Marla, du immer noch meine Frau, du mir gehörst, komm wieder, ich sterben ... oh, Marla, du sein mein Engel.‹ Aber ich kann nicht mehr hören seine Worte, ich ihm so oft gesagt, geh machen Therapie, aber er so stur. Deshalb ich niemals gehe zurück.«

Marlas neuer Freund Benji ist sehr nett, und die beiden haben kaum Streit miteinander, obwohl Benji es natürlich nicht so toll findet, dass Marla in einem Bordell arbeitet; aber solange sie nur die Hausdame ist, kann er damit leben.

Manchmal kommt Benji zu Besuch vorbei, und dann sitzt er zusammen mit uns am Tisch und malt Mandalas aus. Ich weiß, das hört sich bescheuert an, und es klingt auch ganz bestimmt nicht nach Rotlichtmilieu, aber genau so ist es. Denn eines Tages habe ich ein Mandalamalbuch und eine Packung Stifte mit ins Passion gebracht, weil es dort manchmal ganz schön langweilig werden kann, wenn stundenlang kein Kunde klingelt, und alle anderen schlafen oder betrunken sind. Zuerst haben die Mädchen mich ausgelacht, und Minny hat grinsend einen Arm um meine Schulter geschlungen und einen Hustenkrampf bekommen.

»Oh, Felia, du so süß!«, hat Dasha dann gegrölt.

»Alle bringen Wodka mit und Lilly eine Malbuch!«, hat Marla lachend hinzugefügt und sich ihren runden Bauch gehalten, um nicht von ihrem Stuhl zu kippen.

Aber dann wollten auf einmal alle ein Mandala ausmalen, und mittlerweile sind schon fast sämtliche Seiten gefüllt – sogar Eriko hat ein paar Bilder ausgemalt, auch wenn er immer nur unverständlich brummt, wenn die Mädchen ihn damit aufziehen.

Die einzige andere Deutsche im Passion ist Brittany. Sie ist erst neunzehn Jahre alt, aber sie prostituiert sich schon seit ihrem sechzehnten Geburtstag in den unterschiedlichsten Studios und Clubs. Es gibt genug Betreiber, denen es vollkommen egal ist, ob ein Mädchen volljährig ist oder nicht. Hauptsache, es gibt zwei, oder besser noch drei, willige Löcher, in die man einen Schwanz reinstecken kann. So einfach ist das. Dafür braucht man kein Abitur. Gute Noten im Turnunterricht und viel Dehnungsvermögen sind hilfreicher.

Brittany ist diejenige, die ohne weiteres zehn Orgasmen hintereinander faken kann und ihre Augen kunstvoll bis zum Himmel verdreht, während sie lautstark brüllt: »Fick mich, du geiles Schwanztier!« Und wenn sie gerade in Stimmung ist, dann stürmt sie zu ihrem Kunden ins Zimmer, reißt sich noch im Türrahmen ihre Bluse so schwungvoll vom Körper, dass ihre riesigen Titten nur so hervorploppen, und dann schreit sie:

»Fick mich! Verdammt, fick mich! Versenk deinen Monsterschwanz in meiner feuchten Pornomöse! Bums mir den Arsch durch, bis mein Kitzler vor Geilheit platzt! Fick mich, du spritzsüchtige Drecksau! Scheiße, fick mich, als ob ich Mitglied der RAF wäre!«

Brittany hat dunkelbraune Haare mit eingefärbtem Goldschimmer und langen Extensions. Ihre Figur ist jugendlich und reif zugleich, sie ist schlank, aber dennoch ziemlich üppig. Ihre Brüste sind silikonfrei, aber ungefähr zehnmal so groß wie meine, außerdem hat sie einen gewaltigen Hintern und immer hübsch gebräunte Schokomilchhaut.

Ich wiege fünfzehn Kilo weniger als Brittany, aber ich fühle mich trotzdem viel dicker. Normalgewicht ist schon längst ein Fremdwort für mich geworden, und mir wird jeden Tag schwarz vor Augen, weil ich zu abgemagert bin, um geradeaus zu laufen.

Manchmal wundere ich mich, warum so viele Männer mich trotzdem hübsch finden und warum sie meinen Körper mit vergötternden Blicken betrachten. Vielleicht habe ich zärtliche Knotenpunkte in meiner Anatomie verankert. Und diese Punkte werden bei einer Wechselwirkung von meiner psychischen Abgestumpftheit mit männlicher Haut aktiviert, so dass ich mich komplett in das Dasein einer Plastikpuppe einfühle, während als Nebenwirkung zärtliche Funken aus meinen Poren sprühen und jeden Mann in meiner direkten Umgebung einnebeln.

Aber wahrscheinlich sind meine Kunden einfach alle bekloppt oder abartig. Wenn es hochkommt, mögen sie mich wegen meiner Ausstrahlung, oder sie sind fasziniert von meinem Schauspiel und der sorgfältig ausgewählten Maske.

Solange ich nur nie wieder sechs Jahre alt sein muss, ist mir das ziemlich gleichgültig.

An manchen Tagen gehe ich schon am Mittag ins Passion, denn die Gäste, die tagsüber kommen, sind in der Regel netter als die am Abend. Viele von ihnen arbeiten in den umliegenden Büros und verbringen ab und zu ihre Mittagspause bei uns.

Aber heute ist es ruhig. Seit zwei Stunden hat es nicht mehr geklingelt, und ich liege neben Minny auf einem der Betten. Sie befindet sich, wie so oft nach einer langen Partynacht, im Tiefschlaf und murmelt zwischendurch irgendetwas Unverständliches vor sich hin. Marla wuselt währenddessen hin und her, bestellt Kondome, ruft Eriko an, weil wir neue Getränke brauchen, und verteilt Duschgel- und Shampooflaschen in den Badezimmern.

Ich starre meinen Laptop an. Und dann starre ich die Spiegelwand an – ich starre Minny an, ich starre aus dem Fenster, ich starre eine Flasche Wodka an, ich starre wieder meinen Laptop an, ich starre ein leeres Worddokument an, und schließlich fange ich an, Geschichten vom Sex zu schreiben.

Entblößte Sätze, in abgenutzten Räumen.

Enthülltes Worttreiben. Standfest.

Bis zum Höhepunkt.

Am frühen Abend kommen Brittany und Valesca, die so viel Lärm veranstalten, dass sie Minny aus ihrem Schlaf und mich aus meinen Wörtern reißen.

»Wow, wir haben ja nicht viel verpasst!«, sagt Brittany mit einem Blick auf die Zimmerliste, die Marla als Hausdame immer führt. »Das ist wirklich wie verhext hier. Entweder kommt gar keiner, oder es stehen nur Idioten vor der Tür, die man beim besten Willen nicht hereinlassen kann, und dann stürmen sie uns plötzlich alle auf einmal ins Haus, bis sämtliche Zimmer besetzt sind und wir die armen Kerle wieder wegschicken müssen.«

»Wem du sagen das«, erwidert Marla. »Und am Telefon auch nur großes Idioten heute. Kein einziges vernünftige Mann es scheint mehr gibt.«

Hinter Valesca tritt eine kleine, etwas rundliche, schüchtern dreinblickende Frau mit schwarzen Haaren und lustigen Wangengrübchen ins Zimmer.

»Das ist Slavenka«, stellt Valesca ihre Freundin vor. Dann sagt sie etwas auf Bulgarisch, und schließlich wieder an Brittany und mich gewandt: »Sie kann kaum Deutsch, nur wenig Worte, und auch ihr Englisch nicht so gut.«

Slavenka lächelt mich zurückhaltend an, und ich schließe sie sofort in mein Herz. Sie ist viel älter als ich, bestimmt schon Anfang vierzig, aber sie ist mir vom ersten Augenblick an vertraut.

»Soll ich dir alles zeigen?«, frage ich und deute mit der Hand auf die anderen Räume.

»Zeigen. Ja. Das gut«, sagt Slavenka und nickt.

Also machen wir beide einen Rundgang, und nachdem Slavenka alle Räume gesehen hat, legen wir uns auf das Bett in Zimmer eins und wickeln uns zusammen in eine Decke, weil es in den letzten Tagen etwas kühler geworden ist. Slavenka zieht einen Ordner aus ihrer Tasche und schlägt ihn auf.

»Was ist das?«, frage ich.

»Deutsch«, sagt Slavenka und zeigt mir den Ordner. »Ich gehe Schule. Um lernen besser in Deutsch. Vokabeln neue. Für morgen.«

»Soll ich dir helfen?«, frage ich.

Slavenka strahlt mich an und nickt.

»Danke«, sagt sie. »Du so nett. Ich großes Angst hatten herkommen hier.«

Die nächste Stunde verbringen wir mit Vokabeln und Grammatik, bis Minny schließlich den Kopf zur Tür hereinsteckt.

»Wollt ihr auch etwas bestellen?«, fragt sie und wedelt mit einer Lieferservice-Karte herum. »Dann wir können alle gemütlich zusammensitzen und essen. Heute ja sowieso keine Mann klingelt.«

Slavenka und ich tauschen erleichtert das Deutschbuch gegen die Speisekarte ein, und Minny legt sich zu uns auf das Bett, um für Slavenka die Gerichte zu übersetzen.

Eine halbe Stunde später sitzen wir alle um den großen Esstisch herum, auf dem sich Schüsseln und Schachteln mit asiatischem Essen stapeln. Wir teilen uns Frühlingsrollen, Wan Tans, Nudeln, Reis und massenhaft verschiedene Soßen. Während ich in meinem Reis herumstochere, futtert Marla Essiggurken mit Senf und zwischendurch gebackene Entenbrust mit Schokolade und Apfelmus.

»Zum Glück ich nicht bin schwanger!«, sagt Minny kopfschüttelnd und lacht. »Mir wird schlecht, wenn ich gucke dein Menü, Marla!«

Valesca ist gerade dabei, in ihre zweite Frühlingsrolle zu beißen, als es anfängt zu klingeln.

»Ich habe es ja gesagt!«, stöhnt Brittany. »Männer haben absolut kein Timing. Wollen wir wetten, dass es jetzt im Minutentakt weiterklingelt?«

Und so ist es dann auch.

Kurz darauf sind die meisten Zimmer belegt, und wir flitzen alle zwischen Bade-, Gäste- und Mädchenzimmern hin und her. Mein erster Kunde ist ein durchgeknallter Psychopath, was sich darin äußert, dass er ein paarmal um das Bett rennt, stolpert, hinfällt, wieder aufsteht, sich ein Kondom überzieht, nach drei Sekunden kommt und anschließend fluchtartig ins Bad rast.

Es ist schon weit nach Mitternacht, als wir uns endlich alle wieder im Wohnzimmer einfinden. Das Essen ist längst kalt geworden, aber das macht nichts. Brittany erzählt von ihrem Gast, der irgendein komisches Rollenspiel machen wollte und dann mittendrin abgebrochen hat, weil er ein schlechtes Gewissen bekommen hat wegen seiner Frau, die zu Hause auf ihn wartet.

»Er hat mir zweihundert Euro Trinkgeld gegeben, dann hat er sich noch ungefähr zehnmal entschuldigt und ist anschließend mit knallroten Wangen abgezogen«, sagt Brittany fröhlich, während sie sich Unmengen von kaltem Kokoscurrygemüse auf ihren Reis löffelt. »Von mir aus könnten alle Männer so sein!«

Mit Valesca verstehe ich mich besonders gut. Wir liegen oft zusammen auf einem der Betten, spielen Solitär auf meinem Laptop, unterhalten uns oder flechten uns gegenseitig Zöpfe ins Haar. Valesca hat eigentlich eine Ausbildung zur Kosmetikerin gemacht, aber hier in Deutschland hat sie noch keine Arbeit gefunden. Sie lebt erst seit einigen Monaten in Berlin, mit Minny und ihrem Bruder zusammen in einer Wohnung. Minny ist ein halbes Jahr vor Valesca nach Berlin gekommen, sie arbeitet jetzt beinahe ein Jahr im Passion und hat vorher in zwei heruntergekommenen Nachtclubs getanzt, doch Valesca hatte ihren allerersten Kunden, fünf Tage nachdem ich neu ins Passion gekommen bin, obwohl sie schon einige Zeit vor mir dort war.

»Oje!«, hat sie aufgeregt zu mir gesagt. »Eine Mann hat mich ausgewählt, was ich jetzt machen?«

»Was?«, habe ich etwas verblüfft erwidert.

Denn bis zu diesem Moment hatte ich angenommen, dass Valesca den Job schon die ganze Zeit über machen würde. Aber da hat Valesca sich zu mir auf das Bett gesetzt und leise geflüstert: »Lilly, das sein wirklich das erste Mal mit Kunde für mir. Ich nicht weiß, wie das gehen.«

»Komm«, habe ich gesagt und Valesca an die Hand genommen und von dem Bett gezogen. Dann habe ich ihr gezeigt, wo die Kondome liegen und welche Handtücher für die Kunden sind.

»Nimm die Laken ganz rechts im Regal, die sind am größten. Und im hinteren Kundenbad haben wir übrigens eine Fußbodenheizung – also, falls dein Gast freundlich zu dir ist, bring ihn dorthin, ansonsten steck ihn in das erste Bad, denn dann kann er ruhig kalte Füße haben.«

Valesca hat gelacht: »Okay, erste Bad für nicht so gutes Mann, zweite Bad für liebes Mann. Ich verstanden das.«

»Keine Angst, die meisten Kunden sind nett. Manche sind etwas komisch, aber unfreundlich oder wirklich bescheuert sind die wenigsten«, habe ich noch schnell hinzugefügt und Valesca dabei ein Laken in die Hand gedrückt.

»Ja, Minny auch sagen so zu mir, und dann sie hat überredet mich kommen hier zum Arbeiten«, hat Valesca erwidert. »Ich glauben euch, nur Problem ist, ich wollen nicht, dass Freunde denken, ich sein Schlampe.«

»Du bist keine Schlampe. Und du entscheidest selbst, ob dich jemand eine Schlampe nennen darf oder nicht«, habe ich geantwortet. »Außerdem muss man sich nicht prostituieren, um eine Schlampe zu sein, genauso wenig, wie man eine Schlampe sein muss, nur weil man sich prostituiert.«

»Ach, Lilly«, hat Valesca da geseufzt und ihren Kopf geschüttelt. »Du wirklich nicht passen hierher. Besser du gehen nach Hause und schreiben deine Buch.«

»Irgendwann«, habe ich gesagt. »Irgendwann gehe ich nach Hause.«

»Ja, irgendwann wir alle gehen«, hat Valesca nachdenklich erwidert.

Einen Moment lang war es still.

Im roten Licht.

»Soll ich mich schon ausziehen jetzt?«, wollte Valesca dann wissen.

»Nein, bleib einfach so«, habe ich erwidert. »Mach das bei ihm im Zimmer. Viele Männer mögen es, wenn sie dich ausziehen können oder wenn sie dir dabei zusehen dürfen. Abgesehen davon vergeht die Zeit so viel schneller. Geh einfach zu ihm, rede ein bisschen mit ihm, dann lass dich bezahlen und gib das Geld bei Marla ab. Sag ihr, wie lange er bei dir bleiben möchte und in welchem Zimmer ihr seid, und dann gehst du wieder zu ihm, und alles läuft ganz von allein – du wirst schon sehen.«

Valesca hat mir einen Kuss auf die Wange gedrückt und ist zurück ins Zimmer vier gehuscht, wo ihr Gast auf sie gewartet hat. Kurz darauf kam sie mit ein paar Scheinen in der Hand wieder heraus.

»Eine halbe Stunde. Und er hat gegeben Extrageld für mich«, hat sie mir zugeflüstert. »Er duschen noch schnell, dann wir anfangen. Ich so aufgeregt!«

Nachdem Valesca schließlich mit ihrem Gast in Zimmer vier verschwunden war, habe ich mich zurück auf das Bett im Mädchenzimmer gelegt und ein bisschen geschrieben. Zehn Minuten später stand eine unbekleidete Valesca vor mir.

»Lilly, er schon ist fertig! Gleich gekommen. Nur ganz kurz Sex!«, hat sie etwas unruhig gesagt und mich hilfesuchend angesehen. »Was ich soll jetzt machen?«

»Frag ihn, ob er etwas zum Trinken möchte«, habe ich vorgeschlagen. »Oder vielleicht möchte er noch massiert werden, da drüben im Schrank ist Massageöl. Und wenn er schon gehen will, dann ist das auch gut.«

»Okay«, hat Valesca erleichtert erwidert und ist wieder zur Tür hinaus in Richtung von Zimmer vier verschwunden. Kurz darauf kam sie zurück, um ein Glas mit Cola zu füllen und das Massageöl zu holen.

»Ist alles in Ordnung?«, habe ich später gefragt, als Valesca frisch geduscht und in ein großes Handtuch gewickelt neben mir auf dem Bett saß.

»Ja«, hat Valesca gesagt und kaum merklich genickt. »Er eine sehr nette Mann gewesen. Ich okay.«

Dann hat sie einen Arm um mich gelegt und mich für einen kurzen Augenblick ganz fest an sich gedrückt.

»Ich hatte auch solche Angst, beim ersten Mal«, habe ich ihr leise ins Ohr geflüstert. »Und obwohl ich mich mittlerweile daran gewöhnt habe, fühlt es sich immer noch wie ein zeitlich begrenzter Frieden an. Als könnte alles in jedem Moment zusammenbrechen.«

Da hat Valesca genickt und ihren Kopf an meine Schulter gelegt. Ihre Gedanken sind gegen meine gestoßen. Die verschobene Welt hat uns belächelt: zwei verlorene Mädchen auf einem viel zu großen Bett, umgeben von Dessous und ein paar achtlos dahingeworfenen Kondompäckchen. Im Zimmer nebenan stöhnt ein Mann, Lounge-Musik dringt durch die Luft, und im Flur steht Marla, die einem Kunden am Telefon die Preise erklärt.

Prostitution.

Das ist ein treibendes Spiel, betörend und undurchsichtig. Ein Raum voll schmutziger Phantasien und sinnlicher Begierde.

Prostitution – sie ist berechenbar und zahlt sich aus; aber die Abgaben sind höher als jede Summe, die man mit Zahlen darstellen kann. Es ist ein törichtes Abkommen zwischen uns splitternackten Mädchen und den unbefugten Männern.

Valesca hat ihre rechte Hand in meine geschoben. Es war schön, ihre Nähe zu spüren. Für eine halbe Stunde war ich nicht ganz so alleine, wie ich mich sonst immer fühlte.

Und ich wusste: Es gibt so viele verlorene Mädchen auf dieser Welt.

Aber wir wollen alle undurchschaut sein.

Bis wir uns bekennen.

4

Wochen später, der Herbst ist längst angebrochen und Slavenkas deutscher Wortschatz um einiges größer geworden. Brittany tanzt nackt im Flur herum, Minny telefoniert, und Valesca und ich liegen mal wieder auf dem Bett in Zimmer eins vor meinem Laptop und spielen Solitär.

»Kommst du damit klar, hier zu arbeiten?«, frage ich sie.

»Nicht ganz«, antwortet sie und zuckt mit den Schultern. »Mein Beruf ist Kosmetikerin. Ich nicht hier gehören, aber mein Deutsch zu schlecht, ich einfach nicht bekommen Arbeit.«

»Ich finde dein Deutsch schon ganz gut. Und du gehst doch immer noch in diesen Sprachkurs, bestimmt findest du bald einen Job«, sage ich.

»Ja, ich auch hoffen das«, meint Valesca und verschiebt ein paar Karten.

Ich drehe mich auf den Rücken und betrachte den Stuck an der Zimmerdecke, während mein Laptop anfängt, Feuerwerksgeräusche von sich zu geben, weil Valesca diese Runde gewonnen hat.

»Ich nicht mehr mag sehen Karten«, sagt sie, kuschelt sich an meine Seite und seufzt leise.

»Ich auch nicht«, stimme ich zu und fahre den Laptop herunter.

»Wann machen du Feierabend?«, fragt Valesca.

»Nicht so spät. Ich wollte heute Nacht noch ein bisschen zu Hause sein und in Ruhe schreiben, und du?«

»Ich gehen zwei Stunden früher als sonst«, erwidert Valesca. »Morgen eine Freund von mir haben Geburtstag, und ich noch müssen ein paar Sachen vorbereiten. Außerdem ist sowieso wenig Kunde heute.«

Valesca hat meistens nicht viele Gäste, aber das stört sie nicht weiter – ich glaube sogar, dass sie jedes Mal ziemlich erleichtert ist, wenn sie nicht ausgewählt wird.

»Vielleicht die Männer sehen, dass ich nicht wirklich wollen«, sagt sie nachdenklich zu mir. »Deshalb sie lieber nehmen andere Frau. Außerdem ich so winzige Brüste habe, noch kleiner als deins. Aber für mich ist okay so. Ich nicht will haben zu viele Männer. Diese Job mir geben Gefühl wie leeres Hülle. Ich nicht drin in mein Körper sein kann. Wie fremd zu mir selbst. Ist nicht gut.«

»Ich weiß, was du meinst«, erwidere ich.

Dann geht die Tür auf, und Marla bringt uns einen Teller mit Salat und zwei Gabeln dazu.

»Was machen ihr zwei schon wieder alleine hier?«, fragt sie und setzt sich für einen Moment zu uns. »Ihr müsst kommen rüber in Wohnzimmer. Brittany ist sehr betrunken und erzählen von ihrem Freund, das wirklich komisch ist. Wir alle viel lachen.«

»Gleich wir kommen«, sagt Valesca, und ich nicke.

»Aber beeilen euch, sonst Brittany wird mehr trinken und kippen um, und dann sie nicht mehr erzählen können lustiges Zeug«, meint Marla.

Anschließend schnappt sie sich noch ein paar Kissenbezüge und Bettlaken aus dem Schrank und verschwindet wieder.

Valesca drückt mir eine Gabel in die Hand, und ich drehe mich auf den Bauch, um mir eine Gurkenscheibe zu angeln. Während ich hineinbeiße und hoffe, dass Ana ihre Klappe hält, denke ich an all die Frauen, die wohl schon vor mir hier gearbeitet haben. Über die Stammgruppe, die zurzeit das Passion vertritt, habe ich eigentlich alles geschrieben. Da ist Marla, die morgens um elf Uhr öffnet und bis zur Schließung bleibt, dann sind da natürlich Minny und Valesca, die fast jeden Abend zusammen auf irgendeine Party gehen und immer wieder fragen, ob ich nicht endlich einmal mitkommen möchte. Außerdem Brittany, die überlegt, bald nach Amerika zu ziehen, weil sie dort einen Freund hat, den sie vielleicht heiraten möchte – aber sicher kann man da bei ihr nie sein, sie erzählt ständig von irgendeinem neuen Mann, der gerade ihr absoluter Traumprinz ist. Ferner sind da Monique und Dasha, die eher selten vorbeischauen; Slavenka, die jeden Abend für drei Stunden kommt, aber fast nie einen Kunden hat, und dann noch ein Mädchen namens Olga, das manchmal einfach für ein paar Stunden auftaucht. Sie ist immer stark überschminkt und trägt jedes Mal ein Leopardenoutfit und dazu High Heels mit Dreißig-Zentimeter-Absätzen.

Eine Domina haben wir auch noch, aber die kommt nur zwei-, dreimal im Monat, immer dann, wenn sie einen Gast hat, für den sie unseren SM-Raum benötigt; ansonsten arbeitet sie auf der Straße und in Motels. Sie ist unglaublich dürr und groß, trägt so viel Make-up, dass ich sie ohne wahrscheinlich niemals wiedererkennen würde, und hat eine lustige Quakstimme, wegen der sie alle Barbie nennen. Aber Barbie ist sehr nett und erzählt immer ein paar Geschichten von der Straße.

Heute ist einer dieser Abende, an denen sie ganz spontan vorbeigerauscht kommt, und ich setze mich zu ihr ins Mädchenzimmer, um zu lauschen, was sie diesmal so zu berichten hat.

»Mein Gott, wie ihr dit nur durchhaltet!«, sagt Barbie, während sie sich die zehnte Schicht Lippenstift aufträgt und mit ihren Lackstiefeln im Mädchenzimmer hin und her stöckelt. »Dit is allet so persönlich hier. Dit glob ick nich. Und denn och noch mit küssen und so. Uagh! Dit jeht ja uff 'er Straße ja nich. Is absolut tabu! Sense! Keene Diskussion! So wat fragen die Männer och nich. Niemals. Die wissen jenau, da würden se gleich voll den Anschiss und ne ordentliche Abfuhr kriegen! Und wenn se ma anfassen wollen, kostet dit allet extra. Meistens zieh ick ma ja nich ma aus, wa. Und wenn denn eijentlich nur oben rum, son bisschen Titten kieken, wenn er jut zahlt auch ma kurz anfassen. Echt Wahnsinn. Ick bin jedetmal janz vawirrt, wenn ick hier herkomme. Aber ick sag ja imma, jeder muss dit so machen, wie er halt glücklich is, jedem sein Fick. Manche Frauen kapierens ja wiederum ja nüscht, wat ick am Straßenstrich so jut finde. Klar, is ja och manchma kacke, wenn et schweinekalt is oder regnet und dich ständig irgendwelche Vollidioten mit Pennerfresse anhupen. Oder son Atze mit Pittbull uffm Beifahrersitz. Weßte, kann nich ma vanünftig lenken, aber imma schön ruff uff de Hupe. Sone Asseln könn ma echt jestohlen bleiben. Oder Bambificker. Kennste Bambificker? Dit sind die Männer, die fragen, ob irgendwo och eene steht die unter sechzehn is, sone janz Kleene, weßte – unschuldig mit großen braunen Bambiaugen. Scheiß perverse Säcke sind dit, verklemmte Mülschbubies ohne Selbstbewusstsein – die ham Angst vor rischtjen Fraun und deshalb wolln se ne Bambipussy bumsen. Aber wat solls. Ick fühl ma wohl da. Is einfach meene Welt. Wobei ick ja sagen muss, ihr seid ne janz liebe Truppe hier. Ick hab och schon janz andere Läden jesehn. Is einfach viel zu viel mit Drogen im Rotlicht, *far to much Cocaine.* Viele sin richtig kaputt. Oder Dauerzickenkrieg, dit gibs och. Ick sags dir. Is richtig schlimm, wenn de nich ma deine Tasche oder die Schuhe irgendwo liegen lassen kannst, weil allet sofort jeklaut wird, wenn de uffm Zimmer bist. Da habt ihrt echt schön hier. Wirklich anständije Frauen, muss ick so sagen. Man kann sojar Jeld rumliejen lassen, dit is wie 'n Wunder bei euch. Und Zuhälter hab ick och schon schlimmere alebt. Der Eriko ist ja echt janz drollig. Den würd ick direkt mit nach Hause nehmen. Mensch, Felia Baby! Jetzt quatsch ick schon wieda die janze Zeit, mein arma Kunde! Den hab ick an diesen komischen Balken jefesselt, ick werd ma wieda rüba und weitermachen, dem sind bestimmt schon die Arme abjefallen. Aber wat soll's, da steht a ja druff, wa? Männer sind echt komisch, aber wat erzähl ick dir, weeste ja selba. Ick bin gleich wieda da, Kleene, dann könn wa weitaquatschen.«

Und mit diesen Worten wirft Barbie, die im richtigen Leben Paula heißt, einfach nur Paula, einen letzten Blick auf die

Spiegelwand, zieht ihr Lackkostüm zurecht, zwinkert mir noch einmal zu und klackert dann hinüber in den SM-Raum.

Das war es auch schon. Das sind die Passion-Mädchen. Ab und zu kommen ein paar Neue dazu, die sich hier vorstellen, aber die meisten bleiben nur einen Probetag und gehen dann wieder. Das Passion ist ein sehr kleines Bordell, die Preise sind gehoben, und dementsprechend haben wir auch selten besoffene Laufkundschaft, die für einen schnellen Fick vorbeigeschwankt kommt. Für viele Frauen ist es deshalb eine zu lange Warterei, da gehen sie lieber in ein Bordell mit einer niedrigeren Preisklasse, aber dafür mehr Gästen, auch wenn das oft nur Quickies sind und man sich sein Geld schwer erarbeiten muss. Das erzählt mir jedenfalls Monique, die alle Nachtclubs und Bordelle in Berlin in- und auswendig kennt.

Ach ja, ein Mädchen hätte ich beinahe vergessen.

Da bin auch noch ich.

Ein weiteres Passion-Mädchen, ein weiteres Mädchen der Lust. Wie ich aussehe, habe ich wahrscheinlich schon zur Genüge beschrieben: Ich bin der dürre Alien mit der blassen Haut. Wenn ich ganz still stehe und die Luft anhalte, kann man mich fast übersehen. Morgens aufzuwachen macht mir genauso viel Angst, wie morgens nicht mehr aufzuwachen. Meine beste Freundin heißt Ana. Meine andere beste Freundin heißt Mia. Meine richtige beste Freundin ist tot. Ein Tag, an dem mir nicht schwarz vor Augen wird, ist ganz bestimmt kein Tag von mir. Und wer verleiht schon gute Tage?

Ich weiß: Angst. Ohne Widerstand.

Ist das stumpfsinnigste Verderben.

Und Hungern.

Ist Angst.

Aber mein Wissen ist ein unbeteiligter Zeitgenosse.

Ein stiller Beobachter im Exil.

Meine Ärztin sagt jedes Mal, wenn ich bei ihr aufkreuze: »Versuche, auf 47 Kilo zu kommen, Lilly, dann wirst du dich gleich ganz anders fühlen, nicht mehr so krank und schlaff. Und ab 48 oder 49 Kilo bekommst du dann auch deine Periode wieder, wäre das nicht schön?«

Nein.

Nein danke.

Meine Vorstellung von schön ist eine andere.

Ich hasse meine Periode.

Wenn ich bluten will, kaufe ich mir Rasierklingen.

Ich werde niemals 49 Kilo wiegen. Eher würde Ana ihr gewetztes Messer zücken und mich in Streifen schneiden, nur um mich anschließend in einer schwarzen Restmülltonne zu entsorgen.

Meine Ärztin kann Gedanken lesen, sie weiß, wie irre ich bin, und runzelt ihre Stirn.

»Lilly«, sagt sie behutsam, »du wirst schon sehen, es wird besser werden. Und leichter.«

Ich möchte ihr gerne glauben. Aber Ana steht neben mir und sagt wütend: »Das ist ihr Job, du dumme Kuh! Die muss dir so etwas erzählen, das hat sie fünf Jahre lang in ihrem Studium gelernt. Glaub ihr ja kein Wort. Es wird bestimmt nichts besser, wenn du schwerer wirst! So ein Schwachsinn! Es wird nur besser, wenn du leichter wirst.«

Ana. Mia. Felia. Und Lilly. Sie sehen sich alle ziemlich ähnlich, auch wenn sie nichts miteinander anzufangen wissen und nicht dieselbe Sprache sprechen. Und wenn ich mich am Abend oder in der Nacht auf den Weg nach Hause mache, dann bin ich müde, weil mein Herz kaum noch schlägt. Eine magere Gestalt läuft mir voraus, sie heißt Ana, und sie lässt nicht zu, dass ich stehen bleibe oder aufgebe.

Meine Wohnung ist leer, wenn ich heimkomme. Wie sollte es auch anders sein – ich habe ja keinen Freund mehr, das würde Ana niemals dulden. Und am Ende vom Tag ist niemand übrig außer mir.

Ein Restbestand.

In Bruchstücken.
Aus der Zusammenfassung gekürzt.

Wenn ich früh genug Feierabend mache, gehe ich auf dem Rückweg manchmal meine Eltern besuchen. Ich muss dabei höllisch aufpassen, dass ich die richtige Maske trage und mich nicht verplappere, wenn sie mich fragen, was ich in letzter Zeit so getrieben hätte.

Denn ich darf nicht verraten, mit wem ich es treibe.

Und mit wie vielen.

Und warum.

Hin und wieder esse ich auch gemeinsam mit Lady oder Chase zu Abend. Ich bemühe mich. Ich lächele. Ich esse sieben Bohnen, drei Gabeln Reis und zwei Zentimeter Lachs.

Chase schüttelt müde seinen Kopf.

Und Lady rollt ihre hübschen Augen.

Ich schiebe meinen Teller beiseite und blende mich aus. Es ist immer einfacher, alles falsch zu machen.

Anstatt etwas zu essen.

5

Die meisten Frauen im Männermanagement verraten niemandem ihr nacktes Geheimnis. Aber ich bin ziemlich schlecht darin, meine Freunde zu belügen. Ich kann zwar schweigen, bis die Stille zerbricht, und meine Wunden mit Notlügen zupflastern, aber abgesehen davon stehe ich zu meinen Sätzen.

»Ich bin jetzt eine von diesen Frauen«, habe ich deshalb gleich nach der ersten Woche zu Chase gesagt, »eine von diesen Frauen, die du dir buchen kannst, um dich zu vergnügen.«

Chase hat mich drei Minuten lang mit offenem Mund angestarrt, dann hat er gesagt: »Heilige Scheiße! Also ich buche mir ja nun wirklich regelmäßig Frauen. Manchmal auch zwei oder drei auf einmal. Aber so ein wundervolles Ding wie dich habe ich noch nie bekommen. Wo muss ich anrufen?«

»Sehr witzig, Chase«, habe ich geantwortet.

»Das war absolut ernst gemeint!«, hat Chase erwidert.

»Ich bin viel zu teuer für dich!«, habe ich daraufhin wütend gefaucht.

»Oh, hoho«, hat Chase gesagt und gegrinst.

Dann hat er aufgehört zu grinsen und mich eine Weile lang schweigend angesehen.

Als er schließlich seinen Arm um mich gelegt und mich zu sich herangezogen hat, wollte ich weinen. Weil ich alles getan hätte, um nur einmal richtige Zärtlichkeit spüren zu können. Eine Sekunde lang. Nur für einen winzigen Augenblick.

»Mädchen, was machst du nur?«, hat Chase so leise gesagt, dass ich mich anstrengen musste, um ihn zu verstehen. »Ich kenne dich seit all diesen Jahren, und du bist so viel mehr, als du weißt. Verlier dich nicht in fremden Betten, zwischen benutzten Kondomen und verschwitzten Männern. Versprich mir das. Versprich mir dieses eine Mal etwas, das du auch halten wirst. Ich bin nicht dumm, Lilly, ich weiß, was für ein Spiel du mit dir treibst. Ich kenne die Regeln. Wage nicht, es zu verlieren.«

Ich habe genickt, obwohl ich wusste, dass ein Versprechen, das man sich nicht selbst geben kann, keinen Wert hat. Dann habe ich mein Gesicht in die Schulter von Chase vergraben, und wenn sich meine Stimme in diesem Moment nicht aus dem Staub gemacht hätte, dann hätte ich gesagt: »Wenn ich all den nutzlosen Sex aus meinem Lebenslauf streiche, bin ich eigentlich noch Jungfrau.«

Aber vor Chase musste ich mich nie rechtfertigen. Und zum Glück. Kann Chase mit Worten umgehen. Besser als ich. Und deshalb hat er auch nie einen Satz zu mir gesagt, der mir das Gefühl gegeben hat, eine entblößte, von Sperma überflutete Seele zu sein.

Seine starken Arme haben sich warm angefühlt auf meiner viel zu kalten Haut. Und ich wollte, dass er mich für immer festhält. Aber ich wusste: Ich bin verloren – und selbst wenn er mich auf ewig halten würde, es wäre trotzdem nie genug.

Als Nächstes habe ich Lady von meinem Zeitvertreib erzählt. Wir saßen im Lietzenseepark unter einer Trauerweide, direkt am Ufer gegenüber der ehemaligen Polizeistation, und Lady war gerade dabei, sich mit so viel Sorgfalt einen Joint zu basteln, als ginge es um ihr Leben.

»Magst du mich noch?«, habe ich abschließend gefragt.

»Viel mehr als vorher«, hat Lady, ohne aufzublicken, gesagt und währenddessen überaus konzentriert an dem Blättchen herumgezupft. »Wenn du nur weißt, was du tust, und dich mit dem Respekt behandelst, den du verdienst.«

»Hm«, habe ich gesagt.

»Ach, weißt du«, hat Lady da gemeint und angefangen in ihrer Handtasche nach einem Feuerzeug zu kramen, »ich war auch einmal jung und habe rumgehurt. Ich meine, ich bin immer noch jung, und hin und wieder habe ich immer noch richtig geilen und gutbezahlten Sex mit irgendeinem Stammfreier von früher. Das ist schon cool, das ist okay – das ist das Leben. Wir sind ja keine Nonnen oder so, sonst würden wir beten und für Gott auf die Knie sinken, nicht für einen Schwanz. Süße, ich sage immer: Solange du nicht durch die Straßen von Berlin spazierst und dabei die Männer zählst, mit denen du noch keinen Sex hattest, ist alles okay.«

»Das meinst du nicht ernst, oder?«, habe ich stirnrunzelnd gefragt.

»Nein. Nicht ganz«, hat Lady erwidert und ihren Joint erleuchtet. »Aber hey! Wir sind jung, wir sind hübsch, und eine von uns hat sogar ziemlich geile Titten. Das bist übrigens nicht du. Also, wenn wir nicht losziehen, um ordentlich Unheil anzurichten, wer dann?«

6

Es ist früh am Abend, die Luft riecht nach frisch gewaschenen Haaren, im Nebenzimmer zischt die Espressomaschine, und russisch-bulgarische Wortfetzen sowie leises Lachen dringen an mein Ohr. Ich liege eingewickelt in ein weißes Laken neben Slavenka auf dem großen, weichen Bett im Mädchenzimmer und schreibe Sätze, nur um sie anschließend sofort wieder zu löschen.

Ab und zu unterbreche ich das Tippen, um mich ein bisschen mit Slavenka zu unterhalten. Obwohl wir uns gar nicht oft sehen und uns auch nicht sonderlich gut verständigen können, hat sich eine Freundschaft zwischen uns entwickelt. Ich weiß, dass ich Slavenka an ihre Töchter erinnere, die noch in Russland leben und die erst nachkommen können, wenn sie ausreichend Geld verdient hat und der ganze Papierkram geregelt ist. Slavenka ist manchmal traurig, weil sie ihre Kinder sehr vermisst, und außerdem hat sie viel zu wenig Kunden, als dass sich die Warterei für sie rentieren würde.

Die meisten Männer, die hierherkommen, finden Slavenka zu üppig, sie wollen lieber schlanke Frauen. Aber jedes Mal, wenn es klingelt und wir uns vorstellen, hoffe ich, dass Slavenka von einem netten Gast ausgewählt wird, der ihr viel Trinkgeld gibt. Sie braucht ihren Lohn wahrscheinlich am dringendsten von uns allen. Ich überlege sogar, ob ich ihr ein bisschen von meinem Verdienst abgeben sollte, aber ich bin mir ziemlich sicher, dass sie es nicht annehmen würde. Und außerdem will ich nicht, dass Slavenka denkt, dass ich sie nur mag, weil ich Mitleid mit ihr habe.

Die Balkontür steht zum Lüften offen, ein kühler Wind weht durch die orangeroten Stoffvorhänge zu uns herein, und da Slavenka und ich nur wenige Zentimeter Stoff am Körper tragen, frieren wir trotz der zwei Laken und der Wolldecke, in die wir uns gewickelt haben.

Da geht die Tür auf, und Marla steckt ihren Kopf herein.

»Felia, du auch machst Escort?«, fragt sie.

»Ja«, sage ich und bin überrascht – denn wir bekommen nur sehr selten Anrufe wegen Escortterminen, und ich hatte eigentlich gar nicht damit gerechnet, ausgewählt zu werden, da mein Gesicht auf den Fotos im Internet unkenntlich gemacht wurde.

»Es geht um eine Stammkunde«, erklärt Marla. »Eine sehr, sehr liebe Mann. Wir kennen ihn schon viel lange. Er wohnen in eine große Villa in Schmargendorf, und ab und zu er bestellen eine Mädchen zu sich in Hause. Für zwei, drei Stunde, ist kaum weit von hier. Eriko ist nicht da heute, so ich rufe dir Taxi, wenn du machen möchtest. Er wirklich ist sehr lieber Mann, ich waren auch da. Zuerst du trinken Sekt mit ihm und unterhalten, dann er dich machen Massage, er kann so gut und ein bisschen streicheln, und wenn du magst auch Sex, du ihm einfach sagen, nichts müssen.«

»Okay, gerne«, sage ich. »Jetzt gleich?«

Marla wirft einen Blick auf die Uhr.

»Nein, erst in eine Stunde«, sagt sie dann. »Ich rufen Dasha an und sagen ihr, dass du machen Termin. Kunde ist gutes Freund von ihr.«

Während Marla zurück in den Aufenthaltsraum geht, um zu telefonieren, versuche ich Slavenka zu erklären, dass ich gleich meinen ersten Escort habe. Sie versteht mich nicht so ganz, also versuche ich es ihr auf einem Blatt Papier aufzuzeichnen. Slavenka blickt auf meine Zeichnung, zuckt hilflos mit den Schultern und fängt an zu lachen. Dann knurrt mein Magen, wahrscheinlich, weil ich heute noch nichts gegessen habe außer einem Kaugummi, einer halben Salzstange und einem zuckerfreien Cornflake. Slavenka springt auf, sagt etwas auf Russisch, das ich nicht verstehe, und fügt dann auf Deutsch hinzu: »Du essen. Du so dünn. Du Bauchweh!«

Dann wühlt sie in ihrer Tasche und hält mir ein Brötchen hin.

»Danke«, sage ich, »vielen Dank.«

Slavenka nimmt sich auch ein Brötchen, und wir legen uns wieder gemeinsam unter die Kuschellaken, wo wir dann schweigend essen. Die Brötchen krümeln, und ich breite meinen Pulli vor uns beiden aus, damit wir nachher nicht das ganze Bett ausschütteln müssen.

»Ich mag gerne Brötchen«, lüge ich.

»Ich auch mögen«, erwidert Slavenka. »Bäcker, gleich hier. Und nicht teuer. Nähe McDonald's bei U-Bahn. Nur acht Cent ein Brötchen.«

Es ist ein komisches Gefühl, das Brötchen zu essen, denn ich erbreche nicht gerne im Passion, also muss ich viel von dem, was ich hier zu mir nehme, auch im Bauch behalten. Es gibt Tage, an denen ich gar nichts esse. Tage, an denen Ana ungehalten tobt und mich wütend fragt, wie ich nur so schwach sein könnte, überhaupt an Essen zu denken. Aber seit ich hier arbeite, ist es manchmal okay, etwas zu essen, ohne dass ich anschließend panisch ins Bad hetzen muss. Zwischen all den schönen weiblichen Körpern, den weichen Brüsten, den großen knackigen Hintern, die unter kurzen Röcken hervorblitzen und nur von einem Stringtanga verdeckt hin und her wackeln, da fühlt es sich nicht ganz so schlimm an, einen Körper zu besitzen.

Manchmal, selbst wenn es nur für einen winzigen Moment ist, vergesse ich, dass Ana mein Leben ist und dass ich ihr versprochen habe, bei ihr zu bleiben, bis zum Schluss, bis zum bitteren Ende – ohne Kompromisse. Und in diesen Momenten bin ich frei, dann kann ich Nudeln essen oder ein Stück Pizza, einfach so. Als wäre ich normal.

Während wir mit den Brötchen beschäftigt sind, zeigt Slavenka mir Fotos von ihren Kindern, und da fühle ich mich plötzlich unwohl, weil ich ihr gerade ein Brötchen wegesse – wer weiß, wie sparsam Slavenka einkaufen muss. Marla hat mir erzählt, dass Slavenka fast das ganze Geld, das sie im Passion und bei ihrem 200-Euro-Putzjob verdient, zu ihren Kindern nach Russland schickt.

Ich streiche über Slavenkas Arm und sage langsam, damit sie mich versteht: »Ich hoffe, du hast heute auch Kunden. Du viele Kunden. Verstehst du? Und ich hoffe, dass deine Kinder bald hier sind! Du deine Kinder wiedersehen!«

Slavenka nickt unglücklich.

»Ja«, sagt sie, »ich vermissen Kinder. So sehr ich vermissen, dass ich immer traurig. Und Geld verdienen schwer. Russische Männer mögen auch dick, aber Männer hier in Deutsch nur wollen dünn. Ich wenig Kunde.«

Wir knabbern schweigend weiter an unseren Brötchen und hören zu, wie Brittany im Flur lautstark mit ihrem Verlobten telefoniert. Sie schreien sich ungefähr zehn Minuten lang an, dann betitelt Brittany ihn als *»motherfucking clitsucker«,* stürmt zu uns ins Zimmer und wirft ihr Handy mit so einer Wucht zu uns auf das Bett, dass es über die Bettdecken schlittert, am anderen Ende hinunterfällt und irgendwo in einem Berg von Schuhen verschwindet.

»Feeeliaa«, ruft Marla da aus dem Wohnzimmer. »Kommst du kurz?«

Ich stehe auf, werfe Brittany noch einen aufmunternden Blick zu und tappe dann barfuß hinüber ins Aufenthaltszimmer. Marla hält mir den Telefonhörer hin.

»Dasha dir einiges Sachen erklären«, sagt sie.

Ich nehme den Hörer entgegen und halte ihn an mein Ohr.

»Felia«, sagt Dasha mit ihrer fröhlichen Stimme. »Wie geht es dir? Alles okay?«

»Ja klar, alles in Ordnung«, sage ich. »Und bei dir?«

»Auch sehr gut, Handwerkers machen weniger Krach als Tage vorher. Nur mein Kopf, er trotzdem brummt. Aber egal. Also, was ich will sagen dir, ist: Kunde sehr netter Mann, ich kenne gut. Du brauchst machen keine Sorgen, ich weiß, erster Escort, und du aufgeregt. Aber nix passiert dir. Er mag gerne natürliche Mädchen, sportlich. Also du musst gekleidet werden in einfache Jeans und schönes Shirt, du sicher hast so was. Taxi fährt dich bis vor Haustür, Marla wird für dich kümmern darum, und der Kunde ruft dir Taxi für Rückweg. Marla dir auch gibt eine Zettel, mit seine Name und Adresse, du musst erst klingeln an grüne Schild und später noch einmal an weiße. Dann gehst du Treppe hoch, zu dritte Stock, dort er schon wartet auf dich.«

»Okay, kein Problem, das kriege ich hin. Ich gehe nur schnell nach Hause und hole mir etwas Passendes zum Anziehen«, sage ich.

»Gut. Ich dann rufen ihn jetzt an und sagen, du mögst kommen. Wir uns sehen nächste Woche, ich mich freuen schon.«

»Danke, Dasha«, erwidere ich. »Mach dir noch einen schönen Abend.«

»Du auch, Felia«, sagt Dasha. »Ich dich geben lieb Kuss.«

Nachdem ich aufgelegt habe, gehe ich zu Marla, die gerade im Begrüßungszimmer die Blumen gießt.

»Ich gehe kurz zu mir nach Hause und ziehe mich um«, sage ich. »Es dauert nicht lange, ich bin gleich wieder hier.«

»Na klar, geh ruhig«, erwidert Marla.

»Soll ich noch irgendwas mitbringen?«, frage ich, während ich meine Schuhe suche, was sich als nicht sonderlich schwer erweist, da es die einzigen ohne Absätze sind.

»Eine Eis vielleicht für mich und meine Baby?«, fragt Marla und streicht über ihren Bauch. »Baby ständig hat Hunger.«

»Klar, bringe ich dir mit!«, sage ich.

In meiner Wohnung angekommen, suche ich nach meiner schönsten Jeans – die meisten meiner Hosen sind mir zu groß und hängen viel zu locker auf meinen Hüften oder berühren meinen Po nur, wenn ich mich hinsetze. Aber meine Lieblingsjeans sitzt wie angegossen, und die Überreste von meinem Hintern sehen ziemlich sexy darin aus. Dann ziehe ich ein sportliches weißes

Top an und darüber ein rosafarbenes Sweatshirt. Anschließend kämme ich mir rasch meine Haare, werfe einen letzten prüfenden Blick in den Spiegel, bin so zufrieden, wie Ana es mir erlaubt zu sein, und mache mich wieder auf den Weg ins Passion. Unterwegs mache ich noch einen kleinen Umweg auf die andere Straßenseite und kaufe bei der Tankstelle sechs Magnums. Drei Minuten später drücke ich jedem Mädchen ein Eis in die Hand, außer Marla – die bekommt gleich zwei.

Als ich kurz darauf das Bordell verlasse und in das wartende Taxi steige, fängt es an zu regnen. Die Nachtluft ist frisch und kühl, und ich muss unwillkürlich lächeln. Während der Fahrt blicke ich aus dem Fenster, sehe auf die vielen Lichter, die den Kudamm beleuchten, und habe ein bisschen das Gefühl, eine junge Frau auf dem Weg zu ihrem ersten Rendezvous zu sein.

Für einen aufwühlenden Augenblick durchzuckt mich ein Schmerz. Ein Schmerz, der mich daran erinnert, wie wenig ich von Liebe verstehe, von Geborgenheit, von freiwilligem Sex und von Vertrautheit. Ganz egal, wie perfekt ich diese Dienstleistung mittlerweile beherrsche, wie gelassen ich mich zu einem Mann ins Bett lege – ich verstehe trotzdem nicht, wie es sein könnte, wenn es anders wäre.

Seltsamerweise kann ich, ohne mit der Wimper zu zucken, Felias Rolle spielen, aber wenn mich ein Gast fragt, was ich in meinem *wirklichen Leben* so mache und wie mein richtiger Name ist, dann sage ich fast immer die Wahrheit. Ich habe es zuerst mit Lügen versucht, ich habe geantwortet: »Mein echter Name ist Caitlin, ich studiere Jura im vierten Semester. Meine große Schwester Hannah ist Chefköchin im Florenz23, und ich bin am Lietzensee aufgewachsen, ganz in der Nähe von dem kleinen Spielplatz. Ich fotografiere gerne, ich mag am liebsten Kirschkuchen, und ich habe keine Ahnung davon, wie man einen Computer konfiguriert. Übrigens habe ich im Frühling Geburtstag, wenn die Sonne scheint, im Gegensatz zu meiner besten Freundin Lilly, die hat nämlich im Herbst Geburtstag. Lilly – sie ist nicht wie ich. Sie war noch nie in einem Bordell.«

Das war die beschissenste Lüge, die ich je erzählt habe. Anschließend musste ich mich im Badezimmer einschließen und heulen, um nicht durchzudrehen.

Meinem nächsten Kunden habe ich dann erzählt, dass ich Synchronsprecherin für schnulzige Fernsehserien sei und einen kranken Hund zu Hause hätte, der dringend Medikamente bräuchte, die aber leider ziemlich teuer wären. Der Gast hat mir hundertfünfzig Euro extra für meinen todkranken Hund »Groby« gegeben und mir gesagt, dass sein eigener Hund vor einem Jahr an Krebs gestorben sei.

Seitdem kann ich im Passion nicht mehr lügen. Der Zauber ist weg. Genau wie Caitlin.

Wenn es gar nicht anders geht, weil die Wahrheit in den Ohren eines schleimigen Immobilienfuzzis verschwendet wäre, dann erzähle ich meine Zeugenschutzprogramm-Version: »Ach weißt du, ich habe mit diesem Nebenjob eigentlich nur angefangen, weil ich vor drei Jahren im Zeugenschutzprogramm untergebracht wurde und mein Betreuer mir geraten hat, mich so unauffällig wie möglich zu verhalten und dabei, sooft es geht, Sex mit irgendwelchen Männern zu haben, damit ich zwischen all den Schlampen auf der Welt nicht weiter auffalle.«

Es gibt tatsächlich Männer, die glauben so etwas.

Es gibt tatsächlich Männer, die glauben, wir Frauen könnten diesen Job einfach so machen, ohne unseren Preis dafür zu bezahlen.

Aber wir kommen uns teuer zu stehen.

Monique hat mich mehr als einmal vor Unbedachtheit gewarnt.

»Sei vorsichtig«, hat sie zu mir gesagt, »wenn du eine wahre Worte über dich zu einem Mann verraten, auch wenn er scheint nett. Denn wenn es geht um Frau, dann Männer werden sehr gefährlich. Niemals du kannst wissen, was sie tun. Nie kannst du ahnen, wie abgrundtief ein Mann sein. Also nicht erzählen zu viel von dir und auf keinen Fall, wo du wohnen.«

Ich weiß, dass Monique recht hat.

Wer weiß besser als ich, wie gefährlich Männer sind?

Und ich habe nicht vor, die schönste Leiche im Park zu werden oder die Vorlage für *Totgefickte Nutte Teil 4* zu liefern. Aber manchmal verrate ich einem Kunden trotzdem meinen richtigen Namen, denn letztendlich ist es wahrscheinlich doch egal – denn wenn mir jemand wirklich Schaden zufügen will, dann schafft er das so oder so, ganz gleich, wie vorsichtig ich auch bin. Denn Verrückte sind ja bekanntlich geduldig genug, um tagelang beharrlich vor ein und derselben Tür hin und her zu schleichen, bis ihre ahnungslose Beute sich schließlich blicken lässt. Und diese Beute verfolgen sie dann, mit bedrohlich hallenden Schritten, nur um nahe genug an sie heranzukommen; um alles zu zerfetzen, was zerfetzt werden kann.

Jonas, ein Stammgast von mir, einer der ersten Männer, die ich im Passion kennengelernt habe, hat mir bei seinem dritten Besuch eine Dose Pfefferspray mitgebracht.

»Nur für alle Fälle«, hat er gesagt und mir über die Wange gestrichen. »Gib acht auf dich, Felia, versprich mir das. Du gehörst hier nicht her – vergiss das nie.«

Ich habe nichts dazu gesagt und ihn einfach zum Dank umarmt. Denn alle Männer lieben es, wenn ich meine bleichen Zombiearme um sie schlinge.

Und Jonas hat mir zugeflüstert: »Mit dir fühlt es sich an wie Liebe, nicht wie ein Geschäft. Mit dir vergesse ich, dass wir zwei Fremde in einem fremden Bett sind, umgeben von aufgebauschten Seidenkissen und den tickenden Zeigern der Uhr.«

Nach diesen Worten.

Wollte ich das schneeweiße Laken von dem Himmelbett reißen, es in grobe Streifen zerrupfen, ein langes Seil daraus knüpfen und mich anschließend damit direkt unter dem pompösen Kronleuchter erhängen.

Aus Neid. Auf ein Gefühl.
Das ich nicht annähernd begreifen kann.
Aus Angst. Bis zum letzten Tag alleine bleiben zu müssen.
Weil die Sehnsucht unaufhaltsam tobt.
Weil der Schmerz in mir brennt.
Und ich nicht weiß, ob er jemals aufhören wird.

Auf der Fahrt nach Schmargendorf kommen wir an meinem alten Kinderheim vorbei. Ich presse meine Stirn ganz fest an die kalte Scheibe, um das Haus besser sehen zu können: Es ist dunkel, in keinem einzigen der Fenster brennt Licht, aber ich weiß, dass hinter diesen gläsernen Scheiben Kinder und Jugendliche in ihren Bett liegen und darauf warten, ein Versprechen zu hören, an das sie glauben können.

»Ich wünsche euch Glück«, flüstere ich so leise, dass der Taxifahrer es nicht hören kann. »Ich wünsche euch eine Zukunft und dass ihr so viele Chancen bekommt, wie ihr braucht.«

Das Kinderheim verschwindet wieder aus meinem Blickfeld, und wir fahren weiter die Straße entlang, vorbei an den schönen Villen und Vorgärten. Schließlich biegen wir noch einmal ab, und dann sind wir auch schon da. Der Taxifahrer hält vor einem großen sandsteinfarbenen Haus mit einem weißen Gartenzaun. Nachdem er ohne mich wieder davongebraust ist, gehe ich langsam auf das große Gartentor zu. Es steht schon offen. Ich zögere einen Moment. Es ist bestimmt höflicher, trotzdem zu klingeln. Also drücke ich kurz auf den Knopf mit der Aufschrift »S.« und laufe dann weiter, über den mit Marmorsteinen ausgelegten Gartenweg bis hin zu der hell beleuchteten Villa. Hinter mir ertönt das leise Summen der Gartentoröffnung. Ich steige die sieben Treppen des Portals hinauf, klingele ein weiteres Mal bei S., und sofort ertönt ein erneutes Summen, das mir den Weg in die Eingangshalle öffnet.

Mit etwas wackligen Knien laufe ich die Treppen hinauf. Hoffentlich gefalle ich ihm, überlege ich unsicher und blicke mich um; unter meinen Füßen befindet sich purpurroter Teppich, an den Wänden hängen uralte Gemälde, das Treppengeländer glänzt frisch poliert, und auf jedem Stockwerk steht ein großer Topf mit einem hübschen Bonsai. Einige Schritte später bin ich schon fast im dritten Stock angelangt – während ich noch dabei bin, die letzten Stufen emporzusteigen, öffnet ein freundlich aussehender Mann bereits die Wohnungstür. Er hat kurzes, grauweißes Haar, ein warmes Lächeln im Gesicht und eine sportliche Figur. Seine Ausstrahlung ist das Erste, was mir an ihm auffällt. Er sieht so aus, als wäre er sehr zufrieden mit dem, was er in seinem Leben erreicht hat; er wirkt ausgeglichen.

Und er hat ganz bestimmt keine beste Freundin, die Ana heißt. Und mit Sicherheit auch keine Mia.

Ich beneide ihn darum.

Währenddessen reicht er mir höflich seine Hand.

»Hallo«, sagt er, »ich bin Thomas.«

»Freut mich, dich kennenzulernen«, antworte ich schüchtern. »Ich bin Felia.«

»Darf ich?«, fragt Thomas und nimmt mir kurz darauf meine Jacke ab.

Dann führt er mich in seine Wohnung, zeigt mir die geschmackvoll eingerichteten Zimmer und bietet mir einen Platz auf seinem überdimensionalen Sofa an, vor dem ein großer runder Glastisch steht.

»Möchtest du etwas zum Trinken haben?«, fragt er. »Ein Glas Sekt vielleicht, mit frischen Erdbeeren? Oder lieber Wasser oder Saft? Dasha hat mir gesagt, dass du keinen Alkohol trinkst.«

»Wasser wäre nett«, sage ich »vielen Dank.«

Im Passion versuchen die Mädchen ständig, mir irgendwelche Cocktails oder Wodka anzudrehen, aber ein Mensch, der so kaputt ist wie ich, der sollte sich lieber fernhalten von hochprozentigen Sachen und weißgepulvertem Glück.

Wenigstens so viel Verstand habe ich noch.

Thomas verschwindet einen Moment in der Küche und kommt kurz darauf mit einer Flasche Sekt, einer Karaffe Wasser und einer Glasschale voll dunkelroter, klein geschnittener Erdbeeren wieder. Ich sehe zu, wie er Sekt in sein Glas füllt und dann einige Erdbeeren hineingibt. Für mich bereitet er auch ein Schälchen zu – ohne Sekt, aber dafür mit Sahne.

»Danke«, sage ich.

»Keine Ursache«, erwidert Thomas, und wir stoßen an. »Auf dich, Felia, schön, dass du hier bist! Ich hoffe, du magst die Erdbeeren, ich habe sie extra gekauft, weil Dasha mir verraten hat, dass du sie gerne magst. Und da sie mir auch gleich noch dein Lieblingsparfum verraten hat, steht da ein kleines Päckchen für dich auf dem Tisch, das du nachher nicht vergessen darfst …«

»Das ist aber eine liebe Überraschung«, sage ich und streiche mir eine Haarsträhne aus dem Gesicht.

»Gern geschehen«, erwidert Thomas und schiebt mir die Schale mit den Erdbeeren hin. »Aber die beste Überraschung an diesem Abend bist du.«

Dann lächelt er mich an und hält mir eine Erdbeere an die Lippen.

Ich beiße hinein. Und warte auf Ana.

Ich warte auf ihre zischende Stimme, auf ihre kalte Hand, die mich fortreißt.

Aber alles ist ganz still.

Ich verharre und bin verwundert. Es ist fremd, auf einem Sofa zu sitzen ohne Ana und Mia. Einen Moment lang fühle ich mich überrumpelt und verloren, aber dann esse ich einfach ein paar von den Erdbeeren und trinke etwas Wasser dazu, als wäre ich ein zurechnungsfähiger Mensch.

Thomas ist noch viel netter, als ich ihn mir nach den Erzählungen der anderen Mädchen vorgestellt habe. Wir unterhalten uns lange, und er erzählt mir von seinem letzten Urlaub in Australien, dann zeigt er mir Bilder von seinen zwei kleinen schwarzen Katern und lässt mich anschließend noch in seinem riesigen Bücherregal herumstöbern.

»Nimm dir ruhig ein paar Bücher mit, wenn sie dir gefallen«, sagt Thomas. »Ich habe so viele, und die meisten lese ich sowieso kein zweites Mal.«

Er zieht einige Bücher aus den Fächern und drückt sie mir in die Hand.

»Die musst du unbedingt lesen«, meint er. »Ich gebe dir nachher eine Tüte, damit du sie besser tragen kannst.«

»Danke«, sage ich. »Vielen Dank.«

»Nicht dafür«, antwortet Thomas.

Dann setzen wir uns wieder auf das Sofa, und ich erzähle Thomas ein paar Wahrheiten von mir, sogar von dem Kinderheim, das gleich um die Ecke liegt. Er hört aufmerksam zu, und es ist ein schönes Gefühl, in die Kissen gekuschelt dazusitzen, ein paar Erdbeeren zu essen und sich mit ihm zu unterhalten.

»Bedien dich nur«, sagt er zwischendurch und schiebt mir die Schale mit den Erdbeeren hin.

Ana schweigt weiter.

Also nehme ich mir noch ein paar Erdbeeren.

»Hast du vielleicht Lust, mit mir in die Badewanne zu gehen?«, fragt Thomas schließlich.

»Ja, natürlich«, sage ich.

Doch mein Herz fängt an zu poltern. Denn das ist eine von diesen Lügen, die ich erzähle, weil sie zu meinem Schauspiel gehört. Weil ich Felia heiße. Felia. In Wahrheit schäme ich mich viel zu sehr dafür, einen Körper zu besitzen, einen so geschundenen, verletzlichen, dass schon allein der Gedanke daran, ihn in grellem Badezimmerlicht entblößen zu müssen, an blanken Horror grenzt.

Ein Examen in Selbstverachtung könnte ich, ohne einen Finger zu rühren, ohne mich dabei auch nur ein einziges Mal ansehen zu müssen, mit Bravour bestehen. Es ist fast schon Kunst, seinen eigenen Körper so weit weg von sich selbst in ein hässliches Licht zu stellen, um ihn anschließend mit Nichtachtung zu betrachten.

Doch Thomas führt mich in sein Badezimmer, und da verschwindet die Angst so schnell, wie sie gekommen ist. Denn das ganze Bad ist in schwaches, romantisches Licht getaucht, eine einzelne Bodenlampe wirft orangegelbes Licht auf den steingefliesten Boden, und eine Kerze steht auf der Spiegelablage. Die Badewanne ist groß und gefüllt mit einem duftenden und dampfenden Schaumbad.

Ich drehe mich zu Thomas um.

»Es ist so schön hier«, sage ich überrascht. »Und du hast ja alles schon vorbereitet.«

Da legt Thomas sanft einen Arm um meine Taille, streicht zärtlich über meinen Körper und beginnt vorsichtig, mich zu küssen. Es ist ein kleines Stück vom unbegrenzten Raum.

Und wenn das Leben eine Aneinanderreihung von Glückseligkeiten wäre, dann würde es wahrscheinlich so beginnen, und keiner würde daran zweifeln. Aber kein noch so schöner Moment wäre von Wert, wenn er umgeben wäre von nichts anderem als seinesgleichen. Denn wir wissen nie, wie leise es ist, bis jemand anfängt zu schreien.

Stille. Existiert nur im lauten Raum.

Thomas öffnet den Verschluss von meinem BH so sorgsam, als wäre ich ein kostbares Wesen. Kostbar. Dabei weiß ich nicht einmal, wie man das mit der passenden Betonung ausspricht. Anschließend reicht er mir eine Hand, um mir in die Badewanne zu helfen. Ich steige hinein und fühle, wie das warme Wasser sich um mich legt. Die Temperatur ist genau richtig, und fast vergesse ich, dass ich meinen Körper hasse, dass ich Felia heißen muss, um hier zu sein.

Ana wispert etwas.

Es geht unter und ertrinkt.

Der knisternde Schaum kitzelt mich am Hals, ich rutsche näher an Thomas heran, streichele ihn und beiße ihn beim Küssen zärtlich auf seine Unterlippe. Thomas lässt behutsam seine Hände über meine Beine gleiten, streift mit einem Naturschwamm meine Brüste und schließt entspannt seine Augen, während ich mit zaghaften Fingern über seine durchtrainierten Bauchmuskeln streiche und immer weiter hinunterwandere.

»Du fühlst dich so unglaublich gut an«, sagt er zu mir und zieht mich näher an sich heran. »Dein Körper ist wunderschön. Es tut weh, dich anzusehen, weißt du das eigentlich?«

Ich schüttele den Kopf, woher sollte ich so etwas auch wissen. Und wie könnte man es formulieren, dass ich es wirklich glauben kann?

Aber vielleicht.

Vielleicht werden meine Narben verblassen.

Und dann wird mich irgendwann jemand berühren, so ehrlich und mit so viel Bedacht, dass sich ein zarter Schutzfilm über meiner Haut ausbreitet und meinen Schaden begrenzt.

Den Schaden an mir.

Und an meinem fremden Körper.

Das warme Badewasser hüllt mich ein. Meine Gedanken sind klar, aber trotzdem weich und verträumt. Thomas streicht mit leichten Fingerspitzen über meine Beine, und irgendwann reicht er mir seine Hand, um mir aus der Badewanne zu helfen. Er wickelt mich in ein großes blaues Handtuch, in dem ich fast verschwinde, und führt mich in sein Schlafzimmer. Auf dem Bett ist ein weißes Laken ausgebreitet, samtiges Licht taucht den kleinen Raum in ein Meer von Geborgenheit.

»Möchtest du, dass ich dich ein bisschen massiere?«, fragt er.

Ich nicke und lege mich auf das Bett.

Kurz darauf spüre ich, wie Thomas warmes Mandelöl auf meinem Rücken verteilt. Seine Hände gleiten über meine Beine, meinen Rücken, meine Schultern, und für etwa neunzig

Sekunden fühle ich mich vollkommen. Nie zuvor war ich so nah bei mir selbst; nie zuvor war mein Körper so sehr ich.

Die Zeit spielt keine Rolle.

Sie kennt ihren ungeschminkten Lauf.

Thomas massiert mich und freut sich darüber, dass es mir gefällt. Dann legt er sich neben mich, wir streicheln und küssen uns, und seine Berührungen werden immer intensiver. Ich mag die Geräusche, die er leise von sich gibt, sie klingen unbefangen. Seinen Körper so dicht an meinem zu spüren erregt mich zwar nicht auf sexuelle Art und Weise, aber dennoch berührt er mich mehr als jeder Kunde zuvor. Er hält mich fest im Arm, während meine rechte Hand seinen Penis massiert, immer schneller und heftiger, wie sein Atem.

»Sieh mich an«, flüstert Thomas leise.

Ich lege meinen Kopf ganz nah an seinen, berühre mit kühlen Fingerspitzen sein Gesicht, und während er schließlich erschaudert und erzittert, sehe ich eine Schönheit in seinem Blick, die mich durchdringt, die schmerzt und wispert. So überwältigend, so stark, dass ich beinahe weinen muss.

Für einen langen Augenblick bleiben wir einfach nebeneinander liegen. Meine Gedanken sind still, sie kreisen in der Ferne über etwas, das ich selbst nicht sehen kann und von dem sie mir nicht erzählen. Ich frage nicht weiter nach. Stattdessen lausche ich auf den immer ruhiger werdenden Herzschlag von Thomas.

»Wollen wir noch ein paar Erdbeeren zusammen essen?«, fragt er schließlich.

»Gerne«, sage ich und rekele mich noch einmal auf dem Bett.

Anschließend gehen wir hinüber ins Wohnzimmer, und beim Anziehen unterhalten wir uns, als würden wir einander schon seit einer Ewigkeit kennen.

Kurz darauf sitzen wir wieder auf dem großen Sofa, Thomas schenkt mir Wasser nach und häuft einen kleinen Berg von Erdbeeren in mein Schälchen.

»Lilly«, raunt Ana aus einer Ecke hervor. »Lilly, was verdammt noch mal tust du da?«

Aber sie flüstert es leise, und ich höre kaum hin.

Eine Antwort bleibe ich ihr schuldig.

»Das Leben ist so schön«, sagt Thomas.

Dann lehnt er sich zu mir rüber und gibt mir einen Kuss auf die Wange.

Ich nicke wortlos.

»Und die Zeit mit dir war ganz besonders schön«, fügt er hinzu.

»Die Zeit mit dir auch«, sage ich.

Und das ist keine Lüge.

Zum Abschied drückt Thomas mir eine große Tragetasche mit einem Stapel Bücher in die Hand. Das Päckchen mit dem Parfum legt er ganz nach oben.

»Ich hoffe, die Bücher gefallen dir«, sagt er und schenkt mir ein warmes Lächeln. »Und würdest du mich eventuell wieder besuchen kommen?«

»Natürlich!«, antworte ich und streiche ihm über die Wange.

Da drückt Thomas mich noch einmal ganz fest an sich und ruft anschließend ein Taxi. Nachdem er mir meine Jacke um die Schultern gelegt hat, steckt er mir einen Umschlag mit dem Geld zu, und dann schiebt er mir noch einen Fünfzigeuroschein in die Hosentasche meiner Jeans.

»Bis bald«, sagt er schließlich und gibt mir einen Abschiedskuss.

»Ja, bis bald«, erwidere ich. »Schlaf gut.«

Thomas winkt mir zu, während ich die Treppen hinuntersteige, dann schließt er leise seine Wohnungstür.

Mein Herz schlägt leichter als sonst, es fühlt sich an, als wollte es lachen, aber wüsste nicht genau, wie laut und für wie lange.

Ich laufe durch den Vorgarten auf das Gartentor zu, atme dabei die frische Nachtluft ein und werfe noch einen letzten Blick auf die Villa, bevor ich die Straße betrete und in das wartende Taxi steige.

Ich sage dem Fahrer die Adresse vom Passion, schicke Marla eine SMS, dass alles okay ist und ich mich auf dem Rückweg befinde, dann lehne ich mich zurück und schließe die Augen.

Als ich sie wieder aufmache, funkeln um mich herum schon die bunten Lichter vom Ku'damm. Und da weiß ich: Ich bin bald zu Hause.

7

Es ist Barbietag. So nennen wir mittlerweile die Tage, an denen Barbie zu uns ins Passion gerauscht kommt und sich in unserem SM-Studio austobt. Im Moment wartet sie auf einen Kunden, der eigentlich schon von ein paar Minuten hätte da sein sollen. Also klackert Barbie mit ihren glänzenden, fünfundzwanzig Zentimeter hohen Lackabsätzen im Wohnzimmer herum und wirft alle zehn Sekunden einen genervten Blick auf ihre pinke Uhr.

»Dit macht der Arsch mit Absicht! Damit ick so richtig schön sauer werde. Da steht der ja voll druff, wenn ick ihn gleich am Anfang zur Schnecke mache, weil er sich vaspätet hat!«, schimpft Barbie kopfschüttelnd vor sich hin und nimmt einen Schluck von ihrem Kaffee. Dann klingelt ihr Telefon, und sie schafft es irgendwie, trotz der vier Zentimeter langen Fingernägel, auf den Annahmeknopf zu drücken. Dann schnauzt sie mit ihrer lustigen Piepsquakstimme drauflos: »Kannste mir ma erzähln, wat dit werden soll? Wir ham zwanzig Uhr ausjemacht. Dit is jetze sechs Minuten nach zwanzig Uhr! Menste etwa, dit macht ma Spaß, hier blöde rumzuhocken und uff dich zu warten, du kleene Mistkröte?! Menste echt, ick hab nüscht Besseret zu tun, Alter!«

Barbie grinst mich an, verdreht gespielt die Augen und lauscht einen Moment in ihr mit Glitzersteinchen besetztes Handy.

»So, so. Da stehste also schon unten. Und warum, bitte schön, klingelste denn nich? Biste zu hübsch, um uff 'n Knopp zu drücken? Oder kannste nich lesen, ey? ... Ick rede mit dir, du Schimpansenfresse! Wat schweigste mich denn an wie 'n Keks! Alter, willste ma jetz verarschen oder wat? ... Erzähl ma bloß nich, du hättst Schiss bekommen?! Globste etwa, deine Frau kreuzt hier zufällig uff oder wat? Menste, die steht hier vorm

Käfig und will ma ne Runde zukieken oder wat? ... Menste ick hab so viel Zeit wie Titten oder wat? ... Also ick sag dir jetzt ma wat. Du nimmst sofort deine schmierjen kleenen Dreckspfoten und drückst uff de Klingel, denn bewegste deinen mickrijen Arsch hier hoch, steckst der netten Hausdame 'n ordentlischet Trinkjeld zu und wartest uffm Boden kniend im SM-Raum uff mich. Haste dit begriffen? Deutlicher werd ick nämlich nich. Und ick bin och keene Repeattaste. Wo sind wa'n hier, bei Teletubbie Porno oder wat? Meine Fresse, so viel Schwanz haste nun echt nich, ditte det dir leisten kannst, ohne Hirn hier uffzukreuzen!«

Mit diesen Worten wirft Barbie schnaubend ihr Handy zurück in ihre weißgepelzte Handtasche und nimmt einen weiteren Schluck von ihrem mittlerweile garantiert erkalteten Kaffee.

Zwei Sekunden später klingelt es, und Marla steht lachend auf, um die Tür zu öffnen.

»Ich stecken ihn gleich in Käfig, wenn du mögst«, sagt sie zu Barbie.

»Prima!«, erwidert Barbie und geht ins Mädchenzimmer, um sich noch eine Extraschicht Make-up aufzutragen und um ihre gigantischen Lippen etwas roter zu pinseln.

Eines der Passion-Telefone klingelt, und da Marla dabei ist, Barbies Kunden wegzusperren, nehme ich ab.

»Ey, Mann, was kostet krasses Frau?«, fragt eine bescheuert klingende Stimme.

»200 Euro«, antworte ich. »Wenn du willst, dass krasses Frau kommen zu dir in schickes Limousine mit viel Goldkettchen um Hals.«

»Fuck, was soll das sein für Preis!«, schnauzt der Mann und legt auf.

Gleich darauf klingelt das Telefon ein zweites Mal.

»Ich will deinen Arsch haben«, sagt der nächste Anrufer.

»Kann ich auch kommen in deine Mund und dann gucken, wie viel ist?«, fragt der Übernächste.

»Was kostet deine Brust?«, der danach.

»Ich will eine Frau. Egal, was für eine«, nuschelt ein weiterer.

Dann kommt Marla wieder zurück ins Wohnzimmer. Ich drücke ihr erleichtert das Telefon in die Hand.

»Da sind heute nur Gestörte dran«, sage ich kopfschüttelnd.

»Ich wissen. Viele Männer sehr viel Idiot im Kopf«, sagt Marla und hält ihren Bauch. »Danke, dass du gegangen an Telefon, ich waren noch auf Toilette, Baby strampelt heute so doll!«

Es klingelt wieder, aber diesmal an der Tür. Dreimal kurz – das bedeutet ein Mädchen und kein Kunde. Der Lieferservice klingelt bei uns immer zweimal, und einige der Gäste laufen erst fünfzehn Mal vor der Tür hin und her oder fahren noch eine Runde Fahrstuhl, bevor sie sich überhaupt trauen zu klingeln.

»Ick mache uff«, ruft Barbie aus dem SM-Raum zu uns rüber. »Mein Jast kann warten, der bammelt eh grad nutzlos anner Decke.«

Kurz darauf kommt Valesca mit einer riesengroßen Schüssel Kartoffelsalat und einem Tablett voller Buletten zu uns herein.

»Heute ihr alle müsst ganz viel essen!«, sagt sie fröhlich.

»Konkurrenzbeseitigung«, meint Brittany und grinst. »Gib es zu, du willst, dass wir dick und fett werden!«

»Du mich durchschaut!«, sagt Valesca lachend und drückt Brittany einen Kuss auf die Wange und eine Bulette in die Hand.

»Da ist noch Senf im Kühlschrank«, sagt Minny und steht auf. »Warte, ich gehen holen.«

»Irgendwer hat einen Kiste Mandarinen im Kühlschrank gestopft, die du kannst auch mitbringen«, ruft Marla ihr nach.

»Und Wodka und Limetten!«, meint Brittany. »Ach ja – und Wasser für Lilly!«

»Ich nicht haben unendlich Arme, ich nicht Oktopus«, brüllt Minny zurück, und ich stehe auf, um ihr zu helfen.

»Kommt Slavenka heute eigentlich auch?«, frage ich an niemanden Bestimmtes gerichtet in die Runde.

»Nein. Aber ich dir soll sagen lieben Gruß«, erwidert Valesca und zieht die Frischhaltefolie von der Schüssel mit dem Kartoffelsalat. »Slavenka gar nicht mehr wird hier kommen. Sie jetzt arbeiten in Wedding in eine Massagesalon, da sie haben mehr Kunden, verdienen ungefähr 50 Euro am Tag, das ist viel Geld für Slavenka, ist besser für sie dort, hier waren zu wenig Gast.«

»Schade«, sage ich und bin ein bisschen traurig. »Grüßt du sie ganz lieb zurück, wenn ihr euch mal wieder seht?«

»Na klar, du süße Felia-Lilly!«, sagt Valesca und lächelt. »Aber jetzt du erst essen. Ist gut für dich. Sonst du noch fallen in ein Spalt zwischen die Fußbodenbretter.«

»Ja, das nix gut, wenn du sein nur Knochen«, stimmt Minny zu und stellt Brittany eine Flasche Wodka vor die Nase.

»Große Frauen brauche große Möpse!«, meint Brittany, während sie Teller und Besteck aus dem Regal holt und auf dem Tisch verteilt.

»Oder big lips«, fügt Valesca lachend hinzu.

»Oder eine Kopf voll Worte wie Lilly«, sagt Marla und zwinkert mir zu. »Sie nur braucht sagen ein paar Satz, und schon die Männer alle fallen in Liebe für sie.«

Die anderen Mädchen nicken zustimmend und lachen mir zu. Aber ich wollte nie einen Mann, der für mich fällt, egal wohin. Genauso wenig, wie ich je einen Mann wollte, der mich im zweiten Atemzug aus Mitleid liebt oder glaubt, er müsse mich bekehren. Da brauche ich eher einen Mann, der zu mir sagt: »Ich habe dich nie in der Rolle eines Opfers gesehen. Ganz egal, was an dir verbrochen wurde.«

Aber das ist eine andere Geschichte.

Und das hier ist kein Märchen.

Kurz darauf sitzen Brittany, Minny, Valesca, Marla und ich um den Tisch herum, trinken Bitter Lemon mit Wodka, in meinem Fall ohne, essen Kartoffelsalat mit Buletten und unterhalten uns dabei laut genug, um das Stöhnen aus dem SM-Raum zu übertönen. Ab und zu klingelt das Telefon, und Brittany säuselt mit einer zuckersüßen Honigstimme in den Hörer: »Hallo, jaaahh – die atemberaubenden Passiongirls warten schon auf dich ... komm vorbei und mach uns feucht, aahhh, miauuuu ...«

Hin und wieder kommt auch Barbie aus dem SM-Raum zu uns herübergeklackert und setzt sich eine Weile mit an den Tisch, um ein paar Buletten zu verdrücken und in Ruhe eine zu rauchen, bevor sie zurück zu ihrem Kunden stiefelt, um ihn als elenden »Wichsgnom« zu betiteln und dabei auszupeitschen.

Ich denke an die vergangenen Zeiten. Es ist erstaunlich, wie jung ich noch bin, obwohl ich das Gefühl habe, schon so viel durchgemacht zu haben. Am Leben zu sein ist für mich manchmal so unbegreiflich, dass ich hinaus auf die Straße gehen muss, um irgendwen nach der Uhrzeit zu fragen, nur um zu überprüfen, ob ich wirklich noch da bin und nicht träume. Denn es ist nicht allzu lange her, als ich felsenfest davon überzeugt war, niemals volljährig werden zu können: Wie verständnislos man an seinem achtzehnten Geburtstag in das helle Morgenlicht blinzeln kann, überrumpelt von diesem Hauptgewinn.

Ich war mir immer bewusst, dass der Tod direkt neben Ana und Mia steht, dass sie Hand in Hand einherkommen. Ich war sogar erleichtert, weil ich wusste, dass meine Ewigkeit ziemlich begrenzt sein würde. Obwohl ich auch nichts dagegen gehabt hätte, noch einmal ganz von vorne anzufangen.

Aber die Zeit läuft immer weiter, sie ist zu ausgebucht, um an den Anfang zurückzukehren oder einen Lebensabschnitt anders zu konzipieren.

Das ist der einfache Teil vom Leben und Tod.

Kompliziert wird es erst mit dem Satz: »Ich will nicht sterben und vor allem nicht so.«

Und noch komplizierter wird es, wenn man einige der dazugehörigen Folgesätze anhängt: »Ich will noch so viel erleben. Ich will Kinder kriegen. Ich will Schokolade essen. Ich will einmal sagen können: Ich liebe dich. Und ich will es ernst meinen.«

So viele Sätze, die mit »Ich will« anfangen.

So viele offene Wünsche.

Ich sollte intelligent genug sein, um mir in meine Augen sehen zu können und standzuhalten. Ich sollte Sachen zu mir sagen wie: »Ich werde leben. Ich werde aufhören zu verhungern. Ich werde mich mit Sorgfalt berühren. Ich werde keine Ana mehr sein. Und auch keine Mia. Ich werde jedem, der mich belächelt, weil ich Sex, Geld und Arbeit beliebig miteinander kombinieren kann und auch noch behaupte, ein Gehirn zu haben – ich werde jedem von denen beweisen, das ich kein Stück vom gefickten Kuchen bin.«

Aber ich sage es nicht.

Stattdessen verlasse ich den Tisch, an dem die anderen Passion-Mädchen in ihren verführerischen Dessous sitzen, gehe hinüber ins Mädchenzimmer und starre mich wortlos in der Spiegelwand an. Dann beiße ich mir auf die Lippen, bis ich Blut schmecke.

»Sag es. Sag es. Sag es nur einmal!«, denke ich verzweifelt. Aber ich schweige beharrlich.

Und niemand schweigt besser als ein missbrauchtes Kind.

Irgendwann kommt Brittany zu mir und wirft sich seufzend auf das Bett. Dann fängt sie an, im Sekundentakt Beschimpfungs-SMS mit ihrem Freund des Tages auszutauschen. Es piept und piept und piept. Und Brittany flucht wütend vor sich hin.

Nachdenklich verziehe ich mich in den Krisenbewältigungsteil meines ausgebrannten Zwischenhirns. Er ist defekt, so weit ich zurückdenken kann, aber dennoch ein Ort für interessante Ratschläge.

Platz eins auf der Rangliste der meist genutzten Hinweise: *Die ultimative Lösung für jede Art von Krise sind Kalorien. Natürlich keine Kalorien, die man zu sich nimmt, sondern die, auf die man verzichtet.*

Und da ich zurzeit unglaublich fett bin, mit einem so abstoßenden Gewicht von 44,2 Kilo, wird es sicher nicht schaden, wenn ich mich ein paar Wochen lang nur von Kiwis ernähre.

Meine aufmerksame und selbstlose Freundin Ana ist natürlich sofort zur Stelle, um mich zu unterstützen.

»Lilly«, flüstert sie mir verführerisch ins Ohr. »Komm, lass uns wieder so wunderschön leicht und frei sein wie damals mit 37 Kilo ... weißt du noch?«

Natürlich weiß ich das noch, ich erinnere mich an alle Tage mit Ana, es sind die schwächsten und isoliertesten, die ich je hatte. Doch zugleich sind es auch die stärksten und mächtigsten Tage, denn nichts will meine vergewaltigte Seele mehr als Kontrolle und Befehlsgewalt über diesen geschundenen Körper.

»Bis zum Ende ...«, raunt Ana und legt ihre Hand auf meine Taille, »... du hast es versprochen. Und ein Versprechen muss man halten.«

»Ja«, sage ich, »versprochen ist versprochen.«

Aber wenn ich demnächst tot umkippe und meine Eltern in meine Wohnung kommen, um meinen Nachlass zu sichten, was werden sie dann denken, wenn sie überall Kondome und einen Schuhkarton voll mit Geldscheinen finden?

Wenn ich den perfekten Abgang mit Ana hinlege, dann verreckt meine Seele hungrig. Wenn ich jetzt sterbe, dann habe ich ungefähr hundertmal umsonst gefickt.

Was für eine Verschwendung.

Meiner selbst.

Aber vielleicht habe ich Glück, und es gibt Varianten meiner Zukunft. Vielleicht gibt es eine bessere Version als die, in der ich viel zu früh, leichenblass und bewegungslos in einem Sarg unter der Erde verkomme. Ich könnte zum Beispiel fünfunddreißig Jahre alt werden, meine glänzenden langen Haare würden in der Sonne schimmern und in leichten Wellen über meine Schultern hinabfallen. Ich hätte Brüste und deshalb mindestens zehn BHs in meiner Kommode. Ich würde in einer großen und hellen Dachgeschosswohnung mit abgeschliffenem Parkettboden und exotischen Grünpflanzen wohnen. Jeden Morgen würde strahlendes Licht durch meine Fenster zu mir hereinfallen und mich wecken. Ich hätte eine wunderschöne Aussicht über Berlin, ich hätte einen Aufzug, der nie kaputt wäre. Oder ein Treppenhaus, vor dem ich keine Angst habe.

Mein Mann wäre alles das, was ich je wollte. Er würde mich lieben, obwohl er genau wüsste, wie viel Zeit ich noch immer damit verbringe, auf einer Waage hin und her zu trappeln. Er würde zu mir stehen, egal, wie viele Muffins ich in ihre Grundmoleküle zerkrümeln würde, egal, wie sehr ich den Kühlschrank hassen müsste, egal, wie hilflos ich nachts aus dem Bett und auf die kalten Badezimmerfliesen flüchten würde. Ob ich nun stundenlang Gemüse zerschnippeln, kalorienfreies Knäckebrot kaufen, auf dem Fensterbrett tanzen, oder ob ich gegen unsere Wände laufen würde – er hätte den Mut, mir zu sagen, dass ich trotzdem umwerfend sei und dass er auch noch da sein würde, wenn ich fertig damit bin, mich wegzuwerfen.

Er würde es mir verzeihen, wenn ich immer nur die Hälfte von dem essen könnte, was er für mich gekocht hätte. Er würde darüber hinwegsehen, dass ich ihm manchmal nur bedingt zuhören könnte, weil ich viel zu sehr damit beschäftigt wäre, mich mit Mia zu streiten oder Ana eine Rechtfertigung nach der nächsten zu geben.

Ich hätte meinen Traumberuf, ich hätte meinen Traummann, ich hätte mein Traumzuhause, und natürlich würden meine Eltern jeden Tag vorbeikommen, um mir zu sagen: »Wir lieben dich! Und wir sind so stolz auf dich!«

Vielleicht könnte Caitlin eines schönen Tages wieder auferstehen, und wir könnten nachts um drei bei mir in der Küche stehen und eine Torte mit rosafarbenem Zuckerguss und Marzipanblüten darauf backen. Ich wäre so glücklich, wie man nur sein kann, ich würde begreifen, dass es nicht wichtig ist, jede einzelne Rippe unter der Haut hervorstechen zu sehen.

Ich würde es irgendwann wagen, Ana mit einem Tritt vor meine Tür zu befördern und Mia gleich mit. Ich würde den beiden die Stirn bieten und jeden Tag einen winzigen Schritt weiter zu mir selbst und zu den schrecklichen Kilos kommen, die ein Recht darauf haben, Platz in dieser Welt einzunehmen.

Das bin ich.

In der lebendigen Version in etwas mehr als zehn Jahren.

Es sei denn, die andere Version behält recht.

Dann bin ich tot. Oder drogensüchtig oder dauerbesoffen oder immer noch eine Nutte.

Wie auch immer.

Heute Abend jedenfalls werde ich, wie an jedem anderen Abend auch, um drei Uhr nachts in mein Bett kippen, mit schmerzendem Kopf und leerem Magen. Dann werde ich in einen tiefen, traumlosen Komazustand fallen, aus dem mich am nächsten Morgen um zehn der Wecker reißt, damit ich mich auf den Weg ins Bordell machen kann. Wo ich, umgeben von halbnackten Mädchen und gut bezahlten Illusionen, meine Unschuld verdränge.

»Wie würdest du Verzweiflung beschreiben?«, fragt Chase, als er mich am nächsten Tag anruft.

»Keine Ahnung«, antworte ich. »Verzweiflung tritt bei mir chronisch und in mindestens hundert verschiedenen Abwandlungen auf. Vielleicht ist Verzweiflung die Sekunde, in der sich alles wendet und man begreift, dass nichts, aber auch gar nichts auf dieser Welt von Dauer sein kann. Dass alles irgendwann zerbricht oder zerfällt oder brennt oder verrostet. Aber ich glaube, meine größte Verzweiflung tritt auf, wenn ich darüber nachdenke, dass es wahrscheinlich keinen einzigen Ort auf der Welt gibt, an dem noch nie jemand etwas von Sex gehört hat.«

»Verzweiflung ist eine aussichtslose Situation, in der man seinen wahren Charakter erkennt«, meint Chase.

»Lady hat einmal gesagt, dass Verzweiflung blühendes Unkraut auf einer frisch gefickten Seele ist«, überlege ich.

»Hm«, erwidert Chase. »Das klingt gut. Oh, warte, ich weiß noch was: Verzweiflung ist, wenn man eine Gummipuppe mit gefühlsechtem Noppenkondom fickt.«

»Oder es ist der Raum in und um meine Begrenzungen«, sage ich.

»Also alles?«, fragt Chase.

»Es gibt immer eine Ausnahme«, erwidere ich.

»Ja, ich weiß«, sagt Chase. »Und ich kann dir jetzt übrigens sagen, was Koks ist.«

»Das Ende von einem glanzvollen Spiel mit zu viel Geld und fremden Freunden?«, frage ich.

»Nein«, erwidert Chase. »Koks erlaubt es dir, während eines Gesprächs die Zeit in deinem Kopf zu manipulieren, so dass du den perfekten Satz sagen kannst, bevor du ihn überhaupt gedacht oder verstanden hast.«

Einen Moment lang schweigen wir beide.

Es ist selten, dass Chase mit mir über Drogen redet.

»Verzweiflung ist in Ohnmacht fallen, ohne dass man umkippt«, sage ich schließlich.

»Verzweiflung ist Ohnmacht, bei klarem Verstand«, ergänzt Chase.

»Verzweiflung ist ein monotoner Klang, der immer lauter wird.«

»Verzweiflung ist eine endlose Rolltreppe, die man in die falsche Richtung entlangläuft.«

»Wir sehen uns bald, oder?«, frage ich dann.

»Ja klar, ich rufe dich an«, sagt Chase und legt auf.

Vielleicht ist die beste Art von Verzweiflung eine schlichte und oberflächliche geistige Entgleisung. Wenn man den Verstand verliert wegen einer Nichtigkeit, wie einem zu kleinen Hintern oder zu breiten Hüften. Wenn man heult, weil die spitzen Knochen von einer milchigen Haut umgeben sind, die einen aussehen lässt wie eine Wasserleiche.

In einem Bordell zu arbeiten könnte man umgangssprachlich wahrscheinlich auch als *verzweifelt bumsen* bezeichnen. Denn Geld zieht klare Grenzen. Prostituierte sagen nicht: »Baby, ich bin heute erfüllt von Herzenswärme, komm lass uns aus Liebe ficken!«

Und wenn ein Kunde sagt: »Ich bin zum allerersten Mal in einem Bordell. Du bist die Erste, die ich frage, ob wir es auch ohne Gummi machen können. Ich komme ab jetzt nur noch zu dir, du bist die Traumfrau meines Lebens. Und ich schwöre: Das da an meinem Finger ist kein Ehering!« Dann wissen wir alle, dass er lügt, schon in dem Moment, in dem er seinen dummen, dummen Mund öffnet, oder spätestens dann, wenn Brittany anschließend sagt: »Ich kenne den Kunden, der gerade bei dir war. Das ist so ein Idiot! Er wollte es ständig ohne Gummi machen und hat mich als Traumgirl seines Lebens bezeichnet. Perverser Spinner! Zwischendurch hat auch noch seine Frau angerufen, und er ist mit 'nem Steifen durchs Zimmer gehüpft, weil er unbedingt an sein Handy gehen musste.«

Kundenkenntnis. Erfahrung am Mann. Ich erkenne einen falschen Namen schon an dem Klang seiner Stimme oder an der Art, wie er seine Gesichtszüge kontrolliert. Und ich berühre niemals einen Ehering, auch wenn er noch so achtlos auf einem Finger steckt. Aber ich höre aufmerksam zu, wenn ein Mann die Wahrheit zu mir sagt. Und ich bin nachdenklich, wenn jemand sagt: »Schon alleine, um dich durch diese Tür kommen zu sehen, um dieses wundervolle Lächeln auf deinem Gesicht geschenkt zu bekommen – schon allein darum lohnt sich der Weg hierher. Aber wie schaffst du es nur, so viel Zärtlichkeit in eine einzige Berührung zu legen?«

Ich würde es gerne verraten.

Wenn ich es wüsste.

Aber ich weiß es nicht.

Woher auch.

Dafür weiß ich, dass Sex im Tausch gegen Geld ein knallhartes und hässliches Geschäft ist. Man wird zu einem Produkt, einer Ware, die gehandelt werden muss. Es wird aussortiert, retuschiert, reduziert, gekauft, getauscht und ausgetestet. Es gibt schmutzige Geschäfte, saubere Verhandlungen, gefälschte Pässe und wertlose Garantien. Es werden Kautionen hinterlegt, aber es wird keine Haftung für eventuelle Beschädigungen übernommen.

Gute Tage, schlechte Tage, durchschnittliche Tage.

Wie erfolgreich man einen Schwanz vor seine Probleme schieben kann. Und wie erfolglos man als Kind einen Schwanz von sich wegschieben kann.

Am Ende steckt er mittendrin.

8

Wie kommst du mit deinem Schreibkram voran?«, fragt Lady, und ich halte mein Handy etwas weiter von meinem Ohr weg, weil Lady immer gerne etwas lauter redet als nötig.

»Ich habe ungefähr zweihundert Seiten fertig«, antworte ich und wühle im Mädchenzimmer zwischen den Kleidungsstücken herum, um meinen Pullover zu finden.

Lady lacht.

»Was ist daran so lustig?«, will ich wissen.

»Na ja«, meint Lady, »du solltest vielleicht lieber aufhören zu schreiben. Sonst wird deine Autobiographie noch dicker als du.«

»Unglaublich witzig!«, brumme ich.

»Und außerdem verbrennst du beim Tippen einer Buchseite wahrscheinlich mehr Kalorien als du in einer ganzen Woche zu dir nimmst!«, schiebt Lady noch hinterher.

»Von mir aus!«, fauche ich genervt. »Dann schreibe ich halt nicht weiter!«

»Weißt du, Süße, du könntest auch einfach aufhören, als wandelnde Körperweltenausstellung durch die Gegend zu staksen, und anfangen, deine tägliche Kalorienzufuhr von 290 auf, sagen wir mal, 497 zu erhöhen«, meint Lady. »Was hältst du davon?«

»Dann passe ich nicht mehr in meine Jeans«, erwidert Ana an meiner Stelle.

»Dafür könntest du dir einen BH kaufen«, kontert Lady. »Weißt du noch, was das ist? Frauen tragen so etwas – für ihre Brüste. B-R-Ü-S-T-E, kannst du im Lexikon nachschlagen.«

Ana reißt mir das Telefon aus der Hand, drückt auf die Abbruchtaste und ist drauf und dran, mein Handy aus dem

Fenster zu schleudern. Aber ich bin rechtzeitig da und fange es ab. Dann wähle ich erneut Ladys Nummer.

»Entschuldigung«, sage ich, »die Verbindung war plötzlich weg.«

»So, so«, sagt Lady. »Einfach so.«

»Ja, genau so!«, sage ich.

»Lilly«, meint Lady schließlich, und ihre Stimme klingt besänftigend, »eines Tages wirst du wissen, dass Sex auch schön sein kann, vertrau mir. Aber es ist langsam an der Zeit, dass du aufhörst, deinen Körper in einen Glaskasten zu sperren und mit Verachtung zu strafen. Für immer kommst du nicht davon. Und du kannst auch nicht mit jedem Schwanz schlafen, nur weil er gerade in ein Kondom passt.«

Es ist kurz nach Mitternacht, und Monique, Marla und ich sind an diesem Abend die Einzigen, die noch im Passion sind; Minny und Valesca haben sich gerade auf den Weg in ihren Stammclub gemacht, Dasha hat einen Escort, und Brittany nimmt wieder einmal irgendeinen reichen Sack aus.

Monique hat eine riesengroße Schüssel voll Reissalat mitgebracht und erwartet nun von Marla und mir, dass wir die letzten Reste noch verputzen, bevor sie sich auf den Heimweg macht. Also sitzen wir alle drei im Wohnzimmer, essen Reissalat, hören Musik und warten auf Dashas Bestätigungsanruf. Der kommt kurze Zeit später, und zwar zeitgleich mit einem Klingeln an der Tür.

»Doch noch eine Kunde«, meint Monique mit einem Blick auf ihre Uhr.

»Nein«, erwidert Marla, die gerade wieder aus dem Begrüßungszimmer zu uns kommt, »sind zwei Kunden! Eine junge Ehepaar, sie wollen gerne für eine Stunde zu Felia und dazu eine Flasche Champagner.«

Monique sieht meinen Gesichtsausdruck, lacht lauthals drauflos und gießt sich noch mehr Wodka in ihr Glas.

»Unsere kleine Felia heute zum ersten Mal machen Sex mit eine Pärchen. Was für eine Abend! Erst der Typ bei mir, mit seine quietschgrüne Shorts, wo will anziehen meine Höschen, dabei ist viel zu klein für ihn, und jetzt Frau mit Mann für Felia. Ich noch trinken ein Glas, dann ich weg. Das reichen für heute.«

»Hast du Lust?«, fragt Marla.

Ich und Lust haben.

Lust.

Ein dämliches Wort. Es klingt nach grinsendem Sex oder bekifften Mädchen mit Pippi-Langstrumpf-Zöpfen.

»Du musst nicht machen, wenn du nicht mögen. Ich ihnen kann sagen, dass du nicht anbieten Service für Paare«, fügt Marla hinzu.

Aber ich bin groß und stark. Ich kann mit Männern ficken. Also kann ich auch mit Frauen ficken. Kombiniert mit ein bisschen Logik führt das zu dem Ergebnis, dass ich genauso gut mit Männern und Frauen gleichzeitig ficken kann.

Sex ist Mathematik.

Und Mathematik kann man begreifen.

Helena und John, wie sich die beiden vorstellen, sind unglaublich nett zu mir und behandeln mich von Anfang an, als würde ich ganz selbstverständlich zu ihnen gehören und nicht das fünfte Rad am Wagen oder irgendeine bezahlte Frau sein.

Die Haut von Helena ist samtweich und duftet nach Frühling. Da begreife ich zum ersten Mal in meinem Leben, warum ein Mann voll Sehnsucht seine Hände nach einer Frau ausstrecken kann. Die sexuelle Spannung, die zwischen den beiden liegt, ist so elektrisierend, dass ich mich fast schon mitreißen lasse. Es ist mir fremd, mit anzusehen, wie eine Frau so offensichtlich und leidenschaftlich Spaß am Sex haben kann, wie sie loslassen kann, wie sie sich hingibt.

Während Helena zum Orgasmus kommt, schließt sie ihre zarten, schlanken Finger ganz fest um meine, und ihr leises Seufzen dringt dicht an mein Ohr.

Es ist wunderschön. Und schrecklich traurig.

Denn ich werde nie eine Helena sein.

Sex ist ein Spiel für Gewinner. Und ich habe mit sechs Jahren meinen Einsatz verloren.

Seitdem ist Sex eine Dienstleistung. Ein Dienst, den ich leiste, um zu verstehen. Und so wird es immer sein, solange ich dieses aufgesetzte, starre Trugbild meiner selbst bin und solange ich die Kleider trage, die Ana für mich geschneidert hat.

9

Am nächsten Tag werde ich erst kurz nach 16.00 Uhr wach. Mit müden Augen stehe ich auf, falle in Ohnmacht, stehe wieder auf, falle noch einmal in Ohnmacht, stehe wieder auf und gehe ins Bad.

Ich kann mich nicht mehr daran erinnern, was für ein Wochentag gerade ist. Die Zeit spielt ihre Streiche mit mir, weil Ana ihr meine Schwächen verraten hat und weil ich meine Finger nicht von den Rasierklingen lassen kann.

Die Nacht ist blind und mein Kopf voll blutroter Farben.

Der Tag ist dunkel und mein Verstand ein verlorenes Schlachtfeld.

Aber ich gehe trotzdem ins Passion. Denn ich bin nicht hier, um zu heulen. Ich bin hier, um zu lächeln. Jeden Tag.

Egal, wie viele Schwänze ich lutsche.

Meine Haare sind nass von einem leichten Nieselregen, und da es im selben Augenblick, in dem ich das Passion betrete, anfängt, an der Tür zu klingeln, schlüpfe ich schnell aus meiner Jeans und ziehe mir ein trägerloses violettes Kleid an, in dem ich aussehe wie Victoria Beckham zu Spice Girls' Zeiten – jedenfalls hat das irgendein besoffener Kunde einmal zu mir gesagt.

Aber was Männer sagen. Wer glaubt das schon.

Nachdem ich mich bei allen drei Kunden, die gerade gekommen sind, vorgestellt habe, lege ich mich neben Minny auf das Bett im Mädchenzimmer und höre zu, wie sie ein bulgarisches Lied vor sich hin singt.

Kurz darauf ruft Marla: »Felia, Zimmer drei für dich. Brittany, Zimmer vier für dich, und er will haben eine Flasche Dom Pérignon. Der Idiot in Zimmer zwei sagt, er müssen noch denken nach, aber er nicht aussehen, als würden sein Gehirn ihm dabei helfen.«

Brittany lacht, schnappt sich ein Tablett und geht zum Regal, um sich zwei Gläser zu holen, und ich husche noch schnell ins Bad, um mich frisch zu machen, und dann weiter zum Zimmer drei. Der Mann, der dort auf mich wartet, ist sehr jung, höchstens Ende zwanzig, er sieht gut aus, mit kurzen dunkelbraunen Haaren und muskulösen Armen. Er lächelt mich charmant an und fragt, ob ich Lust habe, eine Stunde bei ihm zu bleiben.

»Natürlich«, sage ich.

Ich verrate ihm nicht, dass ich lieber eine braunweiße Ente wäre, die auf einem stillen See hin und her schwimmt oder sich treiben lässt von sanften Wellen.

Denn niemand möchte so etwas hören.

Nachdem ich das Geld bei Marla abgegeben und mir ein Laken geholt habe, gehe ich zurück zu dem Mann ins Zimmer.

Einen Raum betreten.

Das kann ich.

Auch wenn ich weiß, dass ich dort gleich Sex haben werde.

Ich könnte mich umdrehen. Und das Weite suchen.

Versprich mir, dass ich das könnte!

Versprich es mir, Ana. Versprich es mir, Mia.

Und du, Lilly. Versprichst du es mir auch?

Denn wenn nicht – verkaufe ich mich vergeblich.

»Wie heißt du?«, frage ich, um meine Gedanken zu übertönen.

»Max«, sagt der Mann und legt seine großen Hände um meine Taille.

Dann küsst er mich, und es kribbelt in meinem Bauch. Er riecht sexy, das macht es leichter, aber es bedeutet nichts. Ich streife ihm das Shirt über den Kopf, sein Penis wird hart, ich spüre, wie er durch seine Hose hindurch gegen meinen Körper drückt. Geschickt öffne ich seine Knöpfe, ziehe ihm die Hose aus und presse mich so fest an ihn, dass sein Atem immer heftiger wird. Er hebt mich hoch, legt mich auf das weiche Bett, und wenig später fühle ich auch schon seinen kräftigen Körper auf mir.

Während wir uns küssen, angele ich gekonnt nach einem Kondom, ziehe es ihm professionell mit einer Hand und geschlossenen Augen über, und dann ist er auf einmal in mir.

Seltsam – wie gleichgültig und dennoch gültig etwas sein kann. Gekaufter Sex zählt nicht, er wird niemals zählen.

Aber trotzdem ist er da.

»Du bist wunderschön«, flüstert Max mir ins Ohr.

Er küsst mich, so zärtlich, dass ich meine Augenlider noch fester zusammenpresse. Denn mit geschlossenen Augen ist es leichter, weit weg zu sein; nicht dabei sein zu müssen, davonzudriften. Und dann hört Max mittendrin einfach auf und legt sich neben mich. Sein rechter Arm ruht auf meiner Schulter, und seine Hand streicht sanft über meine weiße Haut.

»Was machst du, wenn du nicht hier bist?«, fragt er.

Ich überlege einen Moment lang, ob ich ihm erzählen soll, dass ich Biologiestudentin bin und jedes Wochenende auf meinem schwarzen Pony »Lucky« durch den Grunewald reite und nichts lieber mache, als gemeinsam mit meinen besten Freundinnen Klara und Natalie chinesisches Essen zu kochen. Aber wenn man den ganzen Tag über irgendwelche Lügen erzählt, ist die Wahrheit manchmal genauso absurd. Also kann man sie auch ruhig verraten.

Ich erzähle Max von den Kindern, mit denen ich immer noch ab und zu arbeite, und vom Schreiben und davon, wie es sich anfühlt, umgeben von rauschenden Wörtern vor einem Laptop gefangen zu sein, und zu schreiben und zu schreiben, ohne aufzublicken, ohne zu merken, wie die Zeit dahinrast, wie es dunkel wird und dunkler, und dann wieder hell. Wie es ist, wenn nichts anderes auf der Welt einem so wichtig erscheint, wie die richtigen Worte zu finden, um ein Gefühl zu malen, ein Bild zu schreiben, einen Ausdruck so laut oder leise zu formulieren, dass er genauso zwischen den Zeilen hervortritt, dass er dort gehört wird, wo er bleiben möchte. Wie es ist, von Hoffnung zu erzählen, ohne dabei nach verflossenen Liebschaften zu klingen, einen Sonnenuntergang nicht mit den Farben Orange und Rot zu beschreiben, eine Träne nicht einfach nur salzig sein zu lassen und einen Augenblick, der nie wieder kommen wird, so zu umfassen, dass man ihn für immer sehen kann, auch wenn er gar nicht stattgefunden hat.

Max sieht mich an, als wäre ich ein andauerndes Wunder.

Ein Wunder. Ich.

Und von Dauer.

Was für ein herrlicher Witz.

»Meine Süße«, hat Lady einmal zu mir gesagt, als ich mit einem Verband um den Arm bei ihr zu Hause zum Kaffeetrinken ohne Kuchenessen aufgetaucht bin. »Meine Süße, sei verdammt noch mal gut zu dir. Du kannst dir nicht aussuchen, wie andere Menschen dich behandeln; aber wie du selbst mit dir umgehst, das liegt nur in deinen Händen. Also vermassele es ja nicht.«

Wenn ein Fremder dich ansieht. So als müsstest du es besser wissen, als du es weißt. Dann erinnerst du dich an solche Sätze. Und daran, wie wichtig es ist, ihre Bedeutung zu kennen.

»Felia, Lilly. Oder wer auch immer du bist«, sagt Max schließlich, »du gehörst nicht hierher. Und ich bin bestimmt nicht der Erste, der dir das sagt. Ich hätte dich so gerne woanders getroffen und auf eine andere Art kennengelernt. Denn neben dir fühle ich mich wie ein neuer Mensch, dein Lächeln, deine funkelnden Augen, ich weiß gar nicht, was du da gerade mit mir anstellst. Ich würde so gerne für immer bei dir bleiben.«

Max ist süß. Unglaublich süß. Und wenn *für immer* dreieinhalb Minuten wären, dann würde es vielleicht reichen. Aber Max trägt einen Ehering, und ich bin nicht auf der Suche nach einem Mann. Ich hätte Max nichts zu geben, außerhalb dieser Rolle würde ich ihn nur enttäuschen.

Die Zeit mit ihm ist trotzdem schön, ich genieße es, bei ihm zu liegen, seiner ruhigen Stimme zu lauschen, einfach da zu sein und keinen Sex haben zu müssen.

Irgendwann geht schließlich die Musik aus, das Zeichen für mich, dass eine Stunde vorüber ist.

»Bleibst du noch länger bei mir?«, fragt Max.

Ich nicke und gebe ihm einen Kuss. Als Entschädigung. Denn irgendwie fühle ich mich schlecht, weil Max mich dafür bezahlen muss, dass ich mich nur mit ihm unterhalte. Ich will ihn nicht ausnutzen, ich habe ihm ja nicht einmal einen Orgasmus bereitet. Aber Max scheint das nicht zu stören.

»Du bist etwas Besonderes«, sagt er, »das ist es mir wert.«

Er streicht mir eine verirrte Haarsträhne aus dem Gesicht, und seine Augen leuchten dabei. Da klopft es zögerlich an der Tür.

»Felia?«, ruft Marla leise.

»Alles okay«, rufe ich zurück, »wir bleiben noch eine Stunde länger.«

»Okay«, sagt Marla, und ich höre, wie ihre Schritte sich entfernen.

Aber kurz darauf kommen die Schritte wieder, und es klopft erneut.

»Wirklich alles okay bei dir?«, fragt Marla unsicher.

»Ja, danke, Marla«, rufe ich. »Es ist alles in Ordnung, ich komme gleich raus.«

»Lassen dir Zeit, ich nur lieber fragen wollten noch mal«, sagt Marla und dann höre ich, wie sie sich in Richtung Wohnzimmer entfernt.

Max drückt mir lächelnd das Geld in die Hand.

»Geh am besten erst mal zu deiner Freundin, damit sie sich keine Sorgen mehr machen muss. Sonst denkt sie noch, ich sei ein gefährlicher Killer«, sagt er.

Also schlüpfe ich schnell in einen Bademantel und laufe dann durch die langen Flure des Passion, vorbei an dem Begrüßungszimmer mit dem riesigen Kronleuchter, den Gang am Mädchenzimmer entlang und um den ständig brummenden Kaffeeautomaten herum bis hin zum Wohnzimmer, wo Marla schon auf mich wartet.

»Danke«, sage ich zu ihr, »du bist ein Schatz.«

Marla legt die Zeitschrift, in der sie gerade blättert, zur Seite, steht auf und nimmt mich für einen kurzen Moment in den Arm.

»Nicht alle Männer gut, Lilly«, sagt sie dann. »Diese Mann neu hier, ich ihn noch nie gesehen. Deshalb ich unsicher und dich nachfragen. Aber du sehen glücklich aus, er also nett zu dir?«

»Ja«, sage ich, »sehr nett.«

Dann gebe ich Marla das Geld und gehe wieder zurück in mein Zimmer. Die zweite Stunde vergeht noch schneller als die erste. Aber jede Stunde, in der ich keinen Sex habe, vergeht schneller als eine, in der ich Sex habe.

Das ist meine Version der Relativitätstheorie.

Max erzählt mir von seinem geplanten Urlaub und von Köln, seiner Heimatstadt, in der er bis vor kurzem noch gelebt hat. Dann küsst er mich ein letztes Mal, seine Zärtlichkeit berührt keinen Teil von mir, aber ich suche trotzdem nach der passenden Beschreibung für einen Kuss, der sich schön anfühlt, und gleichzeitig so belanglos ist, dass er gar nicht zählt.

Wie ein raumloses Echo.

Ein stummer Nachhall.

Bevor er geht, gibt Max mir noch hundert Euro Trinkgeld. Ich schüttele den Kopf und will das Geld nicht annehmen, aber er besteht darauf.

»Deine Telefonnummer kannst du mir nicht geben, oder?«, fragt er zum Abschied.

»Es tut mir leid …«, fange ich an zu erklären.

»Schon gut, ich verstehe das«, unterbricht Max mich und zuckt mit den Schultern.

»Aber es war wirklich sehr schön mit dir«, sage ich und umarme ihn.

»Ja, das war es«, flüstert Max. »Alles Gute, Lilly, ich werde dich nie vergessen.«

Ich hätte lügen können. Ich hätte sagen können: »Ich dich auch nicht«.

Aber die Wahrheit ist: Wenn ich ihm eine Woche später auf der Straße begegnet wäre, dann hätte ich ihn höchstwahrscheinlich nicht einmal erkannt.

Ich will keine Herzen brechen. Bestimmt nicht. Und ich habe nicht vor, mich je wieder in eine Beziehung zu stürzen, solange ich nicht etwas über mich weiß, das ich mit unbeschwerten Worten aussprechen kann, ohne dabei zu Boden blicken zu müssen und ohne anschließend zehn Lügen anhängen zu wollen.

Zurzeit habe ich viele weiche Momente, sie streifen mich wie ein verspielter Windzug, sie zerzausen meine Haare und streicheln freundlich über meine Wangen. Solche Tage hatte ich das letzte Mal als Kind, ich erinnere mich nicht mehr daran, aber ich weiß, dass es so sein muss, denn das Gefühl kommt mir bekannt vor.

Dann plötzlich, von einer Sekunde auf die nächste, wechselt meine Stimmung wieder zurück in den Keller. In *diesen einen* Keller. Nicht in irgendeinen.

Die Schwankungen sind so überraschend, so extrem, dass ich mit meinen Empfindungen gar nicht hinterherkomme. Wie in einem schlecht geschnittenen Film stolpere ich von zuversichtlich und einigermaßen ruhig in ein großes dunkles Loch, das mich komischerweise blendet, bis meine Augen anfangen zu jucken, und schon stehe ich vor einer grünen Ampel und warte darauf, dass sie auf Rot umschaltet, damit ich loslaufen kann. Mitten hinein in den Gegenverkehr. Oder Oralverkehr. Und Spermastau.

Manchmal habe ich leise Gefühle, dann ist alles okay, nicht schön, aber auch nicht schrecklich. Es ist auf jeden Fall besser, als auf dem offenen Meer zu treiben und von dem Hoch und Runter seiner eigenen Stimmungen seekrank zu werden.

Den Menschen, die mir nahe sind, würde ich wirklich gerne erklären, wie es ist, ich zu sein. Nicht als Entschuldigung, einfach nur, damit sie verstehen, was nicht einmal ich verstehen kann. Aber Chase und Lady sind die Einzigen, die mich mitsamt den Falltüren in meinem Gehirn kennen. Und Caitlin war die Einzige, die mir in die Augen sehen konnte und dann Sachen über mich wusste, die ich ihr nie erzählen konnte. Sie hat mir die Antworten gegeben, auf Fragen, die ich ihr nie gestellt habe, und sie hat schweigend neben mir auf dem Teufelsberg gesessen und trotzdem alles gesagt, was ich hören wollte. Jetzt schwimmen eine Holzente und ein bunter Gummiball auf ihrem Grab, und ich bin alleine.

Man sollte meinen, mit der Zeit wird alles leichter, aber ich warte immer noch darauf, dass Caitlin eines Tages vor meiner Tür steht und sagt: »Hey, Lilly, war nur ’n Witz, ich bin gar nicht tot! Komm, lass uns runter zum See gehen.«

Gott, ich würde ihre Hand nehmen und mich mitziehen lassen.

Ich würde ihr überallhin folgen.

An einsamen Tagen rolle ich mich unter einem Laken zusammen und kuschele mich an den großen zotteligen Bären, den irgendein namenloses Mädchen einmal im Passion gelassen hat. Mit dem Bären im Arm presse ich meine Augenlider so fest zusammen, wie ich nur kann. Ich weiß, es ist ein ebenso verzweifelter wie sinnloser Glaube, dass ich es auf diese Art schaffen könnte, mich selbst auszublenden.

Aber ich versuche es doch.

Immer wieder.

10

Heute ist Samstag, ich sitze mit Dasha und Valesca am Wohnzimmertisch und spiele »Zug um Zug«, als mein Handy klingelt. Es ist Lady.

»Hast du Lust, heute mit mir abendessen zu gehen?«, fragt sie und überspringt damit die Begrüßung.

Ich zögere einige Sekunden. Essen ist so anstrengend.

»Meine Fresse, Lilly!«, faucht Lady. »Das sagt man halt so. Ich versuche gerade, mir vorzustellen, dass ich mit einem geistig zurechnungsfähigen Menschen kommuniziere, könntest du mich wenigstens ein kleines bisschen dabei unterstützen? Du kannst dir von mir aus gerne einen Teller Salat bestellen, ohne Dressing, nur mit Essig und ohne Öl! Du kannst deine Tomaten zu Soße vermatschen, eine dreiviertel Gurkenscheibe, einen halben Zwiebelring und drei Maiskörner essen. Das ist mir alles scheißegal! Wenn ich mir so viele Gedanken übers Essen und Nichtessen machen würde wie du, dann bräuchte ich ein wesentlich größeres Gehirn und mehr Zeit, als ich je haben werde.«

»Okay«, sage ich, »ist ja schon gut, du brauchst nicht so zu schreien, in einer Stunde mache ich hier Schluss.«

»Gut«, sagt Lady, »dann hole ich dich in einer Stunde ab. Und das vorhin war gelogen, ich will, dass du wenigstens zwei kleine Tapas-Teller voll mit Hackfleischbällchen, frittierten Fischen oder diesen Tintenfischkringeln verputzt. Und JA, ich weiß: Du willst keinen Fisch, du willst das ganze Meer! Aber du kommst trotzdem mit. Bis gleich!«

Sie legt auf, bevor ich ihr widersprechen kann. Also baue ich noch schnell meine letzte Zugstrecke zu Ende und stelle mich anschließend vor den Spiegel im Mädchenzimmer, wo ich meinen Bauch einziehe, bis meine Rippen anfangen zu schmerzen, während ich mir nebenbei lautlos alle gebumsten Kunden dieser Woche aufzähle, an die ich mich noch erinnern kann.

Dann stürzt Brittany ins Mädchenzimmer und reißt mich aus dem jämmerlichen Versuch, meine geschundene Seele mit Kalorienentzug und Fehlficks zu heilen, indem sie mir von ihrem neusten Verlobten erzählt.

Anderthalb Stunden später sitzen Lady und ich in dem spanischen Restaurant, in dem mindestens drei von ihren Ex-Freunden arbeiten, die sich alle darum reißen, uns zu bedienen, und Lady jeden Wunsch von den Lippen ablesen. Lady ordert die Tapasplatte für zwei Personen. Ich werfe ihr einen bösen Blick zu, aber Lady ignoriert so ziemlich alles, was sie gerade nicht sehen will, und zündet sich stattdessen zwei Zigaretten an. Das macht sie meistens; eine lässt sie dann einfach so verglühen, während sie die andere Zigarette mit der Grazie einer großen Filmdiva an ihre Lippen setzt.

»So rauche ich nur halb so viel«, hat sie mir einmal erklärt. Keine Ahnung, ob ich ihr das glauben soll, aber wahrscheinlich ist es egal, denn wenn Lady an etwas glaubt, dann zählt das sowieso für zwei Personen.

»Prinzessin«, sagt Lady jetzt und schiebt mir schon mal den Brotkorb vor die Nase, »ich weiß, du hast heute mindestens fünf Minuten lang vor dem Spiegel gestanden und überlegt, ob du dünn und hübsch genug bist, um etwas essen zu dürfen. Ich kann dir jetzt zehn Mal versichern, dass du wunderschön und viel zu dünn bist. Was nützt dir das, wenn du es nicht verstehen willst. Aber eines sage ich dir: Schönheit ist das, was wir sehen, wenn wir aufhören, nach etwas zu suchen, das schöner ist. Also nimm dir gefälligst ein verdammtes Stück Brot! Du kannst ja versuchen, um die Kalorien herumzuessen oder so.«

Ich seufze. Durchschaut zu werden ist ein Kompliment und ein tödlicher Beweis zugleich.

Der Duft der Tapasplatte erinnert mich an einen verregneten

Strandspaziergang mit meiner Mutter am Meer. Ich war noch ein Kind damals, und meine Mutter hat gelächelt. Ihre Gesichtszüge überschwemmen meine Erinnerungen und kommen näher und näher. Mein Gehirn macht mir so langsam ernsthaft zu schaffen.

Meine Mutter fehlt mir.

Das macht mir noch viel mehr zu schaffen.

Denn ich frage mich, warum ich sie so sehr liebe, dass es weh tut. Warum ich süchtig nach ihr bin, sehnsüchtig, obwohl sie herausragend darin ist, mich immer wieder aufs Neue zu verletzen.

Aber Lady schiebt den Brotkorb so nah an mich heran, dass er gegen meine Brüste stoßen würde, wenn ich noch welche hätte, und reißt mich aus meinen Gedanken. Dann pustet sie mir eine kleine Rauchwolke entgegen, die aussieht wie ein Wolf. Ein Werwolf. Ich habe Angst.

Nicht vor dem Wolf.

Vor dem Tapasteller. Und dem Brot.

Doch an diesem Abend esse ich trotzdem etwas. Nicht viel, aber mehr als sonst. Für Lady, weil sie meine beste Freundin ist. Genau wie Caitlin, die nicht mehr ist.

Und während ich an meinem Wasser nippe, während ich angestrengt kaue, dabei jeden einzelnen Bissen zähle, weil das Sicherheit gibt und Macht, da fragt Lady mich ganz gelassen, wie das eigentlich so gewesen sei, zu sterben.

»Keine Ahnung«, sage ich. »Ich lebe ja noch.«

»Was du nicht sagst«, meint Lady und bläst mir noch einen Werwolf ins Gesicht.

»Ich kann dir sagen, wie es kurz vor dem Faststerben ist«, erwidere ich.

»Na, dann schieß mal los«, sagt Lady und lehnt sich gespannt zurück.

Ich denke nach und versuche mich zu erinnern. Es heißt, kurz bevor man stirbt, sieht man die wichtigsten Dinge, die man erlebt hat, noch einmal im Schnelldurchlauf; in einer einzigen

Sekunde kommt so viel Zeit zurück, dass ein einziges Blinzeln ausreichen würde, um alles zu verpassen.

Aber als ich siebzehn Jahre alt war und mein Magen fast kollabiert wäre wegen all der Tabletten, in diesem Moment sind nur Bilder von einem einzigen Augenblick meines Lebens in mir heraufgeschossen. Ich habe an das Sommercamp an der Ostsee gedacht. Ich war elf Jahre alt damals und zusammen mit Caitlin dort. Wir beide sind als Kinder jedes Jahr in den Oster- und Sommerurlauben zusammen ins Ferienlager gefahren, aber in jenem Jahr war es etwas Besonderes, denn unsere Freundschaft war noch intensiver als je zuvor. Vielleicht weil wir beide einsamer waren, als wir uns eingestehen wollten.

Nacht für Nacht habe ich mich aus dem Camp geschlichen, unten am Meer gesessen, dem Rauschen gelauscht und überlegt, ob ich einfach losschwimmen sollte, so weit hinaus, dass ich nie wieder zurückkehren könnte. Aber stattdessen habe ich meinen Eltern jeden Tag zwei Briefe geschrieben, in denen stand, wie sehr ich sie lieben und vermissen würde und dass ich mir schrecklich wünschen würde, dass sie mich ebenfalls ein bisschen lieben und vermissen könnten. Natürlich habe ich die Briefe nicht abgeschickt und natürlich war ich wütend auf mich, weil ich so einen gefühlsduseligen Blödsinn geschrieben habe.

Caitlin hat währenddessen jeden Tag geweint. Weil ihre Mutter ihr gleich am zweiten Tag eine Postkarte geschickt hatte, in der stand: *Caitlin, meine Liebe, es tut mir wirklich leid, Dir das per Post zukommen zu lassen – aber ich dachte, Du solltest es besser gleich wissen: Dein Vater und ich, wir lassen uns scheiden!*

»Eine Postkarte!«, hat Caitlin geschnieft. »Sie schicken mich ins Ferienlager und schreiben mir dann eine bekloppte Postkarte?! Mit einem dämlichen Hund drauf? Wer macht so etwas, Lilly? Ein Hund? Ich bin allergisch gegen Hunde. Ich hasse Hunde! Wozu gibt es Postkarten mit Hunden drauf? Hätte sie nicht wenigstens einen Brief schreiben können? Was ist nur los mit der Welt? Lilly! Ich werde nach Hause kommen, und nichts wird mehr sein, wie es einmal war.«

Caitlin, meine beste Freundin, mein größtes Glück, mein zärtlichster Teil. Und ich habe neben ihr gesessen, sie fest im Arm gehalten und gehofft, dass ihr Schmerz sich verflüchtigt.

Aber flüchtende Schmerzen.

Verstecken sich meistens in einem Kopf.

Am vorletzten Abend bekam Caitlin eine weitere Postkarte von ihrer Mutter, diesmal eine mit einem Eichhörnchen darauf.

»Was hat sie geschrieben?«, habe ich Caitlin gefragt, die vor unserer Camphütte saß und dabei war, eine Blume in Einzelteile zu zerrupfen.

»Ich muss bei meinem Vater wohnen«, hat Caitlin gemurmelt.

Da habe ich mich neben Caitlin auf die Stufen sinken lassen und sie an mich gezogen. Ihre Haut war eiskalt, obwohl die Abendluft noch warm war, und ich erinnere mich, wie verloren sie mir in diesem Augenblick vorkam. Caitlins Vater war oberflächlich betrachtet eigentlich ganz nett, aber abgesehen davon die Sorte Vater, die nie lächelt oder lobt oder anerkennt, sondern immer irgendetwas auszusetzen hat und eine klare Vorstellung davon besitzt, was aus dem eigenen Kind einmal zu werden hat. Er hat sich immer durchgesetzt, egal mit welchen Mitteln, und Caitlin hatte schon als kleines Kind ständig blaue Flecke. Ihre Mutter hatte ihn vor allem wegen seines Geldes geheiratet, und davon hatte sie, wie es nun schien, mittlerweile selbst genug.

»Bald sind wir volljährig«, habe ich schließlich gesagt. »Dann können wir ausziehen, ganz weit weg, irgendwohin, wo es keine Eltern gibt.«

Caitlin hat ihren Kopf an meine Schulter gelehnt und etwas gemurmelt. Ich habe kein Wort verstanden, aber ich habe mich auch nicht getraut nachzufragen.

Spät in der Nacht fahren Lady und ich zusammen in ihrem Auto nach Hause. Lady baut eine ganze Ansammlung von seltsamen Umwegen ein, aber irgendwann kommen wir schließlich doch noch vor meiner Haustür zum Stehen.

Bevor ich aussteigen kann, drückt Lady mir noch ein Päckchen in die Hand.

»Danke«, sage ich überrascht. »Was ist das?«

»Erst an deinem Geburtstag aufmachen«, sagt Lady.

»Verreist du?«, frage ich verwirrt, denn bis zu meinem Geburtstag ist es noch ein ganzes Weilchen.

»Nein«, sagt Lady, »ich hole meine Tochter ab.«

Einen Moment lang fehlen mir die Worte.

»Du hast eine Tochter?«, frage ich dann erstaunt. »Das hast du nie erwähnt.«

»Was meinst du wohl, warum ich so viel rauche«, meint Lady.

»Weil du eine Tochter hast?«, frage ich zurück.

»Nein«, brummt Lady, »weil ich sie nicht habe.«

»Aber ab jetzt hast du sie?«, frage ich.

»Morgen früh fahre ich sie abholen«, erklärt Lady.

»Das klingt kompliziert«, erwidere ich.

»Nein«, meint Lady. »Eigentlich ist es ganz einfach: Mein wundervoller Ex-Mann wollte unbedingt, dass Hailie mit ihm nach Schweden zieht, und jetzt will er, dass sie wieder zurückzieht. So war er schon immer – genau wie ein kleines Kind, erst jedes Spielzeug haben wollen und nach einer Woche liegt es dann unbeachtet in einer Ecke herum. Nur dass es sich hierbei um Jahre gehandelt hat.«

»Warum hast du Hailie denn mit ihm gehen lassen?«, will ich wissen.

»Weil er die besseren Anwälte hatte«, sagt Lady.

»Das ist scheiße«, erwidere ich bedrückt. »Und weswegen hast du mir nie erzählt, dass du eine Tochter hast?«

»Weil ich keine mehr hatte, meine Süße«, antwortet Lady schulterzuckend. »Nicht einmal Besuchsrecht.«

Sie sieht erschöpft aus, so müde habe ich Lady noch nie zuvor gesehen.

»Du wirst mir fehlen«, sage ich schließlich und umarme sie. Lady lässt es zu, aber nur einen kurzen Augenblick, dann meint sie: »Ich muss jetzt los. Packen.«

»Du kannst jederzeit anrufen, ich bin immer für dich da«, sage ich.

Lady nickt. Ihr roter Lippenstift sieht heute anders aus. Nicht so funkelnd und bestechend. Aber vielleicht ist es einfach nur das Licht.

»Ich melde mich, wenn wir zurück sind«, sagt sie zum Abschied.

Das »wir« spricht sie komisch aus. Wie ein fremdes Wort, das sie nicht richtig deuten kann.

»Okay«, sage ich. »Dann also bis bald und viel Glück.«

Aber das hört Lady schon nicht mehr, denn sie rauscht in einem atemberaubenden Tempo davon, und ich stehe verlassen am Straßenrand und blicke ihrem schwarzen Cabrio hinterher, bis es an der nächsten Kreuzung verschwindet.

Als wir uns kennengelernt haben, hat Lady zu mir gesagt: »Menschen gehen immer fort. Entweder sie sterben vor dir oder sie verlassen dich, bevor du sie verlässt.«

Ja – soviel weiß ich: Nichts und niemand bleibt für die Ewigkeit.

Und zu begreifen, dass man letztendlich immer alleine dastehen wird, taucht alles in ein anderes Licht. Es ist, als würde man in einem viel zu großen Saal stehen und kapieren, dass man Hunderte oder Tausende von Stühlen dort aufstellen kann und sie ganz bestimmt hin und wieder belegt sein werden, aber im Morgengrauen, wenn die große Vorstellung vorbei ist, werden all diese Plätze wieder geräumt sein, und dann steht man da und weiß: Das war es. Der Abend ist vorbei.

Ich weiß nicht, warum ich Lady damals von Caitlin erzählt

habe und von meinen Eltern, immerhin kannten wir uns gar nicht. Wir saßen im Lietzenseepark auf der gleichen Bank. Ich hatte mir die Haare schwarz getönt, weil ich wusste, dass Caitlin mich trotzdem wiedererkannt hätte, wenn sie zufällig ins Leben zurückgekehrt wäre, und weil ich dachte, es würde mich verändern.

Lady hat erst schweigend neben mir gesessen und ebenfalls den Enten beim Schlafen zugesehen, dann hat sie, ohne sich mir zuzuwenden, gesagt: »Lass mich raten, Süße, du glaubst, dass es kein Licht mehr gibt, nur weil du mit geschlossenen Augen in einem Keller sitzt und nach einer Sonnenbrille tastest, die dir nicht steht. Das Gefühl kenne ich. Da hilft ein bisschen Gras. Oder guter Sex.«

»Meine beste Freundin Caitlin liegt unter einem hässlichen Grabstein«, habe ich geantwortet. »Gestern habe ich sie zum ersten Mal besucht, und jetzt bin ich drauf und dran, mein Leben zu verschwenden. Du kannst dir nicht vorstellen, was für einen kranken Zukunftsplan ich gerade für mich entwerfe. Außerdem hat Caitlin nächste Woche Geburtstag, und ich weiß nicht, was ich ihr schenken soll.«

»Wie wäre es mit einem Lächeln«, hat Lady da gesagt.

Ich habe nicht gelächelt. Aber auch nicht geweint.

Und irgendwann sind die Enten aufgewacht, haben sich angequakt, sind zum Ufer gewatschelt und davongeschwommen. So sind Lady und ich Freundinnen geworden.

Und mittlerweile ist Lady diejenige, die mich dazu bringt, Sachen zu schreiben, die ich sonst nie schreiben könnte. Sie braucht nur Dinge zu mir zu sagen wie: »Du kannst dich von mir aus sieben Tage die Woche in eine Garage stellen. Ein Auto wirst du trotzdem nicht« oder »Denk an den beschissensten Moment mit Fabian. An irgendetwas, das er zu dir gesagt hat, das er getan hat, etwas, das dir wirklich weh getan hat – so sehr, dass du es nicht einmal richtig fühlen konntest, weil du wie benebelt warst vor Empörung. Mach die Augen zu. Erinnere dich haargenau an dieses Gefühl. Spürst du die funkelnde Wut in dir aufsteigen? Spürst du den bebenden Drang nach Rache? Schnapp dir deinen verdammten Laptop. Schreib einen Absatz über Männer, du musst ihn nicht einmal ernst meinen. Verdammt, du kannst eine Lüge an die nächste reihen, aber bereue kein einziges Wort.«

Und das tue ich dann. Ich schreibe: Von mir aus kann die Welt um mich herum in Flammen aufgehen, und meine letzten Tage können in den Endspurt übergehen; ich werde trotzdem nie wieder einen Mann mein Herz berühren lassen. Wozu unnötige Gefühle, wenn man auch klare Grenzen ziehen kann. Beziehungen mit Männern sind nur befristete Zeitverschönerungs-Kompromisse. Sobald ein Mann anfängt, selbstverständlich oder nervtötend zu werden, wird er gegen einen praktischeren eingetauscht. Männer, die zu viele Fragen stellen, sind genauso ungeeignet wie Männer, die nur von sich selbst reden. Männer, die zu verliebt sind, darf man nie länger als zwei Monate benutzen. Männer, die kapiert haben, worum es geht, sind ideal, aber nichtsdestotrotz gefährlich. Vertrauen ist süß und putzig, aber teuer. Gedankenkontrolle bedeutet alle Macht der Welt. Jeder noch so liebe Mensch, jeder noch so wundervolle Mann will am Ende nur das Mädchen, dessen Rolle du spielst, nichts weiter. Wenn es hart auf hart kommt, kannst du dich auf deine goldene Tribüne stellen und zuschauen, wie sie davonrennen. Weg von dir. Dem nächstbesten bebenden Busen entgegen.

Ich bin nicht wie Lady.

Ich bereue solche Sätze schon in dem Moment, in dem ich sie zu Papier bringe. Vielleicht weil ich ein geficktes Missverständnis bin, das trotz allem an Liebe glaubt. Aber schreib das mal auf irgendeine Profilseite im Internet. Dann bist du der Erste bei Facebook mit null Freunden.

Lady. Ich versuche sie anzurufen, um ihr eine gute Reise zu wünschen. Aber ihr Handy ist aus. Und ich kenne sie. Sie wird es wahrscheinlich erst wieder einschalten, wenn sie zurück ist.

Manchmal kommen Menschen zurück.
Bevor sie endgültig gehen.
Doch nichts, was ich kenne, ist stiller, als Abschied zu sagen.
Ich weiß, Lady fährt nur nach Schweden.
Aber ich wusste auch einmal, dass Caitlin und ich zusammen erwachsen werden würden.
Und was hat mir das genützt?

11

Ich ficke. Obwohl ich nicht weiß, wozu das gut sein soll.

Meistens habe ich liebevolle und freundliche Kunden, dann vergeht die Zeit wie im Flug, und wenn ich anschließend unter der Dusche stehe, bin ich nicht mehr geschädigt, als ich es vorher sowieso schon war. Es gibt sogar Kunden, die wollen nur kurz meine Brüste angucken, um zu sehen, ob sie die perfekte Form haben, die sie brauchen, um einen Orgasmus haben zu können. Dafür bekomme ich dann fünfzig Euro. Meine Brüste haben nicht für jeden die perfekte Form – denn etwas, das nicht wirklich vorhanden ist, kann nur schwer irgendeine Art von Form annehmen, geschweige denn eine perfekte; aber fünfzig Euro als Zehn-Sekunden-Lohn nenne ich fair.

Das Verrückte an alldem ist, dass ich das Bordell vermisse, schon in dem Moment, in dem ich es verlasse, um nach Hause zu gehen. Die Atmosphäre, die Gelassenheit, beides fehlt mir augenblicklich.

Hätte mir vor einigen Monaten jemand gesagt: »Hey, Lilly, du wirst mal eine erfolgreiche, glückliche Nutte!«, ich hätte ihm eine Pfanne auf den Kopf geknallt.

Aber nun ist es so.

Das ist jetzt mein Leben.

Ich bin zwar nicht wirklich gesund und glücklich, aber gesünder und glücklicher als zuvor. Beim Gedanken an Sex dreht sich mir nicht mehr automatisch der Magen um, und ich kann einen Schwanz angucken, ohne vor Angst im Erdboden oder vor Übelkeit im Bad zu verschwinden. Ich hasse meinen Körper nicht mehr ganz so sehr, ich habe Sex trotz des monotonen Geflüsters in meinem Kopf, ich habe Männer um mich herum, ohne dass sich meine Seele ein weiteres Mal zerteilt und die Stimmen in meinem Kopf immer mehr und mehr werden.

Es ist merkwürdig, wie schnell man sich daran gewöhnt, auf diese Art sein Geld zu verdienen. Und man fängt doch tatsächlich an, sich Gedanken darüber zu machen, ob es genug ist. Dabei ist es mehr als zu viel. Außerdem ist es das falsche Geld – im Grunde genommen will es kein Mädchen haben. Aber wahrscheinlich gibt es nur in diesem Job Frauen, die mit achtzehn Jahren darüber nachdenken können, was für ein Haus sie sich in greifbarer Zukunft kaufen werden.

Das ist die Leichtigkeit des Nutteseins.

Mein Leben hat sich verändert, aber irgendwie auch nicht. Ich bin kein anderer Mensch geworden, nur weil ich mit ungezählten Männern Sex habe und dafür Geld kassiere. Meine Moral, das, woran ich glaube, die Dinge im Leben, die mir wichtig sind, das hat sich alles nicht verändert. Meine sexuellen Phantasien beschränken sich nach wie vor darauf, dass ich eines Tages mit einem Mann schlafen kann, ohne mir dabei vorstellen zu müssen, dass ich dazu gezwungen werde. Ich will einen Orgasmus haben, der mich umhaut, der die Welt zum Stehen bringt oder sie von mir aus auch gleich aus ihrer Umlaufbahn schleudert. Ich will mich fühlen. Mich und meinen Körper, und ich will begreifen, dass diese beiden Dinge zusammengehören.

Aber Sex ist immer noch etwas, das ich nicht verstehe. Manche Männer wollen mich nicht einmal berühren, sie gucken mir nur dabei zu, wie ich ein bisschen tanze und mit den Händen über meine Brustwarzen streiche, und schon kommen sie zu ihrem Höhepunkt. Nach zwei Minuten, ohne dass wir Körperkontakt hatten. Kann man sich da nicht einfach zu Hause einen Porno angucken und sich das Geld sparen? Was ist es, das Männer so verrückt nach Frauen macht? Ich würde jedenfalls nicht dafür bezahlen, bei mir zu sein. Ich glaube, ich würde eher dafür bezahlen, so schnell wie möglich, so weit es geht, von mir wegzukommen.

Manchmal habe ich den halben Tag lang Sex und bin trotzdem noch aufgewühlt. Denn auch wenn ich noch so umwerfend stöhne, wenn ich zuckersüß mit meinen Augen klimpere, wenn ich mich anmutig auf dem Bett rekele und wenn ich all meine Leidenschaft in einen einzigen Kuss lege, als wäre er der letzte, dann bin ich während des Sex doch nur eine gestohlene Phantasie. Ab und zu kribbelt es ein bisschen, und das war es auch schon.

Sogar beim Wascheaufhängen habe ich mehr Gefühle.

»Du bist eigentlich genau das, was man als Arche bezeichnet – als die perfekte Hure«, sagt ein Kunde zu mir. »Ohne das jetzt abwertend oder böse zu meinen. Aber genau das, was du verkaufst, ist es, wonach Männer suchen. Du strahlst etwas aus, womit man nicht rechnet, wenn man sich eine Frau bucht. Du sagst genau die Sachen, die ein Mann hören will, und du schaffst es, sie ehrlich klingen zu lassen. Deine Berührungen sind so sanft, dass man sich wahrscheinlich auch noch mit einem fetten Bierbauch schön vorkommen kann. Mit dir hat man wundervollen Sex, aber man kann genauso gut einfach nur stundenlang neben dir im Bett liegen und reden, über alles das, was man sonst nicht von sich erzählen kann.«

Ich grübele.

Und grübele.

Wie ich es nur schaffe, meine Rolle zu spielen und Tag für Tag diese Maske von dem bemerkenswerten jungen Mädchen aufzusetzen, das mit einem Strahlen auf dem Gesicht so viele Männer verführt.

Felia, dieses mir unbekannte Wesen, das Männer dazu bringt zu sagen: »Du bist schön und dazu auch noch intelligent. Du bist so ausgeglichen, aufmerksam und liebenswert. Du bist mein größtes Glück!«

Ich. Und Glück.

Was für ein Satz.

Den kenne ich aus dem Jugendamt.

Und jetzt höre ich ihn im Bordell.

Was für ein Querverweis.

Die Zeit rast vorbei. Männer tauchen in meinem Leben auf und verschwinden wieder. Ich bin nun schon seit fast einem halben Jahr im Passion, der Herbst ist beinahe vorbei, und die letzten Blätter rascheln unter meinen Füßen, während ich durch die Straßen laufe.

Ich bin umgezogen, nicht weit weg, nur ein paar Häuser weiter, in eine größere Wohnung – jetzt habe ich allen Raum der Welt, um mich zu verlieren.

Aber ich sitze sowieso die meiste Zeit über im Park auf einer versteckten Bank und friere vor mich hin.

Oder ich bin im Passion.

Es hat gerade aufgehört zu regnen, als eines Tages eine hübsche Frau mit ihrem Mann zu uns kommt. Der Mann bucht Brittany für eine Stunde, und die Frau fragt mich, ob ich mit ihr auf ein Zimmer gehen möchte.

Ich sage: »Ja.«

Obwohl ich lieber nein sagen würde.

Denn woher soll ich wissen, wie man eine Frau verwöhnt.

»Ich heiße Pia«, sagt sie, nachdem ich die Tür von Zimmer vier hinter uns zugezogen habe. Sie ist viel jünger als ihr Mann, und ich frage mich, ob sie lediglich mitgekommen ist, um ihm einen Gefallen zu tun, und ob sie vielleicht nur aus finanziellen Gründen mit ihm zusammen ist, denn er sah nicht sonderlich sympathisch aus.

Wir sitzen etwas steif nebeneinander auf dem großen Bett und unterhalten uns über das Wetter, über Bücher und über alles, was uns gerade so in den Sinn kommt.

»Mein richtiger Name ist Lilly«, sage ich dann wie aus einem Reflex heraus.

Wahrscheinlich, weil ich Pia etwas von mir schenken möchte, und was kann man mehr geben als die Wahrheit.

Da lächelt sie und sagt: »Ich heiße wirklich Pia.«

Unser erster Kuss ist unsicher, zurückhaltend.

»Ich habe noch nie eine Frau geküsst«, flüstert sie mir zu. »Es ist das allererste Mal.«

Ich streichele sanft über Pias wunderschöne zarte Haut, lasse meine Finger an ihren Wangen entlanggleiten und spüre, wie sie irgendwann loslässt und ihre Zunge vorsichtig nach meiner tastet. Wir drehen das Licht ein bisschen herunter, und Pia beginnt lächelnd meine Bluse zu öffnen.

Da lege ich meine Arme um sie, ziehe sie dicht an mich heran und lasse ganz langsam meine Hand zwischen ihre Beine gleiten.

Ich habe eine Frau zum Orgasmus gebracht, und sie hat geweint dabei. Erst hatte ich Angst, dass ich etwas falsch gemacht habe, denn woher sollte ich wissen, wie man eine Frau zum Orgasmus bringen kann, wenn ich selbst noch nie einen hatte? Aber Pia hat gelächelt beim Weinen, und da habe ich verstanden, dass ich sie berührt habe. Da habe ich verstanden, dass es schön sein muss.

So wunderschön.

Später an diesem Abend, also in den frühen Morgenstunden, sitze ich auf dem Boden in meiner Wohnung und starre die Wand an. Um mich herum liegen ein paar zusammengeknüllte Geldscheine. Sie kommen mir bedrückend falsch vor.

»Geld alleine hat keinen Wert, man braucht auch Freunde, vor denen man damit angeben kann!« Das hat ein eingebildeter Kunde einmal zu mir gesagt. Ein steinreicher Mann, der schon fünfmal verheiratet war, aber noch nie geliebt wurde. Ein belangloser Mann, der mehr Häuser als Charakter besitzt. Und er hat seine Worte ernst gemeint – er hat wirklich daran geglaubt. Das war seine Welt. Und da wusste ich, dass er für immer einsam sein würde.

Aber auch ich sitze alleine zu Hause.

In ein paar Stunden wird es wieder hell draußen werden, doch ich bin gerade erst aus dem Passion gekommen, meine Haare sind noch nass vom Duschen, und ich fühle mich leer und benutzt. Mir wird klar, wie viel Zeit ich im Bordell verbringe, wie wenig Zeit für meine Freunde und meine verkorkste Familie bleibt; ein Teil meines Lebens scheint mir zu entgleiten.

Am meisten vermisse ich die Abende mit Fabian, mit ihm essen zu gehen, einfach zu reden, einen guten Film anzusehen oder durch die Straßen zu bummeln. Jetzt verbringe ich meine Abende in den Armen von irgendwelchen fremden Männern, einige dieser Begegnungen sind wertvoll, und ich möchte sie nicht missen, aber ich will mich auch nicht in dieser Welt verlieren.

Ich habe mir immer versprochen, dass ich mich in diesem roten Licht nie selbst verraten würde, ich wollte mir treu bleiben, wenigstens das, zwischen all dem Chaos in meinem Leben. Aber jetzt arbeite ich schon viel zu lange in einem Bordell, und meine Seele ist nicht zerrissener als zuvor. Der Sex bringt mich nicht um – im Gegenteil, mein Herz schlägt weiter und lauter, und ich verstehe die Welt nicht mehr.

In meinem Handy sind nur noch die Nummern von meinem Zuhälter, den Passion-Mädchen, drei anderen Freundinnen, Chase, Lady, Caitlins Schwester, meinen Eltern und meiner Mailbox gespeichert.

Die Koch- und Backkurse mit den Kindern habe ich vorerst auf Eis gelegt, denn ich kann keine Väter mehr ansehen, ohne mich zu fragen, in welches Bordell sie gehen, um ihre Frauen zu betrügen, während ich mit ihren Kindern Schokoladenkuchen backe oder Luftballonschweine bastele. Außerdem bin ich mittlerweile körperlich viel zu schwach, um diese Verantwortung zu tragen. Es beunruhigt mich, wie wenig mir die Kinder fehlen, ich hatte gedacht, dass ich etwas gefunden hätte, das mir wichtig ist im Leben, und nun sind sie von heute auf morgen aus meiner Zukunft verschwunden, und ich habe das Gefühl, die Zeit mit ihnen läge schon Monate zurück.

Lebensabschnitte.

Sie können tief einschneiden.

Und eine einzige Entscheidung, ein einziger Schritt durch eine unbekannte Tür kann alles verändern.

12

Mein Körper ist schwach. Wie unter Drogen stolpere ich durch die Zimmer meiner Wohnung, die immer so sauber und ordentlich aussieht, als würde sie gleich für *Schöner Wohnen* fotografiert werden. Meine Hände sind eiskalt und blau angelaufen, obwohl ich den dicksten Pullover, den ich in meinem Schrank finden konnte, übergezogen habe und die Herbstsonne durch mein Fenster scheint.

Mein Herz rast noch immer, von den vielen Treppenstufen, die ich gerade heraufgestiegen bin, meine Zehenspitzen sind so verfroren, dass ich sie gar nicht mehr spüren kann. Ich habe keine Ahnung, seit wie vielen Tagen ich nichts Vernünftiges gegessen habe, ich weiß nur, dass meine beste Freundin Ana heißt. Meine Gedanken sind schwindlig, hin und wieder rast die Decke auf mich zu, oder alles wird so gestochen scharf, dass meine Augen erschrocken zusammenzucken.

Ich mache das Licht in meinem Wohnzimmer an, und auf einmal sind alle Farben weg. Ich sehe sie mit Sehnsucht verschwinden, und verliere mich in Schwarz und Grau.

Es ist schwer, die Augenlider offen zu halten. Es ist ein sinnloser Kampf gegen einen wehrlosen Körper. Meine Beine fangen an zu zittern, und ich kann mich nicht mehr tragen. Da weiche ich langsam an die Zimmerwand zurück und lasse mich herabgleiten, ganz sanft und vorsichtig, damit ich nicht so tief fallen muss.

Auf dem Fußboden liegend überlege ich, ob es klug wäre, etwas zu essen und es anschließend wieder auszukotzen. Ich denke ernsthaft darüber nach, ob es mir dann vielleicht besser gehen könnte. Auf den phänomenalen Gedanken, dass ich mich kurz vor dem Hungertod befinde und dass ich vielleicht lieber etwas essen sollte, *ohne* es anschließend zu erbrechen, komme ich nicht einmal annähernd.

Es ist Sonntag, das Passion hat geschlossen, und ich kann nicht arbeiten gehen. Mein Leben hat also keinen Sinn mehr. Ich fühle mich rastlos. Ich möchte mich in meinem Bordell auf das kuschelige Himmelbett legen, ich möchte von dem weichen, cremefarbenen Licht eingehüllt werden und irgendein belangloses Gespräch mit Brittany führen. Ich will Minny im Nebenzimmer lachen hören, ich will gespannt auf das nächste Türklingeln warten, und ich will nicht pausenlos an Essen oder Hungern denken müssen.

Niemals wird irgendjemand auf dieser Welt auch nur für einen einzigen Moment verstehen, wie beknackt ich bin. Denn es ist unvorstellbar.

Und wie soll ich eigentlich meinem zukünftigen Ehemann eines Tages erklären, was für einen Job ich einmal gemacht habe? Wie könnte ich ihm verständlich machen, dass ich ausgerechnet in der Prostitution den Teil von mir selbst wiedergefunden habe, den ich vorher so sorgfältig versteckt hatte.

Reicht es, wenn ich sage: »Vor meiner Zeit im Bordell, da wusste ich nur das eine – nämlich dass mein Körper die Hölle ist und Sex der Teufel.«

Wie soll ich erklären, dass mir Sex im Bordell näher war als jede Berührung zuvor, aber dass dieser Sex mir dennoch nichts bedeutet hat und dass ich mich mit dieser Dienstleistung gleichermaßen verletzt und getröstet habe.

Niemand würde das begreifen.

Niemand würde mich dafür lieben.

Und falls Gott eine extreme Art von Humor besitzt, und die Welt deshalb eines Tages so abgedreht sein wird wie mein Gehirn, dann wird es bestimmt üblich sein, dass man allen Toten eine Zahl auf ihren Grabstein eingraviert, die angibt, wie viele verschiedene Sexpartner der Verstorbene zu Lebzeiten hatte. Dann müsste ich einen extra großen Grabstein bekommen. Oder zwei.

Beidseitig bedruckt.

Vielleicht sogar in Schwanzform.

Ein Kunde hat mich neulich gefragt: »Wie viel wiegst du eigentlich?«

»Neununddreißig Kilo«, habe ich gesagt.

»Oh«, hat er gesagt, »ich hätte dich jetzt eher auf siebenunddreißig geschätzt.«

Und ich hohle Nuss war auch noch stolz auf diese Bemerkung. Er fand mich schön. Er dachte, ich wäre ein Engel.

Dabei bin ich krank.

Todkrank.

Und das weiß ich.

Würde man Prostituierte nach Körpergewicht bezahlen, dann wäre ich wahrscheinlich die billigste Nutte in ganz Berlin.

Oder ein Gratisfick.

Ich hatte einmal Brüste. Lady hat mich oft genug daran erinnert, auch wenn sie mich ohne kennengelernt hat. Meine Arme und Beine schlafen ständig ein oder fangen an, unkontrolliert zu zittern, meine Periode hatte ich schon seit Jahren nicht mehr und wenn, dann nur für drei Minuten.

Man vergisst schnell, dass nicht jede Bewegung ein anstrengendes Gefecht sein muss und nicht jeder Schritt ein Wettlauf mit der Zeit.

Manchmal möchte ich mir versprechen, dass ich nie wieder hungern werde, nur um den Schmerz auszukosten, der ein Loch in mich bohrt, während ich leichter und leichter werde, bis ich mich kaum noch tragen kann. Ich möchte mir von einem Tag erzählen, an dem alles ein gutes Ende finden wird, an dem ich stolz auf mich sein werde, mir verzeihen kann und die Luft um mich herum nach Meeressommerblau riecht.

Ich will vergessen, dass es Männer gibt, sie sich in mein T-Shirt und in meinen Rock zwängen wollen und sich dann wünschen, dass ich Kinderlieder für sie summe. Ich will nie wieder bitteres Sperma schmecken oder einen fetten Trottel auf mir haben, der so lange versucht, das Kondom abzustreifen, bis ich ihn rausschmeiße.

Meine Zukunft kommt mir vor wie aus hauchdünnem Glas geschliffen. Eine winzige falsche Bewegung, eine zu heftige Erschütterung, eine zu schwere Last – und alles zersplittert.

Ich liebe mein Leben. Bis zu dem Moment, in dem ich es auf einmal hasse.

Ich sehe um mich: all die Frauen umgeben von hässlichen Geldscheinen. Sie haben Schränke voll mit Dessous. Und sie ziehen los, um sich neue Schränke zu kaufen, für noch mehr Dessous. Ein Flachbildfernseher reicht nicht, es müssen mindestens drei sein. Und eine Espressomaschine, dazu noch ein Kaffeevollautomat, ein überdimensionaler Schokoladenbrunnen, ein Kino-Dolbysurround-Soundsystem, eine intelligente Mikrowelle, ein DVD-Festplattenrekorder, ein DVD-Player, ein Ersatz-DVD-Player, mehr DVDs als der Filmverleih zwei Häuser weiter, eine unbenutzte Xbox, haufenweise unausgepackte Xbox-Spiele, ein kleiner Laptop, ein mittlerer Laptop und ein großer Laptop, ein PC, zwei Flachbildschirme, ein Edeldesigner-Brotkasten, der genauso aussieht wie jeder andere Brotkasten auch, ein Schließfach voll mit Schmuck, ein Drucker, sieben Handys, mehr Parfum, als man in einem ganzen Leben verbrauchen kann, und kiloweise Amedei-Schokolade. Und am besten noch eine vergoldete Penis-Statue auf dem Wohnzimmertisch.

Auch unter meinen Kleidungsstücken befinden sich unzählige Geschenke von Gästen: Gucci-Pullover, die mehr kosten als meine Monatsmiete, Versace-Kleider, die man gegen einen Jahresurlaub eintauschen könnte, Armani-Mäntel, in denen ich mir wie ein anderer Mensch vorkomme, den ich nicht ausstehen kann, Dolce & Gabbana-Jeans, die wahrscheinlich teurer waren als meine gesamte Schlafzimmereinrichtung.

Ich habe mir alles gekauft oder kaufen lassen, was ich mir jemals gewünscht habe, sogar das gottverdammte Puppenhaus, von dem ich als Kind geträumt habe, und ein riesiges Kuschelkrokodil, das mir den ganzen Platz in meinem Bett wegnimmt. Das ist vielleicht nichts, im Gegensatz zu den Sachen, die sich

Huren leisten, die schon jahrelang diesen Job machen und viel mehr Termine annehmen. Aber es ist mehr, als ich brauche. Und trotzdem nie genug.

Und, o Wunder: Ich bin immer noch nicht glücklich. Ich bin unbeschwerter, das muss ich dem Geld lassen, ich bin gelassener, weil ich nicht mehr panisch darüber nachdenken muss, wie ich mir mein Leben finanzieren soll, während ich von Tag zu Tag wahnsinniger werde. Ja. Mein Leben ist einfacher, weil ich eine Menge Sachen habe, die alles leichter und bequemer machen. Aber mein Leben dreht sich trotz allem weiterhin nur um vier Dinge: um Ana, um Mia, um das kleine Mädchen und um Schadensbegrenzung. Ich bin total besessen.

Nachts träume ich von Brathähnchen und Curryreis, von Bergen voller Vanillepudding mit Schlagsahne und von Bananenmilchshakes, aber am Morgen wache ich auf, mit blauen Flecken, weil meine Knochen durch meine Haut hindurch auf der Matratze scheuern.

Wenn ich nicht zu sehr mit Verhungern oder Ohnmächtigwerden beschäftigt bin, gehe ich ins Passion. Ich traue mich nicht, nur vier oder fünf Tage die Woche zu arbeiten, ich muss jeden Tag dort sein, außer am Sonntag. Egal, ob ich Termine annehme oder einfach nur bei den anderen Mädchen sein möchte. Egal, ob ich Geld verdiene oder meine Zeit verschwende. Ich kann eine ganze Woche lang unberührt im Bordell auf einem der Betten liegen und fremden Menschen beim Sex lauschen. Nur nach Hause gehen kann ich nicht immer. Zu groß ist die Angst vor dem Nichts, das mich dort umgibt.

Freizeit habe ich so gut wie gar nicht mehr, die Stunden für mein Privatleben sind knapp bemessen. An den Sonntagen versuche ich die Versäumnisse einer ganzen Woche nachzuholen: Ich gehe mit Chase einen Kaffee trinken (ohne Zucker und ohne Milch), dann besuche ich meine Eltern und esse mit ihnen zu Mittag (anschließend erbreche ich bei laufendem Wasser, mache meine Haare nass und sage: Ich habe nur schnell geduscht …), dann räume ich meine Wohnung auf, baue ein paar neue Regale zusammen (zwischendurch kippe ich zweimal gegen die Wand und falle dreimal auf den Boden), danach treffe ich mich mit zwei Freundinnen auf einen weiteren Kaffee (von dem ich nichts trinke), dann räume ich meine Regale ein, hänge meine Wäsche auf, und schließlich gehe ich noch mit Brittany in ihre Lieblingscocktailbar, bevor ich nach Hause schlendere, den alkoholfreien Cocktail erbreche und halb tot ins Bett kippe.

Geld auszugeben erweist sich als komplizierter, als ich je gedacht hätte, denn ich habe ja gar keine Zeit, um shoppen zu gehen. Sonntags haben die Läden bekannterweise meistens geschlossen, und wenn ich während der Woche manchmal eine Mittagspause mache und ein bisschen bummeln gehe, dann ist mein Körper so schlapp, dass ich es nur in ein oder zwei Läden schaffe, bevor ich keine Kraft mehr habe und mich zurück nach Hause oder ins Passion schleife. Keine Ahnung, wie ich es schaffe zu vögeln, wenn sogar Kleidung anprobieren fast unmöglich ist. Es grenzt für mich an Leistungssport, eine Umkleidekabinentür mit einer Hand zu öffnen.

Jetzt bin ich also nicht mehr nur ana- und miasüchtig, sondern noch dazu arbeits- und sexsüchtig. Ich möchte mir lieber nicht ausrechnen, wie viel Zeit meines Lebens ich damit verschwende, nach irgendwelchen Dingen süchtig zu sein. Es ist eine Lebensaufgabe, alle Nahrungsmittelvorräte der Welt zu vernichten oder sie enthaltsam und herablassend anzustarren. Und ich möchte so gerne aufhören können, meinen Körper zu verkaufen und meine Seele zugrunde zu richten.

Aber ich weiß nicht, wie.

Also wickele ich mich fest in meine Decke ein und versuche, dem nagenden Hunger in mir zu entkommen, indem ich einschlafe.

Aber in der viel zu stillen Nacht umfangen mich meine dunklen Träume: Da ist ein kleines Mädchen, es liegt hinter einem Schrank versteckt, in der dunkelsten Ecke seines Zimmers. Es ist mucksmäuschenstill, es hat die Arme ganz fest um seinen Körper geschlungen, und es kauert dort – wartend und hoffend, dass das Unheil nicht kommt.

Und dann kommt es doch.

13

Es ist vier Uhr morgens, als Chase mich aus dem Bett klingelt und sagt: »Komm, zieh dich an, wir gehen zum Savignyplatz und essen Pizza.«

»Nein danke, ich will schlafen«, erwidere ich und versuche die Tür wieder zuzuschieben, aber da hat Chase auch schon seinen Fuß in den Türrahmen geklemmt.

»Bitte«, sagt er, »ich knutsche auch nicht mit irgendwelchen heißen Fans herum.«

»Du kannst küssen, wen und wann du willst«, murmele ich genervt und verschlafen.

Da schiebt Chase meine Wohnungstür ganz auf, kommt einen Schritt auf mich zu und hebt mich mit einer solchen Leichtigkeit hoch, als wäre ich eine Feder. Dann drückt er mir einen Kuss auf den Mund, bis mir schwindlig wird.

»So«, sagt er, nachdem er mich zurück auf den Boden gesetzt hat. »Kommst du jetzt mit, oder was?«

Ich bin leicht zu schlagen mit Zärtlichkeit.

Meine Seele schmerzt vor Verlangen.

Also ziehe ich mir eine schwarze Strumpfhose an, darüber ein zu langes violettes Shirt und keinen Rock. Anschließend wickele ich mir einen weißen Schal um den Hals, ziehe die passenden Stiefel an und suche noch schnell nach meiner Jacke.

»Du bist unglaublich schön«, sagt Chase, der mir beim Anziehen zusieht.

»Normalerweise sagen Männer das zu mir, wenn ich mich ausziehe«, erwidere ich. »Nicht, wenn ich mich anziehe.«

»Die sind alle doof«, meint Chase. »Du bist auch nackt schön, aber dir dabei zuzuschauen, wie du in einem riesigen lilafarbenen Shirt verschwindest, das sich als Kleid um deine Winzigkeit legt – dieser Anblick macht befangen und geil zugleich.«

»Danke, Chase«, sage ich.
»Bedanke dich nie für die Wahrheit«, erwidert er.

Kurz darauf sitzen wir im 12 Apostel, und Chase bestellt eine große Pizza Judas. Mir ist schon schlecht, bevor ich überhaupt etwas gegessen habe, oder vielleicht ist mir auch schlecht, weil ich seit einer Ewigkeit nichts mehr gegessen habe. Aber was macht das für einen Unterschied, wenn Ana deinen Namen kennt.

»Lilly! Nicht einschlafen!«, reißt Chase mich aus meinen Gedanken. »Erzähl mir lieber etwas über dich, das ich noch nicht weiß. Als Gegenleistung erzähle ich dir dann auch eine Geschichte.«

»Du könntest mir eine Geschichte erzählen, Chase, irgendeine – von dir oder von sonst wem«, brumme ich nicht gerade freundlich, denn ich bin todmüde. »Und weißt du was, es wäre mir scheißegal.«

Chase grinst. Chase grinst eigentlich immer. Wahrscheinlich ist das so, wenn man unglaublich glücklich ist, oder zugekokst – dann kann man vielleicht gar nicht mehr anders als immerzu grinsen.

Die Pizza kommt, Chase schiebt ein Stück davon auf meinen Teller und grinst noch breiter; ich glaube allmählich, er findet das lustig.

»In meinem Kopf sitzen Ana und Mia und pokern um eine Seele, die längst tiefgekühlt auf dem Meeresgrund liegt. Und du, du willst eine Pizza mit mir teilen?«, fauche ich Chase an.

»Wenn du den Käse abpulst und das Pizzastück vorher in siebzehn Teile schneidest, kannst du doch bestimmt etwas davon essen, oder?«, fragt Chase freundlich.

»Was?«, frage ich wütend.

»Ich habe mir ein Buch gekauft«, erklärt Chase. »Es handelt von einem magersüchtigen Mädchen. An manchen Tagen isst sie nur weiße Sachen, an anderen nur grüne. Und sie schneidet alles immer in ganz kleine Stücke, davon isst sie dann jeweils nur ein Drittel. Wär das nicht was für dich?«

»Bist du bescheuert?«, will ich wissen.

»Wieso?«, meint Chase und fängt an, das Pizzastück für mich zu zerschnippeln. »Dann lebst du noch ein bisschen länger, als wenn du gar nichts isst, und irgendwie ist es sogar lustig. Lustiger als überhaupt nichts essen auf jeden Fall.« Chase grinst mich weiterhin an, schiebt den Teller mit dem zerstückelten Pizzastück noch näher zu mir hin und mustert mich erwartungsvoll.

»Wir könnten danach auch ein bisschen vögeln«, bietet er mir höflich an und zwinkert mir zu, mit diesen unglaublichen dunkelbraunen Augen. »Dann hast du die Kalorien gleich wieder verbrannt.«

Ich sehe die Pizzaeinzelteile an. Und anschließend den rechten Oberarm von Chase. Ich mag starke Arme. Damit kann man mir weh tun. Ich mag eigentlich alles, womit man mir weh tun kann: Rasierer, Messer, Zigaretten, Autos, Türkanten, Steine. Chase könnte mich prima erwürgen. Dann wäre alles schön ruhig. Und Pizza müsste ich dann auch nie wieder essen. Aber ich bezweifle, dass Chase mir diesen Gefallen tun würde. Er ist ein ziemlich sanfter Mensch. Nur wenn er zu viele Drogen genommen hat und total betrunken ist, wird er ein bisschen grobmotorisch, dann schnappt er sich manchmal meinen Arm, um mich irgendwo hinzuziehen, weil er mir etwas zeigen will, das ihm in diesem Moment unglaublich wichtig oder künstlerisch oder sonst was vorkommt, und eine Stunde später habe ich dann seine Fingerabdrücke in leuchtendem Blau auf meinen Armen. Ich glaube, Chase hat am nächsten Tag nie geschnallt, dass er das gewesen ist. Und natürlich habe ich nie ein Wort gesagt. Denn dann hätte es ihm leidgetan, und das wollte ich nicht.

»Hey«, holt Chase' Stimme mich wieder zurück zu dem Stück Pizza. »Wir gehen hier nicht weg, bevor du nicht wenigstens sieben von diesen Krümelstücken gegessen hast.«

»Eins«, sage ich.
»Sieben«, wiederholt Chase, »ich verhandele nicht mit Personen, die weniger als halb so viel wiegen wie ich.«
»Und wenn nicht?«, frage ich. »Wir können nicht ewig hier rumsitzen, das wird dir zu langweilig.«
Chase verschränkt seine überwältigenden Arme vor der Brust, hört endlich auf zu grinsen und sagt dann mit dieser Stimme, die mich berührt, wie selten etwas: »Meine Süße. Ich werde dich nicht ohnmächtig schlagen, ich werde dich nicht in irgendeinen Keller zerren und dir schreckliche Dinge antun, ich werde nicht laut werden, nicht unberechenbar, nicht brutal und auch sonst nichts, was dein Wesen an der Stelle berührt, die dich geprägt hat. Aber du wirst mir diesen Gefallen heute tun, weil du seit Tagen nichts mehr gegessen hast, weil du nicht das Recht dazu hast, dich jetzt schon aus deinem Leben zu schleichen – und weil es mir verdammt noch mal weh tut, dich so zu sehen!«
Atempause. Die Luft ist schwer.
Und ausgetrocknet.
Ich will weinen.
Aber ich tue es nicht.
Denn ich weine nur, wenn ich alleine bin.
Ich bin unberührbar.
Niemand bringt mich ins Schwanken.
Meine Süße, sagt Chase immer zu mir. Es klingt, als wäre ich etwas Besonderes. Und es klingt schön, auch wenn Chase wahrscheinlich alle Frauen auf der Welt so nennen würde, nur um sie in sein Bett zu kriegen.
Schließlich esse ich sechseinhalb Stückchen von der zerhackten Pizza. Die Stückchen mit dem wenigsten Käse und ohne Salami. Da lächelt Chase mich an, lehnt sich leicht über den Tisch, streckt eine Hand aus und berührt so zärtlich meine Wange, dass ich mir auf die Lippen beißen muss, um nicht zu schreien.

Die Sonne geht schon auf, als ich wieder nach Hause komme und die Wohnungstür hinter mir schließe. Ich bin entsetzlich müde und kauere mich im Flur auf den Fußboden, dann ziehe ich meine Beine ganz eng an meinen Körper, lege meine Stirn auf die Knie, umfasse mit einem dürren Arm meine Beine und streiche mir mit der anderen Hand sanft über meinen dröhnenden Kopf.

Ich nehme mich selbst in die Arme; ich verarsche mich und meinen Körper – darin bin ich Weltklasse. Ich schließe die Augen und stelle mir vor, jemand anders würde mich im Arm halten, jemand, der stark genug ist. Stärker als ich. Weiser. Geduldiger. Aufrichtiger. Beständiger.

Ich belüge mich.

Ich spiele mit mir.

Verdammt, ich weiß, dass ich verliere!

Und manchmal wünsche ich mir, es wäre endlich vorbei.

Und doch: Hänge ich an meinem Leben.

Und nicht an einem Seil.

Aber ich werde sterben, wenn ich mich nicht bald freilassen kann. Ich werde sterben, wenn Ana und Mia nicht ihre Karten auf den Tisch werfen und sich ein verdammtes Gurkensandwich teilen, oder von mir aus auch ein Stück Käsekuchen. Chase hat mich umarmt zum Abschied, als wäre ich dermaßen krank, dass wir uns vielleicht nie wiedersehen können. Ich will nicht, dass er so etwas denkt.

Ich will morgen auch noch hier sein.

Und das bin ich. Müde zwar und schwach, obwohl es schon fast vierzehn Uhr ist, als ich wach werde, aber immerhin: Ich öffne meine Augen.

Dann lege ich mich in die Badewanne, damit meine Hautfarbe von erfrorenblau zu leichenweiß wechselt, und versuche zum hundertsten Mal vergeblich, Lady auf ihrem Handy zu erreichen.

Nachdem ich mich angezogen habe, spaziere ich in Richtung Passion. Der Herbstwind ist kühl, und ich friere trotz der zwei Pullover und der dicken Daunenjacke. Es ist nicht die Art von Kälte, die ich früher empfunden habe, als ich noch nicht am Verhungern war. Es ist keine Winterkälte, keine Schneekälte, es ist nicht wie ein zu hastig gegessenes Eis, wie eine zu kalte Dusche oder wie ein eisiger Regenschauer. Nein, diese Kälte ist beißend und rauh, sie scheint tief aus den Knochen zu kommen, und sie nagt so bitter an jedem Körperteil, dass ich weinen möchte vor Schmerzen.

Der Weg bis zum Passion kommt mir unendlich lang vor, obwohl ich so schnell laufe, wie ich nur kann, damit mir wenigstens ein bisschen warm wird. Meine Beine fühlen sich wackelig an, und ich rechne jeden Augenblick damit, den Boden unter den Füßen oder meinen Verstand zu verlieren.

Aber irgendwann stehe ich dann doch vor der Passiontür, mit rasselndem Atem zwar und Gummibeinen, aber dafür mit meiner bildhübschen Freundin Ana an der Seite. Ein Blick auf die Uhr verrät mir, dass ich nicht einmal zehn Minuten für den Weg gebraucht habe, doch was nutzt mir das, wenn es mir wie eine Stunde vorgekommen ist.

Minny öffnet lächelnd die Tür und umarmt mich stürmisch. Aus dem Wohnzimmer höre ich sofort Brittanys Stimme, sie ist ganz offensichtlich dabei, sich am Telefon lautstark mit ihrem Freund der Woche zu streiten.

»Sie nennen ihn schon seit eine Stunde perversen Penner und blödes Arschloch«, raunt Minny mir grinsend zu und verschwindet dann schnell im Badezimmer, um sich für einen Kunden fertig zu machen.

Ich lege meine Tasche auf das Bett zu all den anderen Sachen, begrüße Eriko, der gerade den Schrank nach seinem blauen Lieblingspullover durchsucht, und gebe Marla, die in Zimmer eins auf der Matratze sitzt und sich mit Schwangerschaftsyoga beschäftigt, einen Kuss auf die Wange.

Dann stelle ich eine Packung Kekse für die anderen Mädchen auf den Tisch – ich selbst esse ja nichts.

Hungern ist mein Leben. Verhungern ist mein Tod.

Noch im Sarg liegend werde ich die Luft anhalten.

Um dünner zu sein.

Nach diesem geisteskranken Gedanken ziehe ich mir ein hübsches Kleid an und krieche anschließend in das Bett im Mädchenzimmer. Kaum habe ich mir die Decke über den Kopf gezogen, kommt auch schon Brittany hereingestürmt, reißt mir die Decke wieder weg und schnauzt zeitgleich in ihr Handy: »Ich belüge dich nicht! Was denkst du denn! Ich arbeite nicht mehr im Passion! Ich bin bei einer Freundin. Möchtest du mit ihr sprechen? Ja? Warte. Hier!« Brittany hält mir den Hörer hin.

»Ähm«, sage ich, »hier ist Lilly.«

»Wer?«, fragt ein Typ am anderen Ende.

»Lilly«, wiederhole ich. »Also ... ich will euch beide ja nicht beim Streiten stören ... aber meine Schwester hat morgen Geburtstag, und Saskia (das ist Brittanys echter Name) wollte mir eigentlich noch helfen, ein Geschenk auszusuchen, doch dazu müssten wir so langsam mal losgehen.«

»Ach so«, sagt der Typ und klingt dabei etwas freundlicher, wenn auch trotzdem ziemlich dämlich. Aber Brittany mag solche Männer.

»Hauptsache, sie haben viel Geld und viel Schwanz«, hat sie einmal zu mir gesagt. »Gehirn ist zweitrangig, davon habe ich selbst genug.«

Ich reiche ihr das Handy zurück.

»Siehst du«, sagt Brittany genervt zu ihrem Freund. »Wir können uns gerne später sehen, aber jetzt gehe ich erst einmal mit Lilly shoppen.«

Dann legt Brittany auf, zwinkert mir fröhlich grinsend zu und verdrückt sich ins Badezimmer, weil sie gleich einen ihrer Stammkunden erwartet. Ich ziehe die Decke wieder über meinen Kopf und versuche mir vorzustellen, auf irgendeiner Insel am Meer in der brütenden Sonne zu liegen. Aber davon wird mir auch nicht wärmer.

Und dann kommt die Flut.

Die Männerflut.

14

Vielleicht sind die Sonntage im Passion die schönsten Tage, denn Eriko erlaubt es uns Mädchen, dort zu wohnen, falls wir gerade keine Wohnung haben. So kommt es hin und wieder vor, dass auch an einem arbeitsfreien Sonntag Licht hinter den roten Vorhängen scheint und die männerlosen Räume von hübschen Mädchen regiert werden.

Zurzeit wohnen Dasha und ein neues Mädchen namens Amy im Passion. Dasha kann nicht in ihrer Wohnung schlafen, weil diese gerade renoviert wird, und Amy hat kein Zuhause, da ihre Stiefmutter sie einfach mal soeben vor die Tür gesetzt hat.

Ich selbst bin wieder einmal rastlos und weiß nichts mit mir anzufangen, also spaziere ich durch die verlassenen Straßen und komme schließlich im Hauseingang des Passion zum Stehen. Einen Moment lang lungere ich unschlüssig herum, aber da mir nichts Besseres einfällt, klingele ich, und kurz darauf wird der Summer betätigt.

Einige Minuten später sitze ich mit Dasha und Amy an dem großen Tisch im Wohnzimmer, knabbere vorsichtig an Nüssen und Gummibärchen herum, lache und fühle mich geborgen. Es ist beruhigend, nicht mehr das Mädchen zu sein, das immer am weitesten im Abseits steht und jeden Moment einfach verschwinden könnte, ohne dass es jemanden interessieren würde. Ich bin ein Teil von etwas, auch wenn es nur ein Raum voll verkaufter junger Frauen auf einer nackten Gratwanderung ist.

Natürlich bin ich nach wie vor besessen davon, allein zu sein. Kein Dialog ist aufrichtiger oder verlogener als der mit sich selbst. Und einsam in einer Wohnung zu sitzen ist so viel unkomplizierter, als unter Menschen zu sein, die essen und trinken und lachen und so sehr am Leben sind, dass ihr Anblick schmerzt.

Aber im Passion bin ich merkwürdigerweise anders. Dort umfängt mich die einzige Geborgenheit, die ich kenne. Ein sanfter Hauch von Schönheit, eine verspielte Leichtigkeit, ein helles Stimmenwirrwarr und zwischendrin das entblößte Abkommen mit dem Feind.

Ich bin mehr ich. Und manchmal lasse ich Ana in meiner Wohnung zurück. Ich lache lauter, ich schlafe tiefer, und ich wache fröhlicher auf. Hin und wieder sitze ich sogar gemeinsam mit meinen Freundinnen an dem Wohnzimmertisch und esse ein Stück Kuchen – ohne daran zu scheitern.

Ich liebe es so sehr, wenn wir wie eine große Familie zusammen sind, Schüsseln und Teller um den Tisch reichen, wenn wir alle durcheinanderplappern, über unsere abgedrehten Kunden lachen, und Wetten darüber abschließen, wann es wieder anfängt, an der Tür zu klingeln. Diese Wärme ist einzigartig, ich habe sie noch nie zuvor gespürt. Bei meinen Eltern am Küchentisch war es kalt und einsam. In der Klinik war es steril und monoton. Im Kinderheim war es chaotisch und brutal. Aber im Passion kann ich aufrecht am Tisch sitzen und der Störung in mir wenigstens für einen Moment Einhalt gebieten.

In den letzten Wochen war es schwieriger, denn wenn Ana sich zu ihrer vollen Größe ausstreckt, dann kann ich noch so viel mit mir selbst kämpfen, sie macht mich mit einem knochigen Finger platt. Ana kann ein Käsebrötchen mit so viel Verachtung anstarren, dass es einfach verschwindet.

Und mich natürlich auch.

Aber an diesem Sonntag bin ich ohne Ana unterwegs. Also teile ich mir mit Amy eine Streuselschnecke und trinke ein Glas Orangenlimonade dazu. Es ist ein Abenteuer. Das letzte Mal, dass ich ein Getränk mit Zucker oder Süßstoff zu mir genommen habe, ist schon ewig lange her.

Das Klingeln meines Handys reißt mich schließlich aus meinen Limonadenträumereien. Es ist Fabian, mein Ex-Freund.

»Du scheiß Nutte!«, schnauzt er mich an. »Die ganze Zeit

über wolltest du nie mit mir schlafen, und jetzt steigst du mit jedem dahergelaufenen Penner ins Bett! Ich hasse dich! Das werde ich dir nie verzeihen, dass du mich für ein Leben als Hure verlassen hast! Du verdammtes Miststück, ich hoffe, du stirbst alleine!«

Dann legt er auf.

Und ich nehme es hin, ohne mit der Wimper zu zucken.

Es ist mir egal. Denn ich wusste schon immer, dass ich alleine sterben werde. Ich wusste es mit vier Jahren, als meine Mutter zu mir gesagt hat, wie sehr sie mich hasst; ich wusste es mit fünf Jahren, als mein Vater nie da war, und ich wusste es auch mit sechs Jahren, als ich geschwiegen habe aus Angst und vor Scham. Und ja, ich wusste es ganz besonders mit fünfzehn Jahren in der Klinik, dann mit siebzehn Jahren in dem Keller, und als ich mit zwanzig wieder alleine in meiner leeren Wohnung stand, da wusste ich es auch.

Und heute weiß ich es noch besser als je zuvor.

Ich war bestimmt keine perfekte Freundin, aber ich war ehrlich zu ihm und immer bemüht. Und ich habe ihn gewarnt am Anfang, ich habe gesagt: »Such dir lieber ein anderes Mädchen zum Verlieben, ich bin nicht leicht zu tragen.«

Aber er hat erwidert: »Das macht nichts. Ich will dich. Genau so, wie du bist.«

Doch er hat nichts verstanden.

Männer reden verdammt viel, wenn der Tag bald vorbei ist, die Dämmerung einbricht und ihr Gegenüber einen aufreizenden Busen oder schmollende Lolitalippen hat. Und irgendwann stehen wir dann schweigend neben unserem Partner, glauben doch tatsächlich, dass Liebe alleine ausreichen würde, und wundern uns, warum nichts passiert.

Wir Menschen werfen mit den Worten *Ich liebe dich* um uns, als wären sie auch noch von Bedeutung, wenn sie es in Wahrheit gar nicht sind. Ich habe ein Abziehbild davon in meinem Kopf: Männer greifen zu ihren Handys, während sie nackt vor mir stehen, ein benutztes Kondom auf ihrem Schwanz, und dann rufen sie ihre Frauen an, um zu sagen: »Hör mal, Schatz, ich komme heute etwas später von der Arbeit, ich habe noch ungefähr eine Stunde zu tun ... ja, mein Engel, ich beeile mich ... danke, dass du mit dem Essen auf mich wartest! Ich liebe dich so sehr.«

Ich liebe dich.

Und dann wollen sie weiterficken.

Aber darüber werde ich mir nicht meinen Kopf zerbrechen. Nicht darüber. An mir wurde schon genug verbrochen, von einem Mann. Und außerdem habe ich mir nie einen Prinzen an meiner Seite versprochen, noch nicht einmal einen Frosch. Ich habe Tausende von schleimigen Fröschen im Passion geküsst, und ich habe keine Sekunde lang gehofft, dass einer von ihnen sich in einen Prinzen verwandeln könnte.

Mein Leben hat mich gelehrt, alleine zu leben. Da kann ich auch alleine sterben. Ich brauche nicht mehr zu weinen, weil meine Eltern mich nicht lieben. Und ganz bestimmt muss ich auch nicht weinen, weil mein ehemaliger Freund die klaffende Wunde in mir nicht zu vermessen vermag.

Ich bin nicht verletzlich – ich bin schon verletzt.

Und Worte können vielleicht hart und eindringlich sein.

Aber niemals so hart und eindringend wie ein Schwanz.

Der in einem kleinen Kind steckt.

Am nächsten Tag klebt ein Brief an meiner Wohnungstür.

»Ich hasse dich!«, steht auf der Karte, die darin steckt. »Drei ganze Jahre habe ich an dich verschwendet, du elende Nutte!«

Zuerst will ich weinen, aber dann erinnere ich mich daran, dass ich so etwas nicht tue. Und kurz darauf komme ich zu dem Schluss, dass ich gar keinen Grund habe, um traurig zu sein. Denn der Fabian, mit dem ich mein Leben geteilt habe, der würde schließlich niemals so etwas Blödes an mich schreiben. Es muss also ein Irrtum sein. Die Post ist auch nicht mehr das, was sie einmal war. Jetzt fälschen die sogar schon Briefumschläge; bestimmt war die Karte eigentlich für ein anderes Mädchen gedacht.

Ich stehe total auf Illusionen. Was man damit nicht alles machen kann. Also bastele ich einen Papierflieger aus der Karte und einen Vogel aus dem Umschlag.

Dann werfe ich beides aus dem Fenster und sehe zu, wie der aufbrausende Wind seine Spiele treibt. Anschließend lutsche ich ein zuckerfreies Brausebonbon und denke an die schönen Tage, die Fabian und ich hatten. Für mich waren es drei wertvolle Jahre, keine verschwendeten – auch nicht im Nachhinein. Also habe ich wohl gewonnen.

Aber wer glaubt, dass Liebe ein Spiel für Gewinner ist, der hat wahrscheinlich sowieso längst verloren.

15

Heute ist der letzte Tag in meinem Leben. An dem ich einundzwanzig bin. Wenn ich heute nicht sterbe, dann bin ich älter geworden, als ich je gedacht hätte. Mein Leben war voll von Sturzflügen, komplett versauten Loopings, absurden Höhenflügen und Wahrheit versprechenden Lügen.

Ich kann beschreiben, wie es ist, im Schatten von lachenden Menschen zu stehen; ich weiß, dass sich Sonnenstrahlen nicht immer warm anfühlen werden auf meiner Haut. Aber ich bin gewachsen in den letzten Monaten, an mir selbst und an den Menschen um mich herum. Ich war so wütend, so traurig, so glücklich, so verloren, und umgeben von so vielen unbedeutenden Schwänzen.

Lady hat einmal gesagt: »Der erste Frühling ist immer der schönste, und der letzte Frühling wird immer der klarste sein.«

Ich denke darüber nach, ich erinnere mich, wie sanft ihre Stimme in diesem Moment geklungen hat, und dann wünsche ich mir, dass mein letzter Frühling erst in vielen Jahren kommen wird. Und noch während dieser Wunsch meine Lippen verlässt, begreife ich, dass ich es wirklich ernst meine.

Sterben. Sterben?

Nein.

Nicht heute.

Weiterleben! Wankend und schwankend, aber immerhin.

Ich öffne meinen Kühlschrank, um etwas zu finden, das mir vorerst eine Gnadenfrist gewähren könnte. Aber der Kühlschrank ist leer, genau wie mein hungriger Bauch. Also trinke ich ein Glas Wasser und kaue auf einer Scheibe Knäckebrot herum. Es ist spät am Abend, und ich würde mich gerne in mein Bett legen und anfangen zu träumen. Aber Träume bedeuten Verlangen und Hoffnung, und Ana hält nichts von dem großen Sehnen.

Selbstmord auf Raten. Das ist Anas Hoheitsgebiet.

Genau aus diesem Grund entschwindet meine unbändige Zeit.

Ana weiß das, Mia weiß das. Sogar ich weiß das. Aber ich bin die Einzige von uns dreien, die darum kämpft, dem Rateneintreiber zu entwischen.

Mein Leben ist schön.

Das weiß ich.

Nicht immer.

Aber in zwei Minuten werde ich zweiundzwanzig Jahre alt.

Ich zähle die letzten Sekunden rückwärts.

Lautlos natürlich, denn ich würde nie meine Stille brechen.

Drei. Zwei.

Eins.

»Happy birthday, Lilly!«, flüstere ich mir zu und halte die Luft an.

Die Zeit geht weiter. Mein Herz klopft, meine Lungen pumpen. Ich bin noch da, ich fühle es. Ganz langsam atme ich ein, spüre, wie meine Lungen erleichtert aufbeben, und dann lächele ich.

Anschließend öffne ich Ladys Päckchen. Ein Buch liegt darin, eingewickelt in dunkelrotes Seidenpapier. Ich entferne behutsam die Tesafilmstreifen und wickele das Papier so vorsichtig ab, als würde ich gleich den Geheimcode zur Ent-Vergewaltigungs-Aktivierung meiner Stammhirnzellen in den Händen halten.

Das Buch, das zum Vorschein kommt, hat einen hellblauen Einband und ist nicht beschriftet. Ich schlage es auf. Leeres Papier, so weit ich blättere. Aber ganz hinten, zwischen den letzten beiden Seiten, steckt ein pinkfarbener Zettel, der mit Ladys unwirscher Handschrift bekritzelt ist: »Dein Buch wird niemals so viele Seiten haben wie du, Lilly.«

16

Wenige Tage später regnet es in Strömen. Die Straßen sind leer, im Passion ist es schon seit Stunden ruhig, und der kühle Herbstwind weht durch das leicht geöffnete Fenster zu mir herein, als hätte er nichts Besseres zu tun. Aus dem Wohnzimmer höre ich das Lachen von Valesca und Minny, die sich gerade mit Wodka betrinken. Brittany tanzt währenddessen in rosa Blümchenunterwäsche und mit ihrem unglaublichen Hintern wackelnd durch das Begrüßungszimmer, Marla durchblättert einen Katalog mit Babysachen, und auf dem Himmelbett in Zimmer vier liegt eine zusammengekugelte Amy und schläft.

Ich lasse mich zurücksinken auf das Chaos aus weißen Laken, von denen eins nach Amys Parfum riecht und zwei andere nach Brittanys Himbeershampoo. Eriko schimpft immer, weil wir unsere Decken und Laken meistens einfach auf das Bett im Mädchenzimmer werfen, dann brummt er irgendetwas Unverständliches, guckt böse und fährt Getränke einkaufen. Aber ich mag das Durcheinander von Klamotten, Bettbezügen, Haarbürsten, Handtaschen und Decken – dort fühle ich mich behütet.

Während ich träge herumliege und aus dem Fenster blicke, klingelt es dreimal. Kurz darauf höre ich Marlas Schritte zur Tür eilen, und dann steckt auch schon Monique ihren Kopf zu mir ins Zimmer und wirft mir eine Kusshand zu.

»Hey, Süße«, sagt sie. »Alles klar bei dir?«

»Ja, bei dir auch?«, frage ich.

Monique nickt und schüttelt ihre langen, vom Regen durchnässten Haare aus. Dann schlüpft sie aus ihrem Mantel und wedelt mit einer Tüte vor mir herum.

»Ich haben Kuchen mitgebracht! Kommst du nachher rüber in die Wohnzimmer?«, fragt sie.

»Klar«, sage ich, »auf jeden Fall ... du bist ein Schatz.«

»Ich weiß«, erwidert Monique augenzwinkernd.

Dann verschwindet sie, und ich höre das leise Klirren und Klappern von Tellern und Besteck, die auf dem Wohnzimmertisch verteilt werden. Schließlich fängt es an zu rattern und zu zischen, und kurz darauf zieht der Geruch von frisch gebrühtem Kaffee in meine Nase. Auf einmal werde ich traurig. Ich fühle mich wohl zwischen den zerknüllten Laken, ich hatte heute einen netten Stammgast, der für zwei Stunden da war, nur um sich mit mir zu unterhalten und um massiert zu werden. Er hat mir eine Rose mitgebracht und seine große Hand um meine winzige geschlungen. Seine Fingerspitzen haben sanft über den Ringfinger meiner linken Hand gestrichen.

»Eines Tages«, hat er zu mir gesagt, »wird jemand einen Ring an diesen wunderschönen Finger stecken. Und an diesem Tag wirst du weinen und lachen und wissen, dass du den Menschen gefunden hast, den du an deiner Seite haben möchtest, um die schönsten Augenblicke mit ihm zu teilen. Spätestens dann wirst du diesem Milieu ein für alle Mal den Rücken zukehren, und wir Männer hier werden dich furchtbar vermissen. Aber wer auch immer es sein wird, der deine Seele berührt, er hat das größte Los von allen gezogen, da bin ich mir absolut sicher.«

Dieses verrückte Leben, es frisst mich auf.

Und es kaut so sanft auf meiner Haut, dass ich mich gestreichelt fühle.

Unbekannte Männer. Die zurück nach Hause gehen, nachdem sie bei mir waren. Zurück zu ihren Frauen und Kindern, zurück zu ihren Freundinnen oder zurück in ihre Einsamkeit.

Wo werde ich am Ende stehen, wenn ich mich dafür entscheide, kein nacktes Mädchen mehr zu sein? Wie wird es sein, letztendlich zu sagen: »Ich habe mit unendlich vielen Männern geschlafen. Mit mehr, als man sich vorstellen kann. Aber das ist jetzt vorbei. Es ist vorbei ...«

Was für einen Gesichtsausdruck trägt man, während man so

etwas sagt? Und wie hört sich die eigene Stimme dabei an? Ist es wahr, wenn man abschließend hinzufügt: »Am Ende zählen all diese Männer zusammengerechnet nicht einmal halb so viel wie der Mann, den man liebt.«

Ich hoffe es. Und wenn es nicht so ist, dann hat die Welt einen splitternackten Fehler.

»Lilly! Kuchen!«, ruft Monique.

»Ja, ich komme«, rufe ich zurück und blicke mich suchend nach meinem Pullover um.

»Untersteh dich«, kreischt Ana. »Weißt du, wie viele Kalorien in einem Stück Kuchen sind?«

Aber bevor ich anfangen kann, mit ihr zu streiten, klingelt es an der Tür, und ein Kunde befreit mich von meinen Kuchensorgen.

Er ist Schauspieler. Ich weiß nicht, wie er heißt, aber ich habe ihn schon oft im Kino gesehen. Wir verbringen zwei Stunden miteinander. Er ist nett, doch das interessiert mich nicht.

»Hättest du vielleicht Lust, privat mit mir auszugehen?«, fragt er, nachdem er sich wieder angezogen hat. »Ich würde dich wirklich gerne kennenlernen, Felia.«

»Tut mir leid«, sage ich, »ich gehe niemals mit Kunden aus.«

Er guckt etwas verwirrt.

»Normalerweise rennen mir die Frauen haufenweise hinterher und stecken mir ihre Nummern zu. Und da ergreife ich einmal die Initiative und bekomme gleich einen Korb«, sagt er schließlich und lacht amüsiert.

»Es ist nicht böse gemeint«, erwidere ich.

Und das ist es auch nicht. Denn wie könnte ich.

Verletzen, was nicht mir gehört.

»Keine Sorge, ist schon okay«, sagt er und sieht mich nachdenklich an. Dann drückt er mir eine Visitenkarte in die Hand, gibt mir einen Abschiedskuss auf die Stirn, streicht mir eine Haarsträhne aus dem Gesicht und meint: »Aber falls du es dir anders überlegst, meine Hübsche, es wäre wirklich sehr schön, dich wiederzusehen – auch ohne Sex.«

Nachdem er weg ist, zerreiße ich seine Visitenkarte und spüle die Fetzen in der Toilette runter. Dann atme ich einmal tief durch, sage Ana, dass sie eine blöde Kuh ist, und gehe ins Wohnzimmer. Dort setze ich mich zu den anderen Mädchen an den Tisch, lache mit ihnen und esse ein halbes Stück von dem Erdbeerkuchen.

Meine Gedanken driften davon, und ich bekomme nur vereinzelte Wortfetzen aus den Gesprächen mit. Aber was ich auch versuche, der Nebel in meinem Kopf bleibt dichter als jede Art von Realität.

Einmal in diesem Leben möchte ich morgens aufwachen und verstehen, warum ein Mann eine Frau vergewaltigt. Ich möchte begreifen, warum Männer kleine Kinder ficken. Und warum nichts, aber auch gar nichts, eine Vergewaltigung ungeschehen machen kann, so dass alles wieder in Ordnung kommt.

Es heißt, dass alle Mädchen, die vergewaltigt worden sind, sich wünschen, sie wären die Letzte. Wir hassen uns dafür, wenn wir es nicht schaffen, unsere Peiniger anzuzeigen, wir verachten uns für diese Schwäche, und wir flüstern uns zu: »Jedes Mädchen, jedes Kind, jede Frau, die er ab jetzt noch vergewaltigt, stirbt auch ein bisschen wegen dir.«

Und was machen wir mit uns selbst, wenn die Hilflosigkeit so groß wird, dass *Sterben* nicht viel mehr als *vielleicht doch nicht sterben* ist?

Die Statistik belegt, dass man wesentlich schneller im Gefängnis landet, wenn man einen Supermarkt ausraubt, als wenn man eine Frau vergewaltigt. Ein Mann bekommt mit großer Wahrscheinlichkeit mehr Probleme, wenn er Steuern hinterzieht, als wenn er ein Kind missbraucht. Vielleicht sagen sich deshalb die Männer: »Bank überfallen? Ach nein, ist mir zu riskant. Ich vergewaltige lieber meine hübsche Nachbarin. Und wenn sie mich anzeigen sollte, dann sage ich einfach, sie hätte einen kurzen Rock angehabt und zu allem *ja* gesagt. Im schlimmsten Fall bekomme ich drei Jahre auf Bewährung. Dann ziehe ich um und suche mir eine neue Nachbarin.«

Ich frage mich, warum ich mich selbst verschwende, obwohl ich doch gar nichts dafürkann, was mit mir passiert ist. Und warum ich mich lieber verletze, als mich zu trösten. Ich würde mir jederzeit ein böses Wort in den Arm ritzen, aber niemals eine Entschuldigung.

Ja. Es gibt so vieles, was ich nie verstehen kann. Und es gibt so vieles, was ich niemals wissen werde, auch wenn man es mir noch so anschaulich erklärt.

Aber eins weiß ich mit Sicherheit: dass wir das Leben führen, für das wir uns entscheiden. Dass wir so tief fallen, wie wir es zulassen, dass wir so weit sehen, wie wir es wagen, die Augen zu öffnen.

Und dass die Worte, die wir sprechen, nur so lange weiterklingen, wie wir ihnen Nachdruck verleihen.

17

An manchen Tagen kommt mir die ganze Welt wie ein einziger großer Pornofilm vor. Ein ziemlich mieser Porno, mit hässlichen Männern, abgelutschten Schwänzen, gelangweilten Frauen, aufgepumpten Titten, peinlichen Dialogen und gefälschten Geldscheinen.

Ich versuche Lady anzurufen, um ihr von meinem Pornoweltempfinden zu erzählen und um sie zu fragen, wie es mit ihrer Tochter so läuft. Aber natürlich schaltet sich wieder einmal nur ihre Mailbox ein, und ich muss meinen ganzen Text auf ein dämliches Band quatschen. Anschließend geht es mir noch schlechter als vorher. Denn mit einer Mailbox über Persönlichkeitsstörungen und feuchte Schwänze zu reden, fühlt sich an wie billige Schizophrenie für Anfänger.

Aber drei Tage später bekomme ich einen Brief von Lady, er riecht nach Schäreninseln und Kinderzahnpasta, und auf den ökofarbenen Umschlag sind vier windschiefe Mohnblumen und ein halber blaurot gestreifter Vogel mit unterschiedlich großen Flügeln gekritzelt.

Ich öffne den Brief so hastig, als könnte er sich jeden Moment in Luft auflösen, dann falte ich den Briefbogen auseinander und lese: *Süße … was machst du nur mit deinem Leben? Du hast nur dieses eine! Verlier es nicht! Wir sehen uns bald wieder, ich rufe dich an, wenn ich zurück in Berlin bin. Und dann erzähle ich dir von meinen nackten Zeiten – von den Pornos, die ich gedreht habe, und den Joints. Es ist ein Glück, dass es dich gibt. Deine Lady.*

Auf dem Umschlag steht keine Absenderadresse.

Ich nehme an, das ist die freundliche Art zu sagen: Schreib mir bitte keinen Brief zurück.

Minny hat sich in dieser Woche ihre Brüste vergrößern lassen. Ich fand ihre natürlichen wunderschön, aber meine Meinung dazu war nicht von Bedeutung. Das kann ich gut verstehen. Mir sind schließlich auch alle Menschen egal, die mir erzählen wollen, dass ich dünn sei oder schlank oder ein gottverdammter Strich in der Landschaft.

Ich weiß es besser.

Genau wie Ana.

Aber es macht mir Angst mitzuerleben, wie ein so hübsches Mädchen wie Minny, das einen Haufen Verehrer hat und viele Freunde – ein Mädchen, das Geld bis zum Abwinken besitzt und dazu auch noch Verstand, wie so ein Mädchen auf die Idee kommen kann, dass ein künstlicher Busen ihr etwas geben könnte, das sie vorher nicht hatte.

Aber wahrscheinlich mache ich mir selbst noch viel mehr Angst, denn immerhin bin ich diejenige, die den Tag mit Hungern oder Verbluten verbringt, weil ich doch tatsächlich glaube, dass mir Selbstzerstörung etwas geben würde, das ich dringend brauche.

Also sage ich lieber nichts und bin einfach froh, dass ich nicht auch noch eine Stimme in meinem gespaltenen Kopf habe, die nach Silikonbrüsten, künstlichen Haarteilen oder aufgespritzten Lippen verlangt.

Ich bin schon verzweifelt genug, weil ich mich freiwillig unter einen Mann lege, der mir kein bisschen sympathisch ist, der Mundgeruch hat, der seine raue Zunge immer wieder in meinen Mund bohrt, der verschwitzt und feucht an meinem Körper klebt und ungeschickt an meinen Brüsten zieht. Es ist erniedrigend, wenn ein Mann mit hässlicher Stimme sagt: »Mach das und das und so, nein so …« Vor allem, wenn er dabei auch noch glaubt, er wäre männlich.

Es ist ernüchternd.

Nur ein Stück Fleisch zu sein.

Aber ich habe mir diesen Job selbst ausgesucht, ich habe

meinen Körper in die roten Räume des Passion geschleift und an ein fremdes Bett gekettet. An manchen Tagen bin ich gerne dort, trotz meiner Fesseln, aber an anderen kann ich nicht begreifen, warum ich bleibe.

Bisher hatte ich meistens Glück mit meinen Gästen, ich kann diejenigen, mit denen ich kein weiteres Mal auf ein Zimmer gehen würde, an einer Hand abzählen; aber das liegt wahrscheinlich auch daran, dass ich keine Quickies annehme. Manchmal weint eines der anderen Mädchen nach einem Termin und schlägt die Hände vor ihr Gesicht.

Die Räume des Passion wirken dann eng und bedrohlich, die Luft ist schwer vor Schuld und Scham, und jeder klingelnde Mann ist nur ein Eindringling in einen Frieden, der nicht uns gehört.

Ich finde es leichter, über schönen Sex zu schreiben, auch wenn ich davon keine Ahnung habe. Aber ich weiß immerhin, dass es einfacher ist, mit einem anderen Mädchen zusammen gebucht zu werden: Brittany hat diese großen samtweichen Brüste, und jeder ihrer Kunden ist ganz verrückt danach, mit seinem Gesicht dazwischen zu verschwinden. Und Amy ist jedes Mal ganz verlegen und spricht am Anfang nur mit gesenkten Augen. Sie ist etwas jünger als ich, und wenn sie redet, könnte man denken, ein kleines Kind stehe vor einem. Viele Männer mögen das – es macht sie an, aber mir tut Amy leid, weil sie so naiv ist. Mit Valesca habe ich einige Stammkunden zusammen, sie hat eine ähnliche Figur wie ich und auch lange dunkle Haare. Ich mag die Art, wie sie ihren Körper bewegt und mich nah zu sich heranzieht, wenn wir gemeinsam auf einem Zimmer sind. Minny hingegen ist ein kleiner blonder Engel, der sich im Bett zu einem total verzogenen Sexteufelchen verwandelt. Sie lässt ihre Zunge so flink und verschlagen um eine Schwanzspitze kreisen, dass die Männer ihr reihenweise verfallen.

Es ist ein Geständnis auf Zeit, die Masken der anderen Mädchen zu sehen. Aber auch wenn wir unsere Rollen perfekt einstudiert haben, auch wenn wir sie noch so überzeugend auf die Bühne tragen können, manchmal läuft doch alles aus dem Ruder. So wie heute. Ich verlasse gerade das Badezimmer und bin dabei, meine Haare abzutrocknen, da höre ich aus Zimmer vier ein leises Schluchzen hervordringen. Unsicher bleibe ich stehen und lausche einen Moment, ob ich nicht vielleicht nur ein Stöhnen falsch gedeutet habe, aber dann bin ich mir sicher, jemanden weinen zu hören. Also klopfe ich an die Tür, und weil keine Antwort kommt, schiebe ich sie schließlich langsam auf.

Amy liegt zusammengerollt auf dem hellen Seidenbett und hat ihr Gesicht in einem Haufen von Kissen vergraben.

»Darf ich reinkommen?«, frage ich vorsichtig.

Amy reagiert nicht darauf, und nachdem ich eine Weile zögernd im Türrahmen gestanden habe, tappe ich auf Zehenspitzen zu dem Himmelbett hinüber und setze mich neben sie.

Da hebt Amy ihren Kopf einen Augenblick aus den Kissen, sieht mich an, schnieft und wendet sich anschließend wieder von mir ab.

»Was ist denn los mit dir?«, frage ich leise und streiche ihr sanft über den Rücken. »Hat ein Kunde dich schlecht behandelt?«

Daraufhin weint Amy nur noch mehr, und ich sitze hilflos daneben und weiß nicht, was ich machen soll. Als Amy sich schließlich ein wenig beruhigt hat, erzählt sie mir, dass ihr Freund Alex herausgefunden hat, dass sie im Passion arbeitet, und dass er jetzt drauf und dran ist, vollkommen auszurasten.

»Er verlangt von mir, dass ich sofort aufhöre«, schluchzt Amy und wischt sich ein paar Tränen aus dem Gesicht. »Aber wie soll ich denn meine Miete bezahlen, ich bin doch gerade erst eingezogen, die Kaution war so hoch. Und ich muss Geld sparen, das ich meiner Mama nach Russland schicken kann. Ich will doch nur noch ein paar Monate hier arbeiten, bis ich genug zurückgelegt habe, um ganz neu anzufangen. Oh, Lilly, ich kann nicht sofort aufhören. Was soll ich denn nur machen?«

»Sag, dass du sein weg von hier«, schlägt Dasha vor, die auf einmal nackt im Türrahmen steht und dabei ist, sich in ein durchsichtiges Netzkleid zu zwängen. »Sag Eriko, er soll machen Fotos weg von die Internet. Dann du aussuchen neuen Name und machen andere Fotos mit Perücke. Oder du sagen Freund, er soll gehen, wenn du ihn nicht lieben.«

»Du verstehst nicht«, schnieft Amy, »er wird mich nicht einfach gehen lassen. Und er wird kontrollieren, ob ich noch hier arbeite.«

»Wir zusammenhalten. Wenn er anrufen, Marla kann sagen, du nicht mehr hier, oder wenn er klingeln, wir anderen Mädchen auch das sagen. Du kannst gehen durch Hintereingang. Niemand wird merken!«, sagt Dasha und setzt sich zu uns auf das Bett.

Amy nickt unsicher und sieht mich fragend an.

Aber meine Welt funktioniert anders.

Ich könnte nie mit einem Mann zusammen sein, dem ich verheimlichen müsste, dass ich in einem Bordell arbeite oder gearbeitet habe. Egal, wie viele Geschichten ich erfinden muss, um durch den Tag zu kommen, wenn es um wahre Freundschaft geht oder um Liebe, dann muss ich ehrlich sein. Denn wenn mich jemand nicht mehr liebt, weil ich nicht mit Nein antworten kann, falls er mich fragt: »Sag mal, Lilly, wenn man von der Anzahl deiner Sexpartner die Zahl fünfhundert abzieht, bist du dann eigentlich noch Jungfrau?«

Wenn ich darauf ein Nein erwidern würde.

Und er daraufhin »Auf Nimmerwiedersehen« sagen müsste.

Wenn er mich geringschätzen würde oder verachtet, dann hätte er mich wahrscheinlich auch vorher nicht geliebt. Denn mein Wert wird nicht von den Männern bestimmt, die mich gefickt haben. Und auch nicht von denen, die nichts verstehen.

Außerdem hat meine Mutter mir das eine beigebracht: dass man die Menschen um sich herum so behandeln sollte, wie man selbst behandelt werden will. Es klappt vielleicht nicht immer, aber es ist das Richtige. Und ich würde es wissen wollen, ob mein Freund ein Zuhälter, Callboy, Politiker oder Zahnarzt ist. Oder ein Vergewaltiger.

Das bisschen Wahrheit brauche ich. Damit ich sicher sein kann, dass ich um meiner selbst willen gemocht werde und nicht nur für meine Auftritte im glänzenden Kostüm.

Also zucke ich auf Amys fragenden Blick hin bloß mit den Schultern, und da ihr nichts Besseres einfällt, als Dashas Vorschlag zu befolgen, ruft sie schließlich Eriko an. Der brummt ein bisschen genervt herum, weil er findet, dass wir Frauen ziemlich blöd sind, wenn es um die Wahl unserer Freunde geht (womit er wahrscheinlich sogar recht hat), aber dann ruft er doch den Internetfuzzi an, und Amys Fotos verschwinden vorerst von unserer Homepage.

Die nächsten Tage sind lustig, aufwühlend und beängstigend zugleich. Alex ruft im Stundentakt auf Amys Handy an, um herauszufinden, wo sie sich gerade befindet, und es würde mich nicht im Geringsten wundern, wenn die Hälfte unserer Kunden Freunde von ihm wären, die er vorbeigeschickt hat, um auszuspionieren, ob Amy noch im Passion arbeitet.

Aber wir sind ja auch nicht dumm. Bevor wir die Tür öffnen, guckt Amy durch den Spion, um zu sehen, ob ihr Freund oder jemand aus seinem Freundeskreis dort steht. Und am Telefon sagen wir immer, dass Amy leider, leider nicht mehr bei uns arbeitet – das macht sie schließlich auch nicht.

Sie heißt jetzt nämlich Nina.

Ihre neuen Fotos sind abstrakt, mit blonder Perücke und in schwarzen Strapsen, sie hat sich nicht einmal selbst erkannt, aber ihre Stammkunden wissen alle über den Namenswechsel Bescheid, und so hat sie genug Termine.

»Was soll ich bloß machen?«, fragt Amy am dritten Tag, an dem sie offiziell nicht mehr im Passion arbeitet.

Sie starrt verängstigt ihr Handy an, weil Alex in den letzten vier Stunden mindestens fünfzehn Mal angerufen hat.

Und wahrscheinlich weiß sie nicht einmal, wovor sie mehr Angst hat, davor, ihn zu verlieren, oder davor, was er ihr antun könnte. Soweit ich das Ganze beurteilen kann, ist Alex ein gutaussehender Vollidiot, von dem man sich so weit entfernt wie möglich aufhalten sollte

»Ich will doch wirklich aussteigen!«, murmelt Amy.

Sie sitzt neben mir auf dem Sofa und wirft einen verzweifelten Blick nach dem anderen auf ihr Handy, als wäre es eine Atombombe, die jeden Moment in die Luft gehen könnte.

»Ich habe in meinem ganzen Leben noch nicht so viel gelogen wie jetzt«, fügt Amy mit unsicherer Stimme hinzu. »Aber er versteht einfach nicht, wie das für mich ist. Er ist so wütend, weil ich nicht sofort im Passion aufhören wollte. Weißt du, Lilly, ich brauche doch das Geld, ich muss erst einen anderen Job finden, und ich habe meiner Mama versprochen, dass ich im nächsten Monat nach Russland komme, wie soll ich das denn bezahlen? Ich freue mich schon so darauf, sie endlich ...«

Das Klingeln von Amys Handy unterbricht sie mitten im Satz, und für einen Moment steht sie stocksteif und stumm neben mir.

»Oh, nein«, flüstert sie dann und sieht mich hilflos an. »Was sage ich denn jetzt schon wieder? Wo könnte ich gerade sein? Bitte hilf mir!«

»Sag ihm, dass du bei mir bist«, schlage ich vor, weil mir auf die Schnelle nichts anderes einfällt. »Wenn er dir nicht glaubt, dann gib mir das Telefon, ich rede mit ihm.«

Amy geht also an ihr Handy und schnattert unsicher drauflos. Alex scheint ihr kein Wort davon abzunehmen, was kein Wunder ist in Anbetracht der Tatsache, dass sie sich in jedem Satz mindestens einmal verhaspelt. Schließlich fragt er sie, wo ich denn wohnen würde, und als sie ihm die Straße durchsagt, brüllt er so laut ins Telefon, dass ich das Gefühl habe, er stünde direkt neben mir: »Willst du mich verarschen?! Das ist direkt um die Ecke vom Passion!«

»Nein, nein«, jammert Amy, »sie wohnt wirklich da! Wir kennen uns noch aus der Schule, ich habe dir schon von ihr erzählt. Ich bin nicht im Passion, Alex, glaub mir doch bitte!«

Alex grummelt irgendwas, das ich nicht verstehe, und legt wieder auf. Amy wird leichenblass im Gesicht und lässt langsam die Hand mit ihrem Handy sinken.

»Was hat er gesagt?«, frage ich.

»Er will vorbeikommen«, haucht Amy so leise, dass ich mich anstrengen muss, überhaupt etwas zu verstehen. »Er hat gesagt, er fährt gleich los und ist in dreißig Minuten da. Was mache ich denn jetzt? Lilly, er bringt mich um!«

Dann fängt Amy wieder an zu weinen, und der Moment fühlt sich ziemlich nach dem tragischen Showdown einer Fernsehserie an. »Dann müssen wir eben schneller sein als er!«, sage ich schließlich schulterzuckend.

Wir sehen uns einen Augenblick lang an, unbeweglich. Dann muss ich grinsen und Amy auch, obwohl es definitiv der falsche Zeitpunkt dafür ist.

Lachend hetzen wir beide durch das Zimmer, suchen unsere Kleidung zusammen und stopfen den Großteil von Amys Sachen in ihre Tasche, dann flitzen wir los.

Sieben Minuten später stehen wir ziemlich außer Atem in meiner Wohnung, und Amy ist noch blasser im Gesicht als ich, wenn ich drei Tage lang nichts gegessen habe.

»Ich verschwinde wieder ins Passion, sonst wird Eriko noch sauer«, sage ich und zeige Amy schnell die wichtigsten Sachen in meiner Wohnung. »Fühl dich wie zu Hause und ruf mich an, wenn Alex psychopathisch wird. Sag ihm einfach, dass ich bei einer von meinen Kinderfamilien bin. Du hast ihm doch erzählt, dass ich mit Kindern arbeite, oder?«

Amy nickt und lässt sich auf mein Bett sinken.

»Möchtest du lieber, dass ich bei dir bleibe?«, frage ich.

Sie schüttelt den Kopf.

»Nein, nein, geh nur. Eriko hat sowieso schon schlechte Laune, weil Minny und Dasha immer zu spät kommen. Er mag es nicht, wenn wir einfach abhauen. Und du hast doch gleich noch einen Termin mit deinem Stammgast«, sagt Amy. »Wir sehen uns dann später?«

»Ja klar, und du kannst auch gerne hier schlafen«, antworte ich.

Dann gebe ich Amy einen Kuss, drücke sie noch einmal fest und mache mich anschließend schleunigst aus dem Staub, damit ich Alex nicht begegne.

Als ich drei Stunden später wieder nach Hause komme, schläft Amy schon. Sie liegt zusammengekuschelt auf meinem Sofa und trägt ein weißes T-Shirt von mir. Auf dem Küchentisch liegt ein Zettel: *Danke, Lilly, für alles. Wir haben lange geredet, vielleicht glaubt er mir jetzt. Bis morgen früh, schlaf gut!*

Ich ziehe mich leise aus, lege mich in mein Bett und starre aus dem weit geöffneten Fenster in die dunkle Nacht hinaus. Der kalte Wind kitzelt mich am Hals, und ich erzittere, aber komischerweise kann ich nur mit offenem Fenster schlafen, selbst im Winter, wenn ich so entsetzlich friere.

Es ist ungewohnt, nicht alleine in meiner Wohnung zu sein. Natürlich habe ich manchmal Besuch, aber zu wissen, dass am nächsten Morgen, wenn ich aufwache, noch jemand hier sein wird, das wühlt mich auf. Mein Leben ist so sehr bestimmt von Isolation, dass ich mir gar nicht mehr vorstellen kann, wie es ist, einen festen Freund zu haben. Wenn ich nach Hause komme, ist immer alles still. Niemand sagt etwas, niemand fragt etwas. Ich muss nichts erzählen, nichts erklären, nichts rechtfertigen, nichts beweisen, nichts essen, nichts verstecken.

Ich bin einfach da.

So gut ich kann.
Ich versuche, auf mich aufzupassen.
Auch, wenn ich nicht weiß, wofür.

Am nächsten Morgen wache ich auf, weil mich etwas im Gesicht kitzelt. Es sind Amys Haare. Sie blinzelt mich müde an, während ich noch dabei bin zu begreifen, wo ich mich gerade befinde.

»Entschuldigung«, murmelt Amy mit müder Stimme. »Ich konnte nicht schlafen, da bin ich zu dir umgezogen. Ist das okay?«

Ich antworte ihr nicht, sondern rutsche einfach etwas näher an sie heran, atme ihren sanften Duft ein, lege einen Arm um sie und lasse zu, dass ihre Hand über mein Gesicht und weiter über meine Schultern zu meiner Taille hinabwandert.

Es ist zärtlich, gehalten zu werden.
Es ist zärtlich, nicht alleine zu sein.
Und es ist Zärtlichkeit, etwas zu teilen – ganz egal, ob Schmerz oder Glück.

18

Es ist immer noch Herbst, aber etwas verändert sich mit der Zeit. Ein Gefühl in mir wird immer lauter und lauter, oder vielleicht kommt es mir auch nur so vor, weil ich selbst zu leise geworden bin.

Ich stehe regungslos im Begrüßungszimmer und blicke hinauf zu dem großen Kronleuchter. Um mich herum sind so viele Geräusche: ein Föhn, die Lounge-Musik, leises Seufzen, verhohlenes Lachen, geiles Stöhnen, das Rattern des Kaffeeautomaten, der Klingelton eines Handys. Aber trotzdem ist alles merkwürdig festgefroren. Erstarrt.

Unwirklich.

Zu scharf gestochen.

An manchen Stellen verwischt.

Dann wird mir auf einmal klar, was passiert ist.

Ich habe mich an dieses Leben gewöhnt. Es ist normal geworden, es überwältigt mich nicht wie am Anfang, es ist längst nichts Außergewöhnliches mehr, und es fängt an, mich zu langweilen. Es ist nichts übrig, was ich im Passion noch lernen könnte; es gibt nichts mehr, woran ich wachsen oder scheitern könnte.

So darf mein Leben nicht sein.

Ich ertrage es nicht, etwas Gleichbleibendes und Alltägliches um mich zu haben. Monotonie, Normalität – beides gibt dem Chaos in mir zu viel Platz, um ungehindert zu wüten.

Meine Tage im Passion sind gezählt. Das wird mir klar, während ich auf Minnys heftiges Stöhnen lausche, das aus Zimmer zwei zu mir herüberdringt und sich mit dem Violinensolo, das gerade im Begrüßungszimmer läuft, vermischt.

Nachdenklich gehe ich ins Mädchenzimmer und lege mich dort mit meinem Laptop auf das Bett. Dann fange ich an zu schreiben, weil Schreiben das Einzige ist, was ich kann, ohne dabei abseits von meiner Seele, zwischen flüchtig zusammengepflasterten Gedanken, zu stehen.

Nachdem ich zwei Stunden lang irgendwelche Sätze vor mich hin getippt habe und Brittany dreimal ihr Handy quer durch das Zimmer hat fliegen lassen, fühle ich es ganz sicher:

Es ist Zeit für den Rückzug aus diesem nackten Gebiet.

In meinem Kopf sind alle Söldner bereit.

Aber niemand geht gerne weg. Besonders dann nicht, wenn die Straßen, auf denen man laufen muss, die gleichen sind, auf denen auch all die namenlosen Vergewaltiger gehen.

Später an diesem Abend fahre ich zu Chase, weil ich nicht allein sein möchte.

»Das ist aber mal eine schöne Überraschung«, sagt Chase, als er mir die Tür öffnet. »Normalerweise bin ich derjenige, der nachts vor deiner Tür steht.«

»Wirst du mich vermissen, wenn ich tot bin?«, frage ich zur Begrüßung.

»Ich vermisse dich jetzt schon«, antwortet Chase und lässt mich eintreten.

Die Nacht zieht sich dahin, Stunde um Stunde.

Ich liege wach, habe eine Hand auf meinen Bauch gepresst und versuche, nicht so schreckliche Angst vor mir zu haben. Chase schläft derweilen längst, und sein gleichmäßiger Atem dringt dicht an mein Ohr.

»Sag, dass du mir kein Wort glaubst«, raune ich ihm leise zu und verstumme dann einen Moment, um zu prüfen, ob er auch wirklich tief genug schläft. Sein Atem bleibt ruhig und kontinuierlich, also kann ich fortfahren: »Sag, dass du mir kein Wort glaubst, wenn ich unter dir liege und du mich fragst, ob alles okay ist, und ich *ja* flüstere, als gäbe es mich nicht. Denn ich will weinen, deine starken Arme um meinen Körper spüren und sagen: *Ich weiß nicht, wie es ist, wenn es schön ist.* Und wenn ich Geschichten erfinde, um meine Lücken zu füllen, dann sag in mein unsichtbares Gesicht: *Irgendwann wirst du mir die Wahrheit erzählen.* Sag es so, dass ich weiß: Ich habe keine andere Wahl. Und dann lass mich heranwachsen, zu einer jungen Frau, die kein vergewaltigtes kleines Mädchen mehr ist. Lass mich unter dir liegen, deine Nähe spüren. Und lass mich verstehen: Es ist okay.«

Chase murmelt etwas im Schlaf und dreht sich auf die andere Seite. Dann dreht er sich wieder zurück, brummt zweimal und legt schließlich einen Arm um mich.

Ich warte einige Minuten ab.

Ich verharre ganz still.

Ich höre auf das Ticken seiner Wanduhr.

Und dann tauche ich unter Chase' Arm hindurch weg von ihm, nehme mir eine der beiden Decken, krieche leise aus dem Bett und rolle mich zum Schlafen auf dem Fußboden zusammen.

Zur gleichen Zeit sitzt Alex in seinem Auto, das er in einer der Seitenstraßen vom Passion geparkt hat, und wartet.

Und wartet. Und wartet.

Psychopathen sind wahrscheinlich mit Abstand die geduldigsten Menschen auf der Welt. Als Amy schließlich das Bordell verlässt und von Eriko nach Hause gefahren wird, folgt Alex den beiden bis zu der Straße, in der Amy wohnt, und dann lauert er dort geduldig hinter einem dunklen Baum verborgen, bis Erikos Wagen wieder verschwunden ist. Anschließend schlendert er gelassen, ohne einen einzigen Moment des Zögerns, zu der Haustür hin, klingelt einmal langgezogen und weiß dabei ganz genau, dass Amy ahnungslos genug ist, um ihm die Tür zu öffnen.

Er behält recht.

Sie steht unsicher lächelnd vor ihm.

»Was machst du denn so spät noch hier?«, fragt sie leise und gibt ihm einen Kuss auf die Wange.

Er antwortet nicht darauf.

Seine Augen sind kalt.

Er betritt ihre Wohnung und schließt die Tür hinter sich.

Er schiebt den Riegel vor, er hängt die Sicherheitskette ein.

Für sie ist es jetzt zu spät, um zu begreifen.

Für ihn ist es Gerechtigkeit.

»Du verdammte Nutte!«, beschimpft er Amy, während er sie auf den Boden wirft und seine Hose öffnet. »Du dreckige Scheißhure, hast es nicht besser verdient! Du fickst doch eh mit jedem beschissenen Schwanz, was heulst du jetzt so rum!?«

Irgendwann hört sie auf, sich zu wehren.

Irgendwann ist er fertig mit ihr.

»Das ist es doch, was du den ganzen Tag machst«, sagt er zum Abschied.

Dann spuckt er sie an.

Und lässt sie liegen.

Am nächsten Morgen kommt Amy kurz nach mir ins Passion. Ihr Gesicht ist weiß wie eine kahle Wand, und ihre Unterlippe ist aufgesprungen und angeschwollen. Sie weicht meinem Blick aus, sie weicht meiner Umarmung aus – sie ist genau wie ich.

»Was ist passiert?«, frage ich erschrocken und setze mich zu ihr auf das Bett.

Amy schüttelt abwehrend den Kopf und starrt stumm auf eine Stelle rechts neben dem Wandschrank.

Irgendwann fängt sie an zu erzählen, ihre Worte sind abgehackt, sie hören sich an wie das dumpfe Scheppern von sägemehlüberzogenen Sperrholzplatten, die achtlos aufeinander geworfen werden.

Es wird Mittag, es wird Nachmittag.

Es wird Abend, es wird Nacht.

Amy und ich liegen noch immer zwischen den unzähligen

Tüchern und Kleidungsstücken auf dem Bett im Mädchenzimmer und lauschen unserem Schweigen. Irgendwann setze ich mich auf, denn Alpträumen darf man keine Liegewiese bieten. Ich sehe zu Amy hinüber, sie hat ihre Augen geschlossen, ab und zu zucken ihre Lider. Mein eigener Blick verfängt sich in einem schiefen Spalt auf dem Parkettboden, obwohl da so viel anderes um mich herum ist, was ich sehen könnte.

»Ich will weg von hier«, durchbricht Amys Stimme schließlich die Stille.

Entfliehen – eine Tür aufreißen und rennen.

Ich weiß, was sie meint.

Ich weiß es haargenau.

All die Tage, die ich als Kind unter meinem Bett gelegen und darauf gewartet habe, dass es an der Tür klingelt und da jemand steht, der gekommen ist, um mich wegzuholen – in ein neues Leben, in eine schönere Welt, in ein wärmeres Zuhause. An einen Ort, an dem niemand zerreißt und zerstört, was anschließend keiner mehr zusammenzuflicken vermag.

Aber es hat nie geklingelt.

Und ich habe nie aufgehört zu warten.

Es ist der sehnliche Wunsch meiner entblößten Seele, dass eines Tages ein Mann vor dem Passion steht – ein Mann, der von Bedeutung ist, der mich auf seine starken Arme hebt, um mich an einen Ort zu tragen, an dem ich in Sicherheit bin.

Ich sehe diesen Augenblick deutlich in meinen Gedanken: Ich stehe dort entwurzelt, auf der anderen Seite von der Tür, mit stockendem Atem und einem viel zu heftig klopfenden Puls. Natürlich zögere ich. Natürlich beiße ich mir auf die Unterlippe und schwanke. Denn es ist die letzte Schlacht um meinen gefallenen Körper. Es geht um alles.

Alles oder nichts.

Er steht wortlos vor mir. Und mit einem einzigen Blick sagt er mir all diese Dinge, die ich schon seit Jahren weiß – aber sie von ihm zu hören macht sie erschreckend wahr und greifbar. Ich sehe mich vor mir wie ein offenes Buch, das niemand zu lesen vermag, weil es in einer geheimen Schrift geschrieben ist, die nur der Verfasser selbst entschlüsseln kann. Aber ganz egal, welche Seite ich auch aufschlage, ich erinnere mich nicht mehr daran, sie beschrieben zu haben.

Der Schmerz ist drängend, erfüllt von großen Erwartungen. Und ich möchte mir so gerne die Schande von meinem Körper wischen, erklären warum, wieso und wie lange schon. Ich möchte sie beschreiben, die Geschehnisse, die immer fernab liegen mussten, um niemals in Berührung mit meiner realen Welt zu gelangen.

»Lilly«, sagt er. »Lilly.«

Und seine Stimme kauft mich frei.

Die Worte verklingen nicht, sie zögern nicht, sie lassen keinen Raum für andere Möglichkeiten, und sie halten stand. Da weiß ich: Ich kann gehen.

Und ich werde nie wieder Felia heißen.

Er umfasst meinen Arm, während wir die Treppen hinuntersteigen und hinaus auf die Straße treten. Sein Griff ist fest, aber nicht grob, und er schenkt mir eine Nähe, die ich schon so lange nicht mehr gespürt habe, dass ich verlernt habe, sie zu vermissen.

Im Auto dann blicke ich aus dem Fenster, frage mich, wohin all die Leute, an denen wir vorbeifahren, wohl gerade gehen und ob sie, wenn sie mir ins Gesicht blicken würden, die Wahrheit erkennen könnten, die mich splitterfasernackt inmitten eines Raumes voll gutgekleideter Männer stehen lässt. Meine Splitter sind scharfkantig. Jede Faser von meinem Verstand hat sich verknotet. Und die nackte Blöße steht in meine Verfassung geschrieben. Es wäre schön, wenn irgendwer die Kunst darin erkennen könnte. Und es wäre schön, wenn ich meine Fehler übermalen dürfte.

Irgendwann sind wir schließlich da. Er öffnet mir die Autotür und trägt wie selbstverständlich meine Taschen in seine

Wohnung. Ich selbst trage die unsichtbare Last, die weder Ana noch Mia für mich halten können, auch wenn sie es mir so oft versprochen haben.

In seiner Wohnung angekommen, stehe ich leise und still im Flur. Regungslos. So unauffällig wie möglich.

Ich wage es nicht, mich zu bewegen, solche Angst habe ich davor, aus diesem Traum gerissen zu werden. Doch da berührt er sanft meine Schulter und dreht mich zu sich herum. Dann zieht er mir den viel zu kurzen Rock aus, öffnet die Rückenbänder meines bauchfreien Tops, löst das schwarze Strapsband von meinem Oberschenkel und wischt mir den funkelnden Lipgloss aus meinem Gesicht.

Er lässt heißes Wasser in die Badewanne einlaufen, und ich sehe dabei zu, wie der Schaum sich knisternd zu kleinen Bergen auftürmt und wie die winzigen Seifenbläschen leise puffend zerplatzen. Dann hebt er mich über den weißen Badewannenrand, und ich gleite in das schaumbedeckte Wasser. Die Wärme umfängt mich und spült einen Teil der schrecklichen Schmach von meinem Körper. Ich fühle, wie das verkrustete Blut in meinen unzähligen Wunden sich langsam auflöst, bis es einfach verschwunden ist.

In dieser Badewanne treibt kein Floß.

Mein Horizont ist ungebrochen. Ich werde nicht ertrinken.

Und jemand wird da sein, wenn ich aufwache.

Schließlich wickelt er mich in ein Handtuch, das so groß ist, dass es mich bis zu den Knöcheln verhüllt, und ich fühle meine nassen Haare in meinem Nacken kribbeln sowie das sanfte Pochen meines Herzens unter meiner aufgewühlten Haut. Ich schnuppere den Duft von frisch gewaschenen Handtüchern und dem Rosenschaumbad.

Und dann, auf einmal, wird aus diesem fremden Wesen, von dem ich die ganze Zeit über geschrieben habe, aus all diesen Einzelteilen, der leeren Hülle, dem fremden Körper und den rastlosen Stimmen – aus all dem, da werde auf einmal wieder ich.

Ich. Lilly.

Wie oft habe ich mich unterwegs verloren.

Wie oft habe ich mich achtlos liegen lassen und bin geflohen.

Aber an diesem Tag bleibe ich bei mir. Und streiche sanft über mein blasses Gesicht.

Er kommt einen Schritt auf mich zu.

Er. Ein Mann.

Aber an diesem Tag weiche ich nicht zurück.

Denn vielleicht, wenn ich alles richtig mache, schließt meine Welt ihre Lücken.

Und dann vergebe ich mir meine Fehler.

Und dann verstehe ich: Es ist okay abhandenzukommen.

Einstweilen jedenfalls.

NACHSPIEL

1

Chase war der Erste, dem ich es gesagt habe, damals, mit siebzehn, noch an dem Abend, an dem ich davongekommen bin. Nachdem mein Floß davongetrieben war und mein Körper sich in ein schmutziges Stück Fleisch verwandelt hatte, dachte ich mir, dass ich meinen Mund öffnen müsste, um nicht vielleicht noch im Nachhinein zu sterben. Um nicht verschlungen zu werden von der hungrigen Nacht.

Ich wollte zu meiner Mutter gehen, ich wollte, dass sie mich festhält und mir über die Haare streicht, so, wie man es mit einem kleinen Kind macht, das Trost braucht. Aber ich wusste, so würde es nie sein.

Die fremde Zeit war unbarmherzig.

Sie stand zwischen mir und dem Leben.

Ich hätte für immer erstarrt in dem Keller bleiben oder in der Badewanne ertrinken können. Aber ich wollte nicht das Opfer sein.

Deshalb bin ich aufgestanden und habe mich auf den Weg zu Chase gemacht. Die Schmerzen waren unnachgiebig und bohrend. Doch in dem Dröhnen, das mich umhüllt hat, habe ich auf einmal verlernt, sie wahrzunehmen. Meine Beine zu bewegen kam mir vor wie ein sinnloser Kampf. Wie ich es geschafft habe vorwärtszukommen, die Treppen hinunter, zur Tür hinaus, die Straßen entlang, vorbei an fremden Gestalten, vorbei an Männern, vorbei an Monstern, und dann weiter die Treppen hinauf zu Chase' Wohnung – ich weiß es nicht mehr. Meine Haare waren noch nass vom stundenlangen Baden, sie lagen schwer auf meinen Schultern. Und während ich lief und lief, hatte ich das Gefühl, jeder einzelne Mensch auf meinem Weg würde mich anstarren; mich und den Stempel auf meiner Stirn.

»Sei da, sei da, sei bitte da …«, habe ich gebetet, während ich meinen zitternden Finger auf Chase' Klingelknopf gedrückt habe.

Und er war da.

Er hat die Tür geöffnet, und ich habe einfach dort gestanden und ihn angesehen. Ich konnte mich nicht rühren, nichts sagen, denn im gleichen Augenblick, in dem Chase vor mir auftauchte, verlor ich den Faden zu meinem Leben, zu einem Halt, zu dem Punkt, an dem alles zusammenläuft und ein menschliches Ganzes formt.

Meine Augen waren müde, ich wollte sie offen halten, ich wollte mit wachem Blick der Welt entgegensehen, nicht davondriften, nicht vergehen. Aber sie kamen zum Stillstand. Meine Pupillen krallten sich fest an einer Stelle rechts neben Chase' Gesicht, an seinem Türrahmen. Dort blieb mein Blick gefangen; nur aus den Augenwinkeln sah ich den Rest von mir.

Der Rest ist das, was übrig bleibt.

Und ich war der letzte Rest.

Chase hat mich angestarrt. Es war ein seltsames Gefühl, denn auf einmal ist mir bewusst geworden, wie ich aussehen musste. Bis zu diesem Augenblick hatte ich nur die Schande gespürt und das dumpfe Rauschen. Mein Spiegelbild in einem der Schaufenster unterwegs hätte ich niemals freiwillig angesehen.

»Was ist passiert – was um Himmels willen ist mit dir geschehen?«, hat Chase gefragt und eine Hand unter mein Kinn gelegt, um mein Gesicht ins Licht zu drehen.

Aber im Schweigen bin ich unschlagbar.

Und was hätte ich auch antworten sollen – mein Mund war versiegelt, und mein Hals ein ausgetrockneter, stummer Schrei. Das Licht in Chase' Flur kam mir greller vor als sonst, ich wollte blinzeln und blinzeln und blinzeln. Aber ich hatte keine Kraft dazu.

Chase hat irgendetwas gesagt. Und dann noch etwas. Und noch etwas. Aber ich habe kein Wort verstanden.

Schließlich hat er meinen Arm gepackt und mich in seine Wohnung gezogen. Es war leicht, willenlos zu sein. Darin hatte ich mittlerweile Übung. Ich lerne schnell, wenn man mir ein Messer in die Haut rammt.

Im Flur hat Chase mich an den Schultern gehalten und gerüttelt, aber er konnte mich nicht zu Bewusstsein bringen. Ich hatte längst vergessen, wie man aufhört, abwesend ins Nichts zu starren. Und als Chase ein weiteres Mal seine Hand unter mein Kinn gelegt hat, um mein Gesicht zu sich zu drehen, da habe ich meine Augen geschlossen, weil ich nicht wollte, dass er das schwarze Loch in mir sieht.

»Lilly. Lilly, hörst du mich? Was ist passiert, wer hat dir das angetan?«, hat Chase weiter gefragt.

Seine Stimme war überall, sie war zu laut. So laut, dass meine Ohren weh getan haben. Ich wollte ihm eine Antwort geben, ganz bestimmt, aber es ging nicht. Ich wollte weinen, wenigstens das; Tränen sagen mehr als Worte, aber ich konnte es nicht.

Chase' Hand auf meiner Haut hat sich gefährlich angefühlt, seine Berührung war ein bedrohliches Lodern, ich habe gebrannt und gebrannt.

Dann ist mir schwindlig geworden, und alles war mit einem Mal stockdunkel. Ich habe mich fallen gespürt, ich habe mitbekommen, wie Chase mich aufgefangen hat, wie ich in seinen Armen gelandet bin, hart und sanft zugleich. Es war ein schönes Gefühl. Ich wäre gerne noch ein zweites Mal gefallen, nur um den Moment erneut auskosten zu können, in dem er mich aufgefangen hat und alles andere vorbei war.

Chase hat mich auf sein Sofa getragen, das Geräusch seiner Schritte auf dem Parkettboden hat mich zurück in die Wirklichkeit geholt. Er hat wieder etwas gesagt; so viele Sätze. Sie sind alle ungehört an meinem Ohr verklungen.

Mein Kopf kam auf einem der Sofakissen zum Ruhen, ich war mir sicher, dass ich mich nie wieder von dieser Stelle rühren würde. Ich wollte angekommen sein. In Sicherheit. An einem sanftmütigen Ort.

Chase hat weiterhin auf mich eingeredet. Fragen über Fragen. Zumindest kam es mir so vor. Da habe ich genickt – nur so, um ein guter Mensch zu sein.

Dann war Chase auf einmal weg.

Und dann war er wieder da.

Er hat mir ein Glas kühles Wasser an die Lippen gesetzt und gesagt: »Trink.«

Das habe ich verstanden, und ich war stolz auf mich, weil es nicht allzu schwer war. Chase hat wortlos vor mir gestanden und mir zugesehen, wie ich versucht habe, etwas von dem Wasser zu trinken, ohne mich dabei zu ertränken.

Dann hat er gesagt: »Ich fahr dich ins Krankenhaus!«

Und da konnte ich auf einmal wieder reden.

»Nein«, habe ich gesagt. »Nein, nein …«

Und es war interessant für mich, meine Stimme zu hören. Sie war fremd. Sie war gedemütigt. Ich wollte sie ausspucken und vor ihr fliehen.

»Das war keine Frage«, hat Chase gesagt und schon nach meinem Arm gegriffen, um mir beim Aufstehen zu helfen. »Du musst dich untersuchen lassen! Hast du mal in den Spiegel geguckt? Du hast eine riesige Wunde an der Stirn und an deiner Lippe auch, du blutest am Hals, und deine Handgelenke sind schwarz, grün und blau.«

Da habe ich angefangen zu weinen.

Und dann habe ich angefangen zu schreien.

Vielleicht dachte ich, ich könnte auf diese Weise meine fremde Stimme wieder loswerden.

»Fass mich nicht an!«, habe ich geschrien. »Fass mich bloß nicht an! Ich gehe nicht in ein Krankenhaus! Niemals! Lass mich einfach in Ruhe hier sein. Deshalb bin ich zu dir gekommen, um hier zu sein. Nicht um wieder wegzugehen. Ich bin nicht verwundet!«

Und dann konnte ich auf einmal nicht mehr richtig atmen. Ich habe es verlernt, von einer Sekunde auf die nächste. Es ging einfach nicht mehr. Vielleicht weil ich fast übergeschnappt wäre bei dem Versuch, mit dem schrecklichen Schluchzen aufzuhören.

Chase hat meinen Arm losgelassen, als hätte er sich verbrannt, er hat einen Schritt zurück gemacht, einen Schritt von mir weg, und dann hat er hilflos zugesehen, wie ich von seinem Sofa auf den Boden gerutscht bin und mich in die hinterste Ecke seines Zimmers verzogen habe, um mich dort leise wimmernd zusammenzukugeln.

Irgendwann habe ich angefangen, Blut zu husten.

Jetzt sterbe ich, habe ich für einen winzigen klaren Augenblick gedacht.

Und irgendwie war ich erleichtert.

Ich war sogar erleichtert darüber, dass ich erleichtert war.

Aber dann wusste ich: Es ist nicht ganz so schlimm, ich sterbe nicht.

Komischerweise war auch das erleichternd.

Was für ein Hin und Her.

Dann war Chase wieder dicht bei mir und hat mir ein Taschentuch hingehalten. Ich hatte Zauberkräfte, ich habe das Tuch von Weiß zu Dunkelrot gezaubert, ohne die geringste Mühe, in keiner nennenswerten Zeit.

Ganz leise, als hätte er Angst, mit seiner Stimme etwas kaputt zu machen, hat Chase mir schließlich zugeflüstert: »Lilly, hör mir zu, ich bring dich ins Krankenhaus, und ich bleibe bei dir, okay? Die Ärzte dort können dir bestimmt helfen. Dein Hals muss vielleicht genäht werden, du hast da einen ziemlich langen Schnitt, auch wenn er nicht so tief zu sein scheint. Kannst du mich verstehen? Lilly? Es wird alles wieder gut, okay? Lilly?«

Es wird alles wieder gut.

Das ist mein Lieblingssatz.

Ich könnte ihn den ganzen Tag lang hören. Ich würde, ohne zu zögern, alle anderen Arten von Konversation aus meinem Leben streichen, nur um diesen einen Satz immer und immer wieder gesagt zu bekommen.

»Ich will nicht ins Krankenhaus!«, ist auch ein guter Satz.

Ich habe ihn damals gleich dreimal hintereinander zu Chase gesagt, weil er so nach Beständigkeit geklungen hat. Und ich konnte ihn auswendig, ohne ihn vorher einstudiert zu haben.

ATMEN! Atmen.

Es tat so weh in meiner Brust.

»Lilly«, hat Chase drängend gesagt.

»Chase!«, habe ich gefaucht.

»Lilly ...«, hat Chase beruhigend gesagt.

»Chase ... ich will nicht untersucht werden!«, habe ich schließlich hervorgestoßen und dabei vergeblich nach Luft geschnappt. »Ich will nicht, dass mich jemand anfasst! Ich will das nicht!«

Und weil Chase nicht so geguckt hat, als könnte ich ihn davon abbringen, mich in das nächstgelegene Krankenhaus zu fahren, habe ich vor Panik noch heftiger geweint und ihn angefleht: »Bitte, bitte ... ich tue alles auf der Welt, was du willst ... aber ich kann jetzt nicht in ein Krankenhaus gehen. Bitte, Chase ... lass mich einfach hier sein! Chase ... bitte ...«

Wahrscheinlich hatte Chase Angst davor, mich noch mehr aufzuregen; vielleicht dachte er, dass ich dann ersticken oder kollabieren würde oder seinen gesamten Fußboden in eine Blutlache verwandeln könnte.

»Ja ... okay, kein Krankenhaus«, hat er deshalb besänftigend, wenn auch nicht sehr überzeugend gesagt und mir dabei ein frisches Taschentuch hingehalten. »Ist schon gut, Lilly, jetzt beruhige dich doch erst einmal.«

Ich habe das Taschentuch in die Hand genommen und mich daran festgekrallt, als wäre es Gottes leitende Hand voller Barmherzigkeit. Dann habe ich einen Schluckauf bekommen, und mein Brustkorb hat noch schrecklicher geschmerzt als zuvor. Ich wollte so gerne aufhören mit dem Heulen und dem Husten, aber ich konnte es nicht.

»Chase!«, habe ich geschnieft. »Mach, dass es aufhört. Ich kann nicht mehr!«

Da hat Chase vorsichtig seine Arme um mich geschlungen und meinen Kopf an seine Schulter gedrückt. Im ersten Moment habe ich noch versucht, ihn wegzuschieben, weil ich gelernt habe, dass Männer böse sind, dass Männer widerlich sind, dass sie zerstören, dass sie zerreißen, dass sie kleine Mädchen dazu zwingen, willenlose Fickpuppen zu sein. Aber dann habe ich aufgehört zu kämpfen, denn es war hoffnungslos. Und wir brauchen alle ein Stück Hoffnung. Also habe ich mich an Chase geklammert, um nicht einsam zu verenden. Das Luftholen tat furchtbar weh, und ich konnte mich nicht beruhigen – die heißen, salzigen Tränen brannten auf meinem Gesicht wie Säure, und ich habe versucht zu erzählen, zu sagen, zu erklären, zu beschreiben, verständlich zu machen, auszudrücken und mitzuteilen, was geschehen war.

Aber ich habe nur abgehackte Worte, zwischen Atemnot und Schluchzern, hervorgebracht.

Ich konnte mir keine Stimme geben.

Ich habe alles gesagt.

Aber es hat nicht gereicht.

Es waren die falschen Worte.

Es war eine fremde Geschichte.

Da war ein Teil von mir und ein anderer, den ich nicht kannte. Sie steckten beide in mir fest und wussten nicht miteinander umzugehen. Vielleicht lag es an der undurchsichtigen Wand, die mich von meinem Wesen trennte. Ich denke, so etwas passiert einfach.

Wenn ein Schwanz deine Seele durchstößt.

Irgendwann, nach einer Ewigkeit, war ich erschöpft vom zu vielen Weinen. Mein Hals war wund und trocken, Chase' Herz hat geschlagen, so nah an meinem Ohr. Die Welt wurde schummrig, erst grau, dann schwarz, dann irgendetwas dahinter. Und das Letzte, was ich zu Chase gesagt habe, bevor ich in seinen Armen in einen unruhigen Schlaf gefallen bin, war: »Alles, was aus mir noch geworden wäre, werde ich jetzt nie erfahren, nicht wahr?«

Das helle Sonnenlicht, das durch die Fenster hindurch auf mein Gesicht fiel, hat mich aufgeweckt. Ich lag in Chase' Bett, unter seiner riesigen blauen Entenfederdecke, und er saß neben mir auf einem Stuhl, als wollte er Wache halten. Seine Hände waren ineinander gefaltet und seine Ellbogen auf den Oberschenkeln aufgestützt, sein Blick ruhte auf mir. Ich hatte Chase nie zuvor mit diesem Ausdruck in seinen Augen gesehen, und ich könnte ihn niemals beschreiben. Ich weiß nur noch, dass dieser Blick mich durchstochen hat, so sehr wie nie wieder irgendetwas. Bis heute ist Chase der einzige Mann auf der Welt, der mich anfassen kann und hochheben, ohne dass ich davonlaufen möchte. Weil er alles von mir gesehen hat, alles. Und weil er der Einzige war, der den Schmerz in mir toben gehört hat – ungeschnitten, nicht synchronisiert, in den grässlichsten Farben.

Mein Mund war ausgetrocknet, meine Nase verstopft und meine Wangen aufgeraut von den salzigen Tränen. An meinem Hals hat etwas geziept und gebrannt, und als ich mit meinen Fingerspitzen vorsichtig danach getastet habe, waren da Wundnahtstreifen über eine lange Schnittwunde geklebt. An meinen Handgelenken waren weiße Verbände, die nach irgendeiner Salbe rochen, und auch an meiner Stirn waren Nahtstreifen angebracht.

Ich habe die Zimmerdecke angesehen, ich bin der feinen Stuckverzierung mit meinen Augen auf und ab gefolgt, hin und her, immer wieder vom Anfang bis zum Ende. Chase saß währenddessen einfach nur so da, und wir haben beide für eine lange Zeit kein einziges Wort gesprochen. Denn was hätte ich schon erzählen sollen? Was sagt man in solchen Momenten?

Nichts.

Gar nichts.

Man nutzt viel eher die Stille, um abzuwägen, ob man überhaupt jemals wieder sprechen wird oder für immer verstummen muss.

Irgendwann ist Chase schließlich aufgestanden, hat sich zu mir auf das Bett gesetzt und nach meiner Hand gegriffen.

»Ich war noch nie so wütend«, hat er dann leise gesagt. »Mich hat noch nie etwas so rasend gemacht und so hilflos. Ich bin nicht gut darin, danebenzustehen und nichts machen zu können. Du bist der Mensch in meinem Leben, für den ich schon immer jede Last tragen wollte. Als ich dich damals im Kindergarten gesehen habe und du fast geweint hättest, weil deine Mutter dich abgeholt hat und sich das Bild mit der Katze, das du extra für sie gemalt hattest, nicht ansehen wollte, als du deine Augen zusammengekniffen hast, weil du nicht weinen wolltest, weil du stark sein musstest – schon damals, da wollte ich einfach nur derjenige sein, der dir verrät, dass du irgendwann erwachsen sein wirst und dass deine Eltern dich nicht brechen werden, ganz egal, was sie zu dir sagen und wie selten sie dich in den Arm nehmen. Du hattest immer dieses Leuchten in deinen Augen, sogar wenn du traurig warst. Du hast immer so viel Wärme in jedes noch so blöde Turmbastelspiel gesteckt, als wolltest du dir selbst beweisen, dass du weißt, was Liebevoll-Sein bedeutet, auch wenn du es nicht erfahren durftest. Und du hast mir nie ein Wort gesagt während der Zeit, in der dein Nachbar dir all diese Dinge angetan hat. Ich habe dein Schauspiel nicht durchschaut. Ich dachte, du seist unglücklich wegen deiner Eltern. Ich dachte, nur sie seien diejenigen, die dir dein Leben zur Hölle machen würden; ich hatte keine Ahnung, was mit dir geschah. Das habe ich erst viel später verstanden, als du dreizehn Jahre alt warst und diesen eisigen Ausdruck in deinem

Gesicht hattest, wenn sich deine Freundinnen über ihre ersten Küsse und ihre Freunde und Sex unterhalten haben. Ich habe dich beobachtet, wie du danebengestanden und ins Leere gestarrt hast. Wie du jeder Berührung ausgewichen bist, wie du deinen Körper bewegt hast und wie du dein Spiegelbild angesehen hast, als würdest du es am liebsten in Stücke schlagen. Da habe ich es verstanden, Lilly.

Doch ich konnte dir kein Wort sagen, ich dachte, ich hätte nicht das Recht dazu, dir dein Geheimnis zu nehmen, bevor du zu mir kommen würdest, um mir davon zu erzählen. Aber du bist nie gekommen, niemals.

Und als du dann gestern vor meiner Tür gestanden hast, da dachte ich einen Moment lang, ich könnte dich nicht halten. Es war ein Schmerz, den ich nicht kannte. Als du eingeschlafen bist, wollte ich dich eigentlich in ein Krankenhaus bringen, und dann wollte ich losziehen, um den Dreckskerl, der dir das angetan hat, in Stücke zu schneiden. Aber was hätte das geändert? Nichts ... oder? Was kann ich nur machen, Lilly, was soll ich zu dir sagen, wie kann ich dich berühren, ohne dich zu verletzen?«

Ich wusste keine Antwort darauf, und hätte ich eine gewusst, ich hätte sie niemandem gegeben.

Auch nicht Chase.

Also war es wieder still um mich herum.

Totenstill.

2

Sechs Jahre später, weit genug entfernt von diesem Tag, um ihn in meinem Lebensbericht einfach unter den Tisch fallen zu lassen oder ihn bei direkter Konfrontation einfach zu verleugnen.

Der Herbst neigt sich dem Ende zu, es ist kalt und nass und grau. Die Blätter haben sich längst gelb verfärbt, und wie sie dann in Orange übergewechselt sind, habe ich gar nicht mitbekommen. Aber jetzt, da sie weinrot leuchten oder schon vom Baum gefallen sind, merke ich, dass der Winter bald beginnt.

Nachdenklich sitze ich auf der Balkonbrüstung vom Passion und friere vor mich hin. Das letzte halbe Jahr war ein einziges Gefühlschaos. Aber wenigstens weiß ich nun mit Sicherheit, dass ich aufhören muss, sofort, weil ich kein Bordellmädchen bleiben kann, ohne den Rest meines Verstandes zu verlieren.

Aber aufhören, wie soll das gehen? Ich kann noch immer keinen normalen Sex haben, ich bin noch immer ein Bruchstück aus Abertausenden zerstörten Einzelteilen. Dabei wollte ich doch so gerne an den Punkt kommen, an dem das endlich vorbei ist.

Ich beobachte die Männer, die unter mir die Straße entlanglaufen. Einige blicken hoch zu mir und grinsen, andere gehen einfach weiter und haben keine Ahnung, auf was für einem Balkon ich da sitze.

Während ich über all den Sex nachdenke, den ich in den letzten Monaten verschwendet habe, fällt mir plötzlich etwas ein: Vergewaltigung verjährt nach zwanzig Jahren.

Wenn man minderjährig vergewaltigt worden ist, dann hat man ab dem 18. Lebensjahr noch zwanzig Jahre Zeit, um seinen Peiniger anzuzeigen, danach ist alles verjährt.

Verjährung. Das klingt gut. Mein neues Lieblingswort.

An meinem achtunddreißigsten Geburtstag ist also alles verjährt.

Wie weggeputzt, davongetragen, vergessen, verziehen.

Ungültig. Verfallen. Dann bin ich also geheilt.

So muss es sein, nicht wahr?

Denn alles andere wäre unfair. Gegen die Spielregeln.

Verjährung – die beste Ausrede überhaupt. Wenn mich später einmal jemand fragt, wie es mir so gehen würde, ob ich noch Angst hätte vor ungefähr jedem dritten Mann, ob ich beim Sex noch immer die Luft anhalten müsste und ob ich dabei weiterhin die Sekunden zählen würde, dann kann ich ganz gelassen antworten: »Es geht mir sehr gut! Ehrlich! Und vielen Dank für die detaillierte Nachfrage ... Ja, keine Sorge, die schlechten Erinnerungen kommen bestimmt nicht wieder in mir hoch, denn die Vergewaltigung ist mittlerweile verjährt. Ich kann jetzt auch Sex haben, ohne dafür bezahlt zu werden. Cool, oder? Wer hätte das gedacht.«

Cool ist ein Wort, das man in jedem Satz benutzen sollte, in dem man so tut, als wäre man nie vergewaltigt worden, es klingt lässig und unzulässig zugleich. Es lenkt ab von der splitterfasernackten Wahrheit.

Tag der Verjährung, mein bedeutendster Feiertag. Ich muss also nur die Zeit bis dahin überbrücken: Sechzehn Jahre, das kann doch nicht so schwer sein. Andere Menschen werden neunzig oder hundert Jahre alt, und wer weiß, wie viele von denen auch Verjährte oder Verjährer sind.

Zeit – davon habe ich noch genug übrig.

Bis sie vorbei ist jedenfalls.

Zeit, um kein Bordellmädchen mehr zu sein. Zeit, um den verruchten Räumen zu entfliehen. Zeit, um ein paar Fehler weniger zu machen.

Aber wenn ich das Passion verlasse, dann möchte ich trotzdem Männer um mich haben, die mich mit ihren faszinierten Blicken anstarren und meinen Körper mit ihrer Sorgfalt bedecken. Irgendwer muss ja da sein, um mir regelmäßig zu sagen: »Ich kann dich sehen. Dich und deinen Körper.« Irgendwer, wenn ich das schon nicht alleine kann. Außerdem will ich genug Geld verdienen, damit ich mit achtunddreißig in Rente gehen kann, um mein *neues gesundes, verjährtes Ich* in aller Ruhe genießen zu können.

Da fällt mir Lisa ein, die ich vor einigen Wochen im Passion kennengelernt habe, sie war nur für ein paar Tage bei uns, aber sie hat mir gleich an ihrem zweiten Abend gesagt: »Lilly, wenn du irgendwann einmal die Nase voll hast von diesem Laden hier, dann ruf mich an – ich kann es für dich organisieren, dass du eine wirklich schöne Wohnung in der Schweiz bekommst, und da kannst du dann ganz privat arbeiten. Die Männer dort sind nett, sie bezahlen sehr anständig, und außerdem können sie verdammt gut französisch verwöhnen …«

Ich kann mit Geld umgehen. Ich habe kein Problem damit, es in Unmengen zu besitzen. Und ich kann mit Männer umgehen. An guten Tagen jedenfalls. Zwei Gründe für die Schweiz. Außerdem bin ich dort noch Jungfrau.

Und unvergewaltigt.

Besser kann es gar nicht sein.

Ich springe also von der Brüstung, flitze ins Mädchenzimmer, krame dort in meiner Handtasche nach meinem Handy und rufe Lisa an, um eine selbständige Nutte zu werden.

Nach dem zweiten Klingeln geht Lisa an ihr Telefon.

»Schön, dass du dich endlich mal meldest!«, sagt sie mit ihrer freundlichen Stimme.

»Ja … es tut mir leid, dass es so lange gedauert hat«, erwidere ich. »Wie geht es dir denn so?«

Lisa erzählt mir, was sie in den letzten Wochen alles erlebt hat, und da erfinde ich auch schnell ein paar normale Geschichten, damit ich nicht von den Stunden mit Ana und Mia berichten muss.

»Hast du das eigentlich ernst gemeint?«, frage ich zum Schluss etwas unsicher. »Dass du mir dabei helfen kannst, in der Schweiz zu arbeiten?«

»Natürlich Lilly, das habe ich dir doch versprochen!«, antwortet Lisa sofort und lacht. »Also hör zu, der Mann, der das alles organisiert, heißt Row. Er ist sehr nett, und er arbeitet nur mit zuverlässigen und charmanten Frauen zusammen – aber keine Sorge, das bist du ja alles, und wenn ich ihm sage, dass ich dich kenne und dass ich dich jederzeit empfehlen würde, dann bekommst du den Job auf jeden Fall. Also, ich gebe Row heute noch Bescheid, und er meldet sich dann bestimmt in den nächsten Tagen bei dir. Dann kannst du erstmal einen Kaffee mit ihm trinken gehen, und Row erklärt dir genau, wie alles läuft, und wenn du dann noch Lust hast, kann es auch schon losgehen. Ich sage dir, Lilly, die Wohnungen in der Schweiz sind wirklich wunderschön. Ganz diskret und privat, und du kannst deine Termine selbst ausmachen. Row organisiert alles für dich, Werbung, Flug, Wohnung ... und wenn du magst, bringt er dich auch zum Flughafen und holt dich wieder ab. Er ist total in Ordnung, nicht so ein Zuhältertyp, sondern ein richtig lieber Mensch. Mach dir keine Gedanken, rede in Ruhe mit ihm, dann wirst du schon sehen, dass wirklich alles ganz unkompliziert ist.«

»Okay«, sage ich erleichtert, »vielen Dank, ich schulde dir etwas.«

»So ein Quatsch!«, sagt Lisa zum Abschied. »Pass einfach gut auf dich auf, Lilly.«

»Ja, das mache ich«, antworte ich.

Aber sind wir mal ehrlich: In nichts versage ich kläglicher.

Auf mich aufpassen gehört nicht zu meinem Wortschatz.

Nicht einmal annähernd.

Der Regen prasselt gleichmäßig trommelnd gegen die Fensterscheiben vom Mädchenzimmer, ich stehe barfuß in einem kurzen weißen Kleid auf den hölzernen Dielenbrettern und trage keine Unterwäsche, dafür aber ungezählte Lasten.

Ich bin ganz still, ich bin ganz leicht.

Und ich weiß genau: Es beginnen endlich neue Zeiten.

Drei Tage später treffe ich mich mit Row im Café Miro. Wir trinken Latte macchiato, und er schenkt mir seinen Karamellkeks. Ich mag alle Menschen, die mir Kekse schenken, es sei denn, sie vergewaltigen mich vor- oder nachher.

Nachdem wir uns eine Weile lang über alle möglichen Dinge unterhalten haben, erklärt Row mir den Ablauf für die Schweiz: »Du sagst mir einfach Bescheid, von wann bis wann du jeweils fliegen möchtest, ich kümmere mich dann um die Tickets, bringe dich zum Flughafen und hole dich natürlich auch wieder ab. In der Schweiz wartet ein Fahrer auf dich, damit du nicht mit der Bahn oder dem Taxi weiterfahren musst. Du kannst dir aussuchen, ob du nach Zürich, Bern, Mellingen, Olten, Basel, Luzern oder Spreitenbach gehen möchtest. Alle Wohnungen sind gepflegt und völlig diskret. Ich würde dir raten, beim ersten Mal nach Mellingen zu gehen, da habt ihr Mädchen ein ganzes Haus für euch, das in drei Wohnungen aufgeteilt ist, von denen jede jeweils zweistöckig ist und direkt am Wasser liegt, es ist sehr schön dort, und du bist auch nicht alleine. Um die Anzeigen kümmere ich mich, Handys liegen in den Wohnungen bereit – zwei Schweizer Handys für die Kunden und eins für deutsche Anrufe. Du machst selbst deine Termine aus, nur so viele, wie du möchtest, und auch von wann bis wann du arbeitest, kannst du dir selbst aussuchen. Zwischendurch darfst du natürlich jederzeit machen, was du willst, die Handys kannst du ja einfach mit rausnehmen oder, wenn dir das Gebimmel auf die Nerven geht, ausschalten.«

Schon eine Woche später lande ich in Zürich, um dreizehn Tage lang das Arbeiten in der Schweiz auszuprobieren. Urs, ein putzsüchtiger Hippie, dem das Haus an der Reuss gehört, holt mich vom Flughafen ab und bringt mich nach Mellingen. Unterwegs erzählt er mir, wie wichtig es sei, regelmäßig alle Kalkflecken zu beseitigen. Ich nicke und schließe die Augen. Dann versuche ich mit geschlossenen Augen die Augen zu verdrehen. Aber es tut weh, und außerdem ist es anstrengend, also lasse ich es lieber.

Ansonsten ist Urs ganz nett. Wahrscheinlich ist er einfach nur benebelt vom Putzmittelschnüffeln. Immerhin trägt er meinen Koffer zu dem schicken weißen Haus mit dem hübschen kleinen Vordach, und auch sonst scheint er kein Axtmörder zu sein. Das reicht mir vollkommen aus.

Lisa steht schon vor ihrer Wohnungstür, um mich strahlend zu begrüßen.

»Hey, Lilly, schön, dich endlich wiederzusehen!«, sagt sie und fällt mir um den Hals.

Ich stehe wie so oft, wenn ich berührt werde, einfach nur da und warte ab, was wohl mit mir geschehen mag. Es gibt keinen ohrenzerfetzenden Knall, und ich löse mich auch nicht in Luft auf. Das ist gut, nehme ich an. Aber dann bekomme ich Heimweh. Keine Ahnung wohin, doch es reißt an meiner geschundenen Seele.

Aber Lisa lässt mir gar nicht erst die Zeit, darin zu versinken, sie klingelt bei Isabella, der anderen Frau, die gerade eine der drei Wohnungen gemietet hat, und dann gehen wir alle zusammen frühstücken.

»Leider ist es zurzeit total ruhig hier«, meint Isabella, als wir kurze Zeit später in einem Café ein paar Straßen weiter sitzen. »Sei froh, wenn deine Handys überhaupt klingeln. Mittlerweile gibt es auch in der Schweiz zu viele Frauen, die Quickies für hundert Franken anbieten, da nörgeln die Typen dann immer rum, wenn du ihnen sagst, dass du erst bei zweihundert Franken anfängst und Extras nicht inklusive sind.«

»Ja«, stimmt Lisa zu, »aber dafür sind die Männer, die letztendlich vorbeikommen, meistens supernett und großzügig!«

Isabella nimmt sich noch ein Brötchen und legt auch mir gleich eins auf den Teller.

»Wenn jemand komisch oder außergewöhnlich blöd am Telefon klingt, dann leg einfach wieder auf und verrate ihm bloß nicht, wo du wohnst!«, sagt sie, während sie Butter auf der einen Brötchenhälfte verstreicht.

»Und der Typ, der immer anruft und fragt, ob du dich schon einmal für ihn ausziehen kannst, um dann nackt vor der Haustür auf ihn zu warten, der hört sehr schnell mit seinen nervigen Anrufen auf, wenn du dir eine Trillerpfeife zulegst!«, fügt Lisa noch augenzwinkernd hinzu.

»Ach übrigens, wundere dich nicht, wenn irgendwann einmal eine ziemlich hysterische Frau vor deiner Tür steht und kreischt«, ergänzt Isabella. »Ihr Mann war bei allen Mädchen, die bisher hier gearbeitet haben, Stammkunde, und seit sie das herausgefunden hat, kommt sie manchmal vorbei und schreit, dass die Wände wackeln. Aber mittlerweile hat es sich gelegt, sie taucht nur noch alle vier Monate auf. Also vielleicht hast du Glück und kommst darum herum.«

Frauen. Warum lassen sie sich von einem Mann dermaßen aus der Fassung bringen? Was kann so toll sein an einem Mann, von dem man mindestens einmal pro Woche betrogen wird, dass es sich lohnen würde, für ihn einen Nervenzusammenbruch zu riskieren?

Außerdem kann man vollzogenen Sex nicht einfach wegkreischen. Da bin ich mir absolut sicher.

Denn wenn es so einfach wäre.

Dann würde ich kreischen.

Und kreischen.

Und kreischen.

Bis mein Hals wund und blutig wäre.

Nach dem Frühstück spazieren wir am Wasser entlang zurück zu unserem Haus. Meine Wohnung liegt ganz rechts, und Lisa hat mir wirklich nicht zu viel versprochen: Eine funkelnagelneue Einbauküche, zwei Badezimmer, ein Wohn- und ein

Schlafzimmer und eine tolle Aussicht auf die Reuss warten dort auf mich.

Kurz darauf bin ich endlich alleine in der Wohnung und habe eine Verschnaufpause von dem vielen menschlichen Kontakt.

Ausnahmsweise verliere ich mich nicht in Gedanken und fange stattdessen an, meinen Koffer auszupacken, bis mich aus dem Nichts eine wütende Person anrempelt, und zwar so heftig, dass ich mit dem Kopf voraus gegen den Schrank krache.

Ich bekomme den Schreck meines Lebens. Aber es ist nur Ana, die mich überaus freundlich daran erinnern möchte, dass ich gefälligst noch zu erbrechen habe. Wir seien hier ja schließlich nicht im Ferienparadies.

»Schon gut«, sage ich zu ihr, »ich habe es nicht vergessen.«

»Schon gut?«, zischt Ana wütend. »Nichts ist *gut,* wenn du frühstückst!«

Ich flüchte vor ihrem funkensprühenden Blick ins Badezimmer, und da ich nicht weiß, wie dünn die Wände sind, mache ich auf dem Weg dorthin noch schnell die Musik an.

Mia umarmt mich, als ich anschließend auf den Fliesen sitze, und Ana steht mit verschränkten Armen daneben und betrachtet nachdenklich ihr verzehrtes Spiegelbild.

Nachdem ich meine restlichen Sachen in die Regale und Schränke geräumt habe, schiebe ich den Koffer unter das Bett und stecke alle meine neuen Handys zum Aufladen an ihre Stationen. Kaum bin ich damit fertig, klingelt Lisa an der Tür, um sich zu verabschieden.

»Schade, dass ich heute schon nach Berlin zurückfliege«, sagt sie. »Ich hätte gerne noch ein bisschen mehr Zeit mit dir verbracht ... aber du kannst dir ja auch ein paar schöne Tage mit Isabella machen.«

»Ja, das mache ich, und wir beide sehen uns dann in zwei Wochen in Berlin«, erwidere ich und umarme sie. »Komm gut nach Hause, ich hoffe, du hast einen ruhigen Flug.«

»Ganz bestimmt«, antwortet Lisa und steigt kurz darauf zu Urs in den blitzblank geputzten schwarzen Ford.

Dann winkt sie mir noch einmal zum Abschied zu, und ich blicke dem davonfahrenden Auto nach, bis es hinter einer Straßenkurve aus meinem Sichtfeld verschwunden ist. Anschließend lasse ich mich auf eine der Treppenstufen vor meiner Eingangstür sinken und stütze den Kopf auf meine Knie. Die Luft riecht nach Wiesen und Wasser, ein leichter Nebel liegt über der Reuss, und ich frage mich, wann ich wohl das letzte Mal Nebel gesehen habe – wahrscheinlich als Kind.

Erst als es anfängt zu regnen und meine Kleider beginnen durchzuweichen, gehe ich wieder in die Wohnung. Da merke ich auf einmal, wie schrecklich kalt mir geworden ist und dass meine Hände blau und violett angelaufen sind. Ein Zittern durchbebt meinen Körper, aber ich verschwende kaum einen Gedanken daran; nach Jahren mit Ana und Mia gewöhnt man sich an so etwas. Man wundert sich nicht mehr darüber, man bekommt keine Angst davor, man wird nicht einmal unruhig. Im Gegenteil: Es ist der schwindende Körper, der so drängend vom Dasein spricht.

Damit ich nicht vollkommen schlumpfblau anlaufe, nehme ich mir ein großes Handtuch aus dem Regal und lege es vor dem Heizlüfter im Badezimmer auf die Fliesen. Dort lasse ich mich nieder und streiche mit kalten Fingern über meine aufgeraute Gänsehaut, während die warme Luft meine Haare zerwühlt und mir künstliche Geborgenheit spendet.

Zwischendurch werfe ich einen Blick auf die zwei Schweizer Handys, das eine ist für die Zeitungswerbung und das andere für die Internetanzeigen. Was soll ich eigentlich machen, wenn niemand bei mir anruft oder keiner vorbeikommen möchte? Wer will schon mit einem hellblau angelaufenen Mädchen schlafen?

Gott, ich bin ein wandelnder Haufen voll Unsicherheiten und Essphobien. Zum Glück war ich so vorausschauend, meine

Rasierklingen zu Hause zu lassen. Wenn andere Menschen einen Fehler machen, dann vergessen sie, den Wasserhahn richtig zuzudrehen, und setzen aus Versehen ihre Wohnung unter Wasser. Aber wenn ich einen Fehler mache, dann setze ich meine Wohnung unter Blut.

Doch meine Sorgen werden mit einem Schlag wie weggewischt, als die beiden Handys mit einem Mal anfangen zu klingeln und zu klingeln, so dass ich mit dem Beantworten gar nicht mehr nachkomme.

Eine halbe Stunde später habe ich auch schon meinen ersten Gast. Und zwei Stunden später den zweiten. Dann den dritten, schließlich den vierten, und so geht es weiter bis zum Abend. Dermaßen weit entfernt vom Jungfrausein war ich noch nie. Und nach dem ersten Schock beschließe ich, meine Arbeitszeit wesentlich zu reduzieren, damit ich nicht als lebendiges Fließband, das steife Schwänze produziert, ende.

Aber die Männer sind alle sehr freundlich, und viele bringen mir zur Begrüßung Blumen oder Pralinen mit. Das liegt wahrscheinlich auch daran, dass ich am Telefon darauf achte, nur sympathischen Anrufern meine Wohngegend mitzuteilen, und dass ich mit der genauen Adresse erst bei einer zweiten Terminbestätigung herausrücke.

Lieber vorsichtig. Als totgefickt.

Nach zwei Tagen sind die Aufregung und die Unsicherheit völlig verschwunden. An die Handys zu gehen wird zur Routine: Fragen beantworten, Flirten, Termine vereinbaren, Termine bestätigen lassen. Auflegen, wenn ein perverser Spinner oder Telefonsextrottel am anderen Ende ist, und wegdrücken, wenn die Nummer nicht angezeigt wird.

Ein Sexualleben voller Beständigkeit und Richtlinien; zwei Handys überflutet von männlichen Nummern und ein Koffer gefüllt mit Kondomen – so arbeiten deutsche Frauen in der Schweiz.

Das private Arbeiten fängt an, mir Spaß zu machen, und außerdem habe ich unheimlich viel Zeit für mich, seit ich nur noch wenige Gäste annehme. Ich kann rausgehen, alleine oder gemeinsam mit Isabella durch die Stadt bummeln, am Wasser sitzen, lesen, schreiben, im Internet surfen, kochen, hungern, Fahrrad fahren, ins Kino gehen – alles, worauf ich gerade Lust habe, und nebenbei verabrede ich noch ein paar Dates. In den Sexforen werde ich als *bezauberndes und außergewöhnliches Mädchen* bezeichnet, meine Französisch-Künste werden als *überdurchschnittlich geil* und *mehr als nur grandios* beschrieben, und mein Körper wird als *perfekter Body* und *unbeschreiblich sexy* betitelt.

Ana schnaubt verächtlich, denn in ihren Augen ist ein so glibbriges und fettes Vieh von 41 Kilo ganz bestimmt nicht perfekt und auch nicht annähernd sexy.

Aber Kritik. Ist ein Verriss.

Und reißen kann nur, was noch intakt ist.

Vom Alter her sind meine Gäste in der Schweiz eher jünger als die in Berlin; die meisten sind zwischen zwanzig und fünfunddreißig Jahre alt. Und abgesehen davon, dass es immer mal wieder Idioten gibt, die Termine ausmachen und dann einfach nicht kommen, kann ich mich nicht beklagen. Die Männer, die mich besuchen, sind größtenteils Gentlemen. Sie fragen, ob sie irgendwelche Einkäufe für mich erledigen können, oder sie fahren mich mit dem Auto zum Supermarkt und wieder zurück, damit ich den weiten Weg nicht laufen muss und keine schweren Tüten durch die Gegend zu schleppen brauche. Ab und zu gehe ich nach einem Termin auch noch mit einem Gast spazieren oder essen. Viele kommen gar nicht wegen dem Sex, sondern eher für ein bisschen Zärtlichkeit oder Aufmerksamkeit, und so fange ich an, Namen über Namen in meinen Schweizer Handys einzuspeichern.

Stammgäste.

Das bedeutet für mich, dass ich wertvoll genug bin, um wiedergesehen zu werden. Männer wollen immer Abwechslung, wenn es um Sex geht, um hübsche Frauen, um Muschis, um feuchte Löcher. Aber wenn sie wiederkommen, dann hat man sie berührt – und gibt es ein größeres Kompliment an ein menschliches Wesen als dieses?

In der zweiten Woche kommen fast alle meine Gäste aus der ersten Woche noch einmal für ein Abschiedstreffen vorbei, oder sie rufen zumindest an, um mir einen guten Rückflug zu wünschen. Ich bin hin und weg. Warum zum Teufel hat mir nie jemand gesagt, dass Schweizer Männer so verdammt lieb sind? Und dann sehen einige von meinen Kunden auch noch so gut aus, dass ich ganz nervös werde, weil ich nicht im Geringsten glauben kann, dass ich wirklich hübsch genug bin, um irgendeinen männlichen Anspruch zu erfüllen.

Ana nutzt solche Zustände natürlich sofort aus und zischt mir ins Ohr: »Wenn du unter vierzig Kilo wiegen würdest, dann wärst du viel selbstbewusster … dann hättest du keine Probleme mehr.«

»Hör auf, mir diesen Schwachsinn zu erzählen!«, erwidere ich genervt.

»Es ist die Wahrheit!«, sagt Ana.

»Was weißt du denn schon von Wahrheiten?«, frage ich.

»Mehr als du!«, antwortet sie.

Und damit hat sie vielleicht sogar recht.

Ich rufe im Passion an und kündige. Eriko reagiert etwas unwirsch, weil er eigentlich gedacht hatte, dass ich nach zwei Wochen Pause wieder dabei bin, aber Marla sagt, ich solle einfach ab und zu auf einen Kaffee vorbeischauen. Ich verspreche es ihr und lasse Grüße an alle Mädchen ausrichten. Row sichert mir währenddessen zu, dass ich eine der Wohnungen in Mellingen für mich haben kann und so oft hin- und herpendeln darf, wie ich Lust und Laune habe. Also beschließe ich, immer zwei Wochen in der Schweiz und drei Wochen in Berlin zu verbringen. Die Zeit zu Hause widme ich endlich wieder wie früher den Kindern: Ich baue Sandschlösser, backe Eisenbahnkuchen, bastele Lichterketten und vergesse, wie schwer es ist, groß zu werden. Und wie schwer es war, meine eigene Kindheit zu bestehen.

Ich treffe mich sogar mit Freunden, die ich seit einer Ewigkeit nicht mehr gesehen habe, obwohl eigentlich Isolation mein einziger Lebensinhalt ist.

In der Schweiz wiederum sitze ich häufig am Laptop und schreibe oder ich spaziere an der Reuss entlang. Termine mache ich nur so viele aus, wie ich möchte, manchmal mehr, manchmal weniger und manchmal tagelang gar keine. Die meisten meiner Gäste kenne ich nach dem zweiten Schweizaufenthalt schon ziemlich gut, es kommen zwar immer wieder ein paar neue hinzu, aber auch die werden bald zu bekannten Gesichtern. Es ist ein unglaubliches Gefühl zu wissen, dass sich Männer in ihr Auto setzen und über eine Stunde quer durch die Schweiz fahren, nur um bei mir anzukommen.

Ich wünschte, ich könnte das auch.

An einem kalten Winterabend lerne ich schließlich Patrick kennen. Er klingt sehr freundlich am Telefon, macht um Punkt 19.45 Uhr seinen Bestätigungsanruf und steht wie verabredet um 20.00 Uhr lächelnd und mit einem Blumenstrauß sowie einer Flasche Orangenblütenmassageöl vor meiner Haustür.

Die Stunde mit ihm ist schön, und als Patrick am nächsten Tag anruft und fragt, ob wir uns nicht vielleicht einmal so treffen könnten, einfach zum Quatschen oder um gemeinsam etwas zu unternehmen, da sage ich: »Ja.«

Anschließend bekomme ich einen Schock. Wegen mir.

»Seit wann kooperierst du in unserer Freizeit mit dem Feind?«, fragt Mia.

»Seit wann denkst du darüber nach, mit dem Feind essen zu gehen?«, faucht Ana.

»Das kann nur schiefgehen …«, wispert Mia.

»Das wird eine Katastrophe!«, schnauzt Ana.

»Aber ich will nicht immer alleine sein«, entgegne ich den beiden. »Sonst gehe ich noch verloren …«

Da setzt sich Ana auf den Fußboden und malt ein Bild, auf dem nichts zu sehen ist. Dann hält sie es mir vor die Nase und sagt: »Guck mal, das bist du.«

Ich starre sie an und zögere.

Ich könnte Patricks Nummer wählen und ihm erzählen, dass mein gefährlicher Zuhälter Igor jeden Kunden, der versucht, sich privat mit mir zu treffen, einbetonieren und in der Reuss versenken lässt. Ich könnte absagen. Auch ohne jeden Grund.

Aber ich tue es nicht.

Und schneller, als ich gedacht hätte, werden Patrick und ich Freunde. Von unserem ersten privaten Treffen an sehen wir uns fast jeden Tag – ob nun zum Mittagessen, zum Abendessen oder einfach, um ein bisschen shoppen zu gehen und einen guten Film zu gucken. An den Wochenenden machen wir Ausflüge nach Luzern oder Zürich. Irgendetwas fällt uns immer ein, und das Verrückte daran ist, dass es mich tatsächlich glücklich macht. Glücklich. Das ist eines dieser Worte, das sich auf meiner Zunge immer ausgeliehen oder gestohlen anfühlen wird.

Und trotzdem koste ich es aus.

Patrick und ich sind Freunde, nichts weiter. Und ich mache ihm von Anfang an klar, dass er für mich niemals mehr sein wird. Er scheint das zu akzeptieren, auch wenn er gerne mit mir zusammen wäre. Und nachdem wir uns eine Weile kennen, übernachte ich sogar manchmal bei ihm. Wir haben niemals Sex, und wir teilen uns auch nicht die Bettdecke. Aber es ist trotzdem ein Sieg über Ana und Mia. Und es ist schön, Patrick in meinem Leben zu haben, obwohl ich vom ersten Tag an weiß, dass es nur für eine kurze Zeit sein wird.

Denn ich bin immer das Mädchen, das geht.

Das Mädchen, das rennt.

Das Mädchen, das flieht.
Das Mädchen, das niemand halten kann.

An vielen Abenden liege ich vor dem Schlafengehen in Patricks Badewanne, umgeben von riesigen Schaumbergen und dem Duft von Johannisbeer-Shampoo. Dort, in dieser Sicherheit, gefangen in dem gleichmäßigen Ablauf, spüle ich sorgfältig die Männer des Tages von meinem Körper. Anschließend kuschele ich mich in ein großes Handtuch, das Patrick mir jedes Mal schon neben die Badewanne gelegt hat, und dann tappe ich auf Zehenspitzen hinüber ins Schlafzimmer. Dort lasse ich meine erschöpften Glieder und mein klopfendes Herz neben Patrick zur Ruhe kommen und warte still und geduldig, bis er endlich eingeschlafen ist. Erst dann erlaube ich es mir, den Tag loszulassen. Den Tag, der ein Kampf war, wie jeder andere Tag auch, seit Ana und Mia Anspruch auf mein Leben erheben.

3

Es ist Dezember, in diesem verrückten Jahr, in dem ich beschlossen habe, ein nacktes Abkommen mit meinem Körper zu unterschreiben. Die Zeit im Passion kommt mir schon ewig weit entfernt vor, obwohl ich doch erst im Oktober dort aufgehört habe.

Ich bin gerade wieder in Berlin gelandet. In den letzten Wochen war ich fast nur in Mellingen, und meine Schweizer Handys sind mittlerweile voll mit den Nummern von Stammgästen. Wenn es so weitergeht, wird bald weder auf den Speicherkarten der Handys noch auf der Plattform meines Gewissens ausreichend Platz für neue Männer sein.

Ich bekomme Angst vor mir selbst, weil ich mich verändere. Ich lasse Menschen in mein Leben und noch viel schlimmer: Ich lasse Männer in meine unmittelbare Nähe.

Die Zeit in Berlin kommt mir vor wie Urlaub. Drei Wochen lang keinen Sex.

Was für ein Gefühl.

Ich gehe Caitlin besuchen, ohne mir auf dem Hin- oder Rückweg eine Packung Rasierklingen und Wundnahtstreifen zu kaufen. Das habe ich vorher nie geschafft. Ich stehe sogar neben ihrem Grabstein, an ihrem Lietzensee, und sage: »Vielleicht musst du noch ein bisschen länger auf mich warten ...«

Sie antwortet mir nicht darauf. Tote sind da manchmal etwas eigen. Aber ich glaube, sie wäre zufrieden mit mir. Denn Ana und Mia sind kein guter Ersatz für ein so großes und gütiges Herz wie das von Caitlin.

Am dritten Advent klingelt mein Handy, und ich blicke einen Moment lang überrascht auf das Display, weil es Ladys Namen anzeigt.

»Hey«, sage ich dann hastig, bevor sie auf die Idee kommt, wieder aufzulegen, »du fehlst mir schrecklich … weißt du das?«

»Natürlich«, sagt Lady, »ich weiß so ziemlich alles.«

»Geht es dir gut?«, frage ich weiter.

»Nein«, brummt Lady und bläst mit Sicherheit gerade Rauchkringel in ihren Hörer. »Ich habe eine Tochter, die mich anglotzt, als wäre ich ein gottverdammtes, kinderfressendes Monster in der Gestalt eines durchschnittlich aussehenden Menschen.«

»Oh«, sage ich.

»Ja«, sagt Lady, »und jetzt stell dir mal vor, wie sie dich anstarren wird – immerhin bist du ja diejenige, die als abgemagerter Zombie durch die Gegend stakst und kreischend die Flucht ergreift wegen etwas so Bestialischem wie einem Schokocroissant.«

»Heute früh habe ich gegessen!«, verteidige ich mich.

»Sicher doch«, erwidert Lady gelassen. »Aber dir ist schon klar, dass ein Knäckebrot in Einzelteile zu zerbröseln nichts mit Essen zu tun hat, oder? Und einmal von rechts nach links und anschließend von links nach rechts am Bäcker vorbeilaufen zählt auch nicht.«

»Ich vermisse dich doch nicht so sehr«, sage ich.

»Versuch nicht, mich zu belügen, Schätzchen«, meint Lady ungerührt.

Und dann erzählt sie mir, dass ihre Tochter Hailie sich ein riesengroßes Loch in ihr neues Kleid geschnitten hat, weil dort ein Schmutzfleck gewesen ist, den sie loswerden wollte.

»Keine Sorge«, sage ich, »das machen Kinder gerne.«

»Jaja«, erwidert Lady. »Scheiß auf das Kleid. Ich wollte dir damit nur sagen, dass ich jetzt endlich auch bildlich nachvollziehen kann, warum du deine Seele so herrlich zerlöcherst.«

»Was gibt es denn da zu verstehen?«, will ich wissen und versuche, dem Vergleich zwischen einem schmutzigen Kleid und meiner Seele etwas Vorteilhaftes abzugewinnen. »Vielleicht, dass meine Seele zu blöd ist, um zu kapieren, wozu es Waschmaschinen und Fleckenlösungsmittel gibt?«

»Nein«, meint Lady, »nur, dass das Rausschneiden von Schmutzflecken garantiert schneller, endgültiger und stromsparender ist.«

Eine Weile schweigen wir uns an.

»Man könnte doch auch einfach ein neues Kleid kaufen«, sage ich dann.

»Ja, das könnte man«, erwidert Lady.

Dann lachen wir beide.

»Wann kommst du eigentlich zurück?«, frage ich schließlich.

»Erst nach Weihnachten«, antwortet Lady. »Das ist Hailies dämlicher Vater ihr schuldig: Noch einmal Geschenke für sie einpacken und den Weihnachtsbaum schmücken, bevor er mit seiner platinblonden Tittentussi nach Mallorca fliegt. Und das nächste Mal überlegt er es sich hoffentlich vorher, ob er ein Kind großziehen möchte oder lieber doch nicht. Dieser Vollidiot. Mit dem würde ich für kein Geld der Welt noch mal ficken.«

Wir schweigen uns eine weitere Weile an.

»Ich freue mich darauf, deine Tochter kennenzulernen«, sage ich schließlich, um die Stille zu brechen.

»Ja, darauf freue ich mich auch«, sagt Lady. »Das wird bestimmt ein Bühnenstück der Extraklasse. Übrigens: Wie läuft es mit dir und deinen Eltern?«

Das fragt Lady mich jedes Mal, wenn sie lieber über mich als über sich selbst reden möchte oder mir eine reinwürgen will.

»Ähm«, sage ich.

Denn das ist alles, was zu sagen bleibt.

Chase bucht sich währenddessen mindestens dreimal in der Woche eine Frau. Gerade in der Vorweihnachtszeit ist er außerordentlich scharf darauf, unanständige Weihnachtsengel auf seiner Türschwelle zu empfangen – gerne auch gleich zwei auf einmal. Oder drei. Wenn ich bei ihm bin, fragt er mich manchmal um Rat, ob er nun Lucy (groß, schlank, lange blond gefärbte Haare, 80D, dauerfeucht und schluckgeil ...) oder Patricia (kurze braune Haare, sexy Kurven, knackiger Po, exquisite französische Verwöhnkunst ...) zu sich bestellen solle. Und hin und wieder sitze ich auf dem Sofa, während Chase dann gerade eine Mandy, Kia, Nadja, Cassy oder Diana durchvögelt, und gucke zu, wie die Mädchen irgendwann anfangen, ihre Augen zu verdrehen, weil sie müde sind und keinen Bock mehr haben.

So ist das nun mal. Da kann ein Mann noch so gutaussehend und berühmt sein, für eine Hure bleibt es ein Job, und nach drei Stunden mit viermal Sex will jede endlich Feierabend machen. Chase ist einer von diesen anspruchsvollen Freiern, einer, der für vier Stunden bucht und dann auch wirklich vier Stunden lang immer wieder Sex haben will. Und obwohl er selbst Schauspieler ist, glaubt er doch tatsächlich den künstlichen Darbietungen meiner Kolleginnen und denkt, sie fänden es alle umwerfend, dass er fünfmal hintereinander kommen und stundenlang vögeln kann, ohne ins Schwitzen zu geraten.

Ich verrate ihm nichts von der Wahrheit. Und ich sage ihm auch nicht, was Nicci, Zara, June und Valerie mir von sich erzählen, sobald er die Wohnung verlassen hat, um sich eine Schachtel Zigaretten zu kaufen oder um zum Bankautomaten zu gehen. Ich behalte für mich, wie alt sie wirklich sind, was sie sonst noch so machen, wozu sie das Geld brauchen und wie fertig sie sind, weil sie schon acht Kunden hatten und nun nichts weiter als so schnell wie möglich nach Hause wollen.

An diesem Abend, kurz vor Weihnachten, hat Chase eine einundzwanzigjährige Polin dreimal hintereinander durchgenommen. Sie ist süß, mit schiefen Zähnen, einer kindlichen Stimme, dunkelbraunen Puppenhaaren und einem unsicheren Lächeln.

Als er fertig ist, streiche ich über ihren Arm, ihre Haut ist weich und warm. Vorsichtig berühre ich ihre Hand, und für einen winzigen Moment drückt sie meine Finger ganz fest in ihre. Wir sehen uns in die Augen, und da weiß ich genau, wie sie sich gerade fühlt. Ich kenne diesen Schmerz.

In- und auswendig

Dann lächele ich ihr zu.

Und sie lächelt zurück.

Wir werden uns nie wiedersehen, aber vergessen werde ich sie nicht.

Chase merkt nichts von alldem. Er ist ein Mann. Sein Denken wird immer jenseits von meinem sein. Aber nicht, dass hier jemand etwas falsch versteht: Natürlich ist Sex mit Chase schön. Privat wahrscheinlich sogar atemberaubend, und wenn man nicht so einen Knick im Hirn hat wie ich, dann ist es mit Sicherheit mehr als nur atemberaubend. Aber wie könnte ich die richtigen Worte für Sex finden, der nicht widerlich ist. Wie könnte ich das?

Also belassen wir es dabei. Chase ist ein wundervoller Liebhaber, ganz bestimmt, auch wenn ich das nie spüren werde. Aber von tausend Prostituierten macht vielleicht eine einzige den Job, weil sie total verrückt nach Sex ist und sich nichts Besseres vorstellen kann, als stundenlang zu vögeln. Vierhundert von diesen tausend Frauen haben einen »Freund«, bei dem sie das gesamte Geld abzugeben haben und der dafür sorgt, dass sie immer schön weiterarbeiten. Ohne Rücksicht auf Verluste. Es gibt schließlich genug Ersatzfrauen auf dieser Welt. Dreihundert der tausend Frauen machen es nur aus Geldnot und zweihundert weitere, weil sie Drogenprobleme haben. Die letzten drei genannten Zahlen gehen dabei fließend ineinander über, und die restlichen neunundneunzig Mädchen prostituieren sich, weil in ihren Köpfen irgendetwas Ähnliches wie in meinem vorgehen muss.

Damit möchte ich nicht andeuten, dass Dienstleistungssex gleichzusetzen ist mit dem leidenschaftlichen Zerfetzen von

Frauenseelen. Oder mit dem perversen Getrampel auf Mädchenseelen und dem abartigen Handel von Kinderseelen. Es gibt auch schöne Augenblicke, sanftmütige Erlebnisse, erinnerungswürdige Männer und unbezahlbare Stunden.

Aber dieses Geschäft vollzieht eine Gratwanderung auf jedem Körper. Und es hinterlässt seine Abdrücke und Spuren, die sich nie mehr wegwischen lassen.

Denn auch wenn alles gut läuft, wenn die Schwänze nicht allzu groß sind: Angebumst ist jede Seele in diesem roten Licht.

Nachdem sich das Mädchen mit den schiefen Zähnen und den traurigen Augen angezogen und Chase' Wohnung verlassen hat, hole ich mir eine Decke aus dem Schlafzimmer und rolle mich darin auf dem großen Sofa zusammen. Chase sitzt mir gegenüber und liest vertieft in seinem Drehbuch. Seine Haare sind verwüstet, und er trägt nichts weiter als weiße Boxershorts.

Er sieht so schön aus, dass es weh tut.

Es gibt bestimmt viele Frauen, die gerne von ihm gebucht werden, auch wenn sie anschließend wund zwischen den Beinen sind. Und sei es nur, um ihn später irgendwo auf einem Plakat zu sehen und dabei sagen zu können: »Mit dem habe ich geschlafen!«

Aber arbeite mal für einen russischen Zuhälter, der dich von einem Termin zum nächsten schickt und dem es scheißegal ist, dass deine Muschi brennt oder blutet, der herausfordernd mit deinem Pass vor deiner Nase herumwedelt und fragt: »Na, willst du ihn irgendwann zurückhaben, willst du deine Familie jemals wiedersehen? Ja? Nein? Das ist ganz allein deine Entscheidung …« Da ist es dann egal, wie bemerkenswert ein Freier ist, wie reich, wie ansehnlich, das Einzige, was zählt, ist, dass er schnell kommt und keine zweite, geschweige denn dritte Runde will.

»Lilly? Lilly! Wovon träumst du jetzt schon wieder? Schreibst du ein Buch in Gedanken? Einen Krimi? Ein Kinderbuch? Eine Liebesgeschichte? Lass mich teilhaben an deiner künstlerischen Empfindsamkeit!« Chase' Stimme reißt mich aus dem Irrgarten meiner Gedanken.

Er steht direkt neben mir und wedelt mit seinem Drehbuch vor meiner Nase herum.

»Was ist los?«, frage ich.

»Nichts«, erwidert Chase, »du hast nur so abwesend vor dich hin gestarrt, da dachte ich mir, ich sollte dich lieber zurück in die Wirklichkeit befördern.«

»Danke«, sage ich.

Mein Mund ist trocken und meine Stimme einen Tick zu hoch. Auf einmal frage ich mich, ob er mich wohl retten könnte. Ob er derjenige sein könnte, der da ist, wenn ich ankomme – bei mir, und dem Mädchen, das ich eines Tages wieder sein möchte.

»Was guckst du mich denn so an?«, fragt Chase schmunzelnd und wirft das Drehbuch zu mir auf die Decke. »Du süßes kleines Wesen mit deinen riesigen dunklen Augen, was denkst du gerade?«

Ich schließe meine Augen und vergrabe den Kopf in einem Kissen, aber Chase zieht es mir weg, legt eine Hand an meine Wange, zieht mich zu sich heran und küsst mich.

Er schmeckt nach Rotwein und nach Koks.

Er schmeckt nach Halt und nach Illusionen.

Er schmeckt nach Schall und Rauch.

Er schmeckt nach Schönheit.

»Hör auf«, sage ich und wende mich ab. »Du blendest mich.«

4

Du solltest *ficken* und *Kind* nicht in ein und demselben Atemzug verwenden«, sagt eine der unzähligen Therapeutinnen, zu denen ich mich in meinem Leben immer mal wieder schleife, zwei Tage vor Weihnachten zu mir. »Das klingt viel zu kalt und taktlos, so bist du nicht, Lilly.«

Ach so. Dann ist ja gut.

Ich bin also kein geficktes Kind.

Da habe ich wohl etwas falsch verstanden. Hätte sie mir das nicht schon früher sagen können!?

Würde es eigentlich besser klingen, wenn ich penetriert sagen würde? Oder: mit sechs Jahren in die Kunst des Geschlechtsverkehrs eingeführt? Sollte ich mich sanfter ausdrücken, anständiger, unschuldiger? Bin ich weniger gebumst, wenn ich von *erzwungenem Beischlaf* spreche? Oder wenn ich gar nicht mehr spreche und mein Wortgewand ausziehe, um endgültig splitternackt dazustehen?

Nein. Wahrscheinlich nicht.

Kalt und taktlos.

Wäre mein Vergewaltiger warmherzig und taktvoll gewesen: Er hätte mich nicht gefickt.

Ich wäre weniger aufbrausend; meine Wut hätte einen anderen Namen.

»Mit wie vielen Professoren mussten Sie vögeln, um Ihren Doktortitel zu bekommen?«, frage ich meine Therapeutin. »Zwei, drei, dreißig, dreihundertfünfzig?«

Dann spaziere ich aus ihrer Praxis, nicht ohne den gesamten Stapel ihrer Visitenkarten mitgehen zu lassen, um diese voller Elan in die nächstbeste Mülltonne zu schmeißen. So leicht beendet man eine Therapie. Und da ich ja sowieso nur viermal im Jahr dorthin gegangen bin, werde ich die Kalorien, die ich auf dem Weg verbraucht habe, mit Leichtigkeit auf eine andere Art verbrennen können.

Zu Hause angekommen, klebe ich mir aus zwanzig DIN-A4-Seiten ein riesiges weißes Plakat zusammen. Anschließend breite ich es auf meinem Wohnzimmerfußboden aus, knie mich auf die untere Blatthälfte und fange an zu schreiben: *Stille Stille Stille* ... 4140-mal, bis das Plakat voll ist.

Denn ich habe begriffen, dass es die Stille war, in der ich zersplittert bin. Die Stille, nachdem *er* mich aus seiner Wohnung gelassen hatte und ich vor seiner Tür stand – reglos, haltlos, stumm. Und die Stille in dem Moment, in dem ich den Blick von meiner Mutter abgewendet habe, weil ich es nicht mehr ertragen konnte, ihr dabei zuzusehen, wie sie Sanskritschriften übersetzte, hoch konzentriert, mit versteinerter Miene, und wie sie mich dabei, ohne eine einzige Sekunde lang aufzublicken, gefragt hat: »Geht es dir nicht gut? Ist irgendwas? Ich arbeite!«

Die Stille, als ich letztendlich begriffen habe: Ich werde es ihr nie erzählen können. Sie wird mir nie aufmerksam genug zuhören. Und sie wird mir niemals mit sanfter Hand über den Kopf streichen und mir Geborgenheit schenken.

Die Stille, in der ich stand, als ich in der Klinik war und mich ausziehen musste, während der Zivi, ein Praktikant und drei Ärzte um mich herumstanden und mich angestarrt haben, aus durchlöchernden Augen, aus männlichen Augen, und ich auf einmal nur noch ein Objekt war, ein interessantes Fallbeispiel, in dem synthetischen Licht der Behandlungsräume.

Die Stille im Regen, an Caitlins Grab. Ich kann mich nicht daran erinnern, auch nur einen einzigen Regentropfen neben mir zu Boden fallen gehört zu haben.

Die Stille, wenn ich meinen Vater besuchen gehe, um ihm etwas von mir zu erzählen, das wichtig ist – und wenn ich ihm dabei noch mit geschlossenen Augen ansehen könnte, dass es ihn nicht interessiert, dass es belanglos ist, seicht und unbedeutend.

An Weihnachten verliere ich schließlich die Überreste meines Verstandes. Ich kann nicht mehr klar denken, meine Gefühle sind ein wirres Wollknäuel, total ineinander verheddert und gewickelt um nichts als Luft. Motten zerfressen mich, so dass ich aus drei Zentimeter langen Schnüren bestehe und keinen blassen Schimmer mehr habe, welcher davon wiederverwertbar ist und wo zum Henker mein Anfang oder mein Ende sein könnte.

Meine Augenlider geben ihren Geist auf, sie fallen träge herab wie diese uralten roten Vorhänge in einem Kinosaal.

Ich habe all meinen Freunden gesagt, dass ich schon mit anderen Freunden verabredet sei oder meine Eltern besuchen wolle, ich habe meinen Eltern gesagt, dass ich mit Freunden feiern würde, und ich habe Chase erzählt, dass ich todkrank und furchtbar ansteckend sei.

Er hat mir als Einziger nicht geglaubt.

Ich habe alle belogen, am meisten mich selbst, nur weil ich Angst davor hatte, alleine zu sein, während ich von anderen Menschen umgeben bin – denn das ist noch schlimmer, als wirklich alleine zu sein.

Jetzt sitze ich einsam auf meinem Wohnzimmerboden und starre einen Berg voller Geschenke an. Sie sehen alle gleich aus. Vor allem die Bücher. Als hätte man mir hundertmal dieselbe aussagelose Geschichte in unterschiedlichen Covergestaltungen geschenkt.

Worte auf Repeat.

Buchstabenschnipsel im zähflüssigen Satzbrei.

Ich fange an, die Bücher nach Farben zu sortieren, und frage mich, in was für einen Einband man mich wohl stecken würde – wahrscheinlich in eine pornopink Leuchtreklame mit Pin-up-Girls und sexy Beinen. Und dann?

Dann würde ich weinen.

Weil ich begreifen müsste, dass ich, selbst wenn ich jedes Wort auf dieser Welt kennen würde, trotzdem nie die richtigen Sätze zustande bringen könnte, um mir Ausdruck zu verleihen. Ich wäre trotzdem nichts weiter als irgendein halbnacktes Mädchen im unterbelichteten roten Raum.

Und die Schublade, in die man mich stecken würde.

Sie wäre gefüllt mit unanständigen Dessous.

Umgeben von Sexgeflüster.

Ich würde meinen Namen verlieren; ein weiteres Mal. Und dann meine Stimme. Aus Scham. Und vor Schande. Bis die Abart dieser Zeit mir meine Fehler vergibt und mich einbindet.

In mein Leben.

Zwei Tage später verlasse ich mit gepackten Koffern meine Wohnung und werde von Row zum Flughafen gebracht. Meine Augen sind gerötet, mein Herz schlägt ratternd, bei jedem Schritt wird alles um mich herum verschwommen. Es grenzt an ein Wunder, dass ich noch keinen Herzinfarkt oder Immunschock erlitten habe. Mein Körper ist wahrscheinlich ein Knallfrosch, der jede Sekunde losknattern könnte, gegen Steine und Bäume, über Kanalisationsdeckel zu Hydranten, von Pflastersteinen auf Rasen und ab durch die Gassen und zwischen die Autoreifen hüpft, bis nichts mehr von ihm übrig ist als ein ausgebranntes, zerfetztes Gerippe.

Und ich weiß, dass ich auch an Silvester allein sein werde.

Es sei denn, ich habe gerade einen Freier.

Als ich in der Schweiz lande, bin ich mit einem Mal seltsam glücklich. Ich freue mich über die vielen E-Mails, SMS und Anrufe, die ich zum Abschied aus Berlin erhalten habe, obwohl ich mich des Öfteren darüber wundere, warum meine Freunde mich überhaupt noch mögen, so selten, wie ich mich bei ihnen melde.

Ich stehe am Flughafen und versuche mir vorzustellen, wie das war, durch die Straßen zu laufen, ohne Ana und Mia im Nacken zu spüren. Es gelingt mir nicht, aber für einen Moment weiß ich genau, wenn ich mich klug genug anstelle und wenn ich es wirklich will, dann werde ich sowohl Ana als auch Mia eines Tages an irgendeiner überfüllten Kreuzung abschütteln können und wieder frei sein. Auch wenn ich dann für die nächsten Jahre auf der Flucht sein muss, auch wenn ich gezwungen sein werde, von Deckung zu Deckung zu schleichen, damit sie mich ja nicht noch einmal erwischen.

Das wird es wert sein.

An jedem Tag.

Urs holt mich wie immer vom Flughafen ab und bringt mich in meine Wohnung. Unterwegs erzählt er mir irgendetwas Belangloses, und ich höre halbherzig zu, nicke hin und wieder oder sage: »Hm« und »Ja« und »Hmhm« oder »Nein«. Am Fenster ziehen die weißen, schneebedeckten Wiesen und etwas weiter entfernt die hohen Berge an mir vorbei, frische Luft weht durch einen kleinen Spalt herein und kitzelt mich an der Nasenspitze. Das Wetter ist wunderschön klar, es ist kalt, aber nicht eisig. Weihnachtsstimmung macht sich in mir breit, etwa eine Woche zu spät, aber besser als gar nicht. Am liebsten möchte ich mir einen bunten, mit Süßigkeiten gefüllten Strumpf neben mein Bett hängen und »Run Rudolph Run« hören, bis ich Kopfschmerzen bekomme. Ich möchte so gerne ein bisschen von dem Frieden zurückbekommen, den ich als kleines Kind einmal hatte, als ich die Weihnachtsferien bei Freunden in einem winzigen Dorf mit zugefrorenem See verbracht habe und als ich noch nicht wusste, dass Lebensmittel und Männer meine Feinde sind.

In Mellingen angekommen, verabschiede ich mich von Urs und schenke ihm einen Schokoladenweihnachtsmann und eine Schachtel Pralinen. Dann packe ich meinen Koffer aus, öffne die Vorhänge und Fenster, drehe die Musik laut auf und hüpfe durch die Wohnung. Ich bin die einzige Frau im Haus. Ganz Mellingen gehört mir.

Ich kann ungehört um mein Leben schreien.

Ich kann mich unbemerkt zu Tode hungern.

Ich kann mit allen Schweizer Männern vögeln.

Aber bevor ich damit anfange, frage ich mich zunächst, was das neue Jahr mir wohl bringen wird. Und ob alles leichter oder irgendwie besser werden kann. Ich komme nicht mehr dazu, mir diese Fragen zu beantworten, denn ich falle mit einem eleganten *Plopp* in Ohnmacht. Das Krachen meines Kopfes gegen den Türrahmen und dann den dumpfen Aufprall auf dem Fußboden nehme ich nur von weit her wahr.

Ein Kribbeln, ein Zucken und ein durchdringender Schmerz in meinem rechten Arm holen mich schließlich zurück ins Leben. Ich öffne meine Augen, das Wohnzimmer liegt um mich herum, es bewegt sich nicht.

Man sollte nicht herumhüpfen, wenn man unter 40 Kilo wiegt, ist der erste Gedanke, der mir in den Kopf steigt, während ich mich langsam aufrichte.

»Schön, nicht wahr?«, entgegnet Ana. »Die Leichtigkeit des Seins.«

»Ich glaube, da hast du etwas falsch verstanden«, erwidere ich.

»Ich glaube nicht«, raunt Ana.

»Ich glaube, ich sterbe«, flüstert Mia.

»Au ja, bitte!«, freut sich Ana.

»Haltet beide eure Klappe!«, sage ich.

»Nein!«, sagt Mia.

»Niemals!«, sagt Ana.

»Werden wir an Silvester bunte Raketen sehen?«, fragt das kleine Mädchen dazwischen.

»Schnauze!«, giftet Ana. »Du bist Vergangenheit!«

»Seit wann magst du Raketen?«, frage ich währenddessen.

»Schon immer«, sagt das kleine Mädchen. »Hast du das etwas vergessen?«

»Pff!«, sagt Ana. »Wer interessiert sich denn für Raketen.«

»Ich mag auch gerne Raketen«, sage ich.

»Was für ein Zufall«, brummt Ana.

Und kurz darauf ist das Jahr auch schon so gut wie zu Ende. Ich hätte nie gedacht, dass ein Jahr in meinem Leben so sein würde wie dieses. Ich hätte nie gedacht, dass ich so dünn, so krank, so unjungfräulich und so weit weg von der Norm sein könnte wie in diesen Zeiten.

Es wäre schön, wieder ein ganz normales Mädchen sein zu können. Aber ich bin splitterfasernackt. Und auch wenn ich manchmal halbwegs gesund aussehe – ich heiße seit Jahren Ana. Ihr Name beschreibt mein Leben.

Während ich auf dem Fensterbrett sitze und auf meinen nächsten Kunden warte, blicke ich auf die eingeschneiten Dächer der Häuser, die das gegenüberliegende Ufer der Reuss säumen, und habe schreckliche Sehnsucht nach mir selbst.

Aber nur noch ein Tag, dann ist es endlich vorbei.

Ein neues Jahr. Ein Ansturm neuer Männer.

Oder auch nicht. Je nachdem, was ich so treiben werde.

Mein Handy fängt an zu klingeln, der Ton verrät mir, dass es Patrick ist, einen Moment lang zögere ich, strecke eine Hand in Richtung Handy aus, um den Anruf entgegenzunehmen, aber dann ziehe ich meine Fingerspitzen wieder zurück, blicke einfach weiter aus dem Fenster und warte ab, bis das Klingeln verstummt ist.

Patrick möchte Silvester mit mir verbringen, das hat er mir bei jedem unserer letzten Telefonate gesagt, und dann hat er es mir auch noch per E-Mail geschrieben.

Nur wir beide: Gemeinsam und glücklich ins neue Jahr starten!!! So hat er es formuliert.

Mit drei Ausrufezeichen.

Er hat nicht verstanden, dass »starten« für mich das falsche Wort ist. »Flüchten« würde es wohl eher treffen. Und »nur wir beide«, was soll das heißen? Ana und Mia würden nie auch nur einen einzigen Schritt von meiner Seite weichen. Außerdem will ich dieses Jahr beenden, wie ich es begonnen habe: Alleine. Leise. Unvollkommen. Wartend. Hoffend. Nicht allzu nah bei Ana und Mia stehend. Entfernt genug von dem kleinen Mädchen.

Wenigstens am letzten und am ersten Tag eines Jahres will ich einfach ich selbst sein können, ich will keine Rolle spielen müssen, für irgendwen, ganz besonders nicht für einen Mann. Ich will nichts erklären müssen, nichts entschuldigen, ich will nicht lügen, nicht sprechen. Ich will nur dastehen, an der aufgewühlten Reuss, und ein bisschen von dem Feuerwerk sehen, während der Wind in meinen Haaren spielt.

Das ist ausreichend Glück.

Ich will kein Sektglas in der Hand halten müssen, ich will nicht freudestrahlend grinsen. Ich will niemanden küssen. Ich will keinen Sekt erbrechen oder viel schlimmer noch Tapas oder Käsefondue oder Torte.

Patrick ist nett und zuvorkommend. Er macht mir Komplimente, er macht mir Geschenke, er achtet mich, er ist höflich, er ist aufmerksam. Er hält mir sämtliche Türen auf, er trägt meine Taschen, er bestellt im Restaurant für uns beide, er trägt mich auf Händen.

Aber ich kann das nicht.

Ich kann nicht sein Traummädchen sein.

Denn er sagt: »Es ist so schön, dich im Arm zu halten, komm her zu mir und lass mich dich ganz fest drücken!«

Ich verbrenne mich an seinen Worten. Ich werde taub von seinen Berührungen. Wie könnte ich eine Beziehung führen, die mich nicht einmal ansatzweise erkennt?

Wenn ich bei Patrick übernachte, wälze ich mich die halbe Nacht lang hin und her und versuche, so weit es geht, von ihm wegzurutschen, denn ich kann nicht schlafen, wenn er mich im Arm hält, und ich kann nicht atmen, wenn ich seine Wärme spüre. Aber trotzdem treffe ich mich gerne mit ihm. Vielleicht, weil sein Leben das absolute Gegenteil von meinem ist. Vielleicht, weil ich weiß, dass er nicht die geringste Bedrohung für mich ist; und weil mir klar ist, dass ich jederzeit gehen kann.

Patrick zeigt mir eine Normalität und Ruhe, die ich nicht nachempfinden kann, die ich anstarre, fasziniert wie ein kleines Kind von seinem ersten selbstgeschmückten Tannenbaum. Es tut mir leid um ihn, weil ich weiß, dass er sich mehr von mir erhofft – viel mehr, als ich ihm je geben könnte. Ich will sein Herz nicht brechen.

Aber ich werde es doch.

»Du machst mich glücklich! Wie schön du dich an mich kuschelst, wir beide brauchen gaaaanz viel Zärtlichkeit! Ich umarme dich, so fest ich nur kann«, das hat Patrick einmal zu mir gesagt.

Noch nie hat jemand, in einem einzigen Satz, so viele Drohungen an meinen Kopf geworfen wie er in diesem Moment. Ohne mit der Wimper zu zucken, ohne zu spüren, wie ich vor Panik zu einer ausgestopften Leiche wurde. Und dann hat er noch hinterhergehauen: »Ich liebe dich.«

Ich. Liebe. Dich.

Nachdem wir uns ungefähr einen Monat kannten, hat er »Ich liebe dich« zu mir gesagt.

Wie kann er nur glauben, mich zu lieben, wenn er mich doch so offensichtlich nicht kennt? Wie kann er sagen, dass Kuscheln uns beiden guttut, während ich kämpfen muss, um nicht daran zu ersticken? Wie kann er mich so sehr zu dem machen, was er haben will, ohne zu sehen, wer ich wirklich bin? Denn ich bin kein Kuscheltier. Ich bin nicht flauschig. Ich bin nicht niedlich. Und ich stehe auch nicht mit weichem Fell im Streichelzoo herum und kaue Gras.

Dann hat Patrick mir einen Ring geschenkt.

»Ich habe etwas ganz Zartes ausgesucht, etwas, das zu dir passt …«, hat er mir zugeflüstert, während er den Ring an meinen Finger gesteckt hat.

Beinahe wäre ich davongerannt.

Im Wettlauf mit meiner Gefühllosigkeit.

»Ich kann das nicht«, habe ich schließlich ihm versucht zu

erklären. »Patrick, ich habe dir doch immer wieder gesagt, dass wir beide Freunde sein können, aber niemals mehr. Und ich habe das ernst gemeint.«

Patrick hat mich fragend angesehen und nichts verstanden.

Ich verstehe auch vieles nicht. Zum Beispiel, warum mir winzige, weiche Oberarme, ein schmächtiger Körper und weiße glatte Babyhaut bei einem Mann panische Angst machen. Vielleicht bin ich total beknackt, oder vielleicht brauche ich einfach jemanden, der stärker ist, der mich beschützen kann oder totschlagen. Das läuft nicht gerade auf das Gleiche hinaus, aber wie soll ich so etwas meinem beschädigten Kopf erklären? Gewalt ist Sex. Gewalt ist gnadenlose Nähe. Gewalt ist ungebrochene Macht.

Gewalt bedeutet spüren, dass man einen Körper hat.

Von Zärtlichkeit kann ich keine Geschichten schreiben.

Denn Zärtlichkeit ist ein ungelöstes Rätsel.

Ich wähle Ladys Handynummer, und glücklicherweise erreiche ich sie sogar.

»Was ist nur los mit mir, was um Himmels willen stimmt nicht mit mir?«, frage ich mehr wütend als verzweifelt. »Kennst du noch jemanden, der so scheiße ist wie ich? Und wenn ja, könntest du mir dann vielleicht seine Telefonnummer geben?«

»Meine Süße«, sagt Lady gelassen, »was glaubst du denn, was mit dir nicht stimmt? Ich sage es dir: Nichts, verdammt noch mal! Alles ist okay. Du bist du. Wer solltest du denn auch sonst sein nach all dem, was dir passiert ist. Ich kann dir genau sagen, warum ein Mann wie Patrick dich nicht glücklich machen kann. Denn seien wir mal ehrlich, er ist süß und lieb und höflich, aber das war Jesus bestimmt auch, und wo hat das hingeführt? Außerdem ist Patrickboy nicht im Geringsten männlich, weder vom Körperbau noch von seinem Verhalten – entschuldige bitte, aber auf dem Foto, das du mir geschickt hast, sah er aus wie neunzehn, nicht wie dreißig, und gegrinst hat er wie ein

Dreizehnjähriger. Er ist bestimmt nicht dumm, aber bestimmt auch nicht sonderlich intelligent. An deine Erfahrungen und an deine Wortwahl wird er niemals heranreichen. Süße, du möchtest lernen, aufrecht zu gehen, deinen Körper mit Stolz zu tragen, das kannst du nicht neben einem kleinen Jungen machen, der mit gebeugter Haltung einherschleicht und ein T-Shirt mit 'nem schwulen Elch drauf trägt. Ich meine, Zuckerschnecke, du siehst vielleicht zart, zerbrechlich und sanftmütig aus – und all das bist du auch; aber noch dazu bist du eine verdammt starke Frau. Auch wenn du zu blöd bist, ein Sandwich zu essen, und keine Ahnung davon hast, wie es ist, liebevoll zu vögeln, weißt du doch ganz genau, was du in deinem Leben haben willst und noch viel wichtiger: Du weißt, was du nicht willst. Schätzchen, du bist so voller Extreme – dein ganzes Dasein ist ein einziges Fallen und Steigen, und wenn kein anderer mehr da wäre, glaub mir, du würdest noch mit dir selbst um die Wette laufen und deine eigenen Flaggen von den soeben eroberten Hügeln reißen, nur um dieselben Fahnen auf einem fremden Berg gleich wieder zu hissen. Meine Süße, jemand wie du kann nicht einfach nur gute Freunde haben, du brauchst Freunde, mit denen du durch den Tod gehen kannst, denen du vertraust bis zum Schluss, ohne Wenn und Aber – alles andere wäre dir zu unbedeutend. Du brauchst Feinde, die mit gezücktem Messer hinter einer Tür auf dich warten und sich auf dich stürzen, sobald du deine Deckung verlässt. Du brauchst die treusten Menschen bei dir und die gefährlichsten Menschen vor, neben und hinter dir – damit du nie vergisst, immer wachsam zu sein, in jeder Sekunde; damit du niemals vergisst, was passiert, wenn man ein einziges Mal mit geschlossenen Augen die Tür für einen Fremden aufhält. Lilly, genau das bist du: dieses aufgewühlte, unbeschreibliche kleine Ding. Du lässt Dienstleistungssex über dich ergehen, um eine Entschädigung zu bekommen, die dir nichts bedeutet. Ein Handel, ein eiskalter Deal, denn damit kennst du dich aus. Ja, meine Süße. So ist das. Aber die richtige Zeit wird kommen.«

Ich lausche aufmerksam.

Es ist wertvoll, verstanden zu werden.

Und noch während ich Ladys Worte einfange, höre ich im Hintergrund eine Kinderstimme und dann ein fröhliches Lachen.

»Ist das deine Tochter?«, frage ich.

Aber Lady antwortet nicht darauf.

Sie räuspert sich nur.

»Wir sehen uns bald«, sagt sie schließlich. »Und wehe, du siehst aus wie ein benutzter Zahnstocher, wenn ich zurückkomme.«

Dann piept es auch schon an meinem Ohr, ohne dass ich ein einziges Abschiedswort hätte erwidern können.

Ich halte noch eine Weile das Handy in der Hand, bis es mir sinnlos genug vorkommt, dann springe ich nachdenklich vom Fensterbrett.

In die Wohnung.

Meinen letzten Kunden empfange ich um kurz nach zweiundzwanzig Uhr, obwohl ich in der Silvesternacht eigentlich alleine sein wollte. Aber er hat so nett und höflich gefragt, und seine Stimme klang, als wäre er einsam genug, um sich in der Telefonleitung zu verlieren. Außerdem hat er versprochen, dass er vor Mitternacht wieder verschwunden sein würde, damit ich in Ruhe feiern kann, also lasse ich es drauf ankommen.

Vielleicht habe ich ja Glück, und er ist ein Serienmörder, der sich in mich verliebt und daraufhin beschließt, nie wieder eine Frau abzuschlachten, weil meine strahlende Seele ihn bekehrt und ihm ewigen Frieden schenkt. Dann hätte ich noch etwas Gutes geleistet, in den letzten Stunden von diesem überflüssigen Jahr.

»Hi, ich bin Derek«, sagt der Serienkiller zur Begrüßung und reicht mir die Hand.

»Hey, Derek, ich bin Lilly«, sage ich.

Denn es ist der letzte Tag im Jahr, und da darf man nicht lügen. Außerdem sollte man zu Serienmördern immer offen und ehrlich sein, damit sie ein schlechtes Gewissen bekommen, sobald sie von ihren Trieben überrannt werden.

Derek lächelt mich an.

Wahrscheinlich ist er doch kein Mörder.

»Lilly – das gefällt mir viel besser als Felia«, sagt er freundlich.

Er sieht gut aus, genau der Typ Mann, den ich attraktiv finde. Wenn ich normal wäre, könnten wir uns aneinanderkuscheln, ein Glas Wein zusammen genießen, über gute Filme diskutieren und heiraten.

Aber ich bin nicht normal.

Und er auch nicht.

Er hat einen ganzen Rucksack voll mit Fesselzeugs dabei.

»Ich weiß nicht, wie man das benutzt«, sage ich unsicher.

»Macht nichts«, sagt Derek. »Ich mache das alles selbst, du brauchst nur dazusitzen und zuzuschauen.«

Dann schnürt er sich mit unzähligen Seilen und Haken zu einem verknoteten Päckchen zusammen, klemmt sich seine Hoden ab, erwürgt sich fast, hat einen Orgasmus, packt sich wieder aus und setzt sich zu mir auf das Bett.

»Keine Ahnung, warum ich so etwas mag«, sagt er verlegen.

»Ich finde es nicht schlimm«, erwidere ich.

»Danke«, sagt Derek.

»Wofür?«, frage ich, denn schließlich habe ich nur dagesessen und nichts gemacht.

»Dass du nicht gelacht hast ...«, meint er.

»Gern geschehen«, sage ich.

Schließlich drückt Derek mich für einen Augenblick lang ganz fest an sich, dann steht er auf, um sich anzuziehen und sein Fesselequipment wieder in seinem Rucksack zu verstauen.

»Komm gut ins neue Jahr«, sagt er zum Abschied.

Ich gebe ihm einen Kuss auf die Wange, und er schließt seine Augen. Kurz darauf verlässt er die Wohnung.

Und ich bin wieder alleine.

Womit beendet man ein Jahr, wenn man so ist wie ich? Ich sehe fragend hinüber zu Ana, aber sie zuckt nur gelangweilt mit ihren Schultern. Weihnachten, Neujahr, Geburtstage – so etwas interessiert sie nicht die Bohne. Kalorien, Fettzellen, Body-Mass-Index, Gewichtsdiagramme, Nährwerttabellen, eingesunkene Wangenknochen, das ist Anas Welt. Und Mia? Sie hat Angst vor der Einsamkeit. Sie wünscht sich, dass jemand da ist, der sie festhält und ihr eine Geschichte erzählt, eine Geschichte mit Happy End. Aber da kann ich ihr leider nicht helfen.

Nachdenklich frage ich mich, wie es wohl eines Tages sein wird, wenn ich wieder anfange, gesund zu werden. Was soll ich dann nur mit der ganzen Zeit anfangen, in der ich nicht hungere. Womit soll ich mich beschäftigen, wenn ich nicht meine ganze Konzentration dafür aufbrauche, nicht umzukippen, weiter zu atmen, eine Rolle zu spielen, Geschichten zu erfinden und Ausreden zusammenzubasteln.

Nur noch eine knappe Stunde bis Mitternacht, und meine Gedanken ziehen ihre unendlichen Kreise. Irgendwann lege ich mich auf das Bett, auf dem ich schon so viele Männer verführt habe. Dann ziehe ich meinen Laptop vom Nachttisch auf das Kopfkissen und beginne einen Brief an das kleine Mädchen zu schreiben.

Du bist noch immer jeden Tag bei mir – das hat die Zeit nicht geändert, da kann sie laufen und rennen so viel, wie sie will, abschütteln wird sie dich nie. Wie alt bist du eigentlich? Sechs, oder schon sieben? Deine Haare sind länger als meine und ganz weich, sie reichen dir fast bis zu deinen Hüften. Du bist noch so klein und immer leicht gebräunt, auch wenn gar nicht Sommer ist. Schau mich an, ich bin immer weiß und blass, egal, wie schön die Sonne draußen scheint.
Ich kann dich sehen: Du bist einsam, weil du nicht weißt, wie man mit anderen Kindern spielt; du fühlst dich fremd,

wenn du deine Freunde besuchen gehst, denn bei dir zu Hause ist alles anders. Du weißt nicht, wie es ist, sich in Sicherheit zu wiegen. Dafür weißt du, wie es sich anfühlt, wenn man einen Schwanz im Mund hat und versucht, nicht zu weinen – weil er es mag, wenn du weinst und zappelst. Aber am Abend, in deinem Bett, da weinst du dann. Jede Nacht. Jede verdammte Nacht.
Du sagst: »Mama, ich liebe dich.«
Und deine Mutter antwortet: »Ich habe jetzt keine Zeit.«
Da drehst du dich um.
Und läufst davon.
Du versteckst dich in deinen Gedanken.
Und wenn ich dort bei dir wäre, meine Kleine, ich würde mich zu dir niederknien, damit ich auf Augenhöhe mit dir wäre, ich würde dein Gesicht ganz sanft in meine Hände nehmen, ich würde dir über deine hübschen Wangen streichen, deine zarten Augenbrauen mit den Fingerspitzen nachzeichnen und dir kein Wort über deine Zukunft verraten.

Das schreibe ich dem kleinen Mädchen, kurz bevor dieses Jahr endlich vorüber ist. Sie steht neben mir, in sicherer Entfernung, nicht in Reichweite, das würde sie niemals riskieren, und sie blickt nachdenklich auf meine getippten Worte.

Dann streckt sie auf einmal ihre kleine Hand in meine Richtung aus. Beinahe berührt sie mich. Und kaum merklich überschneiden sich unsere einsamen Räume.

Ich blicke auf die Uhr: Noch sechzehneinhalb Minuten bis Mitternacht.

Fünfzehn Minuten.

Die Zeit verrinnt. Ich halte die Luft an, nur um auszuprobieren, wie es sich anfühlt, wenn ich etwas weniger lebendig bin. Nichts passiert. Also gucke ich nach meinen E-Mails.

Meine Mutter hat mir geschrieben: »Ich bin stolz auf dich, und du fehlst mir.«

Und das ist das erste Mal, dass jemand den E-Mail-Account meiner Mutter geknackt und mir in ihrem Namen Komplimente geschickt hat.

Und falls es doch meine Mutter war, würde sie dann auch noch stolz auf mich sein, wenn sie wüsste, wie vielen Männern ich schon einen geblasen habe? Ich lese die E-Mail zweimal hintereinander durch, und dann werde ich traurig, weil ihre Anerkennung mich nicht glücklich macht. Mein Leben lang habe ich versucht, alles besser zu machen, alles richtig zu machen – nur für meine Eltern, damit sie mich endlich lieben können. Aber jetzt wird mir klar, dass es mittlerweile egal geworden ist.

Dreizehn Minuten.

Zum Glück klingelt das Handy nicht. Wer ist jetzt noch so einsam, dass er ein Mädchen wie mich an seiner Seite braucht? Hoffentlich niemand.

Aber ich bin einsam.

Und wen brauche ich an meiner Seite?

Für einen Moment schließe ich die Augen.

»Bitte, bitte lass mich gesund werden«, sage ich an niemand Bestimmten gerichtet.

Dann öffne ich meine Augen und sehe mich nach dem kleinen Mädchen um. Aber es ist nirgendwo zu entdecken.

»Der Nebel hat sie verschlungen«, flüstert eine Stimme in der Nacht. »Hörst du sie um Hilfe rufen, hörst du sie schreien?«

Ich schüttele den Kopf.

»Dann hör genau hin«, sagt die leise Stimme warnend und verschwindet.

Nur noch sechs Minuten. Dieses Mal wünsche ich mir, nicht zu sterben; aber ich erinnere mich an all die Silvesternächte, in denen ich in meinem Bett gelegen habe, die Augen fest geschlossen, und mir das Gegenteil herbeigesehnt habe. Und dann bin ich aufgewacht, am nächsten Morgen, im neuen Jahr, und war so enttäuscht und so leer.

Doch heute ist es anders: Ich will einen Weg, auf dem ich alleine laufen kann, ohne Ana und ohne Mia im Schlepptau. Aber mit meinem Körper.

»Sprich mich frei«, flüstere ich mir zu. »Für diese eine Nacht nur, damit ich weiß, wie es ist, schuldlos zu sein und ohne Schande – damit der Abgrund in meiner Seele mich nicht achtlos verschluckt.«

Dann verstumme ich.

Und die Raketen zischen triumphierend hinauf in die Dunkelheit. Auch wenn ich sie nicht sehen kann, weil der Nebel zu dicht vor meinem Fenster schwebt, höre ich doch ihre bunten Farben explodieren und in Schwärmen vom Himmel fallen. Glühende Sterne, funkelnde Blitze – ich weiß, sie sind dort oben.

Das Jahr ist vorbei.

Und ohne einen winzigen Moment des Zögerns, ohne Verschnaufpause, ohne ein noch so kleines Hinterfragen beginnt auch schon ein neues Jahr.

5

Immerhin habe ich mich nicht ins neue Jahr gevögelt, das ist der erste Gedanke, der mir beim Aufwachen durch den Kopf schießt.

Ich habe geträumt, dass ich gemeinsam mit Caitlin ein riesiges Bordell im Zentrum von Hamburg eröffne. Keine Ahnung, warum ausgerechnet in Hamburg, da war ich noch nie. Berlin wäre naheliegender gewesen. Oder Köln oder Frankfurt oder von mir aus auch Osnabrück.

Chase war auch da, in einem Whirlpool auf dem Bordelldach, umgeben von vier nackten, ganz entzückenden sexy Frauen mit großen Brüsten, von denen die eine aussah wie meine ehemalige Mathelehrerin.

Vielleicht sind solche Träume ein weitverbreitetes Krankheitsbild von leichten Mädchen, und weil keine von uns darüber redet, wird es nie jemand erfahren.

Die Sonne scheint durch das geöffnete Fenster auf mein Gesicht, die Luft ist frisch und kühl, und das Jahr riecht nach Zukunft. Ich wickele mich in die Bettdecke, steige aus dem Bett und setze mich auf meinen Lieblingsplatz am Fensterbrett. Die Kirchturmuhr auf der anderen Seite der Reuss schlägt ehrfurchteinflößend; wie auch immer sie das schafft.

Im Hintergrund kann ich das aufgewühlte Wasser vom Wehr herüberrauschen hören, und in meinem Kopf ist genauso viel Chaos wie im letzten Jahr. Ich hatte eigentlich gedacht, mit all den Raketen, die während der Nacht in den Himmel gestartet sind, seien auch meine Probleme ganz weit weg geflogen und in funkelnden Sternenstaub verpulvert.

Doch sie sind noch da.

Logischerweise.

Aber wenn man es schafft, an einem Tag mehr Kondome als

Umlaute zu benutzen, dann braucht man nicht mehr logisch zu denken. Dann gibt es wichtigere Sachen.

Ich beschließe, mir zur Feier des neuen Jahres einen Film anzuschauen, aber all die Filme, die akkurat nach Alphabet geordnet in dem Wohnzimmerregal stehen, kenne ich schon. Erst ganz zum Schluss finde ich eine DVD, die nach hinten durchgerutscht ist und die ich noch nicht gesehen habe.

Also sehe ich »Human Trafficking«, einen Film über Frauenhandel.

Danach weine ich.

Weil mir klarwird, dass *ich* mein Zuhälter bin.

Dass ich nicht von irgendeinem starken, bösen Mann gefoltert und zur Prostitution gezwungen werde, sondern nur von mir selbst. Ich bin es, die mit eiskaltem Finger auf mich deutet und sagt: »Zieh dich an, mach dich hübsch, setz dein verdammtes Lächeln auf! Beeil dich – du hast einen Termin ...« Ich befehle mir, all diese Rollen zu spielen, immer ein Strahlen auf meinen Lippen zu tragen und nie die Fassade bröckeln zu lassen. Ich verbiete es mir, um Hilfe zu bitten oder wegzulaufen. Ich dränge mich dazu, meinen Körper zu verkaufen, und ich zwinge mich, meinen Mund zu halten.

Irgendwann höre ich wieder auf zu weinen.

Denn es bringt nichts.

Wenn niemand kommt.

Der einem die Tränen wegwischt.

Den ersten Kuss im neuen Jahr gebe ich einem Stammgast, der mit einem Neujahrspäckchen vor meiner Tür aufkreuzt, obwohl er eigentlich gar keine Zeit hat und mich nur einmal kurz drücken kann. Er hebt mich hoch und wirbelt mich durch die Luft, weil er sich so sehr freut, mich zu sehen. Da vergesse ich vor lauter Überwältigung einen Moment lang, was ich mir antue und wie leichtfertig ich meinen Körper aufs Spiel setze.

Aber nachdem er wieder weggegangen ist, fange ich an, darüber zu grübeln, mit wie vielen Männern ich eigentlich mittlerweile geschlafen habe. Achthundert. Tausend. Tausenddreihundert. Oder gehe ich schon auf die Zweitausend zu?

Ich weiß es nicht.

Ehrlich, ich habe keine Ahnung.

Ein einziger Mann ist mir so deutlich in meinen Kopf gebrannt, dass ich ihn unter Millionen von Menschen wiedererkennen würde; der Mann, dem ich gehört habe, als ich sechs Jahre alt war. Der Mann, der dafür gesorgt hat, dass ich ein untragbares Geheimnis hinter mir herschleife, ein Geheimnis, das so schwer wie ein Betonklotz wiegt, in den mein Name geritzt steht und der an mein Bein gekettet ist. Ich erinnere mich so genau daran, wie seine Hände gerochen haben und wie sein Atem stank; ich könnte bis auf das kleinste Detail beschreiben, wie sich seine Berührungen auf meinem Körper angefühlt haben, wie rauh, wie eklig, wie grob, wie zerstörend, wie schmutzig. Jedes Wort, das er zu mir gesagt hat, könnte ich wiedergeben, wenn ich nur den Teil meiner Stimme wiederfinden würde, den ich damals verloren habe.

Als Caitlin gestorben ist und der Lietzensee auf ihrem Grab mir nichts, aber auch gar nichts von ihr zurückgebracht hat und als ich mir plötzlich sicher war, dass mein Leben keinen verständlichen Wert mehr hätte, so dass ich auch einfach alles auf eine Karte setzen könnte – mich und meine drei größten Feinde: Sex, Männer und Lebensmittel, damals, an diesem Tag, habe ich verloren.

Und alles, was jetzt kommt, ist Bonusmaterial.

Wer weiß, was ich hier überhaupt noch mache, wie mein Körper es Tag für Tag schafft, seine zittrigen Glieder aus dem Bett zu hieven und da zu sein. Ich weiß nicht, wie ich es erdulde, das ewige Hungern, das kein Ende mehr nimmt. Es gibt Tage, da tue ich nichts anderes: Ich stehe auf, blicke in den Kühlschrank und schließe ihn wieder. Dann sitze ich da, spaziere ein bisschen herum, schreibe ein wenig, koste es aus, dieses bohrende und schmerzende Hungergefühl, lege mich wieder hin, wälze mich umher, fühle mich dahinschwinden.

Mach das mal vierundzwanzig Stunden lang, wochenlang. Ernähre dich nur von ein paar Erbsen. Irgendwann ist dein Körper so schlaff, dass er nicht einmal mehr einschlafen kann, sondern nur noch daliegt und wimmert.

Und irgendwann hört auch das Wimmern auf.

Dann ist es endgültig vorbei.

Bonusmaterial ausgereizt.

Aber nichts auf der Welt hat mir je so viel Ruhe und sanftmütige Stille gegeben wie das Hungern. Niemand hat mich je fester gehalten oder zärtlicher berührt als Ana. Ich bin süchtig nach dieser Stille; dem Augenblick, wenn all die anderen Stimmen in meinem Kopf endlich aufhören zu schreien, zu toben und wenn die Angst in mir kleiner wird, immer kleiner, bis sie kaum noch zählt.

Der erste Tag im neuen Jahr, und ich stelle fest, dass ich meinen Blick nicht mehr fokussieren kann. Die Welt verschwimmt vor meinen Augen, ich sehe nur noch unscharf, meine Augenlider sind so unglaublich müde – sie zucken nervös, sie fallen schlaff herab, sie ergeben sich.

Die Tage in der Schweiz vergehen immer langsamer und schleppender; trotz all dem Sex.

Was für ein Satz: Trotz all dem Sex.

Den sollte ich mir auf ein T-Shirt drucken lassen.

Oder am besten gleich auf meine Unterwäsche.

Denn mein erstes Mal liegt noch vor mir. Der Augenblick, in dem ich zum allerersten Mal in meinem Leben mit einem Mann schlafen werde, weil ich es möchte, weil ich es kann, weil ich es darf. Und wenn es dann ehrlich ist und keine Illusion, wenn es kein Schauspiel mehr sein muss, keine Lüge, kein Zwang, und wenn ich aufhöre, die Sekunden zu zählen – dann wird irgendetwas zerbrechen in mir.

Ganz bestimmt.
Die Mauern, die Fesseln – seine würgende Hand.
Dann werde ich endlich frei sein.

6

Eine Woche später fängt es wieder an zu schneien, und plötzlich steht ein Mädchen in Hotpants und einem bauchfreien Shirt vor meiner Tür, mitten im Schnee und sagt: »Hey! Ich bin Angel. In Berlin ist nichts los, und meine Familie ist der absolute Feiertagshorror! Ich musste da weg. Also bin ich hergeflogen! Row hat gesagt, dass du in der Nachbarwohnung bist und dass wir ja vielleicht Freundinnen werden können. Hast du Lust?«

»Ja, klar. Hi. Ich bin Lilly«, sage ich überrumpelt.

»Super!«, meint Angel und reibt ihre zitternden Hände aneinander. »Scheiße, ist das kalt! Hätte ich gewusst, dass es hier so viel Schnee gibt, hätte ich mir andere Klamotten mitgebracht. Aber ich dachte, ich bin ja eh die meiste Zeit über nackt. Hihi. Kann ich reinkommen?«

»Klar«, sage ich und halte Angel die Tür auf.

Und so stürmt Angel in meine heilige Stille und macht mehr Krach, als man einem so zierlichen und engelsblonden Mädchen zutrauen würde.

»Das ist echt krass hier in der Schweiz!«, sagt sie kopfschüttelnd nach drei Tagen. »Ich konnte mir das gar nicht vorstellen, weißt du. Auf der Straße ist alles ganz anders. Hier ist es, als würde dein Schatz von der Arbeit nach Hause kommen oder so. Und jetzt kommt das Krasseste: Da kommen echt Typen bei mir an und wollen keinen Sex! Scheiße! Die wollen eine Stunde kuscheln. Und reden! Lilly, die wollen mich massieren! Das verstehe ich wirklich nicht. Ich meine, ich kann es begreifen, wenn sie mir an die Titten grabschen wollen – ich habe sehr schöne Titten, guck. Aber meinen Rücken streicheln? Das verstehe ich echt nicht! Essen gehen finde ich noch ganz okay, von mir aus auch ins Kino. Aber ein fünf Stunden langes Mozartkonzert können die sich mal schön selber anhören. Mann, der ist doch eh tot, der Mozart! Auf der Straße ist es viel besser, da macht immer die Frau die Regeln! Man redet nicht so lieb und nett und was weiß ich mit einem Kerl herum. Und scheißegal, ob der eine Stunde gebucht hat oder eine halbe, den Job macht man in fünfzehn Minuten fertig, und dann hat der Arsch wieder zu gehen. Da ist nix mit Massage und noch freundlich Honig ums Maul schmieren. Und wenn die Zeit vorbei ist, dann ist sofort Schluss! Scheißegal, wenn der Ficker noch nicht gekommen ist. Soll er halt mehr Kohle rausrücken oder sich selber einen wichsen. Und auf der Straße ist alles nur mit Gummi. Auch französisch! Es heißt immer, auf dem Strich ist es schmutzig und so, aber ey: Gar nicht! Die Typen dürfen dich nicht mal anfassen, es sei denn, sie zahlen ordentlich was drauf, und oral bei der Frau ist sowieso nicht mit drin. Igitt, ey. Ich lass mir doch nicht von jedem Wichser die Perle klar machen. Für ein gutes Extra vielleicht mal Tittenfummeln, aber das war es. Du hast ein Loch in der Strumpfhose, machst einen schnellen Fick und fertig. Wenn der Schwanzträger Aufmerksamkeit will, soll er woanders hingehen. Wir sind ja nicht das Sozialamt, und ein Schild mit der Aufschrift ›Ehetherapie‹ haben wir ja wohl auch nicht auf der Stirn pappen! Ey, das ist echt ein Kick, so auf der Straße zu stehen, total aufgebrezelt, wie eine Barbiepuppe, mit geilsten Absätzen und drei BHs übereinander – da kannst du schummeln, auf der Straße! Siehste aus wie Dolly Buster, aber ist gar nicht! Gott und jetzt guck dich hier um! Hier sind ja manchmal solche Pisser am Telefon. Ich meine, ist doch nicht normal, die rufen an und fragen, ob sie erst mal vorbeikommen können, um zu gucken! Bin ich ein Aquarium?! Nee, Mann! Soll er erst mal hundert Franken abdrücken, dann kann er mal kurz gucken, aber dann guck ich auch erst mal, und wenn er mir nicht gefällt, dann kann er gleich wieder Leine ziehen. Wo sind wir denn hier?! Manchmal krieg ich echt Sehnsucht nach der Straße!«

Danach holt Angel einmal tief Luft und ergänzt: »Aber weißt du, ich will ja nicht meckern. Nur in die Fresse gehauen hab ich mal einem, der war auf mich drauf und wollte ohne Kondom, dachte wohl echt, ich bin seine kleine Freundin, denkste! So ein Arsch. Ich hab gesagt: ›Mach ich nicht, Alter!‹ Denkt der, ich bin blöd und will seinen hässlichen kleinen Wichsschwanz einfach so in mir stecken haben? Wenn's um ohne Gummi geht, sind die ja alle so behämmert, echt mal, wedeln mit 1000 Franken rum und sagen: ›Nur eine Sekunde, ich pass auch auf, nur ganz kurz rein. Und guckste hier, hab ich 'nen Aidstest, ist ganz aktuell! Vertrau mir.‹ Ist ja echt ganz toll. Vertrauen. Was soll ich mit den 1000 Franken und 'ner Tüte Vertrauen, wenn ich dann krass tot bin oder voll fett schwanger? Dem Typen hab ich jedenfalls ordentlich eine verpasst, und denkst du, der heult? Nein! Fragt der mich doch echt, ob ich ihm die Domina machen kann, weil das grad so geil war. Und dann hat der mir volle zwei Stunden lang den Fußboden geputzt und sich von mir treten lassen, für 500 Franken extra die Stunde. Da fragt man sich doch wirklich, wie die sich nachher wieder in ihren schicken Armani-Anzug und ihren dicken Porsche schmeißen können, zu ihren Geschäftsführermeetings fahren und so aussehen, als wären sie noch nie in Latexpants und Netzhemd vor dir auf dem Boden rumgekrochen.«

An dieser Stelle macht Angel wieder eine kurze Pause, um sich in einen karierten Schulmädchenrock und ein kurzes weißes Top zu zwängen. Dann drückt sie mir noch ein Foto von ihrem Gangsterfreund Billy in die Hand. »Der ist süß, oder? Und total lieb ist er auch! Leider ist er gerade im offenen Vollzug. Bandenkriminalität oder so. Dabei hat der gar keine Bande. Na ja. Jedenfalls verstehst du mich doch, Lilly, oder? Auf der Straße ist es echt viel besser. Aber jetzt mal ehrlich, so ein Zuckerpüppchen wie du, was hast du denn überhaupt hier verloren? Du brichst den Männern bestimmt reihenweise die Herzen. Stimmt's? Aber ist ja voll egal. Ich finde dich nett, du bist so eine ganz Süße! Und ich find es cool, dass du immer Kuchen und so mit rüberbringst, und es ist voll schnuckelig von dir, dass du mich nach einem Kunden fragst, ob alles okay ist. Ich würd dir ja auch gerne etwas von meinen Zigaretten oder dem Wodka anbieten, aber das ist ja nicht so dein Ding, versteh ich gar nicht. Ist doch super lecker! Und jetzt erzähl mal, hattest du auch schon ein paar von den Irren? Oder nein, scheiß drauf! Lass uns nicht über Männer reden. Reicht schon, dass wir mit denen reden müssen, um an ihr Geld zu kommen! Ich brauch jetzt einen geilen Beat! Lass uns ins Lolita gehen, da gibt es die coolsten Stripperinnen. Stehst du auf Frauen? Wenn ja, kannst du da zugucken und feucht werden! Aber nimm deinen Ausweis mit! Du kommst doch bestimmt nirgendwo rein, ohne den Zuständigen vom Geburtsurkundenamt mit dir herumzuschleifen. Und sag mal, hast du denn keinen Lippenstift? Wenn du magst, kannst du nachher auch meinen Mascara benutzen. Au ja! Wir machen eine richtig heiße Schnecke aus dir! Dann brauchst du nur noch mit den Augen klimpern, und die Männer reißen sich drum, dir einen Drink zu bezahlen. Und pro ausgegebenen Drink bekommst du von der Bar fünfzig Prozent. Voll geil, oder? Muss man nicht mal ficken, um reich zu werden!«

Angel.

Sie ist achtzehn Jahre alt. Es gibt keine Kondomsorte, die sie noch nicht ausprobiert hat, auf ihrem rechten Knöchel ist in verschnörkelter Schrift »Most sexy girl« eintätowiert. Sie lacht über Blondinenwitze und guckt sich Zeichentrickfilme im Fernsehen an. Ihr Freund ist ein Zuhälter, ihr Hund ein Mops mit Schleife im Ohr und ihr Handyklingelton der bekloppte Frosch.

Angel.

Sie ist verblendet. Von zu viel Geld. Von zu viel Sex. Von zu vielen Drogen.

Sie hat genau wie ich in einem Jugendheim gelebt, sie hat genau wie ich Narben auf ihrem Körper, und sie ist genauso verlorengegangen wie ich.

»Hey, Lilly!«, sagt Angel, nachdem sie mir etwas von ihrem

Lippenstift aufgetragen hat und nach meiner Hand greift, um mich ins ›Lolita‹ zu schleifen. »Wenn ich zurück in Berlin bin, lasse ich mir übrigens noch eine zweite Tätowierung machen – auf dem anderen Knöchel: *I am a good girl.*

Denn das bin ich. Und du auch, nicht wahr?«

Ja. Ich denke schon.

Das sind wir, irgendwie.

Trotz all dem Sex.

Sind wir gute Mädchen.

Nach anderthalb Wochen ist es dann endlich wieder so weit: Ich werfe all meine Sachen in den Koffer, ziehe die Haustür hinter mir zu, gebe Angel einen Abschiedskuss und meine Handynummer und verlasse Mellingen.

Patrick fährt mich wie jedes Mal nach Zürich zum Flughafen, vor der Gepäckaufgabe drückt er mir noch eine Tüte mit Keksen und Zimtbrötchen in die Hand.

»Damit du etwas Leckeres für den Flug hast«, sagt er und gibt mir einen Kuss auf die Stirn.

»Danke«, erwidere ich und lasse mich umarmen.

»Ich werde dich schrecklich vermissen«, sagt er und guckt traurig.

»Ich dich auch«, lüge ich.

Dann winke ich Patrick noch einmal zu, sehe ihm nach, wie er das Flughafengebäude verlässt, und begebe mich anschließend zu meinem Boarding-Gate.

Row holt mich vom Flughafen ab, und ich freue mich, ihn wiederzusehen. Ich habe Glück, mit jemandem wie ihm zusammenzuarbeiten, denn für ihn ist es okay, dass ich im Gegensatz zu den anderen Frauen kaum Termine mache. Er möchte nicht einmal eine Abrechnung oder eine Liste mit Gästen von mir sehen – solange die Miete, die Werbung und der Flug bezahlt sind, kann ich machen, was ich möchte. Sogar wenn ich nur ein paar

Tage arbeite und anschließend Urlaub in der Wohnung mache, lässt er mich gewähren. Ich bin wahrscheinlich das ertragloseste nackte Mädchen aller Zeiten. Aber da Row das Geschäft mehr als Hobby sieht und meine wortverdrehten Sätze mag, werde ich nicht gefeuert.

Es ist zur Routine geworden, dass Row und ich noch zusammen in ein Restaurant gehen, wenn ich aus der Schweiz zurückkomme. Also fahren wir in ein Steakhaus und bestellen uns eine Grillplatte zum Teilen. Natürlich verdrücke ich mich zwischendurch unauffällig auf die Toilette, alles andere wäre ein Verstoß gegen die Essgestörten-Regeln Nummer drei, fünf und siebzehn.

»Muss ich irgendeinem rüpelhaften Schweizer Kunden meinen besten Auftragskiller auf den Hals hetzen?«, fragt Row über sein totes Stück Lamm hinweg.

»Nein, ausnahmsweise mal nicht«, erwidere ich und lache.

Anschließend unterhalten wir uns noch über apathische Männer, hysterische Ehefrauen, Breitbandantibiotika und Mango Smoothies. Dann fährt Row mich nach Hause und hilft mir, meinen Koffer hochzutragen.

»Melde dich mal, wenn du Lust auf einen Kaffee hast«, sagt er zum Abschied. »Oder falls irgendetwas ist – ich bin immer zu erreichen.«

Ich nicke, bedanke mich für alles und umarme Row flüchtig. Dann betrete ich endlich meine Wohnung und schließe mit zittrigen Händen die Tür hinter mir. Ich lasse den Koffer einfach achtlos im Flur stehen, werfe meine Handtasche in eine Ecke, die Jacke darüber und setze mich in der dunklen Küche an den Tisch. Dort zünde ich mir eine schiefe Kerze an und lausche einen Moment der wohlbekannten Stille. Die Vertrautheit ist ein Segen, wenn man so wenig geweiht ist wie ich.

Die verbogene Kerze fängt an zu flackern, ich puste sie aus, stehe auf und lege mich ins Bett. Mein Herz schlägt unruhig, ich schmecke Blut, aber meine Bettwäsche fühlt sich kühl und zart an.

Ich bin zu Hause. Endlich.

Ich schlafe augenblicklich ein.

Und dann träume ich davon, wie mein Leben sein wird, wenn Tage wie diese für immer vorbei sind.

7

Manchmal besuche ich meine Eltern. Ich spurte in einem Weltrekordtempo durch das gefährliche Horrortreppenhaus, drei Stockwerke hinauf bis zu ihrer Wohnung, als wäre der Teufel persönlich hinter mir her. Es ist interessant, was für Geräusche ein Herz von sich geben kann, wenn man mit einem total geschädigten und unterernährten Körper versucht, einen Wettlauf gegen die Vergangenheit zu gewinnen. Meine Eltern halten mich wahrscheinlich für komplett durchgeknallt, weil ich jedes Mal wie ein Walross schnaufend bei ihnen auf der Matte stehe und mich am Türrahmen festkralle, um nicht umzukippen.

Und wenn ich mich dann am Abend wieder auf den Heimweg mache, fragt mein Vater mich immer gerne, ob ich vielleicht so nett sein könnte, den Müll mit hinunterzunehmen.

Ich hasse den Keller.

Vor allem, wenn es dunkel ist. Und außerdem kann man mit einer schweren Mülltüte in der Hand nicht schnell genug davonsprinten, und die Wahrscheinlichkeit, nicht ermordet zu werden, sinkt mit jedem Schritt in Richtung Keller um mindestens fünf Prozent.

Aber ich würde niemals nein sagen, wenn mein Vater mich um einen Gefallen bittet. Ich würde jeden Tag zehnmal den Müll hinuntertragen, wenn er dafür nur einmal im Jahr »Es ist schön, dass es dich gibt, Lilly« oder etwas Ähnliches sagen könnte.

Einmal hat meine Mutter zu meinem Vater gemeint: »Du solltest deine Tochter nicht um so etwas bitten – Frauen fühlen sich nicht wohl, wenn sie abends noch in den Keller gehen müssen.«

»Ach, Quatsch!«, hat mein Vater geantwortet. »Lilly macht das doch nichts aus. Sie hat keine Angst.«

Ich habe keine Angst.

Ich. Habe. Keine. Angst.

Verdammt.

Vier Worte, die nicht mir gehören.

Und dabei würde ich sie doch so gerne besitzen.

Aber ich hätte meinem Vater niemals die Wahrheit gesagt. Ich hätte es nie gewagt, vor Panik loszubrüllen. Stattdessen bringe ich jedes Mal den Müll runter. Schritt für Schritt. Ohne einfach davonzulaufen.

Das Licht im Keller schalte ich nicht ein, dafür bin ich zu klug. Denn wenn dort ein böser Mann auf mich wartet, dann will ich ihn wenigstens nicht ansehen müssen. Ich will kein Messer aufblitzen sehen, keine Hand, die nach mir greift.

Denn was man nicht erkennt, ist weniger wirklich.

Und was man nicht anerkennt, gehört weniger dazu.

8

»Fuck!«, hat Lady zu mir gesagt, im Sommer des letzten Jahres, als sie Chase zum ersten Mal getroffen hat. »Dein Chase ist ja echt ein Mann zum Vögeln und noch dazu ein Mann zum Konversation-Führen. Ich hatte eigentlich gedacht, Schauspieler lassen sich ihr Hirn rausblasen, damit da mehr Platz fürs Texte-Auswendiglernen ist, aber dein Chase hat Sätze rausgehauen, da habe ich doch glatt vergessen, was ich selbst sagen wollte.«

»Er ist nicht *mein* Chase«, habe ich erwidert und angefangen, das Chaos zu beseitigen, das Lady jedes Mal hinterlässt, wenn sie mein Badezimmer benutzt, um sich bereit für eine *heiße Nacht mit ordentlich Schwanz* zu machen.

»Süße«, hat Lady da gesagt, und ihre Stimme war so wissend und ihr Lippenstift so dunkelrot, dass sie mir Angst gemacht hat, »und ob das dein Chase ist. Auch wenn er gerade fünfzehn nackte Models auf, unter und neben sich liegen hat – er wird trotzdem immer dein Chase sein. Denn glaub mir eins, wenn du ihn nicht berührst, wer bitte sonst soll das schaffen?«

Über dieses Gespräch denke ich nach, während ich, eine Woche nachdem ich aus der Schweiz zurückgekommen bin, mit Chase am Lietzensee spazieren gehe und mir die Welt von ihm erklären lasse.

»Dass wir nicht wissen, was nach dem Tod passiert, ist auch nur so ein kommerzieller Scheiß«, erzählt Chase gerade. »Ich garantiere dir: Gott hat sich mit seinen Geschäftspartnern zusammengesetzt und mal ordentlich Bilanz gezogen: Sohn am Kreuz, kein Nachfolger, übers Wasser laufen ist mittlerweile uncool – insbesondere seit die Leute WaveRunner fahren, keine Sau kauft sich die Bibel, die Menschheit baut U-Boote statt

Holzarchen und, und, und … da war ihm dann sofort klar, dass wir Menschen niemals erfahren durften, was nach dem Tod mit uns geschieht. Ich meine, stell dir mal vor, du wüsstest, dass du in irgendeinem Paradies landen wirst, mit siebentausend nackten Jungfrauen, einer Bierflatrate und gratis Gehirnzellenerweiterungstabletten. Wir würden kein Geld mehr für Friedhöfe ausgeben und ständig aus Versehen sterben. Wir hätten viel zu wenige Probleme, und wir hätten nichts mehr, worüber wir uns aufregen könnten. Es wäre scheißlangweilig, unser Gott zu sein, und was verkauft man einem Menschen, der weiß, dass er am Ende sowieso alles hat, was er je wollte? Oder andersherum: Stell dir mal vor, wir wüssten, dass wir alle in der Hölle landen müssen. Dann würden wir vollkommen abdrehen und nur noch Schwachsinn machen. Wir würden nie wieder etwas kaufen, sondern alles nur klauen. Wir würden jeden umbringen, der uns blöd kommt oder der etwas hat, was wir auch gerne haben würden. Gott hätte verspielt, verstehst du? Das ist wie Weihnachten, das funktioniert auch nur, wenn überall Schokoladenweihnachtsmänner herumstehen, ansonsten könnte es genauso gut Ostern sein, oder sogar der verdammte *fucking* Tod.«

Mir fällt nichts ein, was ich dazu sagen könnte, Chase' Gedankengänge sind manchmal noch absurder als meine. Vielleicht sollte ich anfangen zu koksen, vielleicht würde mich das neutralisieren. Aber vielleicht wird man vom Koksen ja dick. Das wäre ein Desaster. Also laufe ich schweigend neben Chase her, bis ich schließlich umkippe, weil ich seit drei Tagen nichts mehr gegessen habe. Chase fängt mich auf und sagt: »Lass mich raten, eine Stimme in deinem Kopf hat dir geflüstert, dass alles schöner und besser sein wird, sobald du unter dreißig Kilo wiegst. Und lass mich weiter raten: Dein hochentwickeltes, superintelligentes Hirn hat den Moment der Dummheit für sich entdeckt und *Ja! Das klingt logisch!* gebrüllt.«

Wir sehen uns an, Chase und ich.

Und Ana und Mia.

»Der Blödmann soll mal schön seine Klappe halten«, meint Ana böse zischend.

»Er ist mein Freund«, entgegne ich.

»Du hast keine Freunde«, faucht Ana. »Ich bin deine einzige Freundin!«

»Und ich!«, fügt Mia hinzu.

»Fette Schlampe!«, schnauzt Ana.

»Wie kann man nur so ein herzloses Biest wie du sein?«, erwidert Mia eingeschnappt.

»Wenigstens bin ich SCHLANK!«, kreischt Ana.

»Ich bin AUCH SCHLANK!«, wütet Mia.

Ich lausche gebannt dem nervenaufreibenden Streit. Gespräche von Ana und Mia können ohne weiteres zu meinem Tageshauptgeschehen werden. Aber Chase schiebt die beiden ziemlich unsanft beiseite, packt mich am Arm und schleift mich bis in seine Wohnung. Dort setzt er mich auf einen Stuhl und verschwindet in seiner Küche. Kurze Zeit später steht eine riesengroße Portion Spaghetti Bolognese vor mir auf dem Tisch. Chase setzt sich auf einen Stuhl gegenüber und sieht mich nicht gerade freundlich an. Ich bin zu schwach, um mit ihm zu streiten, also esse ich.

»Was tust du dir da nur an?«, fragt Chase nach einer Weile – mehr an sich selbst gewandt als an mich.

Ich gebe ihm keine Antwort, sondern kaue lieber eine Ewigkeit auf einem Stückchen Hackfleisch herum, das in meinem Mund immer größer und größer zu werden scheint, bis ich es schließlich herunterwürge.

Was ich mir antue?

Ich habe Sex mit Tausenden von Männern. Nur so, obwohl ich Sex überhaupt nicht mag; und Männer mag ich eigentlich auch nicht. Aber manchmal will ich trotzdem Sex, und manchmal will ich trotzdem einen Mann – wäre das ein Satz, der mich erklären würde?

Oder müsste ich noch hinzufügen: Sex macht mich verletzlich, mehr als alles andere auf der Welt, weil ich mir dabei eingestehen muss, dass ich etwas will, was mir angetan wurde. Etwas, das falsch war und so viel zerrissen hat: mich und meine Seele.

Ich fühle mich schuldig.

Denn damals, als ich das kleine Mädchen war, bin ich weggelaufen vor mir selbst, so weit es nur ging.

Eine Seelenflucht.

Bis ins rote Licht.

Für einen kurzen Moment öffne ich meine Lippen, um Chase all das zu sagen, doch dann schiebe ich mir einfach eine weitere Gabel Spaghetti in den Mund und kaue schweigend darauf herum.

Aber Chase, der so viele Facetten besitzt, der mich mühelos durchschauen und berühren kann, er sagt zu mir: »Ich weiß genau, was du da tust, Lilly, ich wollte nur sichergehen, dass du es auch weißt. Und glaub mir eines: Es ist verdammt leise, wenn du schreist; aber deine Stille ist ohrenbetäubend. Und wenn du schweigst, dann höre ich dich flüstern, während die Luft um dich herum erstarrt, als wollte sie nicht zulassen, dass jemand zu dir hindurchdringt. Lilly! Ich erwarte nicht, dass du dein Leben nach mir benennst. Aber ich erwarte, dass du mich teilhaben lässt.«

Ich lege meine Gabel auf den Tisch. Neben den halbleer gegessenen Teller. Ich schiebe die Gabel ein Stückchen weiter nach rechts. Weg von dem Teller und den wartenden Nudeln.

Meine Hand zittert. Genau wie mein Verstand.

Also schnappe ich mir meine Jacke.

Und flüchte.

9

Zwei Wochen später sitze ich wieder im Flugzeug und blicke hinab auf den immer näher kommenden Zürichsee. In Mellingen angekommen, werfe ich meinen Koffer samt seines Inhalts in den Schrank und meinen erschöpften Körper auf das große weiche Bett. Ein Gedanke hämmert dumpf gegen meine Stirn: Wenn ich es schaffe, nicht zu verhungern, dann werde ich bei meiner Rückkehr endlich Lady wiedersehen; zumindest hat sie mir das bei unserem letzten Telefonat versprochen. Was für ein herrlicher Grund, um nicht umgeben von Sargwänden zurück nach Berlin zu fliegen.

Aber ein unruhiges Zucken durchfährt meine Blutbahnen, meine Hände verkrampfen sich und lassen sich nicht mehr bewegen. Jeder Atemzug ist ein Kampf, jede Bewegung ein Versuch zu entkommen. Fünfunddreißig Kilo ist eine verdammt schwer zu tragende Last. Und Ana schlingt ihre dürren Finger ganz fest um meinen Hals und verzieht dabei keine Miene.

Auf einmal weiß ich genau, dass die Welt hinter meinem Rücken in ihre Einzelteile zerfällt und sich erst dann wieder blitzschnell zusammensetzt, wenn ich mich umdrehe, um zu sehen, ob sie noch da ist. Denn diese Welt existiert nur für mich, und das ganze Theater, das hier gespielt wird, hat ein großer Künstler geschrieben, der eigens für mich eine schiefe Bühne gebastelt hat und nun mit seinem unsichtbaren Taktstock den rasanten Soundtrack zu meinem improvisierten Leben dirigiert.

So etwas denkt man, wenn man vier Tage lang nichts außer zwei Kiwis, einem halben Keks, drei Blaubeeren und fünf Teelöffel Joghurt gegessen hat und anschließend alles im hohen Bogen wieder auskotzen musste. Wenn in der überheizten Wohnung tropische Zustände herrschen und der blau angelaufene

Körper trotzdem eiskalt und von rauer Gänsehaut überdeckt ist; wenn man unendlich viele Schwänze geblasen hat und sich danach sehnt, zur Abwechslung endlich einmal wieder an einem Bonbon zu lutschen – nichts weiter.

Chase, schreibe ich mit zittrigen Händen, *du weißt gar nicht, wie es ist, hier zu sein; und so zu sein, wie ich es bin. Ich kann stundenlang, tagelang, wochenlang, nein – für den Rest meines Lebens auf dem Fußboden sitzen und mich fragen, was ich hier eigentlich tue, und ich werde nie eine Antwort dafür finden. Denn wie könnte ich das, wie könnte ich je verstehen, warum ich in dieses Leben geraten bin, weshalb ich geworden bin, wie ich bin, und wieso ich all das mit mir geschehen lasse?*
Wie kann ein Mädchen wie ich von heute auf morgen in ein Bordell spazieren und in vier Stunden mit mehr Männern Sex haben als zuvor in ihrem ganzen Leben?
Wie kann ich meine Hände so sanft über belanglose Körper gleiten lassen und meinem eigenen Körper dabei nach wie vor so fremd sein? Wie soll ich jemals wieder Sex haben können, ohne Geld dafür zu verlangen? Und was sage ich zu mir, wenn ich morgen sterbe, weil ich Ana heiße?
Ist das meine Ewigkeit?

Chase schickt mir als Antwort ein Paket, voll mit meinen Lieblingskoalabärkeksen und einem Zettel, auf dem steht: »Meine Süße, die Ewigkeit hört immer erst dann auf, wenn man eine andere findet.«

Ich esse zwei von den Koalabärkeksen, bekomme einen Heulkrampf und schlafe auf dem Fußboden zusammengerollt ein, weil ich zu schlapp bin, um meinen Körper ins Bett zu verfrachten.

Meine Gedanken.

Sie zerbrechen an meiner sanftmütig tobenden Verfassung.

Und ich weiß: Wenn ich mit jedem Mann auf der Welt freiwillig ins Bett gehe, dann kann ich nie wieder vergewaltigt werden.

Was für eine Erkenntnis.

10

Nach meiner Rückkehr aus der Schweiz sitze ich neben Row im Café Miro und stochere in einem Salat rum. Ich freue mich jedes Mal mehr, ihn wiederzusehen, denn irgendwo zwischen den täglichen Telefonaten und den vielen Treffen habe ich ihn in mein Herz geschlossen.

In mein kaltes, zerficktes Herz.

»Wenn du Lust hast, kannst du jetzt übrigens auch in Berlin Escort machen« erzählt mir Row zwischen ein paar Happen Salat. »Seit letzter Woche ist die neue Seite online. Ich habe nur vier Frauen, mit dir wären es dann also fünf, und dabei soll es auch bleiben. Ich fahre euch persönlich zu den Terminen und hole euch anschließend wieder ab. Die Preise sind natürlich gehobene Klasse, und bekloppte Kunden werden von mir, soweit es geht, schon am Telefon aussortiert.«

»Klar bin ich dabei«, sage ich. »Du kannst ja mal meine Fotos mit hochschalten, und wegen Terminen muss ich dann halt sehen, ob es zeitlich gerade passt oder nicht. Ich arbeite doch jetzt wieder mit den Kindern, tagsüber würde es also nicht gehen, und abends nicht so spät.«

»Kein Problem«, meint Row und schiebt mir ein paar von seinen Kartoffeln auf meinen Teller, »aber ich mache dir übrigens nur Termine mit Männern, die vorher mit dir essen gehen, damit du nicht verhungerst!«

Und so beginnt ein neuer Abschnitt. Schon wieder. Ich fahre von Termin zu Termin, denke dabei an Chase, telefoniere mit ihm, treffe mich mit ihm, flüchte am Abend, weil ich nicht bei ihm schlafen möchte, habe weitere Termine und Termine über Termine. Nach ein paar Wochen wird es mir zu viel, und ich rufe Row an, um ihn zu fragen, ob es auch okay ist, wenn ich nur ein, zwei Termine im Monat mache und er dafür keine extra Werbung für mich schaltet, sondern mich einfach nur auf der Agenturwebsite behält.

»Ach, Lilly«, sagt Row, »natürlich ist das okay. Die einzige Bedingung ist, dass wir uns trotzdem mindestens einmal in der Woche sehen und ins Café Miro gehen, damit ich mich davon überzeugen kann, dass du nicht noch mehr abnimmst.«

»Wir sind Freunde, oder?«, frage ich da. »Ich meine, du bist einer der wenigen Menschen in diesem Milieu, denen ich vertraue. Wenn du merkst, dass eine Frau zugedröhnt ist oder Schmerzen hat, dann schickst du sie nach Hause und nicht zu einem Termin. Das ist nicht selbstverständlich – ich habe genug vom Gegenteil gesehen, um das zu wissen. Und du übst mit mir auf Parkplätzen Autofahren, damit ich demnächst meinen Führerschein machen kann, obwohl du gesagt hast, dass ich lenke wie ein betrunkener Schleudergnom. Also sind wir Freunde, nicht wahr?«

»Ja«, antwortet Row und lacht. »Und wenn du eines Tages von einem Termin kommst und zu mir sagst: *So! Das war der letzte! Ich kündige! Ruf mich ja nie wieder an und sag: Ich habe einen Termin für Felia!*, dann freue ich mich für dich. Denn weißt du, Lilly, du wirst eins von diesen Mädchen sein, die aufhören, bevor es zu spät ist. Du wirst nicht für immer hier sein – ich habe auch genug vom Gegenteil gesehen, um das zu wissen.«

Vorerst aber wandere ich durch die Nobelhotels von Berlin oder verabrede mich mit einem meiner Kunden zum Abendessen in einem Sternerestaurant. Obwohl ich selten arbeite, wird Felia ein immer größerer Teil von mir, genau wie Ana und Mia. Ihre Präsenz ist erschreckend, und ihre makellose Maske mein größter Alptraum. Die Hingabe, mit der ich ihre Rolle spiele, lässt mich zuweilen in ihr verlorengehen.

Und als mein Postbote mir eines Tages ein Paket liefert, überlege ich, während ich das Übergabeformular unterschreibe, doch tatsächlich, ob er wohl einen großen oder einen kleinen Schwanz hat. Und ob er gut küssen kann, ob sich seine Hände grob oder sanft anfühlen. Ob er schnell kommt oder ob er lange braucht.

Es gibt ein Wort dafür: Berufskrankheit.

Und es gibt keine Heilung, solange man nicht kündigt.

Man verlernt sehr schnell, ein anständiges Mädchen zu sein, eine bekleidete Frau.

Und es gibt auch dafür ein Wort: Berufsrisiko.

Aber was riskiere ich nicht alles, um jemand anders zu sein.

11

Frühlingswetter, die Luft wird wärmer, die Tage werden wieder länger, und ich brauche abends nicht mehr drei Heizkissen neben meinem Körper, um einschlafen zu können. Vor ungefähr einem Jahr hatte ich meinen ersten Kunden. Vor ungefähr einem Jahr habe ich angefangen zu vergessen, dass es einen anmutigeren Ort auf der Welt zum Balancieren gibt als den Strich. Denn auch wenn ich nicht auf »den Strich« gehe – ich stehe an dem gleichen Abgrund wie all die überschminkten Mädchen in ihren hochhackigen Stiefeln.

»Felia«, sage ich zu meinem Spiegelbild.

Und mein Spiegelbild lächelt mich an, als hätte es nie anders geheißen.

»Lilly!«, sagt Lady hingegen zur Begrüßung. »Lilly!«

Sie ist endlich wieder zurück in Berlin, mit kürzeren Haaren und weniger Lippenstift. Einen langen Augenblick drückt sie mich an sich, und ich halte mich fest an ihrem vertrauten Duft.

»Du lernst Hailie kennen, sobald sie sich eingelebt hat«, verspricht Lady.

Und dann drückt sie mir eine Tafel schwedische Schokolade in die Hand.

Schokolade.

Ich trete einen Schritt zurück.

»Du musst sie nicht essen, Süße«, sagt Lady. »Aber nimm sie an. Es ist ein Geschenk. Kein Tausch gegen deinen Körper. Okay?«

»Okay«, sage ich.

Und trete einen Schritt nach vorn.

Es riecht nach blühendem Gras und den ersten Blumen, also nehme ich mir die Kinder und mache mit ihnen eine Schatzsuche im Tiergarten. Anschließend picknicken wir auf unserer geheimen Piratenlichtung, und ich esse fünf Erdbeeren, fünf Nüsse und sieben Salzstangen. Dann warte ich darauf, dass die Stimmen in meinem Kopf anfangen, mich zu beschimpfen, und Ana sich mit mörderischem Blick auf mich stürzt. Aber nichts dergleichen passiert; mir wird nicht einmal schlecht.

Nachdem ich alle Kinder samt ihren Schatztüten wieder bei ihren Eltern abgeliefert habe, spaziere ich übermütig nach Hause. Es ist schon so lange her, seit ich das letzte Mal etwas gegessen habe, ohne mich danach schrecklich zu fühlen.

Vor lauter Glück melde ich mich für einen Intensivfahrschulkurs an: Fahren lernen in sieben Tagen. Nach fünf Tagen bin ich fertig und warte nur noch auf meine Prüfungstermine. Währenddessen rattert ein Satz, den mein Fahrlehrer mir gleich am ersten Tag gesagt hat, unermüdlich in meinem Kopf hin und her: »Umweltschonende Fahrweise bedeutet unter anderem auch, dass man keine unnötigen Lasten mit sich herumtransportiert.«

Ich bin nicht dumm, mir ist schon klar, dass er damit gemeint hat, dass ich kein Klavier oder Flachbildfernseher oder drei vollgepackte Umzugskartons in den Kofferraum stellen und dort dann das nächste Jahr über lagern sollte. Aber Ana nickt sofort zustimmend mit ihrem klugen magersüchtigen Köpfchen und sagt: »Siehst du! Vierzig Kilo sind viel zu viel. Das ist umweltbelastend. Wenn du dreißig Kilo wiegen würdest, wäre alles viel besser. Überleg mal, wenn alle Menschen nur noch dreißig Kilo wiegen würde, wie viel Kraftstoff man dann sparen könnte.«

Ich schüttele den Kopf über so viel Blödsinn. Aber den Rest des Tages verbringe ich trotzdem damit, eine Gurke in fünfzig Stücke zu zerteilen, nur um sie dann doch nicht zu essen.

Die Schulzeit liegt Jahre hinter mir, ich habe früh aufgehört, Klausuren zu schreiben und Testbogen auszufüllen. Und jetzt, da ich nach dieser langen Zeit wieder für einen Test lerne, stelle ich fest, dass ich noch viel perfektionistischer geworden bin als damals. Den Theorietest mit weniger als hundert Prozent richtigen Antworten zu bestehen kommt für mich nicht in Frage, auch wenn zehn Fehlerpunkte erlaubt sind. Für mich gibt es diese Option nicht, ich muss alle Fragen sicher beantworten können, ich muss den Theoriebogen innerhalb von zwei Minuten und siebzehn Sekunden fehlerfrei ausfüllen können. Ich muss die Antworten ankreuzen können, ohne die Fragen vorher richtig zu lesen.

Ich esse einen Zwieback.

Aber meine Gedanken bleiben krank und dusselig. Also blättere ich alle Bogen hoch und runter, bis ich mir sicher sein kann, dass ich sie sogar im tiefsten Koma noch fließend lösen könnte.

Chase hat einmal zu mir gesagt: »Lilly, du bist eine der intelligentesten Frauen, die ich kenne. Aber manchmal bist du so scheiße dumm, dass ich mich glatt vergessen könnte.«

Und Lady hat hinzugefügt: »Du bist ein hirntoter Hungerhaken ohne Ambitionen!«

Ich hätte den beiden gerne versprochen, dass wir demnächst Frieden schließen werden, die Gummibärchen, die Schnitzel und ich. Doch seinen besten Freunden sollte man keine Fehlversprechen geben.

12

Irgendwann verändert sich alles. Spätestens dann, wenn man die Väter von ehemaligen Klassenkameraden als Kunden hat. Wenn man mit einem Vater schläft, mit dessen Sohn man auf der letzten Klassenfahrt Flaschendrehen gespielt hat. Wenn man mit einem Vater essen geht, der dabei von seiner Familie erzählt, von seinem Sohn, den man seit der Kindheit kennt. Dann verändert sich alles.

Beim ersten Mal musste ich grinsen. Es ist schwer, vernünftig zu blasen, wenn man dabei grinst wie ein Honigkuchengrinsepferd, aber ich konnte nicht anders. Die Ironie hat ihre Finger ausgestreckt und hämisch lachend auf mich gedeutet. Dabei habe ich es am Anfang gar nicht bemerkt, ich hätte Bens Vater allein vom Aussehen her niemals wiedererkannt. Aber während wir zusammen im Bett lagen und ich mit sanften Lippen seine Schwanzspitze umkreist habe, hat es in meinem Kopf plötzlich *PLOPP!* gemacht. Und dann habe ich kapiert, dass er mir gerade erzählt hatte, in welcher Straße er wohnt und dass seine siebzehn und dreiundzwanzig Jahre alten Kinder noch bei ihm leben. »Ups«, dachte ich, »wohnt da nicht Ben?« Und dann habe ich gegrübelt, wie alt sein kleiner Bruder wohl sein könnte, siebzehn kam mir ziemlich realistisch vor. Dann wurde mir Bens Ähnlichkeit mit den Gesichtszügen des Mannes neben mir bewusst und dann auch noch der vertraute Klang seiner Stimme. Vor Schreck hätte ich mich fast an dem Penis verschluckt.

Dann musste ich grinsen.

Und konnte nicht mehr aufhören.

Zum Glück war es dunkel in dem Hotelzimmer, und Bens Vater hatte die Augen zu. Er wollte keinen »richtigen Sex«, nur Zärtlichkeit und ein bisschen Französisch. Er wollte ein Stück von meinem Lächeln, meine weiche Haut unter seinen Händen und meine liebliche Stimme, ganz dicht an seinem Ohr. Das habe ich ihm gerne gegeben. Ich hatte nur Angst, dass er mich wiedererkennen könnte und dass er sich dann schlecht fühlen würde. Aber er hatte keine Ahnung, wer ich bin.

Und ich wusste, wenn so etwas einmal passiert, dann passiert es auch wieder. Denn Zufälle sind der beste Beweis für ein unberechenbares Schicksal. Außerdem ist Berlin verdammt klein, wenn man es an den Männern misst, mit denen ich schon geschlafen habe.

Ich muss meine Kunden mittlerweile nicht einmal kennen, um zu wissen, was sie wollen. Ich sehe es in ihren Augen, ich sehe ihre Geilheit. Ich flechte mir zwei Zöpfe mit roten Schleifen darin, und schon kriege ich alles, was ich will. Ich vergesse einen Slip unter meinen Rock anzuziehen, ich lasse mit einem verspielten Lächeln einen Träger meines Kleides über meine Schulter hinabgleiten. Ich war noch nie so schön, wie ich es für einen Mann bin, der mich begehrt. Ich war noch nie so vollkommen wie in den Augen eines Freiers.

Doch Sex für Geld hat nie meine Seele berührt. Sex für Geld war immer nur ein Spiel, dessen Regeln ich meisterhaft beherrsche. Mich darin zu schlagen wird niemals leicht sein. Aber ich weiß trotzdem: Nur weil ich gut blasen kann, werde ich noch lange nicht geliebt.

Im Wesentlichen ist das Leben ziemlich simpel: An jedem Schwanz hängt irgendein Mann.

Eines Tages, ganz bestimmt, wenn ich all das überlebt habe, werde ich zurückblicken und lachen und den Kopf über mich schütteln. Vielleicht weine ich auch ein bisschen, weil es eine schöne Zeit war. Und eine schreckliche zugleich. Weil ich einsam war und dabei trotzdem so vielen Menschen nah gewesen bin. Weil ich erwachsen werden durfte, weil ich gewachsen bin, über die Hürden hinaus, die das Leben mir gestellt hat.

»Ich hatte sie!«, können Tausende von Männern über mich sagen.

Und wer weiß, wie viele von ihnen lügen und wie viele die Wahrheit sagen. Am Ende werde ich mich erinnern: Ich war eine gute Geliebte. Ich war ein Mädchen der Verführung.

Ich war keine Hure, keine Nutte.

Das klingt so eiskalt.

Und ich hatte Wärme zu geben.

Das weiß ich mit Sicherheit.

Meine Alpträume verwandeln sich in ein Chaos aus seltsamen Bildern und neuen Zeiten. Ich sehe mich in einem großen hellen Vorlesungsraum. Es ist Frühsommer, draußen blüht der leuchtend rote Klatschmohn, und die Sonne fällt durch die hohen Fenster auf die vollbesetzten Stuhlreihen. Alle Menschen, die ich kenne, sind dort. Unbedeutende, bedeutende. Freunde, Verwandte, Bekannte, ehemalige Klassenkameraden, Verehrer, Lehrer, Arbeitskollegen ... Aber keine Kunden.

All diese Menschen sind eingeladen zu einem Projekt, dessen Thema lautet: *In meinem Leben*. Jeder, der möchte, kann etwas vortragen, eine Rede halten, einen Film vorführen, eine Diashow machen, was auch immer.

Ich stehe vorne am Pult. Hinter mir, auf der riesigen Leinwand erscheinen nach und nach, jeweils für einen kurzen Augenblick lang, all diese Männer: junge und alte, Männer mit braunen Haaren, mit weißen Haaren, mit schwarzen Haaren, mit blonden Haaren, mit roten Haaren oder Männer mit gar keinen Haaren. Männer mit Bart, Männer ohne Bart, große und kleine Männer, gutaussehende, hässliche, muskulöse, dicke und dünne Männer. Berühmte Männer, unbekannte Männer, freundliche, griesgrämige, schöne, unauffällige, liebenswerte und gefährliche Männer. Väter, Witwer, Ehemänner, Singles, Rapper, Piloten, Kellner, Manager, Broker, Immobilienhändler, Politiker, Schauspieler, Architekten, Fußballspieler, Tänzer, Lehrer,

Professoren, Ingenieure, Optiker, Schriftsteller, Drogendealer, Asia-Imbissbesitzer, Techniker, Ärzte, Anwälte und Schornsteinfeger – sie alle sind dabei. Hunderte. Tausende. Ungezählt.

Aus den Boxen der Anlage ertönt erst »Sooner or later« von Switchfoot, dann »I know« von Placebo und zum Schluss natürlich die Stereophonics mit »Maybe Tomorrow«. Dann erscheint das letzte Bild, und die Leinwand wird wieder weiß. Alle gucken mich fragend an. Ich sehe in verwirrte Augen. Mein unschuldiges Lächeln ist noch genauso sanft wie vor zehn Jahren.

Und alles, was ich zu sagen habe zu meinem Leben, alles, was ich noch nicht gesagt habe, aber aussprechen muss, weil es zählt – auch wenn es keine wichtige Summe ergibt, die ich am Ende von irgendetwas abziehen muss, alles, was ich sage, ist: »Mit all diesen Männern hatte ich Sex.«

Ich schäme mich nicht dafür.

Ich blicke nicht zu Boden.

Dieses Mal setzt mir kein Mann einen Stempel auf die Stirn.

Ich sage es mit einem wissenden Lächeln auf dem Gesicht, das nur ich verstehen kann. Denn ich bin die Einzige, die weiß, was ich gegeben habe, was ich bekommen habe, was ich gelernt habe, was ich verstanden habe und was ich getan habe. Ich weiß, dass in meinem Leben alles immer zu hell, zu dunkel, zu laut oder zu leise sein musste, um mich zu erreichen. Ich weiß, dass in meinem Leben Sex jedes Mal nur ein Abkommen mit dem sechsjährigen Mädchen aus meiner Erinnerung sein konnte. Aber am Ende dieses Tages werden wir beide gemeinsam all die benutzten Kondome und die nackten Erinnerungen in eine große schwere Holzkiste werfen, den Deckel fest verschließen, ein dickes Vorhängeschloss davor befestigen und die Schlüssel wegwerfen. Anschließend werden wir uns in die Arme schließen und mit neuen Verhandlungen beginnen.

Was in den Menschen vorgeht, die mich sprachlos ansehen, während ich an ihnen vorbei durch den Vorlesungsraum zur Tür hinausspaziere, weiß ich nicht.

Und ich muss es auch gar nicht wissen.

Denn das Sonnenlicht, das draußen auf mich gewartet hat, umspielt meine weiße Schneewittchenhaut, und eine warme Brise streicht durch mein offenes Haar. Der Weg unter meinen Füßen ist rauh und steinig wie immer, aber ich habe gelernt, auf ihm zu laufen.

13

Ich weine an dem Tag, an dem ich wieder Brüste bekomme. Ich weiß, man bekommt sie nicht von heute auf morgen, sie sprießen nicht aus dem Nichts hervor – aber trotzdem stehe ich vor dem Spiegel, sehe meinen kleinen Busen aus dem BH hervorstehen und bin fassungslos.

Nachdem ich mich zwei Monate lang zusammengerissen habe und wenigstens einmal am Tag eine halbwegs vernünftige Mahlzeit zu mir genommen habe, und zwar ohne mit Ana und Mia an einem Tisch zu sitzen, sehe ich gesünder aus als je zuvor. Ich bin immer noch dünn, ich bin immer noch ziemlich winzig, aber ich habe eindeutig wieder Brüste.

Und dann weine ich. Wie ein kleines verzweifeltes Kind, das gerade verstanden hat, dass man aus jedem Lieblingspullover einmal herauswachsen muss, egal wie schön man die Elefanten darauf findet.

Eine Stimme in meinem Kopf streicht mir sacht über die Wangen, wischt ein paar Tränen beiseite und flüstert mir ins Ohr: »Du bist eine Frau, meine Süße. Du bist eine schöne, selbstsichere und junge Frau. Es ist okay, Brüste zu haben. Es ändert doch nichts.«

Aber für mich ändert es alles.

Alles.

Also weine ich weiter. Meine Brüste fühlen sich weich an. Ich drehe mich zur Seite, sehe die Wölbungen von rechts an, dann von links, zupfe an meinem Top herum, schiebe den BH hin und her. Die Brüste bleiben trotzdem da. Und ich weiß, dass ich sie vermisst habe, als sie nicht mehr da waren. Ich liebe es, Frauen mit schönen Brüsten nachzugucken. Aber meine eigenen sind mir fremd, sie gehören nicht mehr zu mir. Ich kann so nicht leben. Ich muss unbedingt wieder aufhören zu essen.

Ana. Ana? Verlass mich nicht.

Wie im Traum wandele ich mit glasigen Augen ins Bad, stelle mich zum zehnten Mal an diesem Tag auf die Wage und beschließe dann, in der nächsten Woche fünf Kilo abzunehmen, damit ich wieder zweiundvierzig wiege. Das ist ein Anfang, dann kann ich mich wieder in Richtung vierzig bewegen.

Dann wird alles gut.

Ja, ich weiß, wir Frauen sind die einzigen Lebewesen, die Intelligenz, Glück und Reichtum in Kilogramm messen können. Und ausgerechnet in dieser Disziplin muss ich auch noch herausragend sein. Genau wie meine Hüftknochen.

Brüste sind gefährlich.

Denn seit ich wieder Brüste habe, verlieben sich noch mehr Männer in mich, dabei habe ich nun wirklich schon genug Herzen angeknackst.

Es reicht nicht zu sagen: »Ich bin nicht Felia.«

Es reicht nicht zu sagen: »Ich bin nicht Lilly.«

Kein Mann will begreifen, dass ich Ana und Mia heiße und dass die Welt so unberührt an mir vorbeirauscht, als wäre ich ein Geschwindigkeitsbeschränkungsaufhebungsschild auf einer vierspurigen Autobahn.

Außerdem will ich niemanden in meinem Leben haben, dem ich ständig erklären muss: »Nein, nein. Ich bitte dich. Nein, mach dir keine Sorgen um mich, ich bin nicht zu dünn, es ist ganz normal, dass meine Hände immer blau sind und zittern. Das trägt man jetzt so – ist modern. Klar. Natürlich könnte ich morgen schon tot sein, aber das ist nicht so schlimm, wie es klingt, verstehst du? Und hast du vielleicht zufällig Rasierklingen dabei? Denn falls du Sex mit mir haben willst, brauche ich die als Notausgang.«

Dabei ist Sex in letzter Zeit gar nicht mehr ganz so grauenvoll. Letzte Woche hat mich einer meiner Lieblingsstammgäste gebucht, ein Mann, der aussieht wie aus dem Modekatalog von Strellson geschnitten. Er hat mich angestrahlt, aus seinen

Wahnsinnsaugen, seine Stimme war sexy, und sein Körper wie immer makellos. Er hat seine starken Arme um mich geschlungen und meine Haare zerwühlt – und da konnte ich es auf einmal spüren, mein sonst so müdes Herz, wie es angefangen hat zu schlagen, schneller und immer schneller.

Und das tut es auch in diesem Moment. Es hämmert so heftig gegen meine Brust, dass ich kaum zu atmen wage. Und das alles nur wegen Körbchengröße A. Lady würde mich lautstark auslachen. Aber ich glaube, Lady würde auch noch lachen, wenn gerade jemand versucht sie auszurauben oder zu zerstückeln.

»Guck mal, ich habe wieder Brüste, das fühlt sich komisch an!«, sage ich zu allen Menschen, mit denen ich mich am nächsten Tag treffe.

»Vielleicht ist jetzt endlich alles okay mit dir«, sagt meine Mutter genervt.

»Du könntest ruhig noch ein bisschen mehr zunehmen«, brummt mein Vater.

»Du siehst bestimmt hübsch aus!«, meint Chase, mit dem ich nur telefonieren kann, weil er mal wieder in New York ist und einen Film dreht.

»Wow, endlich kann man dich sehen …«, freut sich Lady.

»Ich hasse dich!«, giftet Ana.

»Oje, oje, oje …«, weint Mia.

»Du hast versprochen, wir würden unsichtbar sein«, flüstert das kleine Mädchen.

Und dann bin ich auch schon wieder am Verschwinden. Zweieinhalb Wochen später bestehe ich meine Führerscheinprüfung und wiege zur Belohnung nur noch einundvierzig Kilo. Mir ist so schrecklich kalt, dass ich meine Tage in der Badewanne verbringen muss, um nicht zu erfrieren, aber dafür sind meine Brüste wieder zart und winzig und kaum noch zu sehen. Es ist eine Kleinigkeit, einen menschlichen Körper zu vernichten.

Ich weine ein bisschen. Vor Freude. Aus Angst. Weil ich verzweifelt bin, weil ich glücklich bin, weil ich weiß, wie krank ich bin, weil ich leben möchte, weil ich lachen möchte, weil die Welt so schrecklich komisch ist. Und weil Lady, die mindestens einmal in der Woche meine Wohnung stürmt, um sich zu versichern, dass ich noch am Leben bin, mich ansieht, mit diesem Ausdruck in den Augen, dass ich mich furchtbar schuldig fühle.

»Verdammte Scheiße!«, sagt sie wütend. »Du siehst schon wieder aus wie ein wandelndes Skelett mit ausgeblichenen Hautfetzen. Vor zwei Wochen hattest du noch Brüste, jedenfalls ansatzweise, ich wollte schon losziehen und dir ein Starter-Set BHs kaufen, aber dann wärst du vor Panik wahrscheinlich zu Boden gegangen, und ich hätte ein schlechtes Gewissen haben müssen. Oder auch nicht. Du kippst ja sowieso ständig um.«

Ich ignoriere sie.

Das ist ziemlich kompliziert, denn Lady wedelt mit ihrer einen Hand vor meinem Gesicht herum und leuchtet mir schließlich mit irgendetwas in die Augen.

»Wow, du kannst schon wieder nicht mehr fokussieren!«, stellt sie trocken fest.

Es klingt so, als würde sie sagen: »Wow, sogar zum Gucken bist du zu blöd.«

Dann schiebt sie mir ein belegtes Schinkenbrötchen hin.

»Ich glaube, dein Körper baut zuallererst immer deine Gehirnzellen ab, bevor er sich an die nicht vorhandenen Fettzellen wagt«, meint sie nachdenklich.

»Danke«, sage ich, »jetzt fühle ich mich wie ein neuer Mensch.«

»Schätzchen«, erwidert Lady daraufhin und schiebt das Schinkenbrötchen noch näher an mich heran, »du bist immer mehr wert als der Preis, den du bereit bist zu zahlen, um jemand anders zu sein.«

14

Der Sommer bricht noch schneller herein als der Frühling. Ich fliege ein letztes Mal in die Schweiz, um Abschied zu nehmen. Denn genau wie die Tage im Passion müssen auch meine Tage in der Schweiz gezählt sein. Wo komme ich sonst am Ende hin, wenn Männer kommen, wegen mir, während ich nie irgendwo ankomme?

Die Tage in Mellingen sind in glühende Sonnenstrahlen getaucht, und ich verbringe die meiste Zeit an der Reuss oder im Garten von Patrick. Meine Stammgäste kommen alle noch einmal vorbei, um mir Lebewohl zu sagen, denn ich werde nie wieder zurückkommen. Nicht als Felia.

Und während Patrick mich schließlich zwei Wochen später zum Flughafen fährt und von einem Urlaub erzählt, den er gerne gemeinsam mit mir verbringen möchte, blicke ich aus dem Fenster auf die blühenden Bäume und weiten Felder und weiß genau, dass ich auch Patrick nicht wiedersehen werde. Dass ich es beenden muss, weil er mich nie nur als gute Freundin sehen wird.

Ich umarme ihn ganz fest zum Abschied.

Er weint und sagt: »Du wirst mir so fehlen, ich rufe dich ganz oft an, okay? Und dann komme ich dich besuchen! Sooft du willst.«

»Ja«, sage ich. Und dann sage ich: »Nein.«

»Was?«, fragt Patrick verwirrt.

Das Leben ist manchmal so unfair.

»Patrick«, sage ich. Und meine Stimme ist zuckersüß und bitter zugleich: »Ich habe dich wirklich sehr lieb. Du bist ein toller Mensch. Aber du hoffst immer noch, dass ich deine Freundin sein kann, dass ich mich plötzlich auch in dich verliebe – wenn du dich nur genug bemühst. Aber das musst du nicht. Du musst dich nicht mehr bemühen. Ich mag dich so, wie du bist, aber ich kann trotzdem nicht deine Freundin werden. Und du wirst eine andere Frau finden, ganz bestimmt. Hör auf zu glauben, dass ich dein Mittelpunkt bin, denn das bin ich nicht, und wenn du erst einmal wieder den richtigen Abstand bekommen hast, dann wirst du es auch verstehen. Ruf mich nicht mehr an. Deine Hoffnungen werde ich immer enttäuschen, und ich werde nie ein Teil von deinem Leben sein oder zu dir gehören.«

Patrick sieht mich an.

Das Leben ist wirklich unfair.

Dann streicht er mir sanft über mein Gesicht und nickt.

»Danke«, sagt er schließlich leise, »dass du es endlich gesagt hast. Ich werde schon halb verrückt, so sehr versuche ich, alles richtig zu machen. Und jetzt weiß ich, dass es okay ist, wie es ist. Nicht wahr?«

»Ja«, sage ich. »Das ist es – das muss es wohl sein. Aber ich werde dich nicht vergessen.«

Patrick schlingt noch einmal seine Arme um mich. Und für diesen Augenblick ist es schön, seinen Körper an mich gepresst zu fühlen, denn ich weiß: Wir sehen uns nie wieder. Es ist vorbei.

»In meinem Herzen ist immer ein Platz nur für dich, Lilly. Du bist die Einzige, die mich je so berührt hat, die Einzige … und ich wünsche mir, dass du das verstehst«, sagt Patrick und wischt sich eine Träne aus dem Gesicht.

Dann küsst er mich zum Abschied und geht.

Und ich bin endlich frei.

Ich schaffe das, ich kann alles.

Sage ich leise zu mir.

Weil mir bewusst wird, wie viel Kraft ich gerade brauche, um aufrecht zu stehen und nicht einfach umzufallen. Aber ich bin Ana. Und Ana gibt niemals auf.

Wozu haben wir Gesichtszüge?

Mimik. Gestik. Ausdruck.

Wenn nicht, um alle um uns herum zu täuschen.

Und ein grandioses Schauspiel abzuliefern.

Also schnappe ich mir meinen Koffer, werfe einen letzten Blick auf Patrick, der zaghaft die Hand zum Gruß hebt, und lächele ihm noch einmal zu, bevor ich durch die Passkontrolle gehe und aus seiner Sicht verschwinde.

15

Die Sommerluft ist überfüllt von Marienkäfern und viel zu kurzen Regenschauern. Chase ruft mich an, um siebzehn Uhr, nicht um drei Uhr nachts, und ich starre verwirrt auf das klingelnde Handy, während mein Gehirn diese Tatsache einzuordnen versucht, denn in meiner Welt existiert Chase mittlerweile nur noch in der Zeit von Mitternacht bis in die frühen Morgenstunden.

»Schön, dass es dich gibt«, sagt er zur Begrüßung.

Und es tut gut, seine Stimme zu hören.

Chase ist der einzige Mensch auf der Welt, dessen Stimme ich vermisse. Wenn ich an ihn denke, sind es nicht die Bilder von ihm, die in meinem Kopf umherschwirren, sondern Sätze, die er einmal zu mir gesagt hat. Ich kann mich genau daran erinnern, wie er sie ausgesprochen hat, ob laut oder leise, ob mit harter oder mit weicher Stimme; wie er sie betont hat, wo er die Pausen gesetzt hat und wie er mich dabei angesehen hat.

»Was machst du gerade?«, frage ich ihn.

»Kaffee«, antwortet Chase.

Und da höre ich das wohlbekannte Mahlen und Zischen seines Kaffeeautomaten im Hintergrund, und der Duft, der mir in Chase' Küche manchmal durch die Nase fährt, taucht plötzlich in meinen einsamen Erinnerungen auf. Das Kribbeln in meiner Nase spricht von vertrauten Wahrnehmungen, die ich mir nicht genehmigen kann, solange ich auf der Flucht bin.

»Willst du heute vielleicht bei mir übernachten?«, fragt Chase schließlich.

»Ja«, antworte ich, überrascht von mir selbst.

»Oh«, sagt Chase, nicht weniger überrumpelt. Eine Weile ist es still in der Leitung. »Dann hole ich dich um einundzwanzig Uhr ab, ist das okay für dich?«

»Ja«, antworte ich ein zweites Mal.

Und beinah lautlos schließt sich ein Kreis.

Chase steht so pünktlich vor meiner Wohnungstür, dass ich mit einem Schlag begreife, dass die Zeit nur eine von diesen Erfindungen ist, die wir Menschen gemacht haben, weil wir es leid waren, der Sonne hinterherzurennen, und weil die Erde sich nun einmal dreht und dreht und so tut, als würde es Morgen werden und dann wieder Abend. Und weil wir schlafen müssen, um aufwachen zu können.

Chase sieht ganz anders aus als in den letzten Monaten. Seine Augen sind nicht glasig, sein Lächeln ist echt, und sein Charme sprüht wie damals in unseren Kindertagen, als er mir meine erste Waldhöhle gebaut hat.

Ich bin so erleichtert, diesen Chase zu sehen und nicht den anderen, der sich manchmal in einer weiß rauschenden Nacht verliert und sich dabei so weit von mir entfernt, dass ich Angst habe, er könnte sich für immer verändern. Denn ich weiß noch, vor einigen Monaten, als es am schlimmsten war und ich ihn gefragt habe, ob es nicht vielleicht an der Zeit wäre, seine Zwischenräume neu zu definieren, da hat Chase zu mir gesagt: »Lilly – der einzige Zwischenraum, der mich wirklich interessiert, ist der, mit dem du dich begrenzt und mit dem du mich davon abhältst, bei dir zu sein. Ich dachte immer, das würdest du irgendwann begreifen.«

Schweigen.

Mein Schweigen. Chase' Schweigen.

Allgemeines Schweigen.

Er hat mich angesehen, aus seinen zärtlichen Augen. Und ich habe mich bemüht, den Unterschied zu sehen, zwischen ihm und mir. Den Unterschied jenseits des Selbstverständlichen. Aber dann musste ich blinzeln, und der Moment war weg. Chase ist aufgestanden und hat mich alleine zurückgelassen. Alleine, auf seinem komischen rot-schwarzen Sofa, das ich nicht leiden kann, und mit den Koksresten auf dem Tisch.

Aber jetzt hebt Chase mich in die Luft und küsst mich. Wir haben uns lange nicht mehr gesehen, und trotzdem wechseln wir kein Wort miteinander. Vielleicht weil es so viel zu bereden gibt.

Seine Augen treffen meine, auf dieser einen Linie, auf der ich sonst immer verfehlt werde. Und wie von weit her erinnere ich mich an die erste und wichtigste Regel in meinem Leben: Lass niemals zu, dass ein Mann dich berührt, nur weil du einsam genug bist, um dir verlogene Illusionen zu schaffen. Halte dich fern von Liebe und Zärtlichkeit, denn das sind zwei Dinge, mit denen du nicht umgehen kannst, nicht heute und auch an keinem anderen Tag.

Aber vielleicht gilt diese Regel nicht für immer. Vielleicht kann ich sie mit besseren Worten überschreiben. Denn wenn Chase mich hochhebt und ich seine Arme ganz fest um meinen zerbrechlichen Körper geschlungen spüre, dann kann ich loslassen, auch wenn es nur für einen Moment ist.

Chase lässt mich zurück auf den Boden gleiten. Und es ist ein Unterschied, ob man bluthustend und wimmernd eine Wand herunterrutscht und hart auf den Fußboden klatscht oder ob man von zärtlichen Händen liebevoll zu Boden gesetzt wird. Es ist ein bedeutender Unterschied.

Der größte.

Später an diesem Abend liege ich neben Chase auf dem weichen Bett, und mein Kopf ruht sacht auf seinem Oberkörper, ich kralle mir einen Zipfel von der Bettdecke, um mich festzuhalten, und lausche dann aufmerksam Chase' Herzschlag. Er klingt vollkommen anders als meiner. Denn Regelmäßigkeit ist für mein Herz längst ein Fremdwort geworden.

Ein fremdes Wort.

In einer befremdlichen Zeit.

In diesen fremdbelegten Räumen.

Chase liest noch in einem seiner vielen Bücher, das macht er meistens, bevor er schlafen geht. Ein Buch in den Händen zu halten ist das Beruhigendste, was ein Mann, der neben mir liegt, für mich tun kann. Ich würde niemals mit jemandem ausgehen, der nicht weiß, wozu man ein Buch aufschlägt.

Das leise Rascheln vom Umblättern der Seiten mischt sich mit Chase' Herzschlag und lullt mich ein. Ich schließe die Augen, irgendetwas in mir fängt an zu zittern. Ana, denke ich, oder Mia. Aber die beiden sind schon längst eingeschlafen, ich sehe ihre dunklen Gestalten gemeinsam auf einer graubezogenen Matratze in einem unmöblierten und kahlen Zimmer liegen.

Also bin ich es, die zittert. Oder ist es das kleine Mädchen? Ich stehe auf. Meinen Körper lasse ich liegen, er kommt mir zu schwer vor. Mit leisen Schritten gehe ich weg von dem Bett, auf dem Chase und meine Hülle liegen. Im Türrahmen verharre ich, drehe mich um und betrachte den Körper, der zu mir gehört, und Chase, der gerade eine weitere Seite von seinem Buch umschlägt. Und dann, wie selbstverständlich, zieht Chase die Decke ein wenig höher über meine Schultern und streicht sanft über mein Haar.

Ich will weitergehen.

Schnell weg von so viel Geborgenheit.

Bevor ich mich darin verliere.

Aber auf einmal bewegt sich mein Körper, ganz sacht, und da kann ich nicht einfach verschwinden, weil ich spüre, wie er an mir festhält und mir von Dingen erzählen will, die ich nicht verstehen kann, weil ich mich nie darum bemüht habe, sie in meine Sprache zu übersetzen.

Also bleibe ich regungslos stehen, fühle den kühlen Parkettboden unter meinen nackten Füßen; liege gleichzeitig, mit angehaltenem Atem, in dem großen vertrauten Bett und verliebe mich in Chase.

ENDSPIEL

1

Ich stehe nackt vor meinem Spiegel und kann nicht glauben, was ich mir antue. Wie ich mich verkaufe, um mich loszuwerden. Wie ich mich an ein rotes Ana-Armband fessele, um meinen Schmerz auszudrücken.

Ich starre mich an und versuche zu verstehen. Ich will zwischen meinen Worten lesen. Aber ich bin kein Satzgefüge.

Ich bin eher ein Wortfall.

Abgrundtief. Im überschatteten Fehler.

Ein Flüstern nur, ein Rauschen – und ich wispere weiße Lügen meiner Verfassung zu, um den Schaden an mir zu begrenzen. Aber dann. Sehe ich mich doch.

Also ziehe ich mich an und gehe Chase besuchen. Es ist mitten in der Nacht, die warme Sommerluft spielt mit meinen Haaren, und wenig später öffnet Chase überrascht seine Tür.

»Kann ich bei dir schlafen?«, murmele ich leise.

»Was?«, fragt Chase und reibt sich über die Augen.

»Kann ich bei dir schlafen?«, wiederhole ich etwas lauter.

»Natürlich, Lilly«, sagt Chase, »das weißt du doch.«

Dann zieht er mich in seine Wohnung.

Und küsst mich.

Er hebt mich hoch und trägt mich auf sein großes Bett. Seine Hände berühren meinen vergewaltigten Körper. Unsere Lippen berühren sich. Ich schmecke die bittersüße Enthaltsamkeit meiner verlorenen Gefühle. Mein Kleid fällt zu Boden. Ich höre das Rascheln des unbeschwerten Stoffes. Ich drifte davon. Mein stolperndes Herz setzt aus, und dann fängt es an, mich zu erschlagen. Chase liegt auf mir, sein Körper ist schwer; schwer zu ertragen. Ich möchte verschwinden, ich will, dass dieses dröhnende Schweigen in meinem Kopf etwas leiser wird.

Das erste Mal.

Seit einer Ewigkeit.

Privater Sex. Mit einem Mann, der mir etwas bedeutet.

Die aufkommende Stille beschreibt meine Schande, der Klang der Lautlosigkeit zerrt an meiner unverstandenen Sprache.

Und alles. Alles, was ich habe. Bin ich selbst.

Und Sex. Sex ist nichts. Was ich begreife.

Ich fange an zu weinen. Die salzigen Tränen brennen auf meinem Gesicht und tropfen hinab auf das himmelblaue Laken. Chase sagt etwas. Die Buchstaben verlaufen sich.

Und dann verschlingt mich die Nacht.

Irgendwann wache ich auf. Ich liege still, ganz dicht bei Chase, starre die Zimmerdecke an und wage es nicht, mich zu bewegen, aus Angst, ihn aufzuwecken. Die Ruhe in mir ist fremdartig, ich bin viel zu gelassen, viel zu nah bei mir selbst. Aber das liegt wahrscheinlich daran, dass ich für Chase nie eine meiner Rollen spielen konnte, auch wenn ich es vorher noch so oft vor dem Spiegel geprobt habe.

Für ihn war ich immer Lilly.

Einfach nur Lilly.

Und es tut weh, bei ihm zu bleiben.

Denn ich könnte mich daran gewöhnen, nicht mehr alleine zu sein. Ich könnte einen Bezug aufbauen, der mich mit dem Leben verknüpft. Dabei bin ich doch so gut darin, zu flüchten.

Ja. Ich kenne das Abseitsgeschehen.

Und mein Glück ist leicht zu begreifen, es handelt im Wesentlichen davon, nicht abhandenzukommen. Denn die Welt ist ein edler und sanftmütiger Traum, solange man nur schnell genug rennen kann, um nicht erwischt zu werden.

Aber diesmal bleibe ich.

Denn gerannt bin ich genug.

Und wenn ich eines gelernt habe, auf meiner Flucht, dann, dass man niemals ankommt, wenn man nicht weiß, wo man hin will.

Es fängt an zu regnen.

Die Tropfen trommeln gegen die Fensterscheibe, als wollten sie um Einlass bitten. Ich lausche auf ihre verworrenen Klänge.

Sie bestätigen meine Zeit.

In den frühen Morgenstunden, als es nicht mehr ausreicht, einfach nur stillzuhalten, als ich merke, dass mein müder Körper wieder einmal seinen Geist aufgibt und ich dabei bin, zu einer wandelnden Katastrophe zu werden, da schlüpfe ich lautlos aus dem Bett, tappe auf Zehenspitzen ins Badezimmer und halte mich auf dem Weg dorthin an der Wand, am Sofa, am Schreibtisch und am Türrahmen fest, damit ich nicht ohnmächtig zu Boden krache.

Ich sitze eine halbe Stunde in der leeren Badewanne und eine weitere halbe Stunde auf dem Badewannenrand. Dann mache ich mich auf den Rückweg ins Schlafzimmer und sinke unterwegs auf das Parkett, weil meine Beine nachgeben.

Leise rappele ich mich wieder auf und schleiche zurück in das vertraute Bett. Für ein paar Minuten noch schmiege ich mich an Chase' warmen Körper, lausche seinem ruhigen Atem und genieße die Geborgenheit.

Chase lächelt im Schlaf.

Wie schön dieses lautlose Lächeln von ihm auf dem Bauplatz meiner Seele spielt und von einer Sekunde zur nächsten unbekannten Stunde seine Farben gegen einen makellos weißen Raum eintauscht, nur um mich noch mehr zu verwirren, in meinem Chaos aus Beständigkeit, das er so ungefragt erraten hat.

Chase blinzelt.

Er reckt sich. Dann öffnet er seine Augen.

»Hast du gemerkt, dass ich gar nicht aus dem Fenster gesprungen bin?«, frage ich ihn.

»Ja – ich sehe es«, erwidert Chase und zieht mich gähnend an sich. »Das ist gut.«

Und in dem schimmernden Sonnenlicht, das durch die orangegelben Vorhänge zu uns in das Schlafzimmer fällt, betrachte ich nachdenklich meine bleichen Handgelenke.

Narben sind Mahnmale.

Narben sind Denkmäler.

Meine erzählen Geschichten vom Davonkommen.

2

Ich denke darüber nach, dass einiges so viel leichter gewesen ist, damals, als ich sechs Jahre alt war und wusste, dass Sex etwas Schreckliches ist. Heute weiß ich das noch genauso gut wie früher: Einmal gelernt, für immer im Gedächtnis – so heißt es doch. In Biologie und Erdkunde hat das leider nie funktioniert, aber bei Vergewaltigung kann man diesen Satz mit ruhigem Gewissen doppelt unterstreichen und gleich noch ein paar Ausrufezeichen dahintersetzen.

Aber Sex ist nicht nur schrecklich.

Sex ist auch schön.

Und beides zusammen zu wissen bringt mich an den Punkt, an dem ich gar nichts weiß über Sex, egal, mit wie vielen Männern und Frauen ich schon geschlafen habe. Und wenn ich mich eines Tages durch die halbe Welt gevögelt habe und ein genaues Verständnis habe für a2 m, AV, GV, OV, GS, TF, ZA, GB, FF, DFF, AFF, BV, DS, FA a/p, FO, FT, NS a/p (ass to mouth, Analverkehr, Geschlechtsverkehr, Oralverkehr, Gruppensex, Tittenfick, Zungenanal, Gesichtsbesamung, Faustfick, Doppelfaustfick, Analfaustfick, Brustverkehr, Dildospiele, Fingeranal aktiv/passiv, Französisch ohne, Französisch total, Natursekt aktiv/ passiv) – selbst wenn ich für all das einen theoretischen Erfahrungsorden oder einen Standard-Fickpokal ohne Extras bekomme, ich werde trotzdem nie wissen, wie sich Sex anfühlen könnte, wenn ich nie vergewaltigt worden wäre.

Ich habe so viele Männer kommen sehen, ich habe ihnen über ihre verschwitzten Gesichter gestrichen und versucht nachzuempfinden, wie es sein muss, wenn man den Punkt erreicht, an dem man sich fallen lassen kann, anstatt zu einem Eisblock zu erstarren und sich selbst auszublenden.

Ich habe gestöhnt, gespielt und an einer Stange getanzt. Ich habe eine ganze Welt kennengelernt, gehüllt in rote Geheimnisse. Und ich habe durch den Türspalt hindurch beobachtet, was Barbie mit ihren SM-Raum-Kunden angestellt hat. Anschließend fand ich meine eigene Sexualität einen Moment lang ziemlich normal.

Obwohl sie es ganz bestimmt nicht ist.

Aber auch das werde ich mir irgendwann verzeihen.

Genau wie die zersplitterte Unschuld, die ich zu meiner nackten Schuld umgeschrieben habe.

Es wird Herbst. Ein weiterer Herbst als leichtes Mädchen. Ich fühle mich freier als sonst.

Freier. Ich hoffe, da besteht kein Zusammenhang.

Ja. Wortspiele sind die verdrehte Darbietung einer suchenden Sprache. Einer Sprache, die ihrem eigenen Wortschatz Fallgruben stellt, um im Zweifelsfall jeden Zufall zum Fallbeispiel machen zu können.

Ich falle auch. In meine selbstgegrabenen Lücken. Ich trage Größe XXS und 32, und manchmal hängt selbst das noch an mir herunter wie an einem Kleiderständer, aber ich ziehe trotzdem meinen Bauch ein, auch wenn kein Bauch mehr da ist, und ich halte trotzdem die Luft an, auch wenn ich sowieso kaum atmen kann. Mein Herz tuckert unruhig wie ein Dampfer kurz vor dem Absaufen. Die Besatzung, in diesem Fall meine Hirnzellen, sind längst über Bord gegangen, und alles, was noch da ist, lauscht hingebungsvoll dem Ächzen und Krachen des Dampfrades.

Es wird Winter. Ein weiterer Winter als leichtsinniges Mädchen. Ich fühle mich wie ein Fußballfeld.

Männer wälzen sich auf mir herum und versuchen, zum Abschuss zu kommen.

Passen eigentlich all die Männer, die ich hatte, gemeinsam auf einen Fußballplatz?

Vielleicht, wenn man ein bisschen quetscht und Ahnung von effizienter Raumverteilung hat. Aber ich habe keine Ahnung, wie groß ein Fußballplatz ist. Geschweige denn, wie viel Platz das Wesen eines Mannes braucht.

Meine Gedanken sind nach wie vor untragbar.

Aber ich will nicht mehr das gebrochene Mädchen sein, das Mädchen, das sich selbst in Stücke zerteilt, um Gestalt anzunehmen. Denn die Chancen stehen ziemlich gut, dass ich es schaffe, durch Treppenhäuser, über Straßen, an Kellern vorbei und zwischen Männern hindurchzuschlüpfen, ohne ein weiteres Mal vergewaltigt zu werden. Die meisten Menschen stürzen nur einmal mit dem Flugzeug ab.

Und dann nie wieder.

Außerdem habe ich einen Chase an meiner Seite, und ich möchte bei ihm sein.

Eine Sekunde lang. Einen ganzen Moment.

Für die Dauer eines Tages. Bis zum Morgengrauen.

Oder für immer.

3

Es gibt einen Grund, warum Mädchen wie ich schweigen. Denn die Angst vor dem herben Schmerz, falls man uns keinen Glauben schenkt, ist größer als die Angst vor der Einsamkeit. Geschlossene Lippen verraten vielleicht unsere unbenannten Geheimnisse, aber solange wir keinen Kommentar dazu abgeben, sind wir in Sicherheit.

Mädchen wie ich. Lautlos lächelnde Gestalten, unbewegte Mienen, zerkratzte Arme, undurchschaubare Augen, fliehende Erinnerungen, gezeichnete Seelen.

Unsere schweigenden Hüllen stehen verloren in der Gegend herum. Wir schämen uns um die Wette, wir hungern um unseren Verstand, wir weinen, nur um auszutesten, wie lange es dauert, eine Kontaktlinse ohne Hilfe der Hände zu entfernen. Wir haben die besten Ausreden eines ganzen Jahrhunderts parat. Wir wissen genau, in welcher Tonlage und Lautstärke wir lachen müssen, um nicht aufzufallen. Wir denken ernsthaft darüber nach, ob Gott ein sexsüchtiger Perverser sein könnte und ob deshalb alle weiblichen Engel seine nackten Sklaven sind. Wir winden uns vor Isolation, vor der Sucht nach Nähe und Zärtlichkeit. Aber wir würden niemals jemanden in unsere abgeriegelten Räume lassen, wir würden niemals einer Berührung Schönheit zusprechen.

Warum wir verhungern. Warum nur, warum?!

Es gibt eine simple Antwort auf diese Frage: weil wir es können.

Ja: weil wir es können.

Die dümmste Antwort, die man geben kann. Aber sie stimmt. Denn wir haben keine Ahnung davon, wie man liebt oder wie man geliebt wird. Wir können nicht gut zu uns selbst sein, und wir können es nicht zulassen, dass jemand anders gut zu uns ist.

Wir können nicht ausdrücken, was uns wirklich bewegt, wir können nicht erklären, woher die große Sehnsucht kommt. Und unsere Seelen in unserem Körper halten können wir auch nicht – aber hungern, das können wir!

Also tun wir es.

Denn wenn wir es schaffen, jeden noch so unwichtigen Teil von uns zu peinigen, wenn wir uns all das antun, was wir gelernt haben zu ertragen und noch mehr, dann dürfen wir sicher sein, dass uns niemand sonst etwas anhaben kann, dann wissen wir genau, dass wir jede Einsamkeit ertragen können, genauso wie jede Gewalt. Wir könnten einen Raum voll mit begierigen Männern betreten, ohne ein einziges Mal zu zögern. Wir könnten uns ausziehen, ohne ein winziges Mal zu blinzeln. Wir könnten splitterfasernackt durch die Straßen spazieren, ohne gesehen zu werden. Denn wir haben die Kontrolle über unseren Körper. Nur wir.

Warum wir verhungern.

Wir. Diese seltsamen Mädchen.

Jede von uns hat einen Grund, sich Ana zu nennen. Kein Mädchen wird magersüchtig, weil es so viel Spaß macht, dünn zu sein. Kein Mädchen schlitzt sich die Arme auf, weil es im vorherigen Leben ein Zebra war und so gerne seine Streifen zurückhätte. Genauso wenig, wie sich ein Mädchen Felia nennt, ihre Kleidung ablegt und ihren Körper verkauft, aus Freude an dem guten Geschäft.

Ich weiß nicht, was andere Mädchen dazu bringt, lieber Anas Namen zu tragen als den eigenen. Aber ich weiß, warum ich es tue: weil die Wahrheit, einmal ausgesprochen, sich nicht widerrufen lässt.

Deshalb habe ich gelogen. Ganz am Anfang, als ich von dem *fehlenden Tag* geschrieben habe. Nicht weil ich lügen wollte, sondern einfach nur, weil mein müder Kopf mir hin und wieder Streiche spielt und ich bei all den Sachen, die ich verdrängt habe, manchmal gar nicht mehr weiß, was die Wahrheit ist. Es ist nicht einfach, über sich selbst zu schreiben, wenn die Erinnerungen unsicher und verschwommen durch die Gehirngänge streunen, auf der Suche nach einem Platz, an dem sie endlich zur Ruhe kommen können. Es ist schwer, die Wirklichkeit zu beschreiben, wenn man sie selbst nicht erkennt. Dabei würde ich sie so gerne finden, die richtigen Worte, so dass ich sie umformen könnte zu einem fließenden Text, der bezaubert, berührt und sehen kann, auch wenn er mit geschlossenen Augen geschrieben wird, oder vielleicht gar nicht zu Papier findet und nur flüsternd durch meine Räume hallt, die so erschreckend eng sind, wenn ich aufhöre zu versuchen.

Ich habe schreckliche Angst davor, dass eines Tages jemand auf mich zukommt und sagt: »Ich weiß alles über dich. Denn ich habe deine Geschichte gelesen. Du bist für mich wie ein offenes Buch.«

Denn wenn ich in ein Buch passen würde, dann wäre ich ein beschriebenes Blatt Papier. Irgendein Lektor hätte alle meine Fehler beseitigt und die schlechten Passagen gekürzt. Ich wäre redigiert, konzipiert und formatiert.

Aber das bin ich nicht.

Ich bin ein Wortbruchstück ohne Zeilenabstand.

Und eine ganze Ansammlung von meinen Gehirnzellen ist seit Jahren damit beschäftigt, einen Tag aus meinem Leben zu streichen. Aber da dieser eine Tag 52 Stunden lang war, scheitere ich an der verformten Zeitrechnung.

Der fehlende Tag – er war nicht einfach nur ein Tag. Und ich bin nicht einfach so in dem Keller wieder aufgewacht. Die Zeit dazwischen war es, die mich dazu gebracht hat, einen Namen wie Felia zu tragen. Und es war der drängende Wunsch nach einer besseren Realität, der mich dazu gebracht hat, alles zu verleugnen.

Ein weniger verschwendetes Mädchen hätte vielleicht sofort seinen Mund geöffnet und berichtet, es hätte den Mut gehabt, um zu sagen: Als ich wieder aufgewacht bin, da hatte er mich längst fortgebracht. Mitten am Tag, ohne dass es jemand bemerkt hätte. Meine Augen brannten, und die verschwommenen Bilder meiner Erinnerungen waren unnachgiebige Fehler in meinem Dasein.

Ein Mann hat mir seine Waffe an den Kopf gehalten und mit dem Abzug gespielt. Das Geräusch war ungeduldig, drängend; es klang dröhnend wie Donnergrollen, aber nicht ganz so fern. Dann hat der Mann mir mein Handy in die Hand gedrückt und gesagt, was ich zu tun hätte. Es war simpel: Ich sollte die Nummer meines Vaters wählen. Das war klug von ihm. Denn Mütter merken es schneller, wenn ihre Töchter sie belügen.

Dann hat der Mann gesagt: »Ein falsches Wort. Und du wirst diesen Raum nicht mehr lebend verlassen.«

Meine Schläfen haben schmerzend gepocht, sie hämmerten gegen meinen tauben Verstand, als wollten sie mir irgendetwas erklären. Und auf einmal war ich ein anderes Mädchen, ich vergaß für den Moment, dass ich selbstmordgierig war, todessüchtig, auf einem steilen Abgrund balancierend. Ich hatte die einmalige Chance, ein falsches Wort zu sagen und mir meinen Grabstein zu sichern, aber alles, was ich wollte, war überleben. Im Nachhinein habe ich mich mindestens sechshundertfünfundsiebzig Mal gefragt: Warum? Warum?! WARUM?!

Dann habe ich aufgehört zu zählen.

Und weil ich schon immer gut darin war, das Richtige zu sagen, das, was andere von mir hören wollten, habe ich einfach alles genau so gemacht, wie der Mann es von mir verlangt hatte.

»Papi, kann ich das Wochenende bei Julia verbringen?«, habe ich gefragt. »Ich bin auch am Sonntagabend nicht so spät zu Hause.«

Meine Stimme war piepsig. Ich muss geklungen haben wie ein Lamm auf der Schlachtbank. Ich hätte Biene Maja oder einen von der Gummibärenbande synchronisieren können. Ich hätte eine Auszeichnung dafür bekommen. Aber mein Vater hat keine

Ahnung von Biene Maja, geschweige denn von irgendwelchen Mitgliedern der Gummibärenbande.

Also hat er geantwortet: »Klar, mach nur.«

Und im Hintergrund habe ich ihn auf seiner Computertastatur herumhacken gehört.

»Danke«, habe ich geflüstert, »danke, bis Sonntag.«

Es war Freitag. Freitag.

Erst Freitag.

Drei Tage.

»Viel Spaß«, hat mein Vater noch hinzugefügt und aufgelegt.

Mit kreischender Seele habe ich das nutzlos piepsende Handy angestarrt. Ich war vögelfrei. Und mich zu entführen war mit Sicherheit ein Kinderspiel gewesen, immerhin habe ich schon mit sechs Jahren verlernt, um Hilfe zu schreien.

Kaltes Erwachen.

Für einen Moment hatte ich dummes Ding doch tatsächlich geglaubt, dass es meinem Vater auffallen müsste, dass ich ihn sonst nie *Papi* nenne, oder dass er zumindest wissen würde, dass ich gar keine Freundin namens *Julia* habe. In Filmen klappt so etwas immer, da reicht eine falsch gesetzte Sprechpause, ein kaum hörbares Räuspern, ein unpassendes Wort, und schon kommt ein SWAT-Team oder Jack Bauer durch die Tür gestürmt.

Die Wirklichkeit aber war voll mit verschwitzten Männern.

Eine fremde Wohnung, zugezogene Vorhänge, schmutziges Licht, Bierflaschen, Zigarettenqualm, dumpfe Musik, stickige Räume. Meine Luft würde nie wieder sauber schmecken, das wusste ich im ersten Augenblick. Sterben klang besser als alles andere. Also die Frage: »Weiterleben … wozu?«

Vielleicht, weil niemand so sterben will.

Vielleicht, weil Entkommen die größte Herausforderung des Lebens ist.

Vier andere Mädchen waren dort mit mir in der schmutzigen Wohnung. Einige haben geweint und gefleht – sie wurden am härtesten von den Männern geschlagen. Es macht einen Unterschied, ob man fünfmal angespuckt wird oder fünfzigmal; ob man zehnmal getreten wird oder zwanzigmal.

Und da habe ich verstanden: Männer mögen weinende Mädchen, ihre Blicke werden glasig vor Begierde und berauscht von dem Machtgefühl. Männer mögen flehende Mädchen, denn so macht es mehr Spaß, das feuchte Blut zu betrachten und das zärtliche Kitzeln der Gewalt auszukosten.

Ein einfaches Gesetz: Stillhalten, keinen Laut von sich geben, die Augen schließen, nichts mehr empfinden, alles ausblenden. Jeder Vollidiot kann sich das merken. Und man braucht keinen überdurchschnittlichen IQ oder einen Doktortitel in Verhaltenspsychologie, um sich daran zu halten. Ein bisschen Glück wäre von Nutzen.

Aber es geht auch ohne.

Gesetzwidrigkeiten werden auf der Haut eingebrannt oder in die Seele geschnitten. Wie schnell wir uns fügen, um nicht zu zerfallen. Wie bedingungslos wir gehorchen, wenn wir kapiert haben, dass auch der Widerstand nicht widersteht, wenn er die Chance bekommt, zu fliehen.

Und dann steht man alleine da.

»Wenn ihr gute Mädchen seid, dann dürft ihr am Sonntag alle wieder nach Hause gehen … na, wie klingt das?« Das hat einer der Männer gesagt, während seine Freunde uns zu Boden gepresst haben und mit Rasierklingen Kreuze zwischen unsere Beine geritzt haben.

Drei Tage.

Zwei Nächte.

Zeit ist niemals gnädig. Zeit kennt keine Ausnahmen. Sie verhandelt nicht, sie lässt sich nicht bestechen, sie gibt niemals nach. Auch wenn man noch so sehr hofft und bittet.

Ich wusste nicht mehr, ob es Tag oder Nacht war. Der Geschmack von Sperma und Erbrochenem beherrschte meinen wunden Hals, und der Geruch von verschwitzten Männern brannte in meinem Atem. Das Mädchen mit den kleinsten Brüsten lag neben mir und weinte leise. Ihr zitternder Oberkörper war mit blutigen Schnitten überdeckt.

»Da waren doch eh keine Titten!«, sagte eine höhnische Stimme.

Die anderen Männer lachten.

Und lachten.

Erinnerungen sind niemals im Gleichgewicht mit dem, was war. Und das Mädchen mit den zerschnittenen Brüsten ist die Einzige von all den jungen Frauen, die einen Namen in meinem Gedächtnis besitzt.

»Wie heißt du?«, habe ich am zweiten Tag leise gefragt.

Leise. Denn die Männer hatten gesagt, wir sollten unsere dreckigen kleinen Fickmünder nur zum Blasen und Schlucken öffnen. Ihre Stimmen waren Gewalt.

Gewalt ist alles, alles, was ich kenne.

Das Mädchen und ich, wir lagen nebeneinander auf einem der schmutzigen Betten, zuerst hat es gar nicht reagiert auf meine Frage, und ich war mir mit einem Mal nicht mehr sicher, ob ich überhaupt etwas gesagt hatte oder ob ich nur in meinen abgeschotteten Gedanken gesprochen hatte. Aber dann hat das Mädchen aufgehört zu weinen und seinen Kopf zu mir gedreht. Es sah leichenblass aus und zerstört; es lag da wie weggeworfen. In seinen roten, geschwollenen Augen lag ein gnadenloser Schmerz. Ich zählte die Blutstropfen, die von der Lippe des Mädchens auf das Laken herabfielen, und es war schwer, nicht den Blick abzuwenden oder einfach die Augen zu schließen.

»Alena«, hat das Mädchen nach einer Weile geflüstert. Und dann, als könnte sie es nicht glauben, hat sie ihren Namen ein zweites Mal gesagt: »Alena.«

Ihre Lippen waren fast regungslos dabei, und ihr Gesicht blieb ausdruckslos.

»Ich heiße Lilly«, habe ich zurückgewispert, »Lilly.«

Da hat es genickt, das Mädchen neben mir. Alena.

Und ich habe geblinzelt.

Wir haben zusammen unter Männern gelegen, die Sperma über unsere Gesichter gespritzt und unsere Arme verdreht haben. Unter Männern, die auf uns eingeschlagen haben, wenn wir unsere Beine nicht weit genug auseinandermachen konnten, und die nur so aus Vergnügen Kreise um unsere Brustwarzen geschlitzt haben.

Ein paarmal haben sich Alenas und meine Fingerspitzen wie zufällig zwischen den zerwühlten Laken und den zerrissenen Kleidungsstücken gefunden. Ein winziger Hauch von Nähe, das kleinste Stück an Menschlichkeit. Das war alles, was ich noch hatte. Alena hat mich durch den Tag gebracht. Und durch die darauffolgende Nacht. Sie hat mir ihren Namen verraten. Und als ich meinen eigenen ausgesprochen habe, war ich genauso überrascht wie Alena, dass ich überhaupt noch einen besaß.

Sie hat mir bewusst gemacht, dass ich ein Mensch bin. Trotz allem. Den Wert habe ich damals nicht begriffen, ich war zu sehr damit beschäftigt, nicht an Schwänzen zu ersticken. Aber Alena war meine Ausrede, um nicht vollkommen zu verschwinden. Sie war der Grund, weshalb ich weitergeatmet habe.

Bis hin zum Sonntag.

Dabei hätte ich nie gedacht, dass ich ihn noch erleben könnte. Dass wir alle ihn erleben könnten.

Ich hätte nie geglaubt, dass sie uns gehen lassen würden.

Vielleicht wäre es leichter gewesen zu sterben, denn irgendwann spürt man die Schläge sowieso nur noch wie von weit her. Was ändert da ein etwas tieferer Schnitt, der alles beendet?

»Wir lassen euch davonkommen … was haltet ihr davon? Wollt ihr kleinen Nutten wieder zurück nach Hause?«

Davonkommen.

Davonkommen?

Davon. Kommen.

Keine von uns hat es gewagt, darauf zu antworten. Denn wenn sowohl die falsche Antwort als auch die richtige Antwort deine Würde zu einem nichtigen Flüchtigkeitsfehler erklärt, dann hältst du lieber deinen Mund.

Wir saßen zusammengedrängt auf einem der Sofas in dem kargen Wohnzimmer und starrten auf unsere Kleidungsstücke, die auf dem Fußboden verstreut lagen. Ich hätte nur eine Hand auszustrecken brauchen, um mir ein Shirt oder eine Bluse zu greifen – aber ich wusste, dass mich nichts mehr bedecken würde. Wenn man einmal so entblößt und nackt war, dann braucht man sich eigentlich nie wieder etwas anzuziehen.

Was ändert es noch.

»Ich sage euch mal was«, die Stimme des Mannes klang, als würde er mit einer Herde schwerhöriger und debiler Schafe sprechen: »Ihr geht jetzt alle ins Bad und macht euch ein bisschen frisch, dann packt ihr euch wieder in eure Klamotten, und wir fahren jede von euch zurück nach Hause. Das ist doch wirklich nett von uns ... nicht wahr? Aber natürlich machen wir das nur unter einer Bedingung: Ihr behaltet unsere kleine Party hier für euch und kommt nicht auf dumme Gedanken, wie etwa zur Polizei zu gehen. Ihr wollt ja schließlich nicht ausreizen, wie weit wir bereit sind zu gehen? Denn ihr wollt uns doch sicher nicht wütend erleben ... also kein Wort, kein einziges Wort. Habt ihr das verstanden?«

Kein Wort, kein einziges Wort.

Keine von uns hat je etwas besser verstanden.

Ich habe mich umgeblickt, wir waren alle noch nackt. Geschändete Schaufensterpuppen mit starren, bewegungslosen Gesichtern. Ich ließ meinen Blick streifen, über blasse Haut, über violettblaue Haut, über rot verfärbte Haut, über gebrochene Finger, über zerschnittene Oberkörper, über eingebrannte Zeichen.

Im Gegensatz zu einigen anderen Mädchen hatte ich Glück gehabt.

Glück.

Was für ein schönes Wort.

Was für ein lächerliches Wort im falschen Moment.

Wir haben die Tabletten, die sie uns gaben, ohne zu zögern geschluckt. Wie willenlose Figuren, zu erwerben in der Abteilung für Freizeitbeschäftigung und Zubehör. Das Gegenteil von Widerstand ist Gegenstand.

Und ich erinnere mich genau an den letzten Augenblick in dieser Wohnung: Ohnmächtig zu werden war das Gnädigste, was ich je gefühlt habe.

Dann bin ich aufgewacht – zurück in meinem Keller. Ich wäre gerne erleichtert gewesen. Ich hätte mich gerne gefreut. Ich wäre gerne vor Glückseligkeit an einem Lächeln gestorben. Ich hätte nichts dagegen gehabt, wieder Jungfrau zu sein.

Aber man bekommt nicht immer das, was man will.

Also bin ich aufgestanden und die Treppen hinaufgestiegen. Nur um mich im Badezimmer einzuschließen und mir dort mein Floß zusammenzubauen. Ich war zu erschöpft, um meinen Kopf unter die Wasseroberfläche zu drücken und alles zu beenden. Ich hatte keine Kraft mehr, um das Kabel von einem Föhn in die Steckdose zu stecken.

Kein Wort, kein einziges Wort.

Nicht einmal Chase durfte die ganze Wahrheit wissen, und auch Lady habe ich nie davon erzählt. Niemandem. Denn die bösen Männer könnten überall lauern, vielleicht sehen und hören sie alles. Perverses Schweigen.

Ich wurde ein wandelnder Nervenzusammenbruch, ein ewig hungerndes Wesen, ein gespaltenes Etwas, ein zeitloser Zwischenraum ohne Türen und Fenster.

Ich habe begonnen, meine Erinnerungslücken mit Selbstmordversuchen zu füllen.

Das ist die Nachspielzeit.

Die Zeit, in der sich zeigen wird, ob ich noch im Nachhinein an der zugefügten Gewalt scheitere.

Oder ob ich davonkomme.

Kein Wort, kein einziges Wort – ja, ich bin die Schande, die ich ertragen habe. Ich bin die Hülle unter den groben Männern. Ich bin die Schuld im Ganzen, weil ich mir keine Unschuld gewähre und schweige.

Drei Jahre später habe ich eines der anderen Mädchen an einer Bushaltestelle wiedergetroffen. Sie kam mir entgegen, eine Flasche Wasser in der einen und eine Tüte mit Weintrauben in der anderen Hand. Im ersten Moment wusste ich nicht, woher sie mir so bekannt vorkam, aber dann haben unsere Augen sich getroffen, und da wusste ich alles wieder. Alles. Jedes Detail.

Der Bus kam und fuhr ohne uns davon. Wir sahen ihm nach, nur für eine winzige Sekunde, denn es war nicht wichtig. Dann blickte sie zu Boden und ich zum Himmel. Das war leichter, als unseren Augen standzuhalten. Der nächste Bus kam. Und dann der übernächste. Einer nach dem anderen. Ich sah sie alle kommen, ich sah sie alle ohne uns abfahren.

Dann hat sich das Mädchen mit den Weintrauben auf einmal umgedreht und ist weggelaufen. Einfach so, ohne Abschiedsgruß – zurück in die Richtung, aus der sie gekommen war. Ich habe nicht versucht, sie aufzuhalten oder ihr hinterherzulaufen; ich habe mich nicht einmal getraut, ihr nachzublicken.

Meine Beine haben sich schwach angefühlt, also habe ich mich auf die Bank an der Bushaltestelle gesetzt und eine humpelnde Taube beobachtet. Sie hatte nur ein Bein, und ich fand, dass sie sehr traurig aussah. Aber dafür konnte sie fliegen.

Ich weiß nicht, wie lange ich dort gesessen habe und wie lange die Taube vor mir hin und her gehinkt war, aber irgendwann war die Taube weg und das Mädchen wieder da. Dieses Mal kam sie von der anderen Seite, vielleicht ist sie spazieren gewesen oder war auf der Flucht. Wie ich. Die Flasche Wasser hatte sie immer noch in ihrer Hand und auch die Weintrauben. Zuerst dachte ich, sie würde einfach an mir vorbeigehen oder in den nächsten Bus steigen. Aber sie hat sich neben mich gesetzt, direkt neben mich; nur einen kleinen Platz für die Tüte mit den Weintrauben hat sie gelassen.

Ich hatte vorher noch nie einen ganzen Tag auf einer Bushaltestellenbank verbracht, und irgendwie war mir bewusst, dass es keine besonders großartige Leistung ist, auf einer Bank zu sitzen. Dazusitzen, stillzusitzen, sitzen zu bleiben, rumzusitzen und Zeit abzusitzen. Aber darum ging es schließlich auch nicht. Es geht im Leben nie darum, an einer Bushaltestelle zu sitzen und zu warten, das wäre zu einfach.

Wir haben kein Wort geredet, kein einziges Wort.

Wir haben nur den vorbeifahrenden Autos und Bussen zugesehen, den Fußgängern und den Radfahrern. Irgendwann hat das Mädchen mir die Flasche mit dem Wasser hingehalten, für ein paar Sekunden haben sich unsere Blicke berührt. Ihre Augen waren goldbraun wie meine.

Das Wasser ist weich und kühl durch meinen trockenen Hals gestrichen, und als ich ihr die Flasche zurückgab, hielt das Mädchen mir die Tüte mit den Weintrauben hin. Ich habe siebzehn Trauben gegessen, eine für jedes Jahr vor unseren gestohlenen Tagen. Für die Jahre danach habe ich mich nicht getraut, eine Traube zu nehmen, denn es sind nicht mehr meine Jahre, sie gehören Ana und Mia. Das Mädchen hat auch ein paar Weintrauben gegessen. Aus den Augenwinkeln habe ich ihre dürren Arme betrachtet und ihre zarten schlanken Finger – sie war bestimmt so gut im Verhungern wie ich. Die Narben an ihrem Hals waren kaum zu sehen und auch die Brandmale auf ihren Handgelenken nicht. Sie konnte gut retuschieren; aber ihre Wunden habe ich trotzdem sofort bemerkt. Wie könnte ich solche Wunden jemals übersehen.

Irgendwann fing es an zu dämmern.

Alle Tage gehen vorbei – auch die, die wir nie vergessen.

Zum Abschied haben wir uns noch einmal angesehen. Sie war wunderschön und traurig; sie war sanftmütig, still und zärtlich, und ihre Wut war nur ein unruhiges Frösteln. Sie hat kein einziges Mal gelächelt, aber ihre Augen waren warm zu mir. Ihr Körper war winzig, versteckt in einem viel zu großen verwaschenen Pullover. Ihre Bewegungen waren leicht, fast nicht zu bemerken, wie hinter einem Schleier ausgeführt. Und ihr Bestehen war mir unglaublich vertraut.

Es war nicht nötig, etwas zu sagen. Es gibt Dinge, die kann man nicht benennen.

Ich habe meine Kette abgenommen, die silberne Kette mit dem kleinen glitzernden Stern, die Chase mir zu meinem achtzehnten Geburtstag geschenkt hatte, und dann bin ich einen Schritt auf das Mädchen zugegangen und habe ihr meine Glückskette um den Hals gelegt. Der Verschluss hat leise geklickt, als ich ihn in ihrem Nacken geschlossen habe, und meine Finger haben gezittert, als ich ganz sanft meine Hand zurückgezogen habe und dabei über die Konturen einer ihrer Narben gestrichen habe. Das Mädchen hat sich auf ihre Lippen gebissen und an mir vorbeigesehen. Dann hat sie die Schleife von ihrem Armband geöffnet, nach meiner linken Hand gegriffen und das weiß-blaue Band um mein Handgelenk geschlungen. Ihre weißen Finger haben sich eisig kalt angefühlt, genauso kalt wie meine. Sie hat mit leichten Bewegungen die Enden verknotet und dann für einen kaum merklichen Moment ihre Fingerspitzen auf meinen vernarbten Schnitten ruhen lassen.

Mein Lächeln war unvollkommen und winzig. Aber ich bin mir sicher, dass sie es gesehen hat. Die Sonne ging unter und die Straßenlaternen als Entschädigung an. Ich hatte schreckliches Heimweh. Ein Bus fuhr an uns vorbei, der Fahrer rief uns zu, ob wir nicht einsteigen wollten, aber weder sie noch ich haben ihm geantwortet.

Dann war es an der Zeit, sich loszureißen. Wir haben uns voneinander abgewandt und sind zurück in die Richtungen gegangen, aus denen wir gekommen waren.

Danach haben wir uns nie wieder gesehen. Und ich habe seither immer einen weiten Umweg um diese Bushaltestelle gemacht.

Aber wenn ich Weintrauben esse, dann muss ich manchmal weinen. Was für ein wunderschönes Wortspiel.

In dieser klangvollen Welt.

Ja. Das Bestehen danach.

Davonkommen.

Ist ein hässlich verpacktes Geschenk.

4

An dieser Stelle ist es kein Geheimnis mehr, dass ich Freitage hasse. Und Samstage auch. Während Sonntage mir immer das Gefühl geben, in einem luftleeren, glasverkleideten Raum gefangen zu sein, mit weißen Hörnern auf meinem Kopf, die mich eindeutig als Freak kennzeichnen. Unterdessen stehen wichtigtuende Ärzte und Professoren um mich herum und drücken ihre Nasen an den Glaswänden platt, um mich auch ja ordentlich mustern zu können. Sie krakeln aufgeregt Notizen in ihre Hefte, sie legen nachdenklich ihre Köpfe schief, sie tuscheln, sie haken ab – sie tun sinnlose Dinge.

Und ich verharre. Atemlos.

Wie schon gesagt: ein luftleerer Raum.

Ich bin gut darin, schlechte Freitage hinter vierfach verriegelter Wohnungstür mit einer Ansammlung von Messern und Skalpellen auf meinem Fußboden zu verbringen. Ich kann hervorragend einen ganzen Samstag über in meinem Bett liegen und geduldig darauf warten, dass die Stunden vorüberziehen. Ich bin ein absoluter Profi im Freitage-und-Samstage-Überstehen. Ich würde Bambi schlachten und ausweiden, um mich in Bambis Bauch verstecken zu können, nur damit mich keiner findet, der mich nicht finden soll. Ich würde alles tun, um nicht noch einmal entführt zu werden.

Aber was ich an Sonntagen machen soll, das weiß ich nicht. Ich habe alles probiert, ich habe mir sogar einen eigenen Kalender entworfen, in dem es keine Sonntage gibt – da kam direkt nach dem Samstag der Montag. Es war fast schon demütige Kunst. Die zweite Version von diesem Kalender beinhaltete logischerweise nur noch die Tage von Montag bis Donnerstag; ich meine, wenn schon Manipulieren und Schummeln, dann richtig. Aber irgendwann habe ich angefangen darüber nachzudenken, den Donnerstag vielleicht auch noch wegzulassen, weil er zu nah am Freitag liegt, und den Montag sowieso, weil er der Tag nach dem Sonntag ist. Da blieb dann nicht mehr viel von der Woche übrig: Dienstag. Mittwoch. Dienstag. Mittwoch. Dienstag. Mittwoch.

Ein Monat mit fünfzehn Wochen.

Das nennt man dann verschwendete Zeit.

Da ist es wahrscheinlich doch besser, die panische Freiheit zu spüren. Unpassend herumzustehen. Nirgendwo dazuzugehören. Ruhelos herumzurennen. An einer Feige zu knabbern. Die Feige wieder auszuspucken. Weil man zu feige ist, die Feige zu schlucken. Magensäure zu erbrechen. Umzukippen.

Kein Wort zu sagen, kein einziges Wort.

Es ist sieben Uhr morgens an einem Sonntag im Frühling, und ich stehe auf dem Balkon von Chase' Wohnung. Ein paar Vögel zwitschern, und ich sehe ihnen zu, wie sie von einem Baum zum anderen fliegen und dann wieder zurück. Ja, es ist Sonntag. Aber an diesem Sonntag ist alles anders. Ich stehe nicht in meinem gläsernen Gefängnis. Ich drehe nicht durch. Meine Finger tasten nicht nach den letzten Spuren längst vergangener Einstiche.

Dieser Sonntag riecht nach Tagesanbruch und Neuanfang. Wenn ich jetzt nicht aus Versehen von dem Balkon falle, dann kann ich noch alles haben, was ich will. Alles.

Die Kirchturmuhr zwei Straßen weiter schlägt 7.00 Uhr. Ich verlasse den Balkon und ziehe mir meine Jeans und einen weißen Pullover an. Dann gehe ich mit verwuschelten, ungekämmten Haaren aus Chase' Wohnung; leise klickend fällt hinter mir die Tür ins Schloss.

Die Straßen sind leer. Alle anderen Menschen liegen noch in ihren Betten. Und es ist leicht zu erkennen, dass Berlin in den Morgenstunden eine andere Stadt ist. Ich mag diese Ruhe. Vielleicht ziehe ich ja eines schönen Tages in ein fremdes Land; in ein Land, in dem kein Mann wohnt, mit dem ich je geschlafen habe. Es wäre schön, eine neue Sprache zu lernen und ein sauberes Startkapital an Worten zu haben.

Meine Schritte tragen mich wie von selbst durch die Straßen, ich brauche gar nichts dafür zu tun. Und mit einem dampfenden Becher voll heißem Kaffee setze ich mich schließlich auf eine Bank am Marktplatz, als wäre er das Ziel meiner Reise. Zwei Kinder spielen ganz alleine auf dem großen Klettergerüst unter den riesigen Baumkronen. Um diese Uhrzeit sind sie Könige auf ihrer Burg. Jedenfalls rufen sie sich das zu, und ich glaube ihnen jedes Wort.

Der Kaffee ist bitter. Also stehe ich auf, gehe hinüber zum Bäcker, hole mir ein Tütchen Zucker und kaufe noch ein Käsebaguette dazu, dann setze ich mich wieder auf die Bank und sehe den beiden Königen bei ihren Spielen zu.

Wie die Zeit vergeht.

Wie ich innehalte.

Inmitten meiner Flucht.

Ich weiß nicht, wie meine Geschichte zu Ende gehen wird. Möglicherweise liege ich morgen schon tot auf den weißen Fliesen meines Badezimmers. Vielleicht aber auch nicht. Wenn ich es schaffe, gesund zu werden, wenn ich mich abwenden kann von Ana und von Mia, wenn ich mich ansehen kann, ohne zu Boden zu blicken, dann brauche ich keinen leeren Kühlschrank mehr, um den Tag zu überstehen.

Und dann ist es egal.

Ob ein Tag Freitag, Samstag oder Sonntag heißt.

Mein Lächeln wird zwar nie wieder so aussehen wie damals, als ich sechs Jahre alt war und die Wohnung meines Nachbarn noch nicht von innen kannte – mein Lächeln wird nie wieder so aussehen wie damals, als ich noch nicht vergewaltigt worden war.

Aber vielleicht.

Wird es eines Tages schöner.

Ich trinke meinen Kaffee aus und werfe die übrig gebliebene Hälfte von dem Käsebaguette in einen Mülleimer, dann winke ich den beiden Königen auf ihrer Burg zu und freue mich darüber, dass sie zurückwinken. Anschließend spaziere ich über den verlassenen Marktplatz, durch den menschenleeren Park und weiter die Straßen entlang, zurück zu Chase' Wohnung, um mich wieder neben ihn ins Bett zu legen.

»Ist es schon spät?«, fragt Chase verschlafen und zieht mich unter die Bettdecke. »Warum bist du denn angezogen?«

Ich antworte ihm nicht darauf und kuschele mich stattdessen schweigend an seinen vertrauten Körper.

Es ist leer in dem großen Bett
Ohne Ana und Mia.
Aber es gibt etwas Wichtigeres als Seelenschmerz.
Etwas Besseres als Verlorengehen.

Am Nachmittag sitze ich mit Chase im Café am Lietzensee und erinnere mich an Caitlin.

»Den letzten Tag kann man niemals gestern nennen«, hat sie einmal zu mir gesagt, damals, vor langer Zeit, als sie noch am Leben war. »Aber da der letzte Tag meistens nicht weiß, dass er der letzte ist, ist das eigentlich nur ein unwichtiges Detail. Nicht wahr? Kein Tag weiß vorher, wie er enden wird.«

Ich habe genickt, und dann sind wir zusammen auf den Teufelsberg geklettert und haben unsere bunten Drachen in den Himmel fliegen lassen.

»Was hältst du von einem Selbstversuch: auf der Suche nach sich selbst alles zu versuchen«, höre ich Chase wie von weit her sagen, »Lilly? Lilly! Sag mal, hörst du mir überhaupt zu? Ich verbreite hier Weisheiten, und du bist schon wieder am Herumträumen! Hey, sieh mal da drüben – die hässlichen grauen Federviecher sind endlich aufgestanden!«

Und da reiße ich mich los von Caitlin und ziehe meine Gedanken zurück in das Café und an den gedeckten Tisch. Neben uns auf dem See schwimmt die berühmte Schwanenfamilie von Charlottenburg. Fünf kleine graue Schwäne und zwei große weiße. Jeden Tag drehen sie ihre Runden, zwischendurch fressen sie an der Uferböschung Brot, das Kinder aus zerknüllten braunen Papiertüten hervorzaubern. Manchmal watscheln sie auf den Wiesen herum und quaken die Enten an, und manchmal quaken die Enten zurück. Im Winter schließlich verlassen die Schwäne uns oder verstecken sich im Schilf. Aber zwei von ihnen kommen wieder, jedes Jahr aufs Neue. Und wenn die kleinen grauen Nachwuchs-Schwäne zum ersten Mal auf Seeerkundungstour gehen, dann blühen auch bald die weißen Holunderbüsche, und die Sommerzeit beginnt.

Ich löse mein Haarband und spüre, wie meine Haare sanft um meine Schultern fallen, bis hin zu meinen winzigen Brüsten. Chase lächelt und versenkt einen Zuckerwürfel in meinem schwarzen Tee.

»Warum magst du mich eigentlich?«, frage ich ihn plötzlich.

Es ist die letzte laut ausgesprochene Frage, die ich in meinem Endspiel stelle.

Und Chase. Chase stellt bedächtig sein Glas vor sich ab, legt den Kopf schief und mustert mich einen Moment lang nachdenklich. Sein Gesichtsausdruck ist schwer zu deuten, er liegt irgendwo zwischen sanftmütig, aufgebracht, begehrend, sehnsüchtig und Fotoshooting.

»Lilly«, sagt Chase schließlich, und seine Stimme ist so rauh wie das dumpfe Dröhnen in meinen beengten Räumen. »Lilly, manchmal machst du mich wahnsinnig! Ich hasse es, dass du diesen Job machst – ich bin rasend vor Eifersucht und schlafgestört vor Sorge um dich. Du bist viel zu intelligent und einzigartig, um dich so dermaßen zu betrügen. Verdammte Scheiße: Es ist ein wunderschöner Frühlingstag! Meinst du denn nicht, es ist langsam an der Zeit, dass du lernst, deinen Schaden auf eine bessere Art und Weise zu kompensieren?! Zwei Jahre. Zwei Jahre sind genug! Lilly – vom ersten Tag an war ich fasziniert von dir; du hast im Sand gebuddelt, als müsstest du dir beweisen, dass man sich nicht so einfach bis nach China durchgraben kann. Und kein anderer Mensch auf der Welt kann seinen Seelenschmerz mit so viel Anmut und Ausdruck tragen wie du. Weniger Opfer kann man wahrscheinlich gar nicht sein. Verstehst du das denn nicht? Es ist vorbei, Lilly. Vorbei! Und ja: Ich liebe dich. Dich und die Worte, mit denen du um dich wirfst, auch wenn keiner da ist, der schnell und standfest genug ist, um sie aufzufangen.«

Chase' Augen berühren meine. Mühelos.

Und ich.

Ich bin still.

Ich bin sprachlos.

Ich bin glücklich.

»Chase«, sage ich schließlich leise, »Chase.«

Und dann sage ich das, was ich niemals sagen durfte, das, was ich meinem Körper niemals zugestehen konnte. Das, was ich mir ausdrücklich verboten habe, und das, was mich so grausam in meine leeren Zwischenräume verbannt hat. Ich sage es nicht mit Nachdruck, ich sage es nicht wissend. Ich kann es nicht einmal in einer angemessenen Lautstärke aussprechen, ich würde es nie unterschreiben, und ich weiß auch nicht, ob ich überhaupt noch ein Recht dazu habe. Aber ich sage es doch:

»Ich habe solchen Hunger.«

Die Tränen, die mir dabei in die Augen schießen, sind salzig, sie brennen schlimmer als alle zuvor. Etwas zerbricht in mir, etwas zersplittert; ich spüre die nackten Scherben in jede Faser meiner Haut stechen – scharfkantig und wütend.

Ana starrt mich an, aus rabenschwarzen Augen.

Tag für Tag hat sie mir die Regel Nummer eins erklärt:

WIR HABEN KEINEN HUNGER! HÖRST DU?

NIEMALS!

WIR HABEN KEINEN HUNGER!

Und nun habe ich sie gebrochen. Die wichtigste Regel.

Was passiert jetzt?

Mit mir.

5

Es kommt vor im Leben, dass man seine Zeit verpasst. Dass man zu spät die Zielgerade erreicht, wenn alle Mitbeteiligten schon längst nach Hause gegangen sind. Und es kommt auch vor, dass man beschließt, gesund zu werden – aber dann auf einmal feststellen muss, dass man zu viel Schaden an sich selbst verrichtet hat.

Dass es zu spät ist.

Denn Ana ist eine makabere Drahtseilartistin.

Sie balanciert über einem gewaltigen Abgrund, ohne Sicherheitsnetz.

Und irgendwann stürzt sie ab.

Ana – kein Name kommt mir leichter über die Lippen als ihrer. Hungern ist der Ausdruck meiner Wortlosigkeit in diesem sprachverlorenen Raum. Und ich weiß nicht, ob ich es noch schaffen kann; ich weiß nicht, ob ich die Nachspielzeit habe, um wieder gesund zu werden. Aber ich weiß, dass ich hier sein möchte.

Hier, in diesem Leben.

Denn ich fühle mich. Und meinen Körper.

Nach all den toten Jahren.

Das ist die Rücksicht, die der Augenblick beinhaltet, in dem man die Vergangenheit erkennt. Mit all ihren Schatten und dem unerträglichen roten Licht. Es ist ein nacktes Geständnis, an eine mit Splittern bedeckte Welt, umgeben von den Rohfasern ihres unergründlichen Verstandes.

Und es ist ein Nachruf.

Denn ich heiße nicht mehr Felia. Ich bin nicht mehr so leicht zu ficken. Und das kleine Mädchen in meinem Kopf – es heißt Lilly.

Lilly. Genau wie ich.

Es ist kein Fehler, sich dazu zu bekennen.

Es ist ein Glück, einen Namen zu besitzen.

Und meine ungestümen Freunde, sie zünden knisternde Wunderkerzen und Siegeslichter an; sie backen tonnenweise Kuchen und sprechen übermütig von meinem Ausstieg.

Ausstieg.

Ein schönes Wort.

Wenn es darum geht, einen Zug zu verlassen oder ein Auto. Von mir aus auch eine Pokerpartie. Aber kann man aus der Prostitution aussteigen? Das klingt so, als würde man aufhören, und dann ist es vorbei. Aber das ist es nicht. Man steigt nicht aus. Man steigt viel eher um. Man hört auf, seinen Körper gegen Geld einzutauschen oder auf dem Strich zu stehen und sich Preisschilder mit leuchtend roten Zahlen an die Stirn zu kleben. Man stöhnt nicht mehr für den Augenblick. Aber man nimmt sie trotzdem mit – all die Freier, unter denen man gelegen hat.

Und erst nach Jahren wird sich zeigen, ob man es geschafft hat, sich vorbeizuschmuggeln an all den benutzten Kondomen und den namenlosen Männern; dem Stöhnen, dem Seufzen und den langen, langen Nächten.

Ich habe Chase davon erzählt, wie ich aus- und um- und abgestiegen bin. Und wie oft ich zwischendurch auf eine Waage gestiegen bin. Dann bin ich ohnmächtig geworden, und als ich meine Augen wieder aufgeklappt habe, lag Chase neben mir auf dem Fußboden und hat den gleichen Punkt an der Decke angestarrt wie ich.

Da habe ich meinen Mund geöffnet und alles erzählt.

Alles.

Von Ana. Von Mia.

Von den fehlenden Tagen.

Von meiner Schande im Ganzen.

Und Chase hat mir zugehört, ohne zu blinzeln. Er hat meinem Wortvermögen einen schweigenden Wert zugesprochen. Und dann hat er unseren Zwischenraum in neuen Farben gestrichen und ein paar leere Bilderrahmen aufgehängt, damit ich Platz für meine haltlosen Erinnerungen habe.

Es ist schön, wenn man die Chance auf Verständnis hat, auch wenn die Art und Weise, auf die man sich selbst Ausdruck verleiht, so grotesk ist wie meine – wenn man seinen Seelenschmerz auf leeren Tellern zur Schau stellt und ein schwarzes Strapsband um seinen verkauften Körper trägt.

Und wenn Ausstieg doch das richtige Wort ist.

Und wenn es Worte gibt, die meinen Ausstieg aus dieser nackten Welt unterschreiben und beglaubigen können, dann sind es die, mit denen ich mich freigeschrieben habe.

Das ist Wortgewalt.

In sanften Gewändern.

Und das zersplitterte Ende.

Denn meine Freiheit ist begrenzt und wankelmütig. Sie wirft Schatten in die Dunkelheit meiner umherirrenden Gedankengänge; sie zweifelt an sich selbst und an meinen Rechten.

Sie nennt mich Ana.

Ana till the end.

Das ist die Überschrift meiner lauernden Nächte. Denn ich bin immer noch todkrank – auch wenn ich wieder angefangen habe zu essen und einigermaßen normal aussehe. Ein Körper verzeiht keine Wunden; er erinnert sich an jeden Einschnitt, an jede Narbe und an jeden hungrigen Tag.

Wie gesagt, es kommt vor im Leben, dass man seine Zeit verpasst, dass man zu spät die Zielgerade erreicht – dass man zu früh stirbt.

So wie Ana.

Im Nachhall einer Ohnmacht.

Im verschwendeten Auf und Ab der Gezeiten.

Und ich. Ich?

Was sage ich zum Abschied?

Kein Wort, kein einziges Wort.

Denn ich kenne eine Menge Sätze auswendig, aber keinen so fließend wie diesen.

Und ich weiß: Davonkommen ist kein Versprechen.

HAUPTSPIEL

Hey, Chase, warum geht dein Licht immer erst so spät an?«, fragt Hailie und betrachtet nachdenklich die Lampe an der Küchendecke von Chase' Wohnung. »Bei uns zu Hause ist das anders.«

»Also, meine kleine Erbse, das ist so«, erklärt Chase mit geheimnisvoller Stimme, »diese Glühbirnen sind ganz besondere Glühbirnen – es sind Energiesparglühbirnen. Ich wette mit dir, die Bundeskanzlerin hat mindestens zehn große Kisten davon zu Hause. Aber lassen wir das, denn mit Politik und ihren Trägern sollte man sich niemals an schwerelosen Tagen beschäftigen, und heute, heute will ich frei und unbeschwert sein. Wie an jedem schönen Tag. Also – wir waren bei dem Geheimnis um meine Glühbirnen, es ist schwer zu lüften, denn in diesen außergewöhnlichen Glühbirnen leben ganz genau hundertundsieben Glühwürmchen, alle handgefangen von Somalis, die in Usbekistan auf Wohngemeinschafts-Hausbooten wohnen. Und jedes Mal, wenn du auf den Lichtschalter drückst, werden die kleinen Würmchen wach und fangen an, aufgeregt hin und her zu fliegen. Dabei stoßen sie dann aneinander und beginnen aufgrund ihrer zauberhaften Phantasie zu leuchten. Es dauert natürlich einen kleinen Moment, bis alle hundertundsieben Glühwürmchen aufgewacht sind, und genau das ist der Grund, warum diese Lampen immer einen Augenblick länger brauchen, um einen Raum zu beleuchten. Vielleicht liegt es aber auch an meinen Räumen, die so unergründet und voll von unbegrenzten Möglichkeiten sind.«

An dieser Stelle macht Chase eine Pause, aus rhetorischen Gründen, nicht um zu sehen, ob Hailie ihm Glauben schenkt, denn eines weiß Chase mit Sicherheit: Er braucht nur seinen Mund zu öffnen, und alle weiblichen Wesen auf diesem Planeten hängen voller Begeisterung an seinen Lippen, um auch ja jedes noch so sinnlose Wort, das er von sich gibt, aufzusaugen.

»Wenn du genau hinguckst, meine kleine Erbse, dann merkst du sogar, dass das Licht in den ersten Minuten immer noch ein wenig heller wird. Das sind die verspäteten Glühwürmchen, Spätaufsteherwürmchen werden sie auch genannt, sie fangen immer erst ganz zum Schluss an zu leuchten, wenn alle anderen schon längst wach sind.«

Chase' Stimme klingt ganz danach, als hätte er soeben Sindbads Abenteuer neu erfunden. Und seine Augen glitzern vor Freude über dieses geteilte Geheimnis.

»Hör auf, meiner Tochter so einen Schwachsinn zu erzählen!«, brummt Lady und bläst gelassen Kringel und Werwölfe aus dem Küchenfenster von Chase. »Sie ist fünf Jahre alt – nicht bescheuert. Das ist ein Unterschied, Chase.«

»Ich weiß«, erwidert Chase fröhlich und hebt Hailie auf seinen Schoß. »Und meine wundervolle kleine Erbse hier weiß ganz genau, dass Chase-der-große-Zauberer ihr nur eine Geschichte erzählt, nicht wahr, meine Kleine?«

Hailie lacht, nickt und streckt eine Hand aus, um über Chase' Bartstoppeln zu streichen. Das macht sie gerne, weil sie findet, dass Chase sich dabei wie das Meerschweinchen ihrer besten Freundin Zoe anfühlt.

»Und was sollte ich ihr denn auch sonst erzählen?«, meint Chase nachdenklich, den Blick auf seine immer heller werdende Küchenlampe gerichtet. »Etwa die Wahrheit?«

Er schüttelt angewidert den Kopf, als könnte er sich nichts Schlimmeres vorstellen.

»Die kann ihr auch jeder andere erzählen«, sagt er dann. »Außerdem kann niemand beweisen, dass ich unrecht habe. Denn die Glühwürmchen sind verzauberte Glühwürmchen. Sie lösen sich sofort in Luft auf, wenn man die Glühbirne zerschlägt, dann verschwinden sie, als wären sie nie da gewesen.«

»Und was, bitte schön, machen Somalis in Usbekistan auf

Wohngemeinschafts-Hausbooten?«, will Lady wissen, während sie schwungvoll ihre zwei Zigaretten auf dem Fensterbrett ausdrückt.

»Na, die Glühwürmchen fangen!«, ruft Hailie fröhlich.

Chase nickt zustimmend, wendet den Blick von seiner Küchenlampe und sagt an Lady gerichtet: »Siehst du, *sie* hat es verstanden!«

Hailie nickt und angelt sich eine Salzstange aus der Packung auf dem Tisch.

»Erzählst du noch einmal die Geschichte von der Giraffe am Südpol? Die mit den Pinguinen, dem Clubhaus und dem großen Wal?«, fragt sie dann bittend. »Oder die von dem blaugestreiften Alien, der mitten auf dem Schulhof landet und aus Versehen den Schulleiter verschluckt?«

Aber Chase schüttelt seinen Kopf. »Nein, meine Süße, man darf jede Geschichte nur einmal erzählen! Denn, weißt du, es gibt so viele Geschichten auf dieser Welt, eine abenteuerlicher als die andere – und wo kommen wir denn hin, wenn wir bei ein und derselben hängenbleiben? Heute, meine Prinzessin, erzähle ich dir eine andere Geschichte. Die Geschichte von einem kleinen Mädchen, das genauso lange Prinzessinnen-Haare hatte wie du, und sein Lachen war genauso voller Sterne wie deines. Und dieses kleine Mädchen lebte in einem riesengroßen Schloss an einem noch viel größeren See. Und es wohnte ganz mutterseelenalleine dort, denn sein Vater, ein berühmter Pirat, umsegelte gerade die Weltmeere, und seine Mutter, eine gute Fee, war auf der Suche nach dem ewigen Licht der Güte. In den ersten Jahren war das kleine Mädchen sehr einsam, denn es vermisste seine Eltern, und es fühlte sich verlassen, so ganz allein in dem riesengroßen Schloss. Aber dann, eines schönen Tages, kam ein bunter Vogel zu dem Mädchen geflogen, und in seinem Schnabel trug er ein kleines Päckchen. Kaum hatte das Mädchen seine Hand danach ausgestreckt, da ließ der Vogel es auch schon hineingleiten, und dann breitete er seine schimmernden Flügel aus und flog davon, in den weiten, weiten Himmel. Das Mädchen aber setzte sich auf die Eingangsstufen zum Schlossportal und öffnete neugierig das Päckchen. Zum Vorschein kam ein Buch, eingeschlagen in einen hellblauen Einband, mit nichts als leeren Seiten darin. Verdutzt blätterte das Mädchen durch das blanke Papier, und da fiel auf einmal ein pinkfarbener Zettel heraus. ›*Dies ist ein Zauberbuch*‹, stand darauf geschrieben, in einer kaum lesbaren, krakeligen Schrift. ›*Jede Geschichte, die Du in dieses Buch schreibst, wird durch die Welt fliegen und anschließend zu Dir zurückkommen, um von einer zauberhaften Reise zu berichten. Du wirst sie alle kennenlernen, die Kobolde, die Hexen, die Flammentänzer und die Hüter der Freiheit. Du brauchst nichts weiter zu tun, als mir ein paar Worte zu schenken.*‹

Da nahm das kleine Mädchen aufgeregt einen Stift in die Hand und begann zu schreiben. Es schrieb von seinem Vater, dem Piraten, der immer die schönsten Schätze mit nach Hause brachte. Und dann schrieb es von seiner Mutter, der anmutigen Fee, mit den goldenen Flügeln. Kaum hatte es die ersten Sätze fertig geschrieben, da begann das hellblaue Buch auch schon zu leuchten, und wie aus dem Nichts ertönte ein Flüstern und Knistern, das immer näher und näher kam. Und von diesem Tag an musste das kleine Mädchen nie wieder einsam oder traurig sein, denn das Zauberbuch hielt sein Versprechen und wisperte Wort um Wort, bis die Stille in dem großen leeren Schloss gefüllt war mit den Geschichten der Welt, an denen das kleine Mädchen von da an teilhaben durfte.«

Chase verneigt sich. Vor sich selbst. Vor Hailie.

Und vor dem Leben – das seiner Bühne einen Raum für all die differenzierten Darstellungen bietet.

»Ist das eine wahre Geschichte?«, will Hailie sofort wissen.

»Alle Geschichten sind wahr!«, erwidert Chase nachdrücklich und mit überzeugender Stimme. »Aber diese ist ganz besonders wahr. Und wenn du ganz fest daran glaubst, meine kleine

Erbse, dann wirst du sie vielleicht auch eines Tages sehen, die Lichter über dem Schloss am See, die Glühwürmchen und die Zaubergestalten!«

Lady verdreht ihre Augen und schließt seufzend das Fenster.

Der letzte Werwolf ist längst in Richtung Himmel verschwunden.

Lady blickt ihm nachdenklich hinterher, und einen Moment lang ist es furchtbar still.

Aber dann lacht sie.

Die Schönheit in diesem Raum ist unangefochten.

Und ich. Ich bin auch da.

Ich stehe im Flur nebenan und lausche.

Es zerreißt, dieses unbekannte Glück.

Und ich renne.

Chase me home.
Find me uncovered.
And swallow me whole.

DANKSAGUNG

[illegible]

DANKSAGUNG

Harry Olechnowitz – du bist der Fänger in meinem Wortschatz; du hast mein Davonkommen unterzeichnet. Seit du hinter meinen Sätzen stehst und meinen Worten Halt verleihst, bestätigst du mein Dasein. Die Schrift, die ich stelle, wird immer in deinen Räumen stehen.

Ilka Heinemann – ich danke dir für dein Wortvertrauen und die Zusammenarbeit zwischen den Zeilen.

Claus Carlsberg – du bist mein satzlückenbeständiger Geheimagent im hinterfragten Wortgeschehen.

Brigitte, diese Zeit gehört dir.
Marc, es ist ein Meer im Wortspiel.
Frank, das ist die unbändige Stille.
Maria, die Winterworte stehen auch für dich.
Und Stephan – du kennst jeden Satz.

Row, ich danke dir für die Freundschaft.
Entgegen dem Roten Licht.

Und an alle Mädchen, die ihre entblößten Körper in fremde Betten legen, um zu entkommen: Es sind die Männer, die kommen. Und sie kommen immer wieder.
Aber wir können uns anziehen.
Und gehen.

NOTIZ

Dieses Buch schildert die eigenen Erfahrungen und Erinnerungen der Autorin. Mag sich die eine oder andere Begebenheit auch tatsächlich anders zugetragen haben, so sind doch alle Schilderungen, Vorkommnisse, Figurenzeichnungen und Dialoge im Buch an die Wirklichkeit angelehnt. Die Namen aller im Buch genannten Personen wurden geändert, und auch das Passion heißt in Wirklichkeit anders.